有爱无爱都铭心刻骨

方方——著

人民文学出版社

图书在版编目(CIP)数据

有爱无爱都铭心刻骨/方方著. —北京:人民文学出版社,2014
(方方中篇小说系列)
ISBN 978-7-02-010267-9

Ⅰ. ①有… Ⅱ. ①方… Ⅲ. ①中篇小说—小说集—中国—当代
Ⅳ. ①I247.5

中国版本图书馆 CIP 数据核字(2014)第 033420 号

责任编辑 杨 柳
装帧设计 李思安
责任印制 苏文强

出版发行 人民文学出版社
社　　址 北京市朝内大街 166 号
邮政编码 100705
网　　址 http://www.rw-cn.com

印　　刷 北京智慧源印刷有限公司
经　　销 全国新华书店等

字　　数 305 千字
开　　本 880 毫米×1230 毫米 1/32
印　　张 13.125 插页 1
印　　数 1—10000
版　　次 2015 年 1 月北京第 1 版
印　　次 2015 年 1 月第 1 次印刷

书　　号 978-7-02-010267-9
定　　价 35.00 元

目　　录

奔跑的火光

一

英芝想，我应该怎么说呢？

英芝正靠墙而坐。墙壁上污迹斑斓，一层覆盖着一层。在英芝想忘记自己曾经有过的恐怖时，她便将眼睛落在那里。她使劲猜测它们究竟是些什么。那最初的污迹是什么人留下来的。是不经意的痕迹还是心情的发泄。每一个留在这里的人，都不会有一个好心情，这很显然。

此刻，在英芝正面的墙壁上，面对着她的是一行深红色的字。是血写的。那字歪歪倒倒着，仿佛是一个个散了架子的人。墙说：你为什么不爱我？！

唉，这是一个没有逃出爱情魔掌的人，英芝叹想，如果能为爱情而死，也算值了，好歹也曾幸福，而我却又是为了什么？

睡在英芝旁边的佘姐告诉英芝，写这个字的人叫芬苹，她的男朋友跟她睡了五年，让她做了四回流产，结果有一天他轻轻松松地告诉芬苹，说他对她从来也没有过爱。芬苹一气之下，在饭里下了毒。那男人被毒死了，死时脸色发青。芬苹在这里等了五个月，然后就被毙掉了。毙她时就是一个春天。那天大家正在说估计现在外面的花开得很放，芬苹也跟着说。还说好喜欢她家院墙后的指甲花。结果来了人，把她提走。所有人都晓得，她永世难回。

高墙的上面，几乎快与天花板相接了。有一个窗口，它在白天总是灰白的，更像有人贴上的一张方纸。英芝从来也没有看到阳光从那里路过。英芝不知道是不是自己的眼睛根本失去了看到阳光的能力。

每一夜每一夜，英芝都觉得自己被火光追逐。那团火光奔跑急促，烈焰冲天。风吹动时，火苗朝一个方向倒下。跃动的火舌便如一个血盆大口。一阵阵古怪的号叫从中而出。四周的旷野满是它惨然的回声。

余姐说那是噩梦。到这里来的人，都会做噩梦。而且每一个噩梦都充满恐惧。

但英芝知道，并不完全如此。

英芝说，让我一切从头开始吧。

英芝一开口便泪流满面。让她说自己的故事令她心如刀绞。但英芝明白，她必须说出一切。她若不说，就算她死了，那团火也永远不会熄灭。

二

开始的日子是在秋天。

对于乡下女孩英芝来说，一年四季中的每一个日子都平平淡淡。这一年她高中毕业。英芝没考大学。大学对英芝来说并没有什么特别的吸引力，花费那么大的劲头去读书又是何必？村里的春慧读得眼睛看不清路，而永根就如同一个傻子，他们都是英芝的同学。英芝常常为他们解决一些问题。比方夜里走路，春慧就要拉着英芝，比方自行车掉了链条，永根就要求英芝帮他装上去。英芝觉得自己没有成为他们两个的样子，是一件高兴的事情。所以英芝没去考大学。她毫无沮丧之意。出了校门,她知道自己这辈子再也不会走进学校,心里倒是松了一口气。不去上大学是她本来的心愿。

英芝住的村子叫凤凰垸。离县城只十几里路。知道凤凰垸的人都说这里的人精明,但凤凰垸却没有因为精明而富起来。英芝的家境在村里属于中等偏上。英芝的爹虽然在田里干活,可英芝的妈却在村口路边开了个小店铺,卖点柴米油盐,比起那些光种田的人家,手上就要活泛一点。除了凤凰垸最有钱的三伙家之外,还真说不出哪几户人家比英芝的家里更富裕。

关于凤凰垸的精明都落到三伙一个人头上的老话,英芝小时候就听讲过。三伙上学一直上到了县中。三伙当红卫兵一挥手人人都跟在他后面跑,一直跑到汉口。三伙眼珠一转就是一个主意,然后就赚一笔钱回来,诸如此类。凤凰垸村里的人冬天没事干时,最喜欢议论的人就是三伙。三伙的爹是个歌师,方圆十几里,有人家办红白喜事,都请他上门去唱。红喜唱戏,白喜唱丧。日子再苦,从没见他家苦过。三伙的爹死后,家里没人照顾,三伙就不再出门。三伙接下他爹的事情。三伙当然没他爹唱得好,可那有什么关系?三伙自己拉起了一个班子,名字就叫“三伙班”。倘有人要请唱班,只找三伙班就是。三伙骑个自行车,东村跑西村窜,一家喊几嗓,吹唢呐敲鼓扯胡琴打板的,一下子就找齐。三伙不吹不弹不拉不唱,只在当中抽头。三伙嘴能说,又舍得做,结果做得比他爹名声还大。三伙在村里最早盖砖房。红瓦白墙,屋中间吊着电灯,晚上灯一亮,明晃晃照人脸,看红了村里多少人的眼睛。三伙的本事在于不管世道如何变化,他都能赚钱到手。英芝的两个哥哥,一心想做三伙这样的人。下广州上东北,皮都脱掉三层,回来时跟出门时一样穷。其中一个还闹下一身花柳病。三伙一边看得哈哈大笑,他笑起来像风声呼啸，那风从你头上刮过时嘶嘶炸响，让人恍然觉得他的肠子正在被他一根根地笑断。英芝两个可怜的哥哥只好在三伙的笑声中回到他们的老地方——一张麻将桌上。三伙说，干这个的就别想干那个，干那个的就别想干这个。这是天数。你想改就改得了吗？

三伙已经快四十八了，脸皮老得像英芝的爹一样。而英芝的爹比三伙大上十岁不止。三伙指着自己的脸说，科学家说脑子里的沟沟坎坎多，人就聪明。我呢，脑子里的沟沟坎坎已经长满了，脸上这些是从里面漫出来的。三伙总是这样唾沫四溅地吹嘘自己。英芝从三岁起就讨厌他，一直到现在还是如此。

三伙却从不知道英芝对他的厌恶。英芝毕业的第二天，他竟颠颠地上门来找英芝。

心闲的英芝正在院里跟侄儿苕伢打扑克。三伙说："英芝，回啦？"

英芝没抬头，嗯了一声，又对苕伢大叫："不准痞牌。"

三伙说："英芝，玩这有么意思？一分钱也挣不到手。"

英芝一翻白眼，说："我又没想挣钱。我爹妈养得起我。"

三伙一笑，说："爹妈能养你到老？"

英芝嘴上没说话，心想倒也是。苕伢说："你管得着吗？我姑爱玩牌，么样？"

三伙说："要是有个赚钱的机会，你问你姑是玩牌呢还是赚钱？"

英芝心里"咚"了一下，暗道那还用说，哪个不想赚钱呀。可英芝讨厌三伙，没直接搭他的腔，英芝对苕伢说："出你的牌，屁话少说。"

三伙说："不想赚钱？"

英芝说："这种好事，哪轮得到我？一个大王。"

三伙说:“要是轮到了呢?”

英芝大声答道:“我干么事不赚?”

三伙乐了,高声笑起来,又有嘶嘶嘶的声音从英芝头上拉过,跟拉锯子似的,令她头疼。英芝说:“要笑到别处去笑。我听这声音就头疼。”

三伙说:“好好好,下面我就说个让你头不疼的。”

三伙说农村而今办红白喜事,唱戏哭丧没人听了。时代变了,老把戏没市场。现在大家爱听流行歌。特别是听香港台湾的歌曲,哼哼哈哈的没个听头,可就是有人爱听。所以他把“三伙班”人马全部换了。他投资买一了套卡拉OK,还买了喇叭,又找了几个年轻人跟着唱。上月带着那些东西到柳家洼,哪晓得,台子一搭,音乐一响,人群像水一样流过去。结果一连搞了几场,大受欢迎。听的人点歌点得忙不过来。现在连江对岸的人都划船过来接。过个把月,高考公榜,那些有伢儿考上大学的,必定要摆酒席,已经有几家到他这里来预约了。现在的价格,请一场五百块钱。生意好时,就提到六百一场。加上点歌费,各人一摊,差不多唱一场一人可以赚大几十块。

英芝先只是听,听进去后,就觉得确实是个好生意。嘴上却还说:“你有人了,找我干么事?”

三伙说:“我那里有三个男伢,一个负责换碟,两个伢儿唱,倒也够。可是女伢只一个。女伢少了,观众听起来没得劲,我晓得你的歌子唱得好,我有一回过年听你唱过九十九朵玫瑰,唱得蛮好。你入不入伙?”

英芝心里惊喜万分。唱歌本来就是她喜欢的事。如果能像歌星一样又唱歌又赚钱,那不更好!可英芝还拿着架子,说:“你拿我开心吧。”

三伙说:“我开你么事心?今天下午就有一场,上场就有钱。你不信去一趟,没拿到钱我围你屋里爬三圈。”

三伙的话说到这地步,显然也不是骗人。英芝忙说:“那好,我去。”

三伙跟英芝敲定碰头时间,就走了。三伙一走,英芝立即把牌甩了。几十张牌从空中撒落一地,气得苕伢一边捡牌一边骂:“我唱唱唱,唱了去死呀。这么好的牌,白起了。”

英芝说:“你咒我,我死后变成鬼也要撕烂你的嘴。”

英芝说着便跑进屋里给自己挑套衣服。英芝的衣服没几件,上学穿的有,上台穿的就没有了。英芝找不下衣服,就上灶房找她妈发脾气。英芝说家里再穷,也得给姑娘买一套可以上身的衣服呀。英芝是家里的独生女,一向在做妈的面前骄横惯了。英芝妈说你哪件衣服都比我的好,怎么不能穿!英芝说没一条好看的裙子。英芝嫂子见吵,就拿了她做姑娘时的一条裙子给英芝,说是她反正是穿小了,不如送给英芝。嫂子的裙子是淡红色的,上面起着一些黄色的小碎花。领口尖尖着,背后还有两根带子系成蝴蝶样子。虽然有点旧,可英芝穿上身后,倒也显得蛮好看。

三伙一见英芝如此,眼睛就亮了,说:“好好好,会打扮最好了。”

唱歌是在老庙村,因为村后有座老庙而得名。老庙村离凤凰垸有四十几里路。老庙村村长给儿子办喜事,特特开了卡车来接“三伙班”。三伙在车上拿了歌单给英芝看,问英芝会唱哪些。英芝看几眼,说差不多都会。学校门口有几家卖衣服的店铺,成天敞着喇叭放歌,想不会都不行。三伙说,那就点几首喜欢的。英芝就点了《心雨》,点了《十五的月亮》,点了《千纸鹤》,点了《常回家看看》,最后还点了《九百九十九朵玫瑰》。三伙说这支歌非得唱。所有的歌对英芝来说都熟悉不过。换碟的男伢叫文堂。文堂说，正式唱之前，还是试着合一下，免得到时候跟不上。

村长家的房子是一栋三层楼的砖房，面向马路的外墙还贴了明黄色的瓷砖。望去比三伙家的房子还要气派。隔得老远，就抢人的眼睛。三伙说，村长就是村里的皇帝，所以得用皇帝的颜色。三伙跑的村子多，他的话就是道理。

唱班的台子搭在村长东屋的窗下。与大门稍稍错开。台子有两张大床那么大，一尺半高，上下十分方便。这是三伙亲自设计的。底下是木条钉的架子，上面铺着木板。由八块拼成。拼装拆卸都极其方便。搭好的台子上还满铺着红色腈纶地毯。地毯很旧，不晓得是什么人淘汰给了三伙。音箱有两个，立在台前。止儿八经有麦克风，撑在中间，就像领导作报告，有模有样。台子搭好，电源接通，音乐响起，人就围了上来。

这一切都令英芝意外。英芝对三伙的讨厌仿佛也因此而改变。英芝对三伙说，想不到真不错。三伙说，不是吹牛，方圆几百里内，就我这个班子最豪华。事情就得这样做，请班子的人，讲的就是个排场。我这里就是要他讲个够。这样他才开心，要不，哪个请你？

英芝想，三伙就是有他的一套。

人家办婚事，客来客往，“三伙班”就只管一曲接一曲地唱。喇叭放得很响，村头村尾都听得见，站近了还有些炸耳。有人点歌，也有人献花，实在是很好玩。英芝头一回上场，并没有紧张，反而觉得刺激，于是亢奋。一亢奋，就超常发挥。英觉得自己从来没有唱得这么好过。一歌唱完，围观的人都使劲鼓掌。新娘还没有接来，客人们都在聊天说笑，说得开心时，也乱七八糟地点歌献给某某某。献歌时把人名一点，就会有大笑冲天而起。村长因了这些笑声，开心得要死。没结账就先给每人塞了十块钱。三伙对英芝说，这十块中有五块是他的，这是规矩。

村长的儿子朋友不少，一伙人反反复复地相互献歌。说笑打骂，把烟头丢得满地，闹成一团。唱着唱着，他们就把一个高个子往台上推。推时还叫：就要和那个穿花裙子的女伢对唱。那高个子不肯，使劲反抗。围观者都大笑着看热闹。一个黑胖子说："贵清，你只要唱了，昨晚上输的钱一笔勾销。"另一个光头的人也说："是呀，你只要唱一只歌，你输我的那笔钱，也算了。"

叫贵清的高个子停止挣扎，说："你们的话当真？"

光头说："哄你我就不得好死。"

黑胖子也说："哄你我就是个王八。"

贵清就笑道："光头和黑胖，你两个哄不哄我，照样一个不得好死，一个是个王八。"

贵清话音一落，台上台下的人都笑得一哄。英芝也笑了，她觉得这个叫贵清的高个子说话蛮有水平。

贵清一步跳上台来，他摸摸头，说："唱么事？我还不晓得我会唱么歌。"

台上就又笑。光头说："就唱那个《明明白白我的心》，你打牌时唱过的。"

这边一闹，围观的人更多，连进到屋里的客人们也都跑了出来。三伙高兴，忙低声跟英芝说："英芝，全靠你了。唱亲热点，效果好，点歌的人就会多。"

英芝自是明白三伙的意思。她上前伸手拉起了贵清的手，将他引到台中间。然后让文堂起音乐。台上的哄笑声更高，连口哨也响了起来。

英芝一往情深地对着贵清唱。但到贵清开口时，却发现他跑调跑得一塌糊涂，根本无法把歌唱下去，而台上的哄笑已成狂笑，口哨亦更加尖锐。贵清一紧张，就跟不上词了。英芝低声说：“莫紧张，你跟着我唱。”于是英芝帮贵清唱了起来。英芝唱时，时而做深情凝望状，时而将头倚在贵清肩头，媚眼丢得台下一阵阵鼓掌。英芝以往上学时，放假回家，常下田帮妈妈干活，从那里学会了打情骂俏。这时候在台上，她便轻而易举地运用起来。一曲唱完，又扭又撩，英芝已经把台上台下的人都逗得兴起。台下的人便乱喊着：“亲个嘴！”“贵清，摸一把。”

三伙兴奋得脸颊通红，连连道：“英芝真是个了不起的小妖精。”

点歌的人就更多了。音乐一下都不间断，一直到接新娘小车开来，尚有许多人不看新娘而要点歌。都说村长儿子结婚就是不一样，要热闹有热闹，要排场有排场。村长被人赞美得发昏，晚上结账时便给了三伙八百块钱。而三伙也发了昏，当下便掏了一张百元大钞给了英芝。加上点歌的四十八块钱和被三伙提成了五块的村长小费，英芝这天一下就赚了一百五十三块钱。她惊呆了。她从来也没有拿到过这么多钱，更加没想过钱竟是这么好赚。

英芝知道，她的生活将因此而改变。

三

英芝决定去县城买一两条专门穿了唱歌的裙子。她看过电视，那里面唱歌的女歌星都穿得很露。所以，英芝也要为自己买一条露肩膀的裙子。还要买一条上下脱节，露出肚脐眼的裙子。她知道这样一穿上场，肯定会有更多的人欢迎。英芝把她的想法告诉三伙。三伙一拍手，说：“我正想跟你说这事。我这里贴你五十块钱，你再买一条透明一点的裙子，里面的短裤买那种蛮小蛮小的三角裤，莫再穿乡下人的大花裤头。城里人叫这是‘性感’，乡下就叫这‘勾人’。再买一点胭脂把脸上抹一抹，嘴巴要搞得红通通的，好撩人。再把歌子唱得人心里麻痒麻痒，你就成功了。英芝呀，我真没有看错你，你赚钱的前途大得很呀。”

英芝心里十分高兴，接过三伙的五十块钱。三伙把钱交出手时，笑道：“英芝呀，我以前还不晓得你这么骚哩。”

英芝拿着钱往村外走，走时想，我骚不骚关你屁事。你这辈子也莫想占到我的便宜。

英芝在县城的精品屋很快就买到了她想要的东西。英芝为砍价花了两个多小时，结果她大获全胜。全部东西加起来，也没花到一百块钱。英芝觉得真是太划得来了。一高兴，又为自己买了两件粉红色上绣着金丝花边的胸罩。胸罩亦当即试过，试好就没有摘下来。走出店门，挺胸昂头，英芝觉得她这辈子都没有过这么好的感觉。

英芝在县里的银行办了个存折。她存进了一百块钱，是定期。红色的小折子从她的手心一直烫到了心里。她不知道把它放在哪里更好，最后她将它插在了胸口。新穿的胸罩紧紧地绷着胸脯，比口袋更保险。英芝放妥帖后，昂首挺胸地走在了县城的大马路上。她能感觉得到胸口有一团火在熊熊燃烧。英芝是她家唯一一个有存折的人，而且她走出校门才只几天！而且她并没有出半点劳力！英芝想，这是什么？这就是说她有本事！本事是天生的，而不是学来的。这么想过，她自己就为自己的生命感到无比骄傲，觉得整个县城大马路上的人都在向她羡慕地张望，于是她走路时的胸脯就挺得更高了。

英芝打算坐车回家吃中饭。在县城的汽车站，有人喊她，她回头一看，竟是那个老庙村与她同台唱过歌的高个子贵清。

贵清推着一辆新自行车,他在望着英芝时,脸上有一种惊喜交加的表情。这表情好让英芝心生得意。

贵清说:“你进城买东西?”

英芝说:“是呀。你这车,刚买的?”

贵清说:“可不。打那天上台唱了歌后,手气就特别好,这几天天天都赢钱,赢了钱就想到你们凤凰垸去找你玩。全靠你那天帮我转了运,不过到你那边太远了,我就想反正迟早要买辆车,干脆用这些赢来的钱买下好了。”

英芝就笑了,说:“瞎扯!你是看到我才这样讲的。”

贵清认真道:“王八乖乖儿才瞎扯,真话是想要去凤凰垸的。”

英芝又笑了起来,声音咯咯咯的十分清脆。英芝说:“那你肯定就是个王八乖乖儿。”

贵清被英芝的笑声撩得耳朵发烧,他忍不住摸摸自己的耳朵,然后也笑了,说:“你吃过饭没有?”

英芝说:“没有呀。你是不是想请客?”

贵清说:“你要肯陪我吃饭,我就高兴很了。”

英芝想,反正回家也没什么事,干么事不吃他一顿?想好就说:“好呀。我这个人最喜欢别人请我吃饭。”

贵清高兴道:“那好,我以后就多请你。”

车站旁边正好有一家名为“好再来”的小餐馆,两人便走了过去。餐馆人不多,靠里的墙角正好有一张两人坐的桌子,贵清说:“这里最好,就像是正等着我们来吃似的。”

英芝说:“你想得美呀。”

贵清让英芝点菜,贵清说只管点。英芝想你就算赢了钱,又能赢多少呢?便随便点了两个小菜,一盘炒豆腐,一盘炒肉丝。贵清看了就笑,说:“吃这些菜?你还不如回去吃好了。”于是他拿过菜谱，点了一盘椒盐虾，又点了一盘红烧野兔。贵清说这家的红烧野兔做得特别好，他跟友杰一起来吃过一回。友杰就是他们村长的儿子——那天结婚的那个。

英芝从来没有在外面餐馆吃过饭，以前在学校就是食堂蒸饭，自己用瓶子带点菜去吃，回家后，也没哪个想起来应该到餐馆吃回饭。直到这天英芝饱饱地吃了一顿餐馆，才晓得餐馆的菜真是比家里的菜好吃一千倍。英芝全副精力都放在吃饭上，而贵清却一直絮絮叨叨地说着话。贵清说他中学毕业就回家了，他家就他一个儿子，另外再有一个妹妹，正在县里读高中，住读。他家在村里条件不错，因为他爹特别能干，包了个果园，所以在村里也算是个富足人家。他自己有时出门帮人做装修，有时懒了，不想做事，就在家里帮帮他爹的忙。他家果园里的梨子长得特别好，是那种外表不好看，可是甜得不得了的梨，每年夏天都能卖不少钱。他爹把卖梨的钱都存着不动，准备给他娶媳妇。

贵清说到这里，就停了下来，用一种特别的眼光望着英芝。英芝心里觉得好笑，心道，未必你请我吃了这一顿饭，就想要我嫁给你？英芝不理他的目光，大口地吃着兔子肉。嘴里故意不停地说："好吃，我还不知道兔子有这么好吃哩。"说完她想，可怜的兔子，还不晓得你是一只黑的还是一只白的呢。

吃过饭，贵清就对英芝说，不必坐汽车，就十几里路，他骑车搭她回去就行了。英芝一想，这也不错，还可以省下几块钱车钱，便立即同意。英芝就坐在了贵清的车架上。

秋天的原野，风光自然是极美的。坐在自行车上看风景跟汽车里看风景到底不同，碰到好玩的地方，立马就可以下来玩玩。就这么玩玩走走，十几里路走了两三个钟头还没有走完。

几近凤凰垸时，英芝让贵清下了公路拐进小路，英芝说小路要近好多。但没料到，前两天下过一阵透雨，接下来又出了大太阳。小路的泥泞遭太阳一晒，坑洼不平，泥硬如刀。自行车上去颠簸得厉害。英芝坐在车后，几次要被颠掉下来。英芝说："我不行了，受不了了。"

贵清就赶紧下了车，说："我也不行了，车也不行了。"

两人就只好下来走。英芝叹口气说："本来想少走路，结果倒走得多了。"

贵清说："走走也好呀。你不晓得，我骑在车上只担心呀。"

英芝说："担心么事？"

贵清便一副痞脸地望着她，笑道："你真想晓得？"

英芝说："么事？"

贵清说："我担心我老弟叫我和车座板两头一挤，挤成废品了。"

英芝莫名其妙道："关你老弟么事？你不是光有一个妹子吗？"

贵清就哈哈大笑起来，说："英芝，你是真不晓得还是装的呀。"

英芝还是没有明白什么意思。贵清见她那副样子，笑得更厉害了。好容易笑完，他才说："我是老哥，他是老弟呀。"他说着指了指自己的下身。

英芝的脸一下子红了，仿佛周身的血一起涌了起来。英芝说："你跟我邪，我不理你了。"说着，英芝便往前跑。

贵清忙推着车跟在后面追。贵清说："英芝，开个玩笑，何必哩。"

英芝跑了一阵，跑不动了，就停了下来。小路到此已经绕到了河边。过河就是凤凰垸。英芝想，反正也到了家，打个招呼让他回去好了。

贵清推着车跑不利索，停下时，直喘粗气。胸脯便一鼓一鼓的，气息又浓又长，一直扑到英芝脸上。英芝不知道怎么，觉得自己好像浑身热血沸腾似的，仿佛这股又浓又长的气息是一把火，把她点燃了一样，突然她就不想赶紧回家了。

贵清说："你们村的风景蛮漂亮，不过我们村的风景也蛮好。"

英芝说："你们村的风景好关我么事？只要我们村的风景好就行了。"

贵清说："我们村的风景好，你就愿意到我们村里去呀。"

英芝说："你们村一村邪货篓子，我才懒得去哩。"

贵清就笑起来了，说："我就是那个顶大的邪货篓子，对不？"

英芝也笑了起来，说："是又么样？"

英芝说话时斜着眼睛瞟着贵清，神态妩媚又风骚。贵清心里一阵激荡，将自行车斜倒在地上，说："那我就认这个账。"说着就走过去，伸手把英芝一搂。英芝立即就软了。她想挣开贵清的手，却是无论如何也挣不动。她想打贵清，可是手也没劲抬起来。她还想骂贵清，结果大声喊叫的话到嘴边却变成蚊子声，而贵清的手一下子就已经摸到了她的胸脯上。她觉得有一种十分惬意的感觉在全身蔓延。她知道这是因为贵清的缘故，于是她停下了所有的反抗，只想让这种惬意感觉多停留片刻。正待她这么想着时，贵清的嘴便已经贴到了她的嘴上。英芝所有的反抗，到这时全都变成了主动。而且，在反抗时她失去的全部力气又都回到了身上。英芝用自己的舌头将贵清的舌头顶回他的嘴里，却把自己的舌头放进他的嘴里搅动。贵清任她如此，却把自己的手伸得更远了。终于，英芝发出了尖叫声。贵清就把英芝放倒在河边的草地上。

太阳这时开始往下落了。虽然立过了秋,可秋意并不深浓。河边的杂草在阳光下依然显得青青葱葱。下山的阳光一寸一寸从贵清和英芝身上抚过,然后消失在云中,黄昏的意味随阳光的远去而越来越深重。当贵清和英芝的身体分开时,天已经开始黑了起来。贵清和英芝都软软地躺在灰蒙蒙之中。

好半天,英芝才说:“你这算不算强奸?”

贵清说:“你比我的劲还大,我还准备说是你强奸我哩。”

英芝想想适才的情景,不禁笑了起来。她原先听人说起过男女偷欢的事情,但从来也没有觉得会这样有趣。笑完后,说:“反正是你勾引我。”

贵清见她笑,也笑了起来,说:“有一点。因为我蛮喜欢你,那天唱完歌我就想,我要是找你做老婆,几多好。”

英芝说:“你想得美。我的聘礼重得很。要有房子,有电视,有冰箱,嗯,还要有洗衣机,对了,还要有一套卡拉 OK 机,我最喜欢唱歌了。怎么样?你拿得出来?”

贵清说:“我只好把我自己卖了,一块一块地割肉,到县里去卖。”

英芝哈哈大笑起来,说:“就你那几两肉,未必比我家圈里的那头猪更卖得起价。”她笑时两肩抽动着,胸脯上下起伏,有如波浪。

贵清也大笑起来。笑完,他想,英芝真的是很美呀,我这辈子要能娶她做老婆,就是被水淹死被火浇死被人放进油锅里煎炸,也值得呀。

笑声就随近晚的风,贴着河边,飘到对岸。那边的炊烟已经散了,已然有灯光从村边人家的窗口放射出来。英芝心情愉快,她想,哇,好开心呀,这就是美好的青春吧。

四

英芝从来也没打算嫁给贵清，因为她现在还不想嫁人。英芝觉得在"三伙班"唱歌很是快活，而且也能挣钱。虽然"三伙班"不是每天都有人请，可只要被请，她便能赚钱。英芝仔细算了算，如果每个月只唱四次，按第一次挣的钱数来算，她就能挣六百多块钱。就算少一点，四百也是能挣到的。英芝每个月给家里五十块，剩下的自己都存起来。一年下来，她就有几千块钱。对于英芝来说，这简直是天文数字。英芝一想到明年此时，她会是几千块钱的主人，就不由得心花怒放，睡到半夜，也会为此而笑醒。

冬天在英芝欢乐的心情中到来。虽然每次跟着三伙出门唱歌，搭台和乘车以及顶着冷风一唱就是一天，并不见得就是件轻松的事，可是，英芝仍然觉得一切都那么美好。她在家里的地位也因为每月交钱的缘故，越来越高。英芝的妈常常堆起满脸的笑，说："我家英芝就是精，得亏没有去上大学，要不就跟村头春慧一样，成了个赔钱货。"英芝每次在母亲说这话时，都会快意地笑出声来。她想，可不是这样？

一天，风很猛。英芝上厕所，厕所是露天的，几块木板搭在猪圈一侧。风从板缝中穿过来，刺得屁股皮肤很疼。有时来月经时，手指冻得换纸都不方便。英芝蹲在两条架空的木板上时，无意间想起，这个月她的月经没来。英芝突然就紧张起来。前年英芝的二嫂怀孕时，英芝问她怎么知道自己怀孕了，二嫂说，不来月经就是怀孕了。蹲在冷风中的英芝瞬间想起了二嫂的话，想完她浑身涌起鸡皮疙瘩。

英芝不敢到乡里卫生所去，她专门跑了一趟县医院。令英芝万分沮丧的是:她果真是怀孕了。英芝有些发懵。她同贵清的偷欢,也没几次。虽然贵清常来找她,但多数时候都好几个人在一起玩,想私下里有什么事儿,也不太方便。只那一次,英芝到方家台唱歌,贵清也跟了去。英芝去上厕所,贵清便跟在后面。贵清急吼吼的,死皮赖脸拉了英芝到一户人家的树林子里,两人匆匆忙忙地凑合了一次,前后只几分钟。这次令英芝感到非常不愉快,英芝厉声地吼了贵清,她说:"你怎么像个流氓!"

英芝知道,麻烦就是出在那一次。她想想就觉得生气,恨不得找到贵清一刀剁死他。英芝出了县城径直就去老庙村找贵清。贵清正跟人打麻将,一见英芝,喜出望外,甩下麻将就屁颠颠地跟了英芝出来。英芝闷头往前走,贵清就跟在她后面,一直走到村口的树林子里,英芝方停下了脚步。

贵清说:"我当你再也不肯理我了哩。"

英芝没好脸色,说:"你当我想理你?"

贵清嬉笑道:"不理我,你上我们村来干什么?肯定是想我了又不好意思说是不是?这林子是个干事的好地方哩。"

英芝说:"是你妈个屁!"

贵清怔了怔,说:"怎么了?找上门来就为了骂我?"

英芝说:"骂你我都不解恨。"

贵清说:"叫你妈晓得我睡你了?"

英芝还想骂他,可转个念想,骂他又有什么用呢?她缓和了语气,说:"比这还差。"

贵清说:"你另找下男朋友,被那男人晓得了?"

英芝说:"我找你个头呀。我这个月没来红!"

贵清说:"你们女人的那号脏事,跟我有什么相干?"

英芝恼怒道:"怀了你的杂种才不来的,你说跟你相不相干?"

贵清大惊:“什么?你怀伢了?我的?”

英芝说:“你这个不要脸的!不是你的是哪个的?”

贵清立即跌脚拍掌地大笑起来,说:“太好了,太好了,想不到老子一放一个准。”

英芝说:“你开心,我怎么办?叫人晓得了,我还有什么脸面活人?”

贵清说:“你是我儿子他妈,我哪能让你没面子?嫁给我就是了。”

英芝冷冷一笑,说:“你打算拿什么娶我?”

贵清想起英芝曾经说过的话,他有些丧气,可在转眼间,他想起了什么,立即眉开眼笑。贵清说:“拿我儿子呀,他还不能抵你那些什么电视机洗衣机吗?”

英芝正思考还要找贵清提些什么要求,突然听到“儿子”两个字。一股异样的感觉爬上心头,不知是仇恨还是欢喜。她冷冷道:“你倒是有一手。”

贵清见她如此,倒是笑了,笑着的脸上有些痞气。贵清说:“这也是没办法呀。我看你还是趁早嫁过来好了。”

英芝恼怒道:“你休想!”

贵清脸上还是在笑:“那我倒要看你么办。我有什么打紧,你是个女人,女人跟男人不一样。你自己也晓得,女人没结婚就大了肚子,脸面往裤裆里夹呀?”

英芝气得牙都要咬碎了,想要破口大骂,可又回味贵清所说,她是个女人。是呀,英芝有些伤感地想,她不过一个女人。所有风流债中,都是男人起事,女人遭罪,仿佛历来如此。如果贵清耍赖,不认她这个账,她又该怎么办?一想到自己肚子大了的消息行将满村满乡流传,一想到她走到哪里就被哪里人指指点点,英芝便不寒而栗。看看贵清那张洋洋自得的脸,她原本塞得满心的愤怒竟平了下去。涌在心里的却是一股淡淡的悲哀，只因为她是个女人。

贵清在英芝伤感的时候，趁机又一把搂她到了怀里，用一种格外温柔体贴的声音说："算我求你，嫁过来好不好？"说完便动手动脚。英芝被他的温柔所动，心想已经是他的人了，不由他又能怎么样？

五

腊月二十八，天气阴阴的，看上去像要下雪。就手一推房门，寒气便扑面而来。风也好猛，刮过来一阵，就像一大群狼从身旁呼啸而过，令人心里无端生出怯意。就在这天，英芝嫁到了老庙村。孩子在肚子里已有两三个月，自己不嫁不行，英芝心情上很是无奈。因了这个，她也无法在聘礼上讨价还价。

贵清家也请了"三伙班"的人马。三伙在跌脚长叹英芝活活糟蹋自己过后，所收费用也几乎低了平素的一半。三伙班在老庙村整整唱了一天。傍晚时分，英芝坐着贵清借来的拖拉机吹吹打打地进了老庙村，一到村口，她便听到那些熟悉的音乐，刹那间英芝热泪盈眶。

这天夜里，贵清喝多了，醉醺醺进入新房，东南西北都分不清，自然也没有跟英芝亲热。英芝躺在充满酒气的新床上，想着自己走进这里的过程。想到半夜，泪水湿了枕头。

没花多少钱就娶回一房媳妇，贵清的爹妈脸上并未显出多少笑意，对英芝的态度也是淡淡的。英芝看得出来，心里便有些不悦，不悦之中更有一些奇怪。英芝问贵清说，我又没让你家破费，你爹妈怎么还不高兴我？贵清吭吭吧吧的半天，却还是说了实话。贵清说："我爹说一个媳妇这么便宜，怕不会是什么好货色。我妈也说,会不会是有病才这么贱的吧。我跟他们解释了半天,他们都不信。”

贵清的这番话,气得英芝一口血差点喷了出来,直恨不能喝毒药。英芝当即便拍着床帮同贵清吵了起来。英芝说:“我是便宜货么?我赚的钱你爹妈见都没见过那么多。我嫁到你家,是我这辈子倒霉。我碰上了你,就只好自己把自己贱卖掉。你家好歹也要领个情吧?倒说这种不是人的话。”

贵清说:“吵个什么呢?我都替你解释了。老人嘛,看到自家娶媳妇跟别人家的不一样,总归是有点闲话的。我大伯家比我家的家境还好,他家的老二娶媳妇硬是用我堂妹子换亲换回来的。我爹妈本来也为我的亲事愁得不得了,一天只吃两顿饭,替我攒钱。还说如果攒不出钱来,也就只好拿我妹子去换亲。还好,我碰上了你,没花多少钱你就肯上门。这事有些突然,我爹妈一直还没拐过弯来,闹不清我家媳妇怎么没花钱就肯过门。就这简单,你听着不就是了?”

英芝更加气炸了肺,却什么也说不清,吵吵嚷嚷地一通大闹。贵清解释烦了,也不再赔小话,倒是懒懒的有一句无一句地搭腔,一副嫌麻烦的架势。英芝吵痛了嗓子,人也累了,肚子也隐隐地有些疼,怕坏了孩子,便不敢起劲往下吵。歇下嘴不说什么时,就立即觉得婚姻真是没意思透顶。贵清比她想象得要无趣一万倍,而公婆转眼间在心里已是仇人。

英芝在台上会做戏,在过日子中却不会。她心里存有对公婆的怨恨,相互见面时,脸上便露不出好颜色。说话时常阴一句阳一句。村里稍有鸡飞狗跳,英芝便跑出门看热闹,回来后自顾自地唱些你爱我我爱你的歌,一副全然不把公婆放在眼的派头。

公婆二人也不是省油的灯,自己本是长辈,媳妇嫁进来,就得垂眉低眼伺候他们,就得烧火做饭挑水劈柴喂猪喂鸡,就得屋里屋外忙进忙出，做事做得身影像旋风，就得隔三岔五向公婆请安递茶倒洗脚水，这才叫媳妇，否则娶你回来做什么？光娶你来生个崽？只要儿子有本事，找哪个娘们生崽还不一样？一个家里有公婆有男人有小姑子，哪能由得你个小媳妇这样嚣张？这样想过，公婆两人便也把脸色挂了出来。本来正同女儿说说笑笑，一见媳妇，脸皮立即拉长。英芝夜里便对贵清说："每天我一出门就先见到两匹马。"

贵清说："我家哪来的马？"

英芝说："你没看你爹妈的脸呀，比马脸还要长哩。"

贵清这时就只说了一句："他妈的！"不知是说英芝的刻薄还是骂他爹妈的马脸。

夏天刚过完，英芝的孩子出世了，是个儿子，眼睛大大的，哭声嘹亮。公婆新添了孙子，高兴得屋里屋外不知道忙什么好。上医院看孙子时，孙子被英芝抱在手上，公婆的马脸一齐变短。两个花白的脑袋凑在一起看孙子小小的样子，糙手在小脸上刮来刮去，乐得嘴都合不拢。英芝却仍然一副不把他们放在眼里的嘴脸，心想，我给你们生了孙子，看你们还敢给我脸色看？

满月时，贵清又摆了酒席。贵清有了儿子，觉得自己在老庙村有了几分骄傲。这份骄傲到了英芝那里，就是满脸的得意。酒醉饭饱后，贵清躺靠在被子上，边用手指头抠着牙缝里的菜筋筋，边痞着脸说："不是我有两下子，打炮打得准，你生得出这好的儿子？"英芝便骂他一句"不要脸"。

贵清没说什么，心想不要脸也得两人做呀。还多亏老子不要脸，三两下就把你弄到了手，把儿子塞进你的肚子里。要是光晓得要脸面，这日子说不定老婆还没讨到哩。这么想过，贵清心里越发有得意感，觉得自己很是有些了不起。

轮到英芝回娘家了。这是生了孩子后头一次回娘家，英芝不想自己太窝囊,便涂脂抹粉地把自己打扮了一番。虽说已是孩儿的妈,可英芝并未满二十岁,脸色红扑扑的,如果不看因喂奶而鼓胀胀的胸脯,她依然一副青春少女的姿容。英芝对着镜子欣赏自己的容貌,看着看着,便禁不住叹息。觉得自己本应该有一个漫长而快乐的青春年华,可以随着三伙班走乡串垸地到处唱歌,说不定就能唱成一个人见人爱的歌星,就算那不成,她也可以多谈一阵子恋爱,身边有三五个男人追求,与他们一起打情骂俏进城逛街,不也是快乐无比的事?然而……然而……然而她却偏偏糊糊涂涂地怀上贵清的孩子,自己这辈子青春仿佛就在不经意间给断送掉了。英芝抚着自己的脸,心里酸甜苦辣。

英芝正想得云天雾地,儿子哭了起来。儿子名叫贱货,是公公起的名字。起先英芝不干,说凭什么我儿子是贱货?公公嘴一撇说:“老规矩都这样,起个贱名字好养儿,名字一金贵,就要伤儿身,你懂不懂?”婆婆一边还帮腔,说:“我们贵清小时候就是叫苕伢,过了十八才叫贵清,你看他长得几多壮?”英芝气得直咬牙,不想顺从公婆之意,可又怕万一叫个金贵的名字真会伤儿身,便又忍了。忍下之后,心里却像是给套了双小鞋,鞋里又进了颗大沙粒,硬是硌得慌。

贱货哭得哇哇啦啦的,英芝知道他是撒尿了。贱货的尿特别多,满屋里都有他的尿臊味,英芝起身过去给他换尿布,嘴上骂道:“拉拉拉,拉个死呀,这么多尿!真是个小贱货。”换时心里便发烦,只想对那张小屁股打两巴掌。手掌举起,落下时却成了抚摸。贱货的肉软软的,像海绵,摸起来很舒服,英芝摸了两下,又舍不得打了。

贵清进屋来,说:“嗯,好臊。英芝,想跟你商量个事情。”

英芝没好气道:“你肯定是没好事的,说!”

贵清说:“那不见得。是这样,我爹妈盼孙子盼了好久,你生了贱货，他们高兴得不晓得怎么办好，想要跟我们带贱货，你说呢？”

英芝心想，你们以前嫌我，现在倒来求我了？我就是不让你们如意，怎么样？想罢便说：“休想。儿子是我生的，凭什么交给他们？想带孙子自己生去。”

贵清笑了，说：“我妈要生就是生儿子，哪能生得出孙子？这家里，除了你，哪个又有那本事？”

英芝没笑，一个心眼认准了就是要跟公婆两人顶着。英芝说：“我管什么儿子孙子，我自己的孩子自己养，他们别想碰。”

贵清说：“你这是发得哪门子犟？我爹妈替我们带伢，那我们多省事？起码这屋里臊味都没了。贱货这个狗东西，屎尿不晓得几多。”

英芝说：“屎尿多也是我的儿，我喜欢，么样？”

贵清叫英芝这么呛过几口，也不悦了，说：“好好好，你要怎么样就怎么样。不过到时候你带伢带得叫苦连天莫要找我。我晚上是要出去打牌的。好好的事，叫你享福你不享，真他妈的是贱货的妈。”

英芝因要回娘家，不想跟贵清吵。吵翻了两人垮着脸，回到娘家也没面子。英芝便不多说，只“哼”了一声，抱起孩子出了门。出大门后回头看贵清跟没跟上来，这时便看到公公婆婆眼巴巴地站在门口向她这边张望，脸上有点可怜的样子。英芝知道他们在望贱货，心里越发得意，把手上的贱货又搂了一搂，低下头，在贱货的小脸上“叭叭”地亲了几响，然后胸一挺，自顾自地往村外走去。

英芝和贵清回到娘家，已是中午。英芝的爹妈和哥嫂都来看贱货，都说这小子名字叫得的确是贱，可鼻眼倒也都是福相。

贵清和英芝听得满脸是笑。三伙也来了,递了一百块钱,说是给贱货的,算是见面礼。英芝爹妈见此,忙不迭地留三伙一起吃饭。

家大口阔,吃饭时,桌子就摆在堂屋,一摆就是两桌。贵清跟英芝的哥哥上桌就干起酒来,连吼带拉的,煞是热闹。贵清是个闻不得酒的人,一闻就非要喝,一喝就要往醉里去,一醉就不知云里雾里,嘴里没有谱,胡说又八道,引得旁人哈哈大笑不止。英芝坐在另外一桌,听得贵清嘴没遮拦,心里发烦,却也无奈。

三伙是长辈,也不喝酒,跟英芝以及英芝的爹妈坐在一桌,边吃边闲谈。英芝不断问及三伙班的事,啥时啥地演了几回,拿了多少钱,诸如此类,问过也不时地轻叹一口。三伙自是狂吹一通,吹完也为英芝过早离开三伙班而长叹一口气。英芝的爹妈对三伙班唱些什么歌毫无兴趣,却是不断地问及亲家的家事。英芝说起公婆,话就特别多。夹枪带棒地攻击一番后,自然也提到公婆想要带贱货的话。英芝说:“我就是不让他们碰一下孙子,气死他们。”

三伙说:“英芝呀,要我说,你总是做些苕事。你赶死赶活地赶去结婚生伢,是一大苕事,再又硬着头皮不让公公婆婆替你带伢,是又一大苕事。”

英芝说:“怎么是苕事?我反正不想让他们开心。”

三伙说:“一个人硬气是好,可是要看这口气硬得有没有用。你这就是硬得一口没用的气。你不让公婆带贱货,你就得自己带。你自己带,就是受累,就得被贱货拴在屋里,哪里都去不了,就像一根绳子拴了只羊一样,贱货就是那根绳子。”

英芝想想,说:“他们对我那样不好,我凭什么让他们开心?”

三伙说:“你何必这样想?你管他们开不开心,你让你自己开心就好嘛。公婆替你带了伢,你想怎么出去玩就怎么出去玩,潇潇洒洒的。高兴了,还可以到我班里来唱歌,给自己挣几个零花钱,你有什么不舒服的?”

三伙这么一说,倒是点拨了英芝,英芝心想,对呀,我管他们开不开心,我自己开心不就行了?再说要还能回三伙班唱歌,岂不是又让青春回来了?

英芝忙说:“我还能回三伙班?”

三伙说:“那有什么不行?你嗓子又没坏,脸盘子还是年轻漂亮,只把腰身减点肥,跟以前有什么两样?”

英芝兴奋得脸都涨红了,连声说:“真的?真的?是真的?”

三伙哈哈大笑起来,说:“真不真我说了不算,你叫你爹妈说。”

英芝妈忙说:“我家英芝就是水灵,生了伢也不像个媳妇样子,硬是还像个大姑娘。”

英芝爹却说:“怕不好吧,嫁出去了,要随人家。公婆肯定不会高兴自家的媳妇在外面抛头露面。我看你还是算了。”

英芝说:“我怕什么?我嫁过去他们就嫌我,我偏就是要他们不高兴。”

贵清那边已经醉得趴倒,连胡说八道的能力都没了。英芝让她哥哥把贵清扶进房间,放在床上。贵清似醉得有些难过,哼了几声,英芝厌烦地瞥了他一眼,也懒得上前细观。她自顾自地翻开她做姑娘时用过的小木箱,把几件唱歌时穿过的衣服找了出来。

才只几个月,衣服上已经有了点湿霉味,色泽倒如以往一样鲜艳明媚。尽管天很冷,英芝仍然忍不住拿到身上来比试。她一件件脱下棉袄,脱下毛衣,脱下棉毛衫裤,脱得只剩胸罩时,她开始打哆嗦。在哆嗦中她将裙子套上了身,然后便对着镜子前后地照着自己。胸脯处更饱满了,顶得裙子胸围没有缝隙,乳沟因了这个,显得更深奥。英芝想这样才更出效果。倒是腰腹处略紧了一点,但也没太大关系。她穿它们在身上,仍然格外美丽。英芝对着镜子,妖娆柔美地做了几个动作,又扮出迷人的笑容,摆了几个姿势。

顿然间,她有了信心。她想,就把贱货给你们吧,我有我自己的开心。

六

英芝从娘家回来的当天,就感冒了。她估计是那晚上试衣服着凉了的缘故。贵清格外关切地为英芝倒水喝药,又半抱半扶地弄她到床上躺着,然后说免得把感冒传染给了贱货,便将贱货抱出屋交给了英芝的公婆。英芝冷眼看他做这一切,可因自己心里有了底牌,也就顺水推舟,不多说什么,一副病得没气力的样子。

英芝年轻身体好,一场感冒也算不了什么,三天就跟什么事没有过一样。仿佛感冒可以减肥似的,英芝觉得自己的腰身也细下来了一些,便越发地有些高兴。

贵清见英芝对抱走贱货也没有什么反应,脸色倒是比往日开朗,知是她接受了这个事实,也就松下一口气,立即回到他以往的生活程序中去了。白天跟村里的哥儿们出门逛荡,晚上便喝酒打牌,家里的事一咕噜都甩给了英芝。

英芝把贱货交给公婆后,除去给贱货喂喂奶,她基本不管贱货的事,夜里贱货也是跟奶奶睡在一起。英芝舒舒服服地过了两天日子,第三天,公公就叫她到果园里去干活。公公说:“你婆婆给你带伢,你没事干,得干活去。”

英芝吃了一惊，说：“怎么要我干？贵清呢？”

公公说：“贵清从小就没干过那些活，他不会干。”

英芝冷笑一声，说：“我从小也没干过那些活，我也不会干。”

公公说：“你不会干可以学会。”

英芝说：“那贵清怎么不学？”

公公说：“贵清不肯学。”

英芝说：“那我也不学。”

公公垮下脸来，说：“你说的什么话。贵清是个男人，男人这年龄是该他吃吃喝喝玩玩的年龄，要是一天到晚埋头干活，哪个瞧得起他？你是贵清的女人，你就要学会心疼他，要他做人有点面子。”

英芝说：“新社会了，男女都一样。男人玩，女人也要玩。女人干活，男人更要干活。”

公公几乎是吼了起来，公公说：“哪有这个事？你到村前村后看看，哪家的女人不干活？哪家的男人不玩玩？等我死了，这个家就得靠他撑，他这个时候不玩到时候哪有玩的？”

英芝说：“哪有这种道理？”

公公声音更大了，几乎有点暴吼的味道。公公说：“我家从来就是这个理。你进了这个家，就得服这个理！”

婆婆一直抱着贱货倚着门框观看，此一刻也开了腔。婆婆说：“等你儿子娶了媳妇，媳妇给你生了孙子，你就可以不用下地干活了。做女人的就得这样，我这辈子就是这样过来的。你是女人，你要像个女人样子。”

英芝没见过公公这种阵势，心里到底有些怯，便不敢再回嘴。心里先怒骂公公，骂完又骂婆婆，暗想到，我凭什么要跟你这辈子过得一样？我凭什么不能换一种活法？女人应该活成什么样子,你知道个屁呀。

英芝虽说一千个不情愿,却也还是跟着公公出门了。外面的风很冷,呼呼地一直能吹到人心里。果园在村外,沿着河走好几里路。河边的草都枯黄着,没精打采地趴在地上。冷风贴着河面,掠过枯草,嗖嗖地往脖子里钻。英芝没戴帽子,也没戴围巾,为了漂亮,棉袄也是薄薄的,结果叫风这么一吹,冻得几乎想要缩成一团。英芝便在心里更加使劲地骂着公公婆婆。正骂时,走到了她和贵清曾经做爱的林子,千般往事涌上心头,她便掉转了枪口,开始骂贵清,直骂得自己心里疲惫。

要命的是果园里也没什么事,公公绕着果园转了几圈,也不搭理英芝,然后闷头剪枝。英芝插不上手,站着没事又受冻,便说:“没我事情,我到棚里去了。”公公也没说话。英芝鼻子里哼了一下,朝草棚扬长而去。

草棚平日也没人住,只是在挂果时,怕人偷窃用来守夜。因棚内无人,似乎是有狗来过,更可能是有野合的男女来过,里面乱糟糟的,恶气扑鼻。英芝走到门口,还没踏进去,就被里面的臭气呛得连退几步。英芝扭头看了看公公,公公依然低头剪枝,眼睛根本不朝这边张望。无奈的英芝在门口站了片刻,看到门边有一只竹帚,便只得拿了竹帚捏着鼻子走进草棚,草草地将棚里污垢清理了一下。

英芝收拾完草棚,便抱膝坐在草棚中,透过缝隙,她看着公公在远远的地方,一下一下地挥动着剪子。英芝想,原来你们带贱货是为了这样整我,是想要我给你们当长工。呸!英芝想着不禁恨得想要咬碎自己的牙。

三伙来找英芝时,英芝还没从果园回来。三伙环视了一下英芝婆家,觉得英芝真是吃错了药,凭了她的面孔怎么也犯不上嫁到这样的家里。贵清家毫无富裕之气。屋子已经老旧了，起码是贵清爷爷辈的，院子也有些破，墙角堆了些旧砖，仿佛准备起屋用。

英芝的婆婆抱着贱货坐在院子里，嘴里哼哼唧唧地唱着花鼓调。三伙认出了贱货，上前打问英芝在不在。

英芝的婆婆不说英芝在否，光是盯着三伙的脸盘问。问得三伙恼了火，大声说："知道不？英芝管我叫叔。英芝嫁给你儿子那天，是我三伙班来唱的堂，少收你家一半的钱，你搞清楚了没有？你拿我当奸夫呀。"

幸而贵清输了牌，回来拿钱，看见三伙正发脾气，才给解了围。三伙问清英芝去果园干活了，而贵清却在外面打牌，气得脸色发青，冲着贵清说："英芝嫁给你，是你的福，你个大男人，自己一边玩儿，怎么倒让她在这天里出去干活？"

贵清忙作揖不止，说是不晓得他爹让英芝干活去了，其实这大冷天里，也没啥非干不可的活儿。

三伙懒得跟贵清多说，丢下一句话，说："叫英芝明天早上十点到黄叶洼去，莫忘了带上台的衣服。"说完蹬上自行车就走了。

贵清一连几天都输牌，家里一点钱都叫他送到牌桌上。眼下的几局，他又输了，欠着人家几百块债。贵清原本想找他爹妈借一点，可听三伙这一说，便改了主意。贵清知道英芝一旦出门唱台，就会赚回不少钱，还他的债绰绰有余，立即有一种心花怒放的感觉。贵清一开心，便立即追着喊："我家英芝可以分多少钱？"

英芝的婆婆一边冷冷道："这个唱堂会的男将，不是个好东西，一看他的眼睛就晓得。你让英芝跟他去混，不怕他打英芝的主意？"

贵清说："哪能呢？英芝管他叫叔。都一个村住的，兔子还不吃窝边草哩。"

英芝的婆婆说："英芝那个小骚货，人家不吃她，她还不会送上门去？"

贵清便笑了，说："英芝是骚，可是也得跟我这样的人骚呀，再次也得找个小白脸骚骚，她犯得着骚到那个老家伙手上？"

英芝的婆婆说："我比你晓得浪女人，也比你晓得浪男人。你这样的毛头小崽有骨架有肉劲，可是那种老家伙是有心计有软功夫的。"

贵清笑得更厉害了，说："妈，我从来都不晓得你还蛮有水平的哩。"

贵清正笑得欢时，英芝回来了。英芝听到贵清的快意大笑，想到自己天寒地冻着出门干活，一股怒火恨不能立即喷到他脸上。贵清见英芝进屋，没等她开口发火，便欢啸一声冲上前，用一种孩子似的欢天喜地，说："英芝呀英芝，我的财神爷爷，你终于回来了。三伙叔来找你啦！"

英芝正垮着脸想要发火，一听三伙来找过她，想要发出的脾气倏然间消失。英芝忙问："三伙叔有没有说找我做么事？"

贵清说："当然说了。他让你明天早上十点直接去黄叶洼，肯定是让你去三伙班唱堂会。你得跟他把价谈好。"

英芝惊喜万分："真的？明天就去唱？"

贵清说："我哄你做什么？今天你早点睡，明天唱起来有精神。我头一个支持你。"

英芝知道他的用意，眼睛一翻，说："你以为我挣下的钱会给你去打牌？我劝你莫做这个秋梦！"

贵清不敢回嘴，怕惹翻了英芝自己果真是一分钱好处都没有，忙痞着脸笑道："我不做，坚决不做。我连春梦夏梦冬梦都不做。"贵清说时想，到时候家里有了钱，你还能不替我还债？我是你的一家之主，就是你的主人。而你只不过是我的女人。连你人都归了我，你的钱还能不归我？这么想着，贵清心里十分踏实。

虽然干了一天的活，肚子里憋了一肚子气，可英芝心情还是十分愉快。她也不想跟贵清弄得太僵，因为出去唱堂会，还必须靠贵清支持。晚上，她也就心平气和地应付贵清的纠缠。当贵清呼呼地睡着之后，英芝突然觉得，今晚是她嫁来老庙村后心情最平静的一个晚上。

七

英芝起了个大早，把自己打扮得如花似玉。躺在床上的贵清看着英芝梳洗和化妆，看着她由一个蓬头垢面的小媳妇一下子变得艳光四射。贵清心里不禁有一些酸溜溜的，仿佛自己的老婆此刻准备出门嫁人。贵清说："英芝，我还是要有言在先，唱归唱，但不准跟人骚。你现在是我老婆。"

英芝脸一板，说："放你的屁，自己天天在外面浪，倒来管我骚。我什么时候骚过？"

贵清说："我已经把你浪到了手，我还浪什么？你呢，也把我骚到手了，再发骚也没什么意思。你是我孩子他娘了。"

英芝说："三伙叔要求我怎么做我就怎么做，你管不着。"

贵清说："那是，你在外得听三伙叔的，可在家里就得听我的，没错吧。现在是在家里，所以你就得听着。做姑娘时发骚，那是俏，是美；做媳妇了还发骚，那就是卖弄，是勾引男人，是摆淫态，请人来搞你。你要敢这样，我就会打断你的腿。老子可以没老婆，可老子不能当乌龟。"

英芝在这个心情好的早晨，不想跟贵清发生冲突。尽管贵清的话已经让她气得发抖，但她知道一旦闹起来，定没有个好结果。英芝只是愤愤地骂了一句："你神经病！"早饭都没吃，掉头就走人了。

早上的空气非常新鲜。太阳还没出来，早雾笼罩在开阔的原野上。晨风轻轻地吹刮，本来就稀稀的白雾，便在风中晃荡，越晃越稀薄，没等太阳升起，就晃没了。英芝到黄叶洼时，三伙班的人已经到得差不多了。老熟人们见了英芝笑闹一阵后，便开始搭台。负责换碟的仍然是文堂。英芝有一年没唱了，文堂让英芝合一下歌子。合歌时，文堂说："英芝，你干什么嫁得那么快？弄得我连追你的机会都没有。"

英芝笑了，说："你哪里瞧得起我？你是镇上的人，老婆长得像一朵花。我一个乡下女孩，嫁人还谈什么条件。"

文堂也笑了，说："女人还讲什么乡下城里？漂亮就好，贤惠就好，夜里上了床，能浪就好。"

英芝内心仿佛有一种什么东西被撩拨了起来，望着文堂，她笑着说："前两条我都不够格，就后一条，我顶厉害。"

文堂大笑起来，说："其实前两条都没什么用，最重要的就是后一条。我老婆这条最差。不晓得贵清是不是吃得消你。"

英芝想起夜里贵清的凶猛，心里立即就怯，但嘴上却故意说："就贵清那样的呀，再来五个八个我都摆得平。"说完自己便咯咯咯地笑得几欲跌倒。

在英芝的笑声中，文堂边笑边说："把我也算一个。"

然后，文堂和英芝心里都有了点什么。

黄叶洼的堂会也是为婚礼而唱。时间是一天，新娘子到黄昏时才接来。于是从早到晚，流行歌曲的音乐就一直响在黄叶洼的天空。三伙班主唱的人有四个，大家轮流上场。下来休息时，文堂就开始吃英芝的“豆腐”。最初文堂捏英芝时，英芝还打他一两巴掌，叫他老实点。文堂伏在她耳边说：“你我都是过来人，只不过玩玩嘛，又不破坏你的家庭。”英芝一想，也是，自己已经嫁了人，瓜也破了，跟他玩玩也不是什么大不了的事。如此想过，也就由他。

这天的黄叶洼堂会，英芝拿到了七十二块钱，比以前少一点。三伙解释说，黄叶洼比较穷，包场的钱本来就不高，点歌的人不多，所以比平常要少一点。英芝虽然觉得钱少了，心下有点不悦，但也不好多说什么。

因为不同路，英芝不能跟车走，便独自回家。刚走出十几步，碰上上厕所转回来的文堂。文堂说：“就走？”

英芝说：“再不走就晚了。人家都在装车，你溜哪去了？”

文堂没说话，猛地把英芝一抱，一只手便急速地伸进了英芝的裆下。英芝挣扎了几下，说：“你太邪了吧。”

文堂说：“玩玩嘛。”

英芝还是推开了文堂，说：“我凭什么要给你玩？”

文堂说：“我撩都被你撩起来了。”正说时，装好车的三伙在叫文堂了。文堂从口袋里掏出一样东西，塞在英芝手上，然后捧起英芝的脸，在她嘴上猛吸了一口，没说话，就跑了。英芝望着他跑去的身影发了一下呆，她的心嗵嗵地跳得很急促。她忍不住抚了抚自己的嘴唇，觉得留在那里的感觉非常特别。最后，她才低下头看看文堂塞在她手上的东西。原来是十块钱。

天已经黑了，英芝一路走回家时都在算账。今天唱歌赚了七十二块钱，被文堂亲了一口，赚了十块，总数是八十二块。英芝想，就数文堂这十块赚得最省事了。以后每次出台的收入一定不能低于八十块。如果低了，就让文堂多弄几下。身体是自己的，也不要本钱。让贵清玩，还一分钱也没有。更何况，别人吃吃豆腐，自己也没什么不舒服，有什么做不得呢？再说，文堂也说过，只不过玩玩。外国人见面认不认识都先抱着，还要亲嘴，那才是礼貌，只当我们是在外国讲礼貌好了。

想到这里，英芝又想，如果其他的人也要同她来讲这个外国礼貌，她干不干？想了许久，她给自己定下一个规矩：只要给钱，就干。同时，她又给自己立下另一个规矩：只准他们吃豆腐，小小地玩玩，但不准来真的。她不能太对不起贵清。英芝到家的时候就想到这里。

英芝又回到了自己以往的生活之中。她赚下的钱一天天多了起来，人也一天天地快乐。面对英芝这份快乐，贵清也无话可说。对于贵清来说，最重要的事，便是常常在枕边央求英芝能多给他一点钱。英芝心里虽然烦他，可想到只要能摆平贵清，她就可以出去唱歌。只要她能出去唱歌，就可以再赚钱。因此每次在贵清要钱时，英芝多少都会给一点。

三伙班一出去就是一天，唱歌时，女的穿得又少，男男女女混在一起，免不了有些动手动脚。不光文堂悄然吃英芝的豆腐，其他几个也都有一点儿。与英芝同唱女角的女孩子叫小红，因为没有结婚，小红比英芝更开放。一旦有什么事要人帮忙时，小红差不多整个身体都会贴在男人身上。最初时，文堂跟小红黏糊时，叫英芝看到，英芝一脸的不悦。文堂转过脸又来搂抱英芝，说是大家都不过解解闷，也没别的事，何必吃醋？英芝细细想下，觉得也是大可不必让文堂归自己一个人所有，而自己也不归他独占。当唱男角的祖强私底下对英芝动手动脚时，英芝也就由得他去。没多久，三伙班的人都晓得，小红是可以睡的，而英芝只能摸。睡小红不要钱，而摸英芝却是要付钱的。于是大家都笑道，想不到嫁了人的英芝倒是比没嫁人的小红更俏一些。

有一天，到银水村唱堂会，这家死了老人，也算白喜事。酒席完后，抬棺材到坡上入葬时，下起了雨。三伙班没法走，便都躲在祠堂里避雨。闲着没事，几个男人一起打扑克，每人出资五十块，交由英芝和小红平分。条件是哪边赢了哪边就可以抱着英芝和小红打牌。这场牌，连三伙都加入了。英芝和小红也觉得自己不吃亏，便嘻哈着在几个男人怀里滚来滚去，被他们搂抱和摸抚。

这天英芝拿到手一百三十二块钱，其中五十块钱，她没费半点力气，只是玩玩，就到手了。她很开心。

回到家时，雨已经停了。贵清正躺在床上，嘴里叼根烟，脸上闷闷的不高兴。英芝一看便知道他必定输了钱。她不想冲他发脾气，从包里抽出二十块钱，丢在床上。

贵清说："今天太阳从西边出来了？没跟你开口，你就给钱？"

英芝自顾自地换下湿衣服，懒得理他。贵清说："我说英芝，你既然开恩，就开个大恩好不好。我差光头五十块，差友杰四十三块，差黑胖十四块。今天我先是输，后来又使劲赢。本来是可以赶回本来，可友杰的老婆死活把友杰扯回家了，他妈的，那个肥猪婆，将来定不得好死。你再给我一百块好不好？九十块也可以。"

英芝说："没那么好的事。我辛辛苦苦在外面赚钱，养着你在家里，一分钱不赚，还光赔钱，哪有这样的道理？"

贵清说："等你老了，就由我来养你呀，这不很合理吗？再说了，我哪是你养的？我吃我爹妈的，用我爹妈的。他们养我养得开心，还轮不上你来养哩。"

英芝说："你说得也对，你爹妈喜欢养你，那你找他们要钱去呀。"

贵清说："你把贱货交给我爹妈带，你还应该给点带小孩的钱是不是？拿来吧，我给我妈去。"

英芝气得够呛，可是她转念一想，吵闹有什么用？真要是闹僵了，自己出不了门，岂不更糟。于是英芝又甩了九十块钱给贵清，气吼吼地说："我跟你讲，这是最后一回。你要是买衣服，我还可以考虑，你要是再输钱，我绝不给你一分。"

贵清拿着钱，吹弹了几下，痞笑道："下回的事下回说。老实跟你讲了，我只欠光头二十块，欠友杰三十块，我这一下还赚了四十块钱，买一瓶酒，两条烟，总可以吧？"说话间，人便跑了出去。

英芝气得一口气堵在胸口。她躺在床上，想起下午在几个男人手上滚来滚去的情景，想起他们在自己身上游走的手，她突然觉得如果他们要能多给她一点钱，她还可以多给他们一点好处，比方，就和他们睡了？可一转过念，英芝又觉得钱虽然好，可是挣回来也是一家人花，而身子是自己一个人的，用自己一个人的身子去为全家人换钱，未免也太不值了。

这一夜，英芝心如乱麻。

八

一年下来，英芝的钱已经上了千位数。存款她藏在一个连贵清都不知道的地方。贵清几次想要知道她到底有多少钱，英芝都没说。有一回，贵清发了狠，破口大骂英芝。说是结婚以后，夫妻财产是公共的，他应该知道家里存有多少钱。英芝猛烈地还嘴，说只要你能赚回一百块钱，我就和你公共财产。现在这钱是我一个人赚的，就只能算我的。贵清说一个家庭应该是一个人赚钱，一个人管钱。自己是一家之主，就应该负责管钱。英芝则认为,一个家庭赚钱的应该是男人,管钱的是女人。现在男人不中了,女人自己只好又赚钱又管钱。而贵清则说又不是旧社会,非要男人出门赚钱。现在世界不同了,男女都一样。女人有本事,就该女人赚钱,男人没本事,就在家里管钱。

两人为争着管钱常常吵得一塌糊涂。有一回英芝的公公婆婆就替贵清还把族长找来,请族里的大辈人主持公道。族里的老人听完贵清讲,又听英芝讲。最后一致认为,男人不管有没有赚钱,都是一家之主,女人赚回来的钱,应该一分不少地上交给男人。贵清一听完几个老人的话,便冲着英芝叫:"你听听,你听听老人讲的!这辈子都没听说过女人把持家里的钱财。男人当家,这就是我们中华民族的优良传统。"

英芝势单力薄,她不知道应该怎么反驳,只是对着贵清骂道:"优良你个屁呀!"

这一声骂,令族里的老人对英芝的印象都十分恶劣。但英芝不在乎,英芝想,你们是一个族里的人,你们都是男人,你们一个鼻孔出气,你们哪里有公正?我自己劳动赚来的钱,就要掌握在自己手上。我在这里是个外人。公公婆婆百事刁难,丈夫只晓得吃喝玩乐,除了夜里能跟我上床睡觉,其他完全是一个废物。我不把钱揣在自己身边,心里怎么踏实?否则我在这个家哪里有一点地位可言?如此想过,英芝就是不把财权交给贵清。英芝对贵清说:"你就是上北京开会,我也不会把钱交给你。"

贵清面对英芝如此之举,也奈何不了她。于是只有在自己想要钱时,早早地哄英芝上床睡觉,然后在枕边温言软语地痞得英芝开心,这样方能讨十块二十块到手。

有英芝在外面赚钱,有爹妈给带着儿子,贵清诸事不操心,跟他的狐朋狗友们倒玩得更畅快。

老庙村的人同邻近几个村不太一样。邻近村里能干活的人许多都跑到南方打工去了。走进村里,用贵清的话说,满村都是"三八六一九九"部队的人。"三八"指妇女,"六一"指儿童,"九九"指老人。放眼朝村里望去,青壮劳力几乎看不到。

但老庙村的年轻人却喜欢窝在家里。老庙村的人说,老庙村又不穷,养人还是养得起的。出远门又有什么好,累爹娘牵挂,自己也过得苦,何必?中国人讲的就是个知足常乐,有吃有喝,没地主压迫剥削,比什么都好。老庙村人对自己清清淡淡的日子就这么一副心满意足的感觉。于是老庙村对贵清这样二十岁左右的年轻人光晓得玩乐,也就持一种宽容的态度。

贵清打牌打得更野了,常常通宵不归。头一回贵清没回家过夜时,英芝还满肚子不高兴。一个人睡在床上,如一块肥沃的地荒在那里,一任野草疯长,没有田野里的歌声,只有萧瑟的风悄然刮过,好是清冷。以后贵清又有过好几次在外不归后,英芝的清冷感也没了。倒觉得一个人也有一个人的自在。土地就算荒成了沙漠,也有沙漠的好看。

但英芝的公公婆婆却不那么乐意。贵清在村里怎么玩他们都没意见,但贵清玩得夜晚不回来,他们就有意见了。他们觉得贵清如此不愿归家并非贵清贪玩,而是英芝没有伺候好贵清的缘故,是英芝成天往外野,以至让贵清恋外不恋家。饭间,他们常指桑骂槐地说英芝,每次都气得英芝在饭桌上就吵了起来。吵过的结果是英芝摔碗而去,饭也没吃好。

有一天,贵清又是一夜未归。英芝早起后,也懒得管他回不回来,自己打扮了一番就出去唱歌了。傍晚回家,家里却闹成了一团。婆婆号哭着,公公拍桌子摔椅子的骂人。英芝不知道出了什么事,忙问在家放假的小姑子。小姑子嘴一撇,说:"还不是为了我哥。"

英芝的公公见到英芝，骂锋立即转到英芝头上。英芝的公公说：“野到哪里去了？成天光晓得自己跟外面那些野男人骚来骚去，自己的男人问也不问。”

英芝劈头遭公公一顿骂，一肚子火便冲上来。英芝说：“我骚什么了？你还像不像个做爹的，开口就这样骂人？”

英芝的婆婆哭叫道：“贵清要是有什么事，我要跟你拼了。”

英芝说：“贵清有什么事？凭什么要跟我拼？我把贵清怎么啦？”

见家里吵成这样，英芝的小姑一边急着喊了起来：“别吵了，我哥出事了，你们吵有什么用？”

英芝突然听小姑这么一叫，大惊失色，双腿一下子软了起来。她恍然意识到，公公婆婆如此乱闹，一定是贵清出事了。如果贵清出了什么事？比方死了……又或者受了伤……英芝想想有些害怕起来。她忙问：“怎么啦？贵清出什么事了？”问时，她能感觉到自己的声音在发抖。

英芝的小姑说：“昨天晚上，叫镇上的派出所抓起来了。”

英芝惊道：“在哪抓的？为什么？”

英芝的小姑声音低了下去，说：“听友杰他老婆说，是在镇上‘娇妹’歌舞厅里，说他们……他们……”

英芝的心一沉，一股恶气涌上心头，但她还是追问了下去：“他们怎么了？”

英芝的小姑一脸不悦，她不耐烦地说：“烦死人了。我哥真恶心，他们轮奸了里面一个小姐。”

英芝的愤怒顿时要将胸膛撞破。英芝跳了起来，对着公公婆婆喊叫道：“这就是你们的好儿子！你们不骂他，倒来骂我。他在外面当流氓，我当你家的媳妇都当得没脸。”

英芝的婆婆毫不示弱，说：“我家贵清没结婚时，不晓得几好个伢,从来都没犯过什么事,又乖又孝顺。自打跟你结了婚,连家都不想回了。”

英芝的公公更是吼一般说:“贵清放了个老婆在屋里,还要出去搞女人,那还不是怪你!你要把他伺候好了,让他是个饱男人,他哪有劲在外面瞎混?我贵清要是在外面搞出个脏病回来,你得负一百个责任。”

英芝心口一闷,悲愤交加涌上心来。想到自己在外面辛辛苦苦地赚钱,经常是早出晚归。有时早饭都吃不上,哪天回来晚了,就只有一点剩饭打发。他贵清却好吃懒做,只在家里游手好闲。平常玩玩牌喝喝酒倒也罢了,竟然还背叛她,跑到外面去玩那些脏女人。自己的男人走到这个地步,她还有什么意思同他做夫妻?如此想过,所有的悲伤都从英芝的心里散发出来,不禁放声大哭,哭得天翻地动。她也不想跟公公婆婆吵了,也不想再继续询问小姑子了,更不想到派出所去查个究竟,甚至想也没想过是不是应该托关系把贵清先弄出来,总之她什么想法都没有了。她哭回到自己的房间,一头栽在床上,只恨不能自己立刻就死掉。

第二天快中午时候,贵清回来了。人怏怏的,像霜打了一样。往日脸上那些神气活现的气色,像被人刮去一样。他觉得昨夜是自己最倒霉的一夜,本来是在歌舞厅唱歌玩的,结果黑胖几个要搞小姐。他怕英芝知道了不依他,故没有参与,只是一边唱自己的歌。不料公安来了,连他一并抓进了派出所。一整个夜晚,连审带吼,连骂带打,完全不是人的日子。天快亮时,总算查清,基本没他的事,便将他放了回来,贵清觉得自己这辈子都没有如此受气。

贵清的爹妈欢喜地迎上前,递水洗脸,上茶端饭,仿佛贵清是满载荣耀远道而归。一夜没有睡觉的英芝侧耳听到外面堂屋的动静，知是贵清回了，心里虽是恨极了他，却也暗中松了一口气。

贵清抹了一把脸，懒得同他爹妈多说话，只低头问了一句："英芝呢？"

贵清的爹说："昨天闹了一夜，我跟你妈觉都没睡好。"

贵清说："我要跟她讲清楚。"

贵清的妈说："屁大点事，扯着嗓子喊一夜，不想着赶紧把男人弄出来，倒光想着自己委屈了，你跟她有什么好讲头？"

贵清心烦，没好气说："她是我老婆，我不跟她讲清楚，跟哪个讲？"

贵清的妈说："以往哪个男人没有三妻六妾的？现在虽说是新社会了，男人拈个花惹个草又算得了什么？值得哭通宵？"

贵清说："你们少说两句好不好？我又没有拈花惹草。"

贵清的爹说："什么？没你的事？那公安抓你干什么？"

贵清说："是他们在跟小姐混，我在旁边唱歌。他们要抓当然一起抓了。"

贵清的妈立即高声喊了起来："听到没有？我儿根本就没有什么事？自己的男人自己都信不过，哭什么哭？！"

外面的话，英芝听得真真切切。贵清爹妈的腔调让她恨得牙都差不多咬碎了。一怒之下，英芝披了衣服出来。她的头发散乱着贴在脸上，眼睛红肿得像熟透的桃子。一夜之间，漂亮风骚的英芝好像换了个人。贵清不觉有些心疼。心想，不管怎么说，自己也有错；不管怎么说，英芝这眼泪是为我流的。

英芝连看也没看贵清，直接冲到婆婆面前，恶声恶气地喊道："我就是要哭，怎么样？你男人要在外面搞了别家的女人，你是不是还要唱五句子，夸你的男人有本事？"

英芝的婆婆被英芝如此一吼，吓了一跳，呆着眼一时说不出话来。等了片刻,才想转,气得面孔发白,一拍大腿便嚎:“看看看,这是媳妇跟婆婆说的话吗?我男人是哪个?他是你的公公咧。我儿呀,你都听到了吧,她平日里就是这么恶呀,她敢当你的面骂你爹你妈呀。”

英芝说:“我才讲一句,你就号成这样,那我男人在外面当嫖客,我就不能哭?”

贵清的爹气得打颤,声音都变了。他指着贵清的鼻子,说:“这样的恶婆娘,你还不掌她的嘴?!”

英芝便一个大步冲到贵清面前,昂头挺胸地吼道:“你打呀,你打!你在外面嫖女人,回来打老婆,这才算有种。”

贵清本来见英芝哭了一夜,两眼红肿,心里颇有些怜惜她。尽管昨夜憋了一肚子气,但他仍对自己的行为有几分内疚。原想回来好好安抚一下英芝,结果叫英芝不由分说地一场大闹,令他的怜惜和内疚以及安抚之意全都一散而尽。他想,妈的,这婆娘看来不教训是不行的了。出这点屁事就把家里弄得跟闹大地震一样,以后要真有点什么,她还不把爹妈给杀了?念头到此,贵清便一扬手,照着一直冲到他鼻尖前的英芝猛扇了一个大嘴巴,打得英芝连连退了几步。这个大巴掌大大出乎英芝的意外,她捂着脸怔住了。呆看了贵清好几分钟,那眼神充满惊愕和疑惑。

仿佛是清醒过来,英芝立刻悲愤交加。她像一头母狮子伸张着双臂扑向贵清,连号带骂。这回是贵清未曾提防,他闪身不及,脸上当即被英芝的指甲划了三道血痕。贵清一边挡英芝,一边抹了一把脸。脸上有血渗出来,沾在贵清的手掌上。贵清见到红,心里的怒火如同被浇了汽油,一下子腾腾燃烧起来。他两手一把抓住英芝,抬起右脚,一脚踢向英芝的小腹。英芝大叫一声,松了手,捂着肚子蜷缩在了地上。贵清的火气没有因为英芝的惨叫而熄灭,他再一次飞起脚来,踢在英芝的屁股上,英芝倒在地上,没了反抗能力。贵清继续他的拳打脚踢,嘴上骂道:“你敢动手打老子!你当你是警察!你把老子不当人了?老子今天要打死你。看你还敢不敢在这个屋里耍蛮。”

英芝在地上滚着号着,却不敢再骂。这是在堂屋,堂屋的墙上贴着一张领袖的画像,画像上面有五个斗大的毛笔字:“天地君亲师”。这是英芝的公公亲手写的。字下方是一张深咖啡色的方桌,桌上的油漆已剥落了许多。英芝的公婆在桌子两边坐了下来,冷冷地看着英芝在地上滚动和哀号。

九

英芝在挨打的当天,怀着满心的悲愤回了娘家。正值农闲,田里没什么事,只英芝的爹一人看着店铺去了,英芝的哥嫂几个都围着桌子打麻将。英芝的妈在圈里喂猪,扯着喉咙问英芝不年不节地怎么突然想着回来了?贱货怎么不带回来玩玩?英芝不好意思说自己挨打的事,说出来她又有什么面子?便支支吾吾说老庙村没什么玩头,想爹妈了,就回来看看。英芝的嫂子把麻将推得哗哗响,嘴上笑说,哟,看不出来,英芝还是个孝女咧。英芝的嫂子本是说笑,并无他意,英芝听在耳里却怎么都觉得百般不顺耳。

晚饭时,英芝的哥嫂拉英芝打麻将,英芝没心思,就找由头推掉了。英芝走出屋,心情有些落寞,便一个人在村里转悠。不时有人跟英芝打招呼。有几个孩子学着英芝的声音跟在她身后唱歌。熟人家的狗都快不识英芝了,见到英芝汪汪地乱叫。村里的所有都令英芝感到亲切,老庙村此刻在她的心里越发有如地狱。英芝想,我为什么偏偏嫁到了那个鬼地方呢?

不自觉间，英芝转到三伙的房子前。三伙的屋是村里最漂亮的，有三层楼高，最了不起的是每一层楼都有一个厕所。村里人曾经使劲嘲笑三伙，说他竟用那样多的面积花那样多的钱来修厕所。屙屎这活儿，随便搭张席子，围几块木板不就有了？三伙说："你们懂个屁！"

英芝知道，只有三伙有这种见识和魄力，只有他知道人生短暂，一个人应该怎么过做人的舒服日子。因了三伙，他一家子人都活得扬眉吐气，舒服自在。可惜贵清同为男人，却连三伙的一半都赶不上。

楼上传出三伙跟孙子的逗笑声。那声音爽爽朗朗的，没有一点愁意。英芝仰头望去，楼上的灯光从窗口泻了出来。白晃晃亮堂堂，在暗黑里分外夺目。

仿佛被这灯点亮了似的，英芝突然想到，就算我是女人，只要我能挣钱，三伙能做到的事，我为什么就不能做到呢？我又何苦要跟公婆住在一起去受他们的气呢？如果我自己挣下钱来，我岂不是自己可以盖一栋房子，就像三伙这样的？虽然说盖房子应该是男人的事，可是女人如果有本事，不是一样可以为自己盖么？我一个月能赚几百块钱，一年下来也有几千块。不出两年，我就盖得起房子来。我不需要盖三层楼的，盖两层楼就可以了。我可以住在自己房子的楼上，高高地看到公婆的院子，我不在乎他们骂人，不在乎他们阴阳怪气，我可以跷着二郎腿不睬他们，甚至，我高兴了，还可以朝他们吐一口涎水。那种感觉该有多么好啊！

英芝被自己突来的想法激动了，整整一夜她脑海里都只有新房子的画面。她把她所能想到的漂亮房子全都想了一遍。她意识到这栋新房子的出现，将会改变她整个的生活。直到天已大亮，她的心情都没有平静下来。英芝想，贵清你玩你的吧，你懒你的吧，你爱怎么样就怎么样吧。我就要做给你们看，我是女人，是别人的老婆，是别人的媳妇，我可以靠自己盖起一栋房子来。我要用我的房子来气死你们笑死你们！

早上，英芝正吃饭时，贵清骑了自行车来接她。英芝的心里被新房子占满了，头天的屈辱和仇恨就淡下去了许多。贵清见英芝脸色还好，悄然松了口气，忙赔着笑脸想跟英芝说道歉。还没开口，突见英芝朝他使劲地挤眉弄眼，立马就明白英芝并没有跟家里人说挨打的事情。于是贵清揣在心里的那份担心，一下子就没了。贵清恢复起往日的痞脸，说："玩够了吧？我来接你回家了。"

英芝的嫂子便笑："哟，贵清呀，你这是像绑在老婆腿上的锣哩。我们英芝刚回来一天，你就响着跟来了？"

贵清便嘿嘿地笑道："要不我怎么这么没出息呢？我们里里外外靠英芝哩。没英芝我活得就不像个人样哩。"

正吃早饭的英芝一家人便都哈哈大笑，笑声中也满为自己家的女儿自豪。英芝在大家的笑声中，也就没说什么，只是跟爹妈道了声别，便跟了贵清回家了。

英芝坐在贵清的车上，两人都没说话。到头一回亲热的河边时，英芝跳下了车，赌气地坐在草地上。贵清知道这一刻英芝要发作了，便忙倒下车，凑过去，做小人状地说："英芝，别生气了好不好？昨天我正在气头上，嫖妞的是友杰和黑胖他们几个，不关我的事。他们害得我在局子里待了一夜，受够了气。本来回家想好好休息一把，可你又和爹妈闹成那样，我心里烦，一时昏了头，要不我怎么会那样打你？以前我几时这样过？今天你都打回来好不好，我保证一下也不还手。"

英芝叫贵清这么一说，满腹委屈都涌上心头，她不禁哭了起来。贵清赔了半天不是，英芝仍然哭着不说话。贵清觉得说多了也是白说，就住了嘴，闷闷地坐在一边，嘴里衔了根草，望着远处的云发呆。

英芝哭够了，她知道再哭下去也没有什么用，便抹了抹眼泪，说："要我原谅你，我只有一条：我不想再跟你爹妈住在一起。"

贵清一怔，说："不住我爹妈那里，住在哪里？我是不会当上门女婿的。"

英芝说："我们自己盖屋，过自己的小日子。"

贵清说："我们？我们哪里盖得了房？"

英芝说："我晓得你家老房旁边还有一块地，正好可以盖屋。只要我们两个一条心，努力挣钱，你再找你爹妈要一点，一年下来，不就可以盖了？我们都这么大了，应该有自己的家。再说你每天这么混，有什么意思？混出事来，里外不是人，又何必呢？还不如自己到外面挣点钱。"

贵清忙说："挣钱倒是可以，我朋友在县城里跟人搞装修，生意不错，前两天还托人找我去帮忙，我明天就可以走人。可是，不见得非要盖房呀。我家的房间有多的，再娶几房媳妇也住得下，何必花那个钱盖呢？再说了，哪个屋里的儿子媳妇不是跟爹妈住在一起？"

英芝说："你就是这样没出息。自己过自己的独立日子，有什么不好？"

贵清说："这是分家哩，村里人恐怕会笑话，我爹妈怕也不肯。"

英芝生气了，说："你到底是跟你爹妈过一辈子，还是跟我过一辈子？"

贵清说："我爹妈都老了，我又是独子，他们一死，我们不是可以住现成的房子吗？何必费那么大的劲又去盖呢？想想也划不来呀。”

英芝冷冷一笑，说：“看你爹妈那股子活劲，恐怕我都死了他们还没死。一句话，你干不干？你要不干，我们就离婚。”

贵清吓了一大跳，说：“莫说得吓人！你不要害我的贱货成个没得娘疼的伢儿。再说了，晚上我连个陪床的都没有，你这不是存心逼我到外面找烂女人吗？”贵清说时痞着笑脸，伸手去搂英芝。

英芝推开他，说：“你要答应了我，我还就能在你家过下去。我忍个年把，住自己的房子，也算有一条活路。”

贵清叹口气说：“说得就像马上要死人似的。算算算，依了你，反正你跟我爹妈一口锅里搅不到一起去。我回去跟我爹妈商量一下。这总可以吧？”

英芝没说什么。她想贵清有这样的态度她也满意了。

事情比英芝预想得要顺利。最主要的还是贵清的一张嘴能说。贵清说，如果我们自己要盖屋，我就会到外面找活儿干，多赚点钱，也算是有了一个人生目标。如果不让我们盖屋，我就还会跟着友杰光头黑胖他们混日子，搞不好哪天又被逮到局子里去了。

英芝的公婆原先一说另外盖屋，两个人便板下面孔吼吼吼的，一个在堂屋，一个在厨房，叨着嘴骂贵清。他们知道这肯定是英芝的主意。他们尽管看都不想看到这个媳妇，可是他们仍然是不肯答应。他们私下说，就是不能好了那个贱人。

可叫贵清这么一说，想想也是。上回逮到派出所已经够让他们受惊吓的了。友杰、黑胖和光头三个叫家里保回来，各各都在家里躺了三天。爬起来出门，一说起在派出所里那个狠打呀，声音都还发抖。贵清是运气好，自己对人倒说是不想沾外面的女人,可友杰他们几个却都说其实是还没轮着他上,警察就来了。下回再玩出事来,被打出毛病来岂不更糟。这样一想,就觉得还不如让贵清出门挣点钱好。房子就盖在自己隔壁,也就跟没离家一样。

英芝的公婆商量了一下,同意了贵清的要求。只是表示,第一,两院之间的墙要开个门,好让贵清和贱货两边进出方便。第二,要盖屋自己拿钱。

贵清说给英芝听,头一条,英芝满口答应了,因为这对她也方便。第二条英芝沉下了脸,放开口骂了几句公婆。贵清说:"我说英芝,你骂的是我爹妈哩,这不跟骂我一样?他们说了这个话,你肯不肯吧?你如果不肯,我再去跟我爹妈说算了。反正我是不想盖屋的。"

英芝咬牙切齿地想了一下,本想脱口再骂贵清。可一转念,觉得自己在这边孤家寡人一个,诸事还得靠贵清。倘闹翻了,往后的日子更不会好过,不如忍上一口。英芝想罢,也就用了半天的劲,把自己的怒气咽了回去。英芝说:"不给钱就不给钱,老娘自己出门挣。我就不信挣不回个房子钱来。"

晚饭时,英芝的脸上便有了得意之色。英芝的婆婆看了颇有几分生气,便吃着饭说,我是为了我儿,不为我儿,我才不会把地让出来盖什么新屋哩。英芝的婆婆特地放着高声,摆着要说给英芝听。英芝心里暗笑了一下,自道,管你为了谁,只要把地给我们盖屋就行了。

十

贵清果然第二日便到县城去了。去了几天后回来过一趟,叹说是工钱少得可怜,人却累得慌。英芝的婆婆就忙说累就留在家里歇几天吧。贵清趁机当晚就留在了家里。贵清先到村里打了一晚的牌，夜半三更回来，又在床上跟英芝纠缠了半天。等筋疲力尽躺下睡着时，天都快亮了，便又在家休息了一天。第三天一早，英芝叫贵清起床，贵清反反复复伸着懒腰赖在床上不想动，英芝说了好半天，几乎就要发火了，贵清才有气无力地爬起来，嘴上叨叨说挣钱是为了今后舒服，不挣钱是为了现在舒服，反正都是个舒服，何不先舒服了再说。英芝嗤了贵清一鼻子，觉得他已经二十几岁的人了，想法竟然还这样的幼稚。

英芝为了让贵清能出门，总算耐下性子说服了贵清。贵清走时，无精打采。英芝的婆婆就有些不舍，吃饭时说了几声不想去就不去，也没有哪个逼你的话。贵清瞥了英芝两眼，倒也没跟他妈搭话。英芝的婆婆便在贵清走时，倚门而望，一副怅然的样子。英芝看了心里便有几分得意，就仿佛自己打仗赢了一把。心说，你儿子媳妇都娶进了门，未必还能事事听你的？

结果晚饭还没吃，贵清就又回来了。胳膊上扎了一圈白纱布，脸色却红润有光。英芝忙问是怎么回事。贵清说贴墙时，旁边的一个伙计正割下半块瓷砖，他递给他时，他没有发现，一挥手，结果正好从膀子上划过，拉了一条大口子。贵清说："一下子胳膊上血就流成了河。"

贵清说话一向喜欢不着天不着地。英芝知道再严重也没得他说得严重，便撇了一下嘴，表示不屑。可英芝的婆婆却立马惊呼起来："我的儿，血流得那样多怎么行呀？英芝呀，你还不赶紧把你男人扶到床上歇下？还不赶紧到街上去买一点猪血给他补一补？伤了骨头没有？英芝呀，你还不赶紧再去买点筒子骨？"

英芝最烦婆婆的这副神气。她没有动，只是冷冷地看了婆婆一眼。然后转过脸对贵清说："看你妈这样子，好像你都丢了半条命似的。”

贵清说:“我妈这是关心我呀。像你这样,男人受了伤,你连眼皮都不抬一下。”

英芝说:“我还不晓得你那伤能怎么样?拉了一点小口子,流了几滴血,吃喝拉撒睡,你一样也不会耽搁。我钉颗扣子,手上还扎个窟窿哩。”

贵清一听就不高兴了,说:“你以为我是为了偷懒装孬?”

英芝心想你未必不是?她冷然一笑,说:“这话是你自己说的,我是没说什么的。”

贵清愤愤地说:“你是没说什么,可是你这个毒婆娘想些什么未必我还不晓得?”

英芝的公公一直没作声,这时朝着英芝道:“你男人伤成这样,你还垮着脸跟他吵?还不到街上买东西?你婆婆叫你买什么你就买什么!”

英芝听公公如此一说,心里便赌了气,心说,我就是不去又怎么样?又买猪血又买骨头,哪个出钱?一分钱挣不回来,就光是盯着我的荷包,哪有那么好的事!英芝这么想过,鼻子哼了一声,一句话也没说,掉头就往自己屋里走。进了屋她就往床上一躺,嘴上故意地哼起了小曲。

一支小曲还没有哼完,贵清突然一阵风地冲了进来。他手上抓了根皮带,像英芝一样地鼻子哼一声,不说一句话,扬起皮带就往英芝身上抽。英芝一下子被抽蒙了,一声尖叫,想要爬起来跟贵清论理。刚一抬身,皮带就甩在了脸上。英芝的脸立即火辣辣的痛。尖叫立即变成了号哭。贵清全然不理会她的哭闹,只是黑着面孔猛劲地挥动手臂。英芝将脸埋在枕头里,她的声音呜呜的,像一只受伤的狼在哀号。英芝心里很痛很痛,可她却听到儿子贱货在门口咿咿呀呀的笑声。英芝婆婆说,贱货好乖。我们贱货将来也要像爹一样,不得随便被人欺负。哪个欺负你,就打哪个。英芝心里喊叫着:“总有一天,我要杀了你们。”

贵清似乎是打不动了,将皮带朝床上一扔,说:“我要一直打得你晓得怎么给男人当老婆!”

贵清说完便走了。屋里突然静下来,只是英芝自己的哭声。英芝哭得好累,止了声。她想爬起来,一挪身子,便觉得全身都痛。她的眼泪便又涌了出来。她越想越憋气,自己并没有什么对不住贵清的,搞不懂贵清为什么竟然这样对她下毒手。她抬头看着墙上挂着的结婚照,她的脸上化着妆,贵清似在斜眼望她,嘴笑得咧了开来,一副幸福不过的样子。然而,就是这个幸福的人,刚才几乎就把她给打死了。男人怎么是这样的东西。英芝忽然觉得自己的命很苦很苦。而以前,她从来没有想到过这个问题。

这一天,贵清在外面打了一夜的牌,直到第二天早上才回来。一进门,贵清就对英芝说:“给我打盆洗脸水来。”

英芝想跟他吵架,可想起昨天的皮带和她现在仍然疼痛不已的身体,便忍了下来。她拿了脸盆到灶房,端了一盆水进来。她的胳膊、大腿以及背上都有伤痕,叫衣服一磨,痛得她只想叫唤。可是叫唤出来了又有何用,英芝还是忍了。

贵清洗完脸,打了一个长长的呵欠,示意英芝把水拿出去倒掉。然后往床上一躺,说:“非要这样调教你,你才老实。”

英芝没答腔,心里却骂道:“放你妈的屁!”

打这以后,贵清不再进城找活干了。英芝也不再要求他去干活。贵清成天在村里打牌,偶尔帮他爹到果园里忙乎一两天。他的日子过得很快乐。夜里,他也常常哄哄英芝,让英芝开心。

只是英芝再也不要求他做这做那了。英芝只是自己在心里盘算着怎么能早些盖好房子,怎么能早些离开公婆的家过自己的日子。她到县里去了好几趟,专门去看别人家盖好的房子。她对着那些房子,一笔一画地描下图来。她还跑了几趟砖厂,托了几个熟人,找到厂长,希望便宜卖些砖给她。水泥厂她也去了,她二哥有个同学在这厂里搞搬运,答应帮她用厂价买到水泥。她还把县里所有的瓷砖店都跑到了,横比竖比了好几家,算是看中了一家又便宜又好看的瓷砖。她知道三伙家的地都嵌了瓷砖,她想她的房子也要盖得像三伙家一样漂亮,而且一定要有厕所。每天每天忙着这些时,英芝都在想,就算我是个女的,我也要自己盖间房子出来让你们看看。英芝有了自己的生活目标,便将公婆和贵清对她的态度都看淡了。

转眼又到了春节。每到春节前后,三伙班总是最忙。这时节,不晓得什么缘故,结婚的人极多,死的人也极多。三伙班的请单一摞摞的,几乎隔不一两天就有请家。三伙在家里装了一部电话,电话铃隔不一阵子就叫了起来,村里远远近近都听熟了这声音。铃一响,立马就有人说,又是哪个苕猪给三伙这狗日的送钱来了。

英芝们却巴不得三伙的电话每一分钟都在响,那声音对于他们来说就是钱财。原先英芝唱到一笔钱,就去农行存上一笔款。现在这么连着唱,她连上农行去的空都没有。于是,她在棉袄夹层里缝了个口袋,把钱塞在那里面。有几次,她躺在床上时,窥见贵清翻她的口袋,她不动声色。她想,她的钱就是她的钱,不能给贵清。钱一到贵清手里,就是别人家的了。贵清手上只要有一块钱,不是抽烟喝酒,就是输掉了。她不能让贵清这样把钱浪费掉。钱要用来做钱应该做的事,比方盖他们的房子。

雪又开始下了起来,已经迫近年关。雁回村一个姓刘的人家请了三伙班。刘家的儿子在广东打工，挣了不少钱，这次是衣锦还乡，硬要请三伙班来为全村唱个专场，热闹一下，也是答谢村里乡亲对他爹妈的照顾。演唱开始时，刘家儿子跟三伙和英芝他们扯闲话。听说他们是凤凰垸的，便问认不认得一个叫春慧的女伢，也是凤凰垸的。英芝便说，怎么不认识？跟我是同学，最没用的一个人。刘家儿子便大惊，说她还最没用？她最没用就不晓得哪个有用了。她的电脑玩得溜熟，大学还没有毕业，就被一家大公司相中，暑假里成天开着个小汽车去人家公司上班，风光得不得了。有一回老乡聚餐，把她也叫上了。结果那回就是她买的单，一顿饭吃下去，硬是花了她一千多块钱，她眼皮都不眨一下，立马就付了账。英芝听得目瞪口呆。想不到一个连夜路都不敢走的春慧，竟能如此出息。三伙见她发呆，便说："那有什么好比的？人家是上大学的人，有学问就有本事，一个人有一个人的命哩。"

英芝头一回觉得没有上大学还是有些划不来的。

因为下雪，专场唱歌便安排在刘家的老祠堂里。祠堂里有现成的戏台，是以前唱天沔花鼓戏时用过的。台后有一个小房间，供演员化妆和更衣。

因为是在祠堂里，演唱的音响效果就比外面好得多。英芝和小红都是裸肩露背地上场，她俩唱得很卖力。每一支歌唱完，都有观众鼓暴掌。祠堂里挤满了人，场内有些热气腾腾的。但到底是冬天，英芝和小红每每从场上下来，都感觉冷得够呛。于是，台后的小房间里便生上了炭火。英芝和小红一下场就头尾不顾地冲到小房间里去取暖。

演唱到差不多一半，场面上的气氛热闹极了。冬日农闲，打工的也都回来了。成日无事可做，难得有如此好的聚会。祠堂里挤得满满的。从南方回来的人们，见识过开放，觉得这个唱法太老土，一点也不过瘾，于是就有人叫喊起来。第一个喊出声来的便是刘家的儿子。他说："穿得是不是太多了？"他的声音不太高，却如惊雷响过，应和之声立即四起，乱糟糟中只变成了几个简单的字："脱！""脱！"

正在台上唱歌的是小红。小红先不知道人们喊些什么，依然嗲着声气跟台下人打情骂俏。待明白人们叫喊的内容时，怔住了。她扭头朝老板三伙张望。三伙一看如此局面，便下场找刘家儿子。刘家儿子说，如果脱了上衣，每人另给小费二百块。如果脱得一丝不挂，就给五百块。给女的，不给男的，男的没看头。三伙一想，价开得这么高，自己的提成也多得多，便立马答应。

小红一下场，三伙便将刘家儿子的意思说给小红听。小红披着大衣，脸红扑扑的，坐在炭火边，想了一想，说："五百块钱不好挣，脱就脱。反正这里的人也不认识我。英芝，你呢？"

英芝被那立即可以到手的五百块钱引诱得心嗵嗵地跳，她想如果一次就能拿到五百块钱，用不了几次，她的房子就盖成了。可是又想到自己脱衣在人前的样子，便又觉毛骨悚然。

英芝犹疑着说："我怕不行，我有男人，他要晓得了，会杀掉我的。"

小红说："他有钱花了，还会杀你？你要分他二百块，你看他敢动你一根手指头。"

英芝说："说的倒也是。可是这都是村靠村，庄靠庄的，传到我爹妈那里，我也不好做人。"

小红说："我们村那些嫂子喂奶时不都人前人后地露着奶子，有哪个说什么没？你在这露一下，就能赚二百块，有什么不好？我们女人亮的是形体美。"

英芝一想，可不是？小红接着说："我是不怕的。我一不是你们乡的，二是我横直不准备在这里长待。我迟早要到广东找事做的，赚一笔是一笔。”

英芝思想斗争得十分激烈，她多想要那五百块钱呀。如果每次都能赚到五百块，她的房子不出半年就能动工了。可是……英芝在脑子转一个弯的时候，她又有些悲哀。她和小红不一样，小红单人一个，说走就走，了无牵挂。而她却已经是别人的老婆，是贱货的母亲。她随便抬抬腿，也要牵动几个人。何况她又是本乡本土人，一旦被人说闲话，全家人都不会给她好脸色看。她怎么能当众脱光呢？她怎么能经受得了人们背后的议论呢？英芝思前想后，拿不定主意。

小红已经出场了。音乐嘭嘭恰恰着。从外面传来的每一下节奏以及小红吐出的每一个字，都如同锤子一样，敲打着英之的心。人们热情已经高涨得无以复加，喊叫声中夹杂着尖叫。英芝能猜得出来，那是小红在一件一件地脱着衣服。最后的喊声是全场性的，那声音就恍然炸弹在身边爆响，令人觉得可以把屋顶一直冲到天上，从此掉不下来。

但英芝却没有敢去看那样的场面。只她一个人坐在台后小房间里的炭火旁。和外面那些激动的人相比，她竟是有些哀伤。红通通的炭火中，她恍然看见了春慧穿着时髦地开着小车朝她驶来。那么一个无能的春慧，她凭什么混到这样的地步呢？如果她英芝去了南方，她岂不是可以比春慧混得更好一些？她想，她所有的一切，都是她的婚姻害了她，都是贵清害了她。

小红终于唱完了，她裹了件大衣冲进了小房间里。她的嘴冻得乌青，可脸上却因兴奋而红光四射。英芝从来没有见过小红这么漂亮，她竟有些惊讶。跟在小红身后进来的三伙说：“小红，了不得，这五百块钱你是到手了。英芝呀，你是没见过那样的场面。我走南闯北这么多年，也是头一回看到。人气简直都快把小红烧着了。”

小红说：“一点也不冷，太刺激了。英芝，不信你也试一试。”

跟着小红上场的就是英芝。英芝一出台，台下的观众还在激动之中，没等英芝开口唱，就有人喊：“接着脱！”

英芝没有搭腔，只是笑了一笑。听着音乐响起，她开口唱了起来。几乎没有人听她唱什么了，人声嘈杂得如同菜市场。高声喊“脱”的人一阵一阵，仿佛就等着看她脱衣服。英芝的歌唱了一半，还没有脱的意思。下面便有人急了，喊着：“不脱就滚下台！”“还是换那个上！”

刘家儿子就坐在前排，他扬起五张钱，朝着英芝摇着。嘴上喊道：“脱了这钱就是你的啦！”

英芝有些恍惚。开着小车的春慧似乎又从那钱里朝她驶了过来。一瞬间，英芝抬起了胳膊，她把手放在了裙子的吊带上。场下突然静了。大家都屏着气望着英芝。英芝嘴上唱着，却背过了身体。她将吊带从两边的肩膀上滑下，裙子从她的身体上缓缓地落了下来。大家眼里出现的是身穿胸罩和三角短裤的英芝。英芝的三角裤很小，小得几乎使半边屁股都露在了外面。叫喊声和口哨声又响了起来。英芝听到刘家儿子的声音：“好呀，好身段！刺激！再脱！”

英芝从来没有如此这般地站在人前，她一扭腰一扬手，觉得自己也从来没有如此地轻盈和自在。喧嚣的声音促使她全身热血沸腾。她的手指情不自禁地放在了胸罩的铁钩上。只轻轻一下，胸罩也脱落了下来，白色的乳房如两只鸟一下子在胸脯上舒展开来。

高潮再一次在这个老祠堂里掀起。刘家儿子手上的钱仍然对着英芝摇着。但是这支歌在此时恰好完了。等不及英芝全部脱净，便到了英芝下场的时候。英芝谢了幕，匆匆捡起自己的衣物，捂着胸脯，飞一样跑下台。三伙手抓着大衣，将英芝一裹，挟着英芝就进了暖和的小房间。三伙略带遗憾地说："英芝你脱得太晚了，只要再多一句，你的五百块钱就到手了。"

英芝不知是冷还是激动，她全身发着抖，已然失却言语的能力。她坐在炭火边，烘烤了好几分钟，才长长地缓了一口气。英芝想，三伙说得也是。

这一天，英芝拿到了三百零二块钱，其中二百块是刘家儿子给的小费。而小红则拿到了五百多块钱，数钱时小红眼睛里的光芒仿佛把她周边都照亮了。

只是男人们的钱都很少，他们看也不看就装进衣袋，然后叹说悔不该生成女儿身呀。文堂说："早知道你们这么敢脱，还不如先脱给我们几个看看，肥水先落自家田嘛。我们几个凑也能凑出个五百八百来。"

小红说："真的？你的话当真？"

英芝却没有说什么，她在琢磨文堂究竟是说真话还是在讽刺她们？

十一

元宵节刚过，舞龙灯落得满地的碎纸还没有被冷风刮尽，县里的报纸便发表了一个回乡大学生的文章。大学生对乡下过年间的恶俗表演进行了严厉的质问。说是难道为了热闹就可以不管内容健康不健康吗？文章中提到一些戏班子大唱黄戏，一些杂耍班子大搞迷信，一些歌班子大脱衣服。说是看了这些后，觉得农村的面貌比他离开家乡外出读书的时候更加落后了。这封信引起了县里领导的重视，立即进行了调查和整顿。

只十天工夫，三伙班的演出资格就被取消了。因为写文章的大学生就是雁回村的。

散伙前，三伙找了英芝几个在镇上吃了一顿饭。三伙说，满以为在雁回村后，生意会更红火，想不到却被弄散了伙。三伙说时，便猛猛地喝酒，边喝边叹气。文堂一次一次地敬酒给三伙，每敬一次就骂那大学生真是吃撑了，啥都看了，啥都听了，饱了自己眼福和耳福，然后又不让别人活。文堂第三回骂时，三伙便制止了他，说人家有人家的道理。人家上了大学，有文化，当然是看不惯这些的。人家要看踮着脚尖跳舞的人，要看穿着长袍裙子唱西洋歌子的人，人家还要看穿着燕尾服的男人在台上指挥的一个大乐队演奏。那是高雅，是艺术。我们几个只不过看村里人可怜，想热闹的时候不晓得怎么办好，才找了这个由头混点农民的钱，当然也是有点碍人眼。

英芝说："那以后村里红白喜事想要热闹一下怎么办？"

三伙说："那就不热闹好了。结婚时，就光笑，死人时，就猛哭。保管也结得成婚，也死得了人。"

三伙这一说，倒让大家都笑了起来。一桌酒席散了，分手时彼此倒也没多少愁悲，只说以后有机会再重头来。

英芝回来的一路，心里闷闷的。本想尽快把盖房子的钱挣到手，没想到反而倒坏了事。便想起文堂骂那大学生的话，觉得文堂是骂得太有道理了。

英芝没有直接回家，倒是同三伙一起回凤凰垸了。娘家仿佛还在过年，一伙人围着桌子在堂屋里打麻将。屋边生了火，暖融融的。大家见英芝进门，便一个个喊喊叫叫。英芝的大嫂立即叫英芝上桌打牌，她让给英芝。英芝摆摆手，回绝了。英芝的妈正在灶房做饭，听说英芝回来了，立即眉开眼笑地跑出灶房，手捧着一堆吃的东西，又是麻叶又是花生。英芝瞬间就觉得还是这里更像她的家。

英芝接过她妈手上的食物，没吃一口，便拉着她妈的衣袖往里屋走。英芝说："妈，我想跟您说个事。"

英芝妈说："我正做饭哩。"

英芝说："我说完了就走。"

英芝妈说："不在家吃晚饭？"

英芝说："不吃了，要不贵清又要吵我。"

英芝妈说："你们两口子怎么回事？贵清他怎么这么没良心，我这么好个女儿嫁给她，他怎么不用心伺候好你呢？"

英芝听她妈这番话，眼泪水都快冒出来了。英芝说："都是我公公婆婆在中间生怪，尽挑拨我们。我现在只想跟他们分开来自己过。"

英芝妈说："你们怎么分开？"

英芝说："我和贵清想另起屋。他家旁边还有一块地，贵清说他爹妈已经答应给我们起新屋了。可是我们现在的钱还不够，我想——我想，妈，你们能不能借给我一点？"

英芝妈说："这我当不了家，我跟你爸爸商量下了，再回你话好不好？"

英芝点点头，说："好的。"

英芝为了听这个回话，就留了一天。第二天早上，英芝一起床，英芝妈便拉了她到灶房里，当着英芝的面给英芝炸了两个荷包蛋，对英芝殷勤得仿佛英芝不是她的女儿。英芝一看她妈这副样子，就晓得她爹一定不同意借钱，便先开了口："妈，爸没同意借钱，是不？"

英芝妈为难道："英芝呀，你爸也不是没有道理。你几个哥哥要知道我们把钱拿出来借给你，一定是不会依的。何况你是个女儿。"

英芝便有些愤然，说："女儿又怎么啦？女儿就不是爹妈养的么？"

英芝妈说："老话早就有得讲，嫁出去的女，泼出去的水。你一出这个家门，就是人家家里的人了，跟你哥他们当然是不同的。"

英芝更加生气，说："在那边，我不是他家的人，在这边，我又被泼出去了。说起来哪儿都是我的家，结果哪儿都不是。这不公平！"

英芝妈说："是不公平，可是我们女人几千年都是这么做的，你有什么办法？到了妈这个岁数，你就不会这样想了。你就会把你婆家那边当你的家了，就跟妈现在一样。"

英芝不想再说什么，她闷头吃完饭，连一声招呼都没打，就独自离开了。

路上行人很少，平常总能拦着一辆手扶拖拉机，突突突几十分钟就赶了一半的路。可这天英芝走了很远，都没有拖拉机过来。风虽说不是很大，可天却冷冷的。辽阔的田野上，也几乎看不到几个人。偶尔有人在地里忙点什么，大多也是上了岁数的老头子。不知道从什么时候开始，人们对种地一点兴趣都没有了。

英芝将围巾忘在了娘家，走了一阵，风直往脖子里灌，她便耸起肩膀，缩着脖子往前走。英芝想想就很有些憋气。男女平等，说了这么多年，凭什么到头来不管遇到什么事，都是女的倒霉，而且连女人自己都认为应该这样，比方她的母亲。女儿嫁了人就不是你们的骨肉了？婆家本就不是女儿的家，而娘家又不拿女儿当自己家人，做女儿的为什么就这么命苦呢？现在英芝总算明白，天下的女儿在出嫁时为什么都要号啕大哭了。因为女儿一旦嫁人，就永远失去了自己的家。在空空旷旷的天地之间，多少没有家的女儿的心都在漂泊，她们真是天底下最可怜的人啊。

英芝怀着这样的悲伤走进了老庙村。在村头，几个无赖汉正在墙根下晒着太阳，见到英芝，一个个眼睛都放了亮。一个叫臭虫的无赖喊了起来："英芝，什么时候在我们老庙也脱一回呀？"

英芝心一惊，暗想，糟了，怎么传得这样快呢？英芝嘴上笑道："你这个臭虫，脱什么呀，脱你的皮哩。"

臭虫嬉皮笑脸道："英芝，我们一村人都羡慕贵清哩，雁回村都传疯了，说你的皮肉比冬天的雪还白哩。"

英芝好恼火，说："放你妈的屁！臭虫，小心我剥你的皮。"

英芝骂罢，不敢多停留，她心里有些毛乱了。英芝知道如果贵清听到这些闲话，一定不会给她好脸色。英芝想起小红说的：给男人二百块钱，他连手指头都不敢动一下。英芝想到此，忙拐到村里小卖部，给贵清买下一条烟和两瓶酒，又给公婆买了两瓶雪碧。英芝掏这些钱时，心里一阵阵疼痛。小卖部的老板娘却阴阳怪气地笑道："哟，给贵清买吧？难得太阳从西边出来，贵清硬是好福气呀。"

依了往日英芝的脾气，非要扬起嗓子跟她一争高下的，但这天英芝无心搭理这些。她满脑子都是如何通过贵清这一关。

英芝远远地看到了家里的大门。过年时大门刚刚刷过黑漆，色泽很亮，但这一刻的大门却正掩着。平常公婆在家，很少掩门，英芝心里扑扑地跳得厉害起来。她走到门口，镇静了一下自己。然后故意用一种快乐的声音高叫着："贵清呀，贵清，快来帮我拿一下，你看我给你买什么回来了。"喊叫时，她推开了门。她尽可能使自己自然一些。

英芝的公婆垮着脸，端坐在堂屋里。他们的头上仍然是大大的“天地君亲师”五个字。英芝先把雪碧放在桌上,笑着说:“这两瓶饮料,是给您二老买的。”

英芝的公公不屑地哼了一声。英芝的婆婆伸出尖尖的手指,指着英芝的鼻子,用一种尖厉的声音叫喊道:“你这个烂货,用卖×的钱买这些,想害死我们呀!”

那声音令英芝觉得自己的耳膜刺疼刺疼的,有如针扎。英芝没有料到婆婆会这样开门见山,忙分辩道:“我怎么啦?我又没做什么见不得人的事。”

贵清从屋里冲出来,一把就揪住了英芝的头发。英芝立即哎哟哟地叫唤起来。贵清说:“你这个臭婊子,老子让你在外面唱歌挣钱,又没有叫你脱衣服。你还要不要脸呀!你要钱要疯了?钱比脸还要紧要么?!你他妈的天生是一个当婊子的货色。老子真是看走了眼。”

贵清一边大骂,一边使劲地扇着英芝的耳光。英芝能感觉到自己的面孔肿了起来。英芝本能地反抗,她用脚踢着贵清,两只手乱舞着。英芝说:“我就是想赚钱怎么样?有本事你赚钱回来养老婆呀!”

贵清说:“你这个臭婊子,你还嘴硬!”

英芝的一只脚踢中了贵清的下身,贵清惨叫了一声,松开手,弯下腰捂着下身。

英芝趁机掉头往门外跑。英芝想,天啦,我不能被他打死呀。英芝跑出院子,却看到先前坐在堂屋里的公公先她一步站在院子里。大门被锁上了,钥匙不知在何处。公公冷冷地笑着,理也不理英芝便往屋里走。贵清追了出来,他手上拿了一根棍子。贵清号着:“狗娘养的,你踢老子的命根子,老子还让你活?!”

贵清一棍子便朝英芝打了过去。英芝闪了一下,棍子从英芝脸边刷过，落在肩膀上，英芝惨叫一声，跌倒在地。英芝已然站不起来了，她朝着猪圈爬去。贵清跟在她的身后，扬着棍子在她身上胡乱抽打。

英芝爬到猪圈边，没了退路，她也爬不动了。英芝悲愤地想，打吧，顶多就是个死，这样活着，还不如就死了。这样想过，她便无意继续反抗，蜷缩在猪圈的墙根下，任由贵清抽打。贵清直打得英芝不再惨叫，昏死过去。

英芝醒来时，已经是中午了。猪躺在她的身边，一股臭气直冲她的鼻子。她挣扎着爬了起来，不敢进屋，朝着门外走去。这时大门已经打开了。英芝走到门外，觉得外面的天好亮啊。

英芝踉踉跄跄地走出了老庙村。她的棉袄已经被贵清打破，儿缕棉花露在外面。她的脸青肿着，一道道血痕一直拉到了脖子上。英芝脑子里已经没有了什么意识，她只知道往前走，她甚至并不知道自己走的是回家的道路。幸亏回家的路不需要记忆也能认得。

差不多天黑的时候，英芝才到家。她的侄子苕伢先发现的她。苕伢立即发出惊天动地的叫喊。苕伢喊："爷爷！婆婆！看我细姑怎么啦——"

一家人都从屋里跑了出来。英芝听到许多的脚步声朝她而来，她一个人也没有看清楚，然后就倒了下来。

十二

整整一个礼拜，英芝都躺在娘家，连床都没下。英芝的爹妈和哥哥们看到英芝遍体鳞伤，都气得摩拳擦掌。英芝的爹带着两个儿子和凤凰垸十来个能动手的人，当晚便奔到了老庙村。英芝的大哥说血债一定要用血来还，绝不能饶了贵清这王八蛋。

然而当贵清把他揍英芝的理由高声地说出来时，英芝的父兄都傻了眼。结果他们非但没有打贵清，反而再三再四给贵清赔了半天不是。回来的一路，都垂头丧气。

这一切，英芝都不知道。

英芝下床的那天，天很晴朗。英芝身上的伤痕已经结疤，可她心头的伤却仍然流着血。吃过早饭，英芝站在自家房屋的窗前，看着屋外的太阳。太阳下，侄儿苕伢和侄女菊菊正笑着相互追打。英芝想，不晓得我的贱货现在怎么样了。

英芝的爹走进屋里，闷头坐了下来。英芝望着他，不知其意。英芝的爹吭了好几声，方说："自己错也错了，回家跟贵清认个错赔个礼。娘屋里不能养你一辈子。你一个女人，该做什么不该做什么，也得要有个规矩。"

英芝脑袋嗡了一下，她明白她爹的意思。然而她被人打成这样，打得伤痕累累，没人来跟她认错，她的爹却还要让她先低头认错。她觉得自己业已痊愈的伤痕又一道道地炸裂了开来，全身仿佛被炸得铮铮响。她想要号叫，想要撞墙，想要撕破自己的胸膛，想要质问苍天，为什么对女人就这么不公平。

英芝的爹见英芝的脸色变了，从衣袋里摸出一叠钱，又说："这是三千块，家里也就这点钱，先借给你。跟贵清两个起栋房子，自己好好过吧。莫再闹得大家都没脸面。"

英芝的爹把钱放在桌上，人便走了，走时仍然一副闷闷的样子。阳光透过窗子落在桌上，那叠钱便在阳光下光芒四射。英芝的激愤忽地就被这光芒所软化。她慢慢地走到桌前，将那叠钱拿了起来，然后找了一张纸，细细地包好，掖在贴身的口袋里。英芝回家时什么也没有拿，走时也不必拿什么，她到灶房跟她的母亲打了一声招呼："妈，我走了！"

英芝妈正给灶里添柴，扬头说了句："伢呀，要认命。你是个女人，要记得，做女人的命就是伺候好男人，莫要跟他斗，你斗不赢的。”

英芝一个人上了路，她有些恍恍惚惚。恍惚中又想着我哪里又跟他斗过呢？

中午的时候，英芝看到了老庙村落在绿树中的房子，她的心惊跳着，不知道这次回来会怎么样。村口有人在闲玩，远远地见英芝走来，便急报了贵清。

英芝刚进村，竟突然看到了贵清。贵清站在冬天的阳光下，高大而强壮。英芝一下子觉得自己的两腿发软。她怔怔地不敢往前走。贵清迎了上来，说："回来了？我正准备今天接你去的。"

英芝低下了头，没说什么。贵清说："晓得不，贱货今天在村里跑着追小狗，摔了一跤，就喊妈妈。可惜你不在，没看着，那样子，才好玩哩。"

英芝的眼泪都快流下来了，她还是一句话没有说。一起进了家门，英芝便找贱货，抱起贱货，英芝忍了半天的眼泪方才哗哗地流了出来。她怕贵清看见，把脸埋在贱货的衣服里。可贵清还是看到了。贵清说："回来了就好，还哭么事呢？"

英芝说："我好想贱货。"

晚上，贵清要替英芝脱下衣服，英芝不肯。贵清说："未必我都不能脱你的衣？"

英芝说："你以为我身上还能让人看？"

贵清说："我不管，你是我老婆，我就要看。"

贵清强硬地扒开了英芝的衣服，英芝身上的道道伤痕一下子袒露在他眼前。贵清自己呆了。英芝把脸朝向墙里，又哭了起来。贵清此时突然满心内疚，抚着英芝身上的伤疤，说："英芝我真是昏了头，我不晓得打得这样狠，我真是疯掉了。英芝你莫哭,你起来打我几下,用棍子打,好不好?”贵清说时要下床找棍子。

英芝说:“我打你做什么?我打得过你么?”

贵清俯下身来,说:“英芝,对不起。只要你不恨我,从今往后,你要我做什么我都做。你千千万万莫恨我,我其实是蛮喜欢你的。”

英芝想了想,说:“你要是真喜欢我,你就拿出行动来。我只想盖好房子,别的什么我都可以不计较了。”

贵清说:“盖,我们盖,这是早先就说好的嘛,我爹妈也都答应了。就是钱——”

英芝说:“我娘家借给了我一些钱,我自己也赚了一些,先把屋盖起来再说,就手上的钱,盖到哪里算哪里。”

贵清说:“没问题,都听你的。明天我们就开始做。”

这一夜,贵清好一阵折腾英芝。几乎到下半夜,贵清方昏昏睡去。英芝却因为贵清的一个承诺,激动得辗转反侧,无法入眠。

英芝和贵清终于开始盖他们的房子了。贵清跟人做过装修,多少懂得一些盖房的道道。他按英芝的要求自己画了一张草图。新房是两层楼的,南北朝向。楼下正中间是个大堂屋,堂屋两侧各有两个房间。朝南的房间,一间留给贱货,一间准备将来再生个儿子住,朝北的房间,一间堆放工具杂物,一间给客人来时搭铺。灶房和厨房在杂物间的隔壁,楼梯在外面,楼梯下便做了猪圈,英芝和贵清的卧室在楼上。因为英芝说过好多次,贵清终于将厕所画进了他们即将盖的房子里。这是英芝最满意的地方。因为贵清准备在厕所安装淋浴头,说是洗起澡来方便一点。这是英芝事先都没有想到的,英芝为这个建议好好地表扬了一下贵清。楼上还有两个房间，贵清说，说不定以后还会生个女儿，让女儿跟爹妈一起住在楼上比较好。英芝想，我才不想生女儿哩，生个女儿到世上来受气受苦，我做她的妈心里都不好受。但英芝因为心情很好，便没把这话说出口。

英芝和贵清开始一趟一趟地买砖买水泥，英芝到娘家把她哥哥的小手扶拖拉机借了几天，贵清便每天开着小拖拉机备料。忙乎了个把月，终于可以开工了。新房动土那天是三月八号，这是英芝挑的日子。贵清说："三八妇女节是个什么黄道吉日？"

英芝说："我就要这天。"英芝想，这天是我们的女人节，在这个日子起屋，说不定我会翻个身哩。

整个备料过程，用的都是英芝的钱，贵清拿不出一毛钱来，就是中午赶不回来在外面买个馒头吃碗面的钱，都是英芝掏的腰包，如此这般，贵清自觉气短三分，也就没有什么底气在日子的挑选上与英芝相争。

三月八日，英芝屋后的桃花突然就开了一枝。往年从没开这么早，英芝不禁有几分惊喜。开工时，大家都看着了那桃花，纷然笑，说英芝你欢喜个什么？说不定是贵清要走桃花运了。英芝便也笑，说他要走桃花运，哪个还挡得住？就让他走他的桃花运，我走我的狗屎运好了。

难得英芝快活，说这么好玩的话，说得大家都笑得哈哈哈一哄一哄的。贵清满心欢喜，也就拉开一副架势正经地大干了。只是每天晚上，贵清都拉着这些帮忙的朋友上路边的饭馆去吃饭，饭间还要喝酒，喝完酒还要打麻将。这些开销仍然得英芝出。钱花在房子上，英芝不心疼，可钱都吃进人肚子里了，英芝就觉得浑身如同刺扎了一样。好几次她都朝贵清拉下了脸，说吃几顿饭也不是不可以，但也不能天天吃呀。贵清的回答理直气壮。贵清说："你让人家天天干活，还能让人家不天天吃饭？"

英芝无话可说。

房子盖得很快，几天工夫，二楼预制板就架上了。又不几天，屋顶架上，房子就有模有样了。先前备好的材料业已用完，剩下的活计除屋里的粉刷和铺地外，还有窗子和门，英芝所要的厕所也是空荡荡的。贵清朝英芝开了单子，说是还要买料多少，石灰和沙多少，水泥多少，油漆多少，英芝一条一款地细问贵清价格和用量，算了一夜，再怎么抠紧了算也还得花三千块钱。就这，还没有包括大门和院墙。英芝手上却只有一千块钱不到，无论如何也是不够的。整个一晚上，英芝都呆坐在屋里发愁。

贵清晚上打完牌打着呵欠回到家，英芝问贵清怎么办。英芝的意思是想要贵清找他的爹妈借一点，贵清却佯装没听见。见贵清这副神气，英芝几乎又想要跟他大吵一架。英芝决定自己去跟公婆开口。

英芝这天早上起来，不是先到新房那里观看，而是到灶房帮婆婆煮稀饭。英芝蹲在灶边一根根递着柴火棒子烧火，她心想，我今天一定要耐心一点。英芝的婆婆冷笑了一声，说："你嫁过来一两年，没进过灶房，跑进来帮忙，怕不是专为帮我煮稀饭的吧？"

英芝婆婆的话噎得英芝一时不知道说什么好。她吭吭巴巴了半天，方说："是这样，妈，我们的房子，您也看到了，快盖好了，但是……但是……我们钱花光了，只差一点点……"

英芝的话还没有说完，英芝的婆婆就抢过了话头。英芝的婆婆说："我跟你公爹手上是有一点点钱，不过你莫指望我们会借给你们起屋用，我们这是留着养老的。看你这个浪荡样子，我指望贵清也是指望不了的。你就是来灶房烧一百天火，也休想从我这里拿到一分钱……"

英芝也没等婆婆的话讲完，便气得把手上的柴火棍子猛然往灶里一塞，起身而去。出门时，英芝想，听这种混账话，又有哪个能耐得下心来？

新房已经停工了。贵清说盖到这份上已经是大头朝下了。以后有一点钱就做一点，慢慢地做，总归有一天会做好的。英芝想这也不是没道理。可是让她仍然跟公婆住在一起，搅在一口锅里吃饭，进进出出用同一扇门，她觉得自己心口憋得慌。家对她来说，不是一个温暖舒服的地方，而是她的地狱。这么想着，英芝就越发觉得自己必须早早地将这房子盖起来，早早地跟她的公婆分为两家人。

这天吃过中饭，英芝对贵清说她去娘家再借点钱。贵清满口答应，一边送英芝出门，一边痞着脸说："放着你现成的娘家有钱你不借，你找我爹妈开口，那还不是自找倒霉？"

英芝气得脸都变了色，她心里暗暗骂道：你当我娘家是开金铺的？再说，我在老庙村盖屋，盖好了是你来住，凭什么要我娘家借钱？你爹妈都是甩干饭的？

骂也没用。像贵清这样的人，讲的是实惠，骂也白骂。恨只恨自己嫁错了人，这一错就没有办法回头。英芝走在路上越想越觉得婚姻对于女人来说，要么是天堂，要么是地狱。嫁好了人就是天堂，嫁坏了人就是地狱。三伙的老婆就是嫁进了天堂里，而她则嫁到了地狱。英芝真是痛恨自己做姑娘时从来都没有想到过这些，竟是这样糊糊涂涂地嫁了。嫁给了贵清这么个浪荡子不说，还摊上那样的公婆。自己的前辈子也不晓得是不是做了恶事，落得下辈子受惩罚。

英芝一路走一路叹想。她径直走去了县城，她要去找文堂借钱。

文堂在一个名叫"踢踢踏"的歌舞厅管音响。文堂一见英芝便笑，说："是不是想我了？"

在文堂这种没正经面前，英芝一下子心情就轻松了起来。英芝也笑道："你有什么好想的？想你荷包里的钱还差不多。"

文堂便说："那我当然晓得，我说的想我就是指想我的钱，未必我还指望你想我这个人？"

英芝说："死鬼呀，你一张嘴损死人。"

文堂说："不是忙着盖新房吗？怎么还有闲心思进城来？"

英芝说："就为这事嘛。说真的，文堂，我真是找你来借钱的。房子弄得差不多了，可就是只差三千块钱，你能不能借给我，明年我保证还你。"

文堂斜着眼，笑说道："借是可以，就这么白借？"

英芝忙说："我保证按银行利息一分钱不少都给你。"

文堂说："银行利息那值几个钱？"

英芝说："那……你还要什么？"

文堂一把搂过英芝，说："男人想什么，你未必还不晓得？我跟你一向关系不错，可每回你都只让我吃点豆腐，你叫我如何甘心呢？"

英芝笑道："文堂，你野心好大，你不怕你老婆把你宰成个太监？"

文堂说："不让她晓得就是了嘛。跟你讲，英芝，小红想要跟我有一手，我还没干哩。那个脏货，人尽可夫，谁敢上她，得了脏病还不晓得怎么个死法哩。你就不同啦，你英芝嘴上浪是浪，可除了贵清，你还没别人是不是？"

英芝说："算你还对我有点了解。"

文堂说："可是做人活上一世，也要图它个快活对不对？贵清对你也就那个样，你忠于他也就是个愚忠。所以在贵清以外，有个把情人几好？自己可以活得开心些，心情舒畅些。再说，他还可以经常给你一点钱花，嗯，还可以借钱给你盖新房。"

英芝本来听得很认真，听到最后一句，她不禁大笑起来。英芝说："我还以为你跟我讲人生道理哩。结果最后还是落实到自己头上了，男人真没一个好东西！"

文堂说："你管他是不是好东西，借钱给你不就行了？"

英芝想想觉得文堂说得何尝没道理？她从来就没有讨厌过文堂，而且文堂过去占她的小便宜都给过她钱。她一个女人，一生想要的不过就是爱情。而她的爱情，还没来得及产生就已经死了。或许她也想要家庭的温暖，而眼下她的这个家，如同地狱。既然这一切，她都得不到，她又何必不要钱呢？又何必不在情人送上门时让自己图个自在呢？

这些念头在英芝脑袋里比闪电更迅疾地一划而过。文堂仿佛业已看透了英芝，在她耳边低语道："那边包房是空的，不会有人晓得。"

一想到真要与文堂苟且，英芝有几分羞涩。文堂又笑了起来，说："英芝，想不到你还是个淑女呀。"

英芝觉得把自己同"淑女"这样的词联系起来，是一件很好笑的事，忍不住也笑得咯咯的，笑完后浑身轻松，便说："去他妈的淑女！"

十三

英芝离开文堂的"踢踢踏"歌舞厅时已经是下午四点多。英芝体会过文堂后，方知道男人和男人是多么的不同。文堂想留英芝吃过晚饭再走，说是英芝给他的感觉跟别的人不同，他要谢她。英芝拒绝了。英芝不是不想吃这顿饭，而是怕回晚了，走夜路，带了这么多钱不太方便。文堂一想也是，便没再留，只是装得含情脉脉地把英芝送到城关的车站。英芝道别时笑着打了他一巴掌,说:“装什么情种!”

文堂也笑,说:“我是舍不得你口袋里装的那钱哩。”

这一路英芝心情有些愉快。钱放在棉毛裤的口袋里。棉毛裤原本没有口袋,英芝为了藏钱,特地在裤子的肚皮处,缝了一块布。布的四周缝得很严,只是在最上边一道缝上,留了一个一寸宽的开口。英芝每次放钱进去都必须卷着塞进,然后再用手隔着布慢慢地将之展平。这是英芝在三伙班唱歌时想出来的主意。只有让钱这样贴着自己的肚皮,英芝才有安全感。与平常相比,这一回的三千块钱显得多了一些,塞了好半天才塞进去。纵是有文堂在一边帮忙,她也仍然没法子将这堆钱弄平展。好在天还凉,衣服穿得多,除了肚子稍稍显得大了一点,倒也没有什么特别显眼之处。倒是文堂嘀咕说,才跟你睡了一回,就把你肚子弄大了。说得英芝笑得不能自已。笑完,英芝想,儿子未必比钱更重要。有钱没儿子,你照样活得好好的,生老病死,钱都能帮上你;可是没钱有儿子,却是没有活头。你真要有个什么事,你指望儿子能帮上你?这么想过,英芝只觉得自己贴在肚皮上的钱,散发着热乎乎的暖气,溢满了她的身心。中午离家出门时的阴暗情绪,也因此一扫而光,就仿佛太阳从肚皮那儿升了起来,然后把心情晒成了个大晴天。

英芝到家时,贵清一早出门打牌根本就没有回来。晚饭已经开过,英芝想在灶房里找点吃的,却是一颗米都没找到。英芝耐不住心头的气,便去问她的婆婆。英芝没好气地说:“怎么连碗饭都不跟我留呢?”

英芝的婆婆说:“你不回娘家了吗?你娘家有大把的钱给你,未必就没你的一碗饭吃?”

一句话呛得英芝竟说不出什么来。好几分钟,英芝才说:“我怕回来晚了,就没吃饭。我又没说我在娘家吃了饭回。”

英芝的婆婆说:“我哪敢多做饭？都不回来吃,放馊了拿去喂猪还不可惜？我家穷,不敢浪费。”

英芝拿了一只碗从缸里舀了一碗水,正喝着,她婆婆的话如同一阵恶风,倏然间将她十分钟之前还在的好心情吹刮而去。恶风也刮起了英芝心中的恶气。英芝将手上的碗猛然朝地上一砸,碗里未喝完的水和瓷片一起溅了开来。英芝吼道:“没饭就没饭,说些阴阳怪气的话给谁听呀?”

英芝的婆婆被英芝突如其来的举动吓得一连退了几步,退时被一张木凳绊倒,一屁股坐在了地上。英芝的公公闻声而至,先见他老婆坐在地上,又见满地的碗片和水,而他的儿媳英芝正气势汹汹地吼叫。英芝的公公立即火爆起来,他上去给了英芝一个巴掌,嘴上大骂:“你搞邪了,你还敢打婆婆！你有没有王法呀?”

英芝知道公公发作起来自己定是会吃亏的,便捂着脸哭着跑进了房间。做人做得这样窝囊,英芝一口气憋得胸口都是疼的。哭也好,喊也好,骂也好,都无法让她发泄。英芝恨得只能用手狠狠地拍打着床帮,直打得手掌红肿。

贵清打牌打了一通宵,到天快亮时才回来。回来一句话也没说,只是把英芝朝床里推了一把,仰头倒下,只几秒钟呼噜就响了起来。英芝用胳膊使劲拐了贵清几下,贵清也只是哼了一哼,骂了一句脏话,依然睡得呼呼噜噜。

英芝却再也没有睡着,一直睁眼等到天亮。

英芝吃过早饭,贵清还没起来,她便带了贱货到村里玩了一圈。村里祠堂前的槐树下,几个婆嫂围坐在一起纳鞋底,见英芝过去,都喊着说来坐一下。然后说从来没有见过像英芝这样强的女子,自己挣下钱来盖新房。整个老庙村,但凡男人无能的,女人也就只能跟着住破屋。只有英芝不同,男人不行自己行,真真是为女人挣了一口气。英芝听得满脸笑眯眯的，觉得这世上总算还有人能理解她。

太阳升高了，英芝看到公公已经扛着灭虫剂往果林方向走去，她估计贵清也该直起来了，便抱着贱货回家。这时的贵清业已吃罢早饭，正跷着腿没精打采地晃来晃去，一副不知道做什么好的架势。英芝进门放下贱货对贵清笑道："总算起来了，比圈里那头猪只晚起了一个钟头。"

贵清懒懒地说："没事不睡觉做什么？"

英芝说："那好，现在事来了。我昨天借回钱了，你今天去把材料买齐吧。"

贵清眼睛立即亮了，笑容也在瞬间堆到了脸上。英芝有些奇怪地望了望他，仿佛他哪里不对劲似的。英芝说："就照你开的单子上的那些买，单价我都写上了，只能比这便宜。"

贵清说："那你放心，我是砍价高手。"

英芝说："你今天就去，下午买回来后，就通知他们明天接着做，早点做完也早省心。"

贵清说："你说的一千个对！我也巴不得这样。"

英芝将钱拿了出来，指头沾着口水，一张一张地点给贵清。英芝说："一共三千块。你买下东西后都要开发票，我要对账的。多的钱就退回来，家里还要添几样东西是不是？"

贵清说："是是是，把家弄得舒舒服服，过得像城里人一样，而且，我们吸的空气还比城里人的新鲜。"

英芝把钱递给贵清，再三再四嘱咐他装好。贵清用巴掌把胸脯拍得砰砰响，眼睛盯着钱，急切地说："你绝对放心，保证两个月就住进新房子。"

贵清从英芝手上接钱的样子，简直像抢一样。拿钱到手，他便往内衣口袋里一塞，拔腿就往外跑。英芝心里闪过一道阴影，不解他怎么如此这般。英芝一直追到门外，望着贵清远去的身影，大声叫道："早点回来！"

英芝怀着一份莫名的欢喜在家里苦苦等候。上午过去了，贵清没有回来。进了县城，买东西要跑许多地方，半天多是办不下来的，这一点英芝知道。下午的工夫，英芝便一趟一趟地去看她的新房子。新房二楼的平台上，一直可以望到村口，她想巴望自己能早一点看到贵清的身影。

英芝前前后后至少去了五趟。村口静静的，几乎无人走动。她便只好反复地看她的新房子。看得熟了，哪里缺什么，哪里需要再补一下，哪里改成什么样子，以及墙上贴一些什么样的画儿，她全都了然于心。二楼的栏杆还没有修好，英芝觉得这里已经能给她带来很好的感觉了。她低下头，便可以望到她的公婆屋里屋外走动的身影。他们真的是很老了，背都佝偻着，长长短短的咳嗽声不时响起。要不了几年，他们都会老死，那时，她英芝就是这两幢房子的主人了。英芝想得很快意。房子只需个把月就能完工，搬进来后，她一定要每天坐在这走廊上，看远处的人们来来往往，听下面的声音一天天老去，英芝想，那该是多么有意思的生活呀。

太阳便在英芝颇有幸福感的怀想中一点点落了下去。黄昏降下，牛羊也开始归屋了。有几个小孩子坐在牛背上，从村外回来，喧嚣的声音隐隐地传到英芝的耳里。亦有人骑了自行车飞快地从她眼边一划而过。清晰的村口在英芝的眼里变得越来越模糊。终于，有人家亮起了灯，灯光很微弱，但足以穿透黑暗投射到英芝眼里。然而贵清却还没有回来。

英芝有些急了，却不知道急了过后应该怎么办。她顾不得吃饭，便跑到友杰家去找友杰，想问问贵清的去向，友杰不在家；她又跑到黑胖家去找黑胖，黑胖也不在家。英芝急得跺脚骂道，这一个个狗日的都死到哪里去了呢?

半夜十二点,贵清才回来。英芝正恹恹地躺在床上,推算着贵清会因为什么麻烦才回来得这么晚。听到贵清的喊门声,英芝激动得一弹而起,一时连床边的鞋都没来得及找到,光着脚就冲到了院里。她打开门,不等贵清开口,就连声问:"怎么才回来?东西呢?都买全了吗?遇到什么麻烦了?没有被人宰得太狠吧?还剩下多少钱?"问得贵清没有答话的机会。

贵清硬是站在门外,等英芝把话问完,才闷闷地说了一声:"回屋说吧。"

英芝见他如此状态,心里一惊亦一凉,忙说:"出了么事?东西买下没有?"

贵清低着头往屋里走,不答她的话。英芝顿时紧张得气都透不出来,她一把拉住贵清:"你给我说清楚,到底怎么样了?"

贵清说:"你硬要我现在说?"

英芝说:"现在就说。"

贵清说:"我啥也没买回来。"

英芝说:"为什么不买呢?"

贵清说:"刚出村就碰到友杰他们几个,他们说一起玩玩,下午到县里也来得及。我就跟他们一起到将军村去了,结果一玩就玩忘记了。"

英芝气得够呛,骂他道:"光记得玩,叫你做一点儿事都做不成。那钱呢?钱你拿给我,明天去买时,我再给你。"

贵清说:"我过几天给你好了。"

英芝心一紧,心里闪过不祥之感,她颤声道:"为么事?"

贵清被问得有些烦了,甩手又往屋里走,边走边说:"你就莫问了好不好?说了又惹你生气。"

英芝大声道:"我非要问,我赚的钱,我要晓得它怎么样了。”

贵清说:“就两个字,输了。”

英芝呆住了。这个结果,比她想象中的最坏最坏的结果还要坏。

贵清故作轻飘飘的样子,说:“我说叫你莫问吧,我晓得你会气不过。”

英芝突然间就觉得自己的血已经被满腔的愤怒激发得欲从全身毛孔里向外喷射。她觉得有什么东西在把她所有的内脏一点点撕掉。她觉得自己就要疯掉了。她禁不住一声长啸,疯狗一样扑向贵清,伸出手来,照着贵清的脸一把就抓了过去。贵清的脸上立即浮出几根红线。贵清捂着脸,却没有还手。英芝的手爪转瞬又变成巴掌,她刷地抽向贵清的脸,她歇斯底里地喊道:“你赔!你赔我的钱!”那声音带着几分凄厉和疯狂,贵清怔怔地望着她,不知道如何是好,也没有想起来应该还手。

英芝的公公和婆婆听到两人的吵闹,忙忙地披衣起来观望,正好就望到了英芝伸手打人。

一看儿子脸上的伤痕,英芝的婆婆立即尖叫了起来:“天啦,你想杀人呀!贵清,我的儿,你还不把这个恶婆娘打死!”

贵清捂着脸,被他的母亲吼醒,他大约记起了什么,英芝疯狂的神态,使他一刹生出愧疚。他不敢直视英芝,倒是对着自己的母亲大吼一声:“不关你的事,是我要她打的!”

英芝的公公拍着堂屋里的桌子骂了起来:“你这个混账王八蛋!你还是个男人不是?你被自己的婆娘这样打巴掌,你不打死她,还有脸说这个话?”

贵清转过身又吼他的爹:“她是我的老婆,我做么事要打死她?她打我的巴掌,抓我的脸,我高兴我喜欢,又怎么样?”

英芝的公公和婆婆都叫贵清给吼糊涂了。两对昏花的老眼相互对视了几秒,然后一前一后长叹着气,骂骂咧咧地回自己屋里去了。

英芝在贵清吼他爹妈时,一直呆站在那里。她几乎就没有听清贵清吼些什么,她只觉得自己的头要炸了,可是为什么会炸却不清楚了。她不知道自己应该如何是好,麻木之中,她抬脚走了。她脸对着的方向恰是大门,于是她就走出了大门。

贵清在她的身后喊了几声,她没有应。她就这么一直往前走着,走了很久很久,突然觉得脚疼得厉害,这时她清醒了过来,看到自己没有穿鞋,她想我为什么没有穿鞋呢?顺着这个思路,她想起来了刚才发生的所有事情,忍不住她就放声地悲哭起来。一路走一路哭,把泪水洒在了沿途的村庄。

英芝唯一能去的地方只有娘家。可是娘家人又能帮她什么呢?他们只有用最干巴的语言一边劝她,一边高骂贵清几句,然后要她想开些,看在贱货的份上,能忍就忍了。最后还告诉她,这就是命。

英芝想不通,高声地叫道:"凭么事这就是我的命?我的命未必就不能由得我自己去变?我要离婚!"

英芝的爹先跳了起来:"成天闹闹闹的,闹得一家子跟你丢脸,离你妈的个头!你要敢离婚,老子先就打断你的腿。"

英芝爹的话仿佛一锤定音,一家人都不好再说什么。英芝的妈心疼女儿,可又不知道怎么帮她,便只好拼命劝英芝:"英芝呀,我儿呀,你的命苦是苦了一点,可是再苦也由不得自己呀,你就认了吧,你不认又能怎么样呢?你要是离了婚,你先前辛辛苦苦挣钱盖下的房子,不都丢进了水里?那还不好死了贵清他一家子?我儿呀,离婚你也划不来呀。"

英芝被母亲的话说得怔了半天。是呀,她不能离婚,她如果离了婚,这几年她所有的辛苦就都白费了。她的房子她的梦想岂不都泡了汤？说不定贵清再娶一个老婆回家，光光鲜鲜地住进她辛辛苦苦盖下的房子里，她这场亏岂不是吃得太大了？英芝想想不知道自己应该怎么办才好，便只好把自己关在屋里哭，哭得两眼红肿，哭得饭都不吃。

晚上，英芝哭累了，眼泪也哭干了，以后的日子怎么过，她心里一点头绪都没有，她懒懒地躺在床上，全部的情绪都只是一个烦字。

英芝妈敲着门叫英芝，英芝以为又是叫她吃饭，便赌气不理。英芝妈在门外高声道："英芝，春慧今天从南边回来了，她特地来看你。"

"春慧？"英芝冷不丁从床上坐了起来。她想起过年时在雁回村刘家儿子说过的话。春慧开着小汽车从树林一样的高楼大厦开过的形象在英芝脑子里浮了出来。英芝忙不迭跳下床，顾不得脚疼，冲到门前打开了门。她的面前果然站着一个春慧。英芝扑上去，仿佛拥抱自己盼望已久的亲人似的，英芝泪眼婆娑道："春慧，真的是你？真的是你！"

春慧仿佛有些不太习惯，她挣脱了英芝的拥抱，拉着英芝走进她的屋里。春慧还是戴着她的眼镜，只是眼镜换成金边的了。她的脸上画着淡淡的妆，一身衣着洋气得完全像一个城里人。春慧说："你怎么回事？以前你不是这样的。"

英芝没有回答春慧的问话，她想起春慧的小汽车，迫不及待地问："听说你有小汽车了？一个月能赚几千块钱？"

春慧淡然一笑："哪有的事儿？我还没毕业哩。"

英芝说："那雁回村的刘三怎么说你开车请他们吃饭？"

春慧说："那是我在放暑假时，跟一个公司打工。我替他们做了一个设计，刚好那个设计帮老板赚了钱，他就给了我一点奖金。车子是别人的，放假闲时，跟人开着玩儿的。"

英芝不信，不悦道："你哄我做么事？你怕我会找你借钱？"

春慧急了，说："英芝，我哄哪个也不得哄你呀。当初从学校回来走夜路，你不扯着我的手，我掉到河里淹都淹死几回了。"

英芝听春慧说了这话，心里高兴起来，她晓得春慧不是骗她，也晓得春慧并没有忘记她。她这才回味起春慧问她的话，不由得长长地叹了一口气。

春慧见她叹气，便说："我听你妈说了你的事。你老公对你不好，又喝酒又赌博还总是打你。他娶了你这么能干漂亮的老婆，怎么忍心动手打你呢？太不像话了。你要是过不下去，就离！"

英芝听春慧一说，觉得这世上总算还有人能理解她。英芝说："哪那么容易，我还没跟我男人说，只在我爹妈面前说了一句，我娘家就跟炸了锅似的。我爹还说要打断我的腿，你说，我这还怎么离？再说了，我把我赚的钱都花光了，在那边盖了新房子，房子还没盖完，我一离，不就都成他家的了？唉，我为这事正烦，我真不晓得下面的日子怎么过。恨不能一死算了。"

春慧说："千万莫瞎想，命是自己的。你死了，他就算良心好，也顶多流几滴眼泪，过不几天，立马就会再找年轻漂亮的，一点都不会为你的死有什么难过。走这条路的人最蠢不过了。"

英芝说："春慧，你念了大学，见得多，你说说，我应该怎么办？"

春慧说："凭你英芝这么能干，又长得标致，哪里不能活人，非要吊死在他这棵树上？你不想离，又不想跟他过，走人呗，到南方打工去。多的是乡下的人在南方讨生活。南方开放，在那里做事，比在这个落后封闭的老家快活多了。"

春慧的话，有如一盏灯，一下子把英芝黑暗着的心间照得透亮。英芝想,我怎么没有想到这个呢?我是个大活人,我在这里待不下去了,难道我不能走么?我走到外面去看那边的花花世界,该有多么好呀。要不然,我这条命活着,就闷在这里养个贱货再加受气一辈子?这又怎么值得呢?

英芝想着有几分激动,她问春慧:"你说的是真话?真的到南边打工蛮好?"

春慧说:"几多万人都在那里打工打得蛮好,那些歪鼻子斜眼的去了都找得到事,未必你去了就不行了?要我说,你不出去见识一下外面的世界,你这辈子窝在这里真是白活!"

英芝说:"你讲得好,讲得太好了。我就是不想白活!"

这天晚上,英芝跟春慧一直聊到半夜,春慧答应先去帮英芝打探一下,看有没有适合英芝做事的地方需要人。一有消息,就写信给英芝,英芝就赶紧去。春慧甚至还把坐哪趟车,在哪里下车,到了地方怎么同她联络诸如此类,都写在纸上。英芝这辈子从来都没坐过火车,平原上也没有火车,她只是在去汉口时看到过几回。春慧告诉她,到南方打工,从汉口去坐火车要坐一天一夜。

英芝把这张纸揣在怀里,对春慧说:"这纸就是我的救命符了。"

春慧走后,英芝瘀结的心一下子通畅起来,她浑身一松,肚子也就饿得发出了叫声。于是她自己跑到灶房里,呼啦啦地生了一把火,煮了一大锅面,借着灶火的余光,三扒两扒地足足吃了三碗,把一锅面吃得精光,把自己也胀得个响屁连天。

天没亮,英芝的爹赶着牛到地里去干活,走到路口,碰到贵清。贵清骑着自行车,一见英芝的爹,便慌慌张张地跳下车来,叫了声:"爸,你老下地呀。"

英芝的爹没有直接答他的话,只是闷头闷脑地说了一句:"英芝也是个人,明晓得她走夜路回家,做么事不让她搭脚踏车来？偏要她把脚走烂了走回来？”

贵清方想起英芝昨天夜里是光着脚的，心里一下子不舒服起来，他一时不知道说什么好。英芝的爹没停脚，继续赶着牛往前走，走了几步，才又回头，说：“打婆娘也要打得在理，打得没理算什么本事？她甩下你一个人走了，你有什么好过的？到了我这把年龄，你才会晓得离了婆娘你过的日子不如狗。”

贵清忙分辩道：“这回不是我打他，是她打我。”

英芝的爹说：“你把她借的钱赌光了，她打你是占了理，你未必不该打？”

英芝的爹说完，冲着牛吆喝了一声，扬长而去。丢下贵清站在那里呆呆地想了好一阵。想过后，骂道：“我打她就没理，她打我就是占了理？放你娘的馊屁！”

贵清进到英芝房间时，英芝睡着了没醒来。英芝因为春慧的主意，一直亢奋，结果到下半夜才把自己弄睡着。英芝是一个梦多的人，这回她在梦里光是坐火车，坐了一趟又一趟。火车在绿色的原野上奔跑，轰隆隆的声音震天动地。英芝的一双脚伸在被子外面，贵清看到英芝的两只脚都用毛巾绑着，有血迹浸了过来，在毛巾上凝成一块块的疤。贵清知道这是英芝昨天光脚走夜路留下的，他想，跟我吵嘴，把自己的脚走烂，算什么本事？贵清正想时，英芝不知梦到了什么，竟自顾自地笑了起来。贵清被那笑声弄得有些发呆，心道我输光了你的三千块钱，你打了我几个巴掌，又没占什么便宜，你心里怎么会快活得起来？

十四

沿着河边慢慢地走着，看两岸的柳树把枝条一直垂到了水面上，绿草已经不甘于平铺在土地上，在季节的促发下，它们长得又深又长，浓浓地布满河岸，草丛中被放牛人踩平了的黄泥小路便显得越发的明亮。

贵清推着自行车迈着很悠然的步子走在这条明亮的小路上。他的车架上驮着用花布包裹着双脚的英芝。英芝本不肯坐在贵清的车架上，英芝犟着说，我怎么来得就怎么走得。贵清便痞着脸道："你昨天打了我的巴掌，我没有还手，今天还特地踩了车来接你，你也给我一个台阶下吧？"

英芝心里哼了一声，心想三千块钱被你赌得没影了，未必就这么算了？可转念一想，不让他下台又能怎么样呢？

小路上很清闲，日上三竿，放牛的和出工的干活人都早已走了，不干活的人便在村里打牌，没人有心来逛这里的风景。有景没人的路上清清静静，连花开草长的声音仿佛都能听到。贵清的自行车一拐上小路，英芝的心情便舒展了起来，她没有再就钱的事情跟贵清纠缠不休，倒是东扯西拉地说着一些别人的故事，言语中还有几分轻松快乐，仿佛他们头天什么事情也没有发生过，现在正走在河边上谈恋爱似的。贵清有些莫名其妙，甚至心里还有些发怵，他知道英芝不是个省油的灯，却不知道这盏灯如此这般之后会冒出什么样的火来。

英芝当然有她的主意。她不动声色，她知道贵清对于她的意义。她觉得自己如果不去南方打工，就没别的路可走。继续跟着贵清在老庙村和公婆一起过日子，那完全是一种生不如死的日子。但她一个人到南方去，她心里又有些怯意，她想如果贵清能跟她一起去就最好了，离开了他的爹妈，他还能不听她的？再说，进了工厂，他贵清想懒又怎么懒得起来？日后公公婆婆都老死掉了，两人不想流落外乡，再回来过自己的小日子不也蛮好。英芝觉得自己的这个小算盘打得是很美满的。

河岸的风光好看是好看，可它的好看却是一成不变的，再加上贵清本不是一个会欣赏风景的人，身边的女人对他来说又不是什么新鲜出炉的，而是他老婆，于是便有些厌倦。贵清说："尽这么走走走，也不累呀？到大路上去吧。"

英芝也有些倦意，可她还是跟贵清唱着反调："累个么事？河岸风景这样好，难得我们两个有清闲的日子。我同学春慧说，人家城里的两口子，每天都手拉手一起在马路上逛，连个风景都没得，还逛得蛮有劲，说那是散步。"

贵清笑道："人家是么事人？我两个是么事人？我们是农民！农民拉着老婆的手在路上走，还不把一村人的牙齿笑掉？叫我们男人的脸往哪里放呀？"

英芝说："农民就是落后，在城里，男人都晓得哄女人开心，随便么事，都让女人优先，春慧说了，这是文明。"

贵清说："这就怪了，什么事都让你们女人占了便宜就是文明。那我们男人还要文明做么事？我就不想要。"

英芝说："你脑壳进步一点好不好？你不如到南方去看看，看看人家男人是怎么做的。"

贵清大笑，说："我去那里干什么？我去了南方，有你什么好处？你没听说，南方的男人一搞就包个二奶在屋里头，你也想我包二奶去？"

英芝生气道："一跟你说，你就往邪处想，你怎么就不想想南方的那些男人会赚大钱？"

贵清说："我说英芝，你算了吧。我再怎么赚钱，也成不了中国首富，连个老庙村首富都不当成。反正总有人比我有钱，你也总会盯着那些更有钱的人，我又何必费那个劲？再说我们老庙村又不是很穷，大家的日子也都过得蛮好，我去吃那个苦？我找死呀。"

贵清说完想，你拉着我在河边不停地走路，原来是想要我到南方打工赚钱呀。我在村里待得好好的,想玩就玩,想做就做,跑到那边没日没黑地干活,还要看老板的眼色,我发神经了不成?

英芝又气又恨,她就不明白为什么贵清这么没志气也这么没出息。英芝说:"你怎么就不能努力一把呢?你以为自己过得蛮好?你房子盖了一半就没钱了,好个屁呀好!"

贵清知道,英芝终于还是把话题绕到盖屋的钱上了。他想听听她打算怎么样发落自己,便道:"又不是没地方住,以后有了钱再盖就是了。"

英芝一听这话就更气了,春慧给她的好前程也挡不住她这一肚子的气。英芝说:"以后以后,哪有以后?你以为那钱是捡的?不需要还人家?你赌的时候怎么就不想想自己的老婆是怎么流血流汗扒心扒肝地往屋里挣钱,挣了不够又厚着脸皮找人借,你怎么就不想想呢?"

贵清坦然道:"那有么事好想的?赌牌么,总不是有输有赢,我运气不好,轮到我输了,我未必不给人家钱?赖什么也不能赖赌账,你晓不晓得?"

英芝气不打一处来:"你倒说得还有理?不赌就不行?"

贵清呛了她一口,说:"不赌干什么?未必学你们脱了衣服唱歌给人家听?"

英芝真恨不能再甩他贵清几个巴掌,可她知道,这样硬顶下去,贵清也不是个软性子的人,真要闹起来,吃亏的还是她自己,于是她便强忍着自己不要发火,不要以小失大。她的目的不是跟贵清吵架,而是要去南方,那边是她的希望、她的天堂。

英芝咬着牙把所有想要骂贵清的话都咽进了肚子里,她用一种冷静的口气说:"再跟你吵下去,你也没什么意思,我现在欠人的钱,我要还债,你不肯出门挣钱的话,我就去挣。"

贵清高兴道:"好呀,我就晓得你有办法挣钱回来的。你去挣,我保证支持你。”

英芝有些意外,说:“真的?你真的支持我?”

贵清说:“怎么不支持呢?你想当我的摇钱树我哪有不支持的?除了不准当卖肉的小姐,你干什么都行。”

英芝心里有了几分轻松,说:“那好,我下个月就走。”

贵清不解道:“走?走到哪里去?”

英芝说:“到南方打工呀,那么多人都到南方赚钱了,我同学春慧也在那边,她会帮我找到事情的。”

贵清叫了起来:“你莫跟我开心哟,绕了半天,原来你是想出远门呀!我是个苕?你在家里挣挣我保证支持,到那边去,你休想!我还不晓得你们女人到了南方靠么事赚钱?”

英芝一下子就明白他说话的意思,她简直不知道应该对贵清说什么才好。英芝说:“你你你……你怎么是这么个人!”

贵清说:“我就是这么个人!我别的什么都可以马虎,可我老婆的裤带子我不能马虎,我就得管得紧紧的。到南方打工,恐怕没一分是干净的。”

英芝完全不知道自己应该跟贵清怎么说才好。她不再说话,闷头跳下自行车架,低着头自顾自地往前赶路。乍下地时,她的脚疼得钻心,可走了几步,也挺过来了,她的步子越走越快,仿佛是她急促变化着的心绪催促着脚步。河岸的风光在她的眼里已然变色。

贵清推着车紧跟在她后面喊道:“喂,走这么快干么事?赶急去火葬场呀。”

英芝没好气道:“你屋里未必比火葬场好。我跟你讲清楚,贵清,你要是这个样子想,我跟你的日子没办法过下去。”

贵清说:“好好好,算我逗你玩的。你到底想要怎么样?”

英芝说:“我只有两条,要么你爹妈拿点钱出来,我们把新屋盖好,要么我就到南方打工去。别的,没得好说的。”

贵清说:“这两件事都蛮难。头一条我爹妈肯定不干,他们把钱看得像命一样,第二条我不得干,我舍不得老婆离开家。还有没有另外的一条?”

英芝说:“有,你把我花下盖房子的钱退还给我,然后我们两个离婚。”

贵清大叫了起来:“啊,这一条比前面两条还狠一些,你莫吓我。我有你这么好一个老婆,又好看,又会赚钱,晚上伺候得我也蛮好,我怎么会跟你离?”

英芝说:“那我就自己走!我有脚有手,有嘴巴问路,我要走得远远的,走得叫你这辈子找不到我。”

贵清说:“你莫跟我下陡坎子,行不行?回家我跟我爹妈商量一下,说不定他们看你不顺眼,巴不得你走得远远的呢?”

英芝听贵清这么一说,脚步就又慢了下来,英芝说:“那你呢?跟我走不?”

贵清说:“我当然要跟着你,要不你被别的男人拐走,我岂不是吃了大亏!”贵清说着赶上了英芝,把车猛一停,上前拦腰把英芝抱起,把她放在车架上。贵清笑道:“不过现在,你跟我走好不好?”

河对岸正有一个放牛娃,见他们两人拉拉扯扯,便喊了几嗓子过来:“东头日出西头落,对面的哥哥烧心火,狠狠啃一口妹妹的脸,可惜妹妹不配合。”

贵清笑骂道:“臭小子,人不大鬼还不小。”

十五

整个夏天,英芝都在跟贵清讨论到南方打工的事。原本在河边上说好了可以商量的，可是贵清回到家里立即就变了卦。贵清想，既然你英芝跟我和好了，我何必多事呢？于是懒得作声。英芝为此气得不理贵清。白天不理，贵清觉得无所谓，他照样玩他的；夜里不理，贵清便觉得一个人躺在床上死寂寂地睡觉，没个人三长两短地搭话，好没意思，便又死乞白赖地哄着英芝，保证口号一二三四喊得铿锵有力。可是第二天，天一亮，头夜的口号都白喊，贵清见到他爹妈，还是什么都不说。好容易有一天，贵清的妹妹从县中回家来拿生活费，一家人坐在桌前吃饭，贵清见他爹妈都是一副蛮高兴的样子，便提出想跟英芝两个一起到南方打工。贵清的妹妹在县里听说得多，有见识，立马表示哥嫂应该出门看看，哪怕打工挣不回多少钱，见见世面也是应该的。贵清的爹妈断然否决了。贵清的爹说："我晓得，外面工厂一失火一塌房子，死的都是我们乡下去打工的人，连个全尸都没有。我就你这么一个儿，老话讲，父母在，不远游。你得给我好好地在家活着。"贵清爹这么一说，贵清妈立即随声附和，说是在家里待得安安稳稳的，不愁吃不愁喝，跑老远让爹妈挂心做什么？贵清听爹如此一说，觉得太有理了，家里的日子多好过，又没有穷到什么地步，何必远走他乡弄不好小命不保呢？贵清的屁股立即就坐到了爹妈一边，气得英芝当场就冲着他翻白眼，连贵清的妹妹都说："你这个人一点开拓精神都没有，没劲得很。"

夏天果园里的梨都熟了。贵清家的梨虽然外表不好看，可梨肉却既白又甜。一家人忙于收梨子卖梨子，就连贵清也没有空到外面跟人打牌，一头扎在果园里做事，英芝也就不好再催他什么。英芝每天把贵清和他爹收回的梨子挑到街上去卖。英芝之所以这么做，是事先跟贵清说好了条件：卖梨的钱，要拿一半出来盖房子。贵清满口应承了下来。英芝因为这个而干劲百倍。英芝人长得漂亮，声音脆脆的，又会媚人，只要有人看一眼梨，她就会立马跟人调笑，显得落落大方，很得那些路客的喜欢，一喜欢便掏出钱包来了。英芝篮子里的梨总是一条街上卖得最快的。老庙村另外几个跟英芝一道上街卖梨的媳妇姑娘，都卖不过她。暗地里便说闲话，说贵清的媳妇哪里是卖梨，简直是在卖脸哩。英芝听了并不生气，甚至还有几分得意。英芝想，卖哪样东西不是跟脸一起卖？脸色不好看，你的东西又有个什么要头？

转眼，秋天又来了。梨卖完了，贵清也渐渐地很少去果园，天一凉爽，村里的年轻人又没日没夜地打起麻将来。英芝在卖梨的空当中，给贱货织了一套毛衣裤，眼下一闲，她用了一天时间赶着把毛衣裤的收尾做完，便又把心思放在房了上了。英芝打算趁秋冬时光把房子盖起来，春节一过，就到南方去。春慧来信说了，春节过后去，最好找事。贵清输掉的钱，是文堂的。要靠贵清去还简直是不可能，最终还是得她自己出马。

这天晚饭后，贵清正准备出门打麻将，英芝把他叫住了。英芝说："梨已经卖完了，是不是跟你爹妈把卖梨的钱算一半出来？"

贵清说："交都交给他们了，怎么又要得回？"

英芝一听就炸了，说："这是先前说好了的，怎么要不回呢？"

贵清说："我把钱交我爹时提过这话，我妈说，他们跟我们带贱货也没要我们一分钱，还有，我们一家三口人在家吃饭，也没有交过钱，这钱就算抵了。"

英芝说："什么？这么说，我辛辛苦苦卖了一个热季的梨钱，我一分钱也得不到？"

贵清说："怎么能这么讲呢？你我天天在家里吃的喝的用

的，不都是这钱？再说，梨子主要是我爹在侍弄，我们只不过在收下来后帮忙卖卖，对半分也不是很公道呀。”

英芝气得全身发抖，当即把桌上那只茶缸砸了。贵清一看她这样，怕闹起来影响他上牌桌，忙吼了一声：“我讲的是道理，你发个什么火？”说完，赶紧溜出了门。

英芝颤抖了半天，喊叫了半天，屋里空空的，没有个对手，刚好贱货进来找妈妈，英芝一口气咽不下，抓了贱货就打，打得贱货哇哇地乱哭乱喊，哭得满脸的鼻涕眼泪。英芝的公公和婆婆便一起冲进来，骂骂咧咧地抢救出贱货。

贱货平白无故地挨打，委屈得不肯罢休，高着嗓门在堂屋里哭喊。公公婆婆在哄着贱货的时候，又都指桑骂槐地说些难听的话。听着贱货凄凄惶惶的哭叫，又听着公婆的叫骂，英芝心烦得不知道拿自己怎么办好，最后还是扑在床上放声地哭了起来。哭时英芝想，既然这样，房子也别指望盖了，不如马上就走，走到天涯海角，今生今世都不回来。

英芝透透彻彻地哭了一场，哭完后，英芝想，恐怕以后我再不会有这么多的眼泪了。

英芝第二天悄然收拾着自己的东西。她想，如果再跟贵清说，肯定是得不到他的同意的。英芝问自己，未必贵清不同意我就不去了？我凭什么做事非要得到他的同意？他什么时候做事又让我同意过？如果我连他这个丈夫都不想要了，我要他的这个同意干什么？我自己的生活我自己安排好了，关他贵清什么事？这么想过，英芝心里十分坦然。

英芝把她的衣物收拾在一个小包里，又把小包藏在床底下。她计划在走之前回一趟娘家。她回去只想看她的爹妈一眼，因为她不知道自己这一走会到什么时候回来。不过，英芝不打算把她到南方的事告诉爹妈，告诉他们等于是出卖自己，英芝想，既然这样，那又何必多说。等以后她在南方赚了钱，回到家里把大把的钱送给爹妈时，难道他们还会生气不成？

英芝把这一切想明白后，心境便十分平静了。她抱着贱货在村里随意地转悠。贱货虽然无端地挨了打，沉痛地哭闹了许久，可当他哭完过后，立即就忘记自己是为了什么而哭，他两只手紧紧地圈着英芝的脖子，在英芝的怀里什么也不为地哈哈笑着。

英芝抱着贱货走到村口，便放下了他。英芝看着贱货蹒跚着跑去跟一条小狗玩耍，突然间想如果自己这么一走了之，是不是今后会跟贱货生疏起来？贱货在跟小狗玩闹时，嘴上"妈妈妈妈"的喊个不停，奶声奶气。英芝一颗很坚决的出走之心被贱货这几声叫喊弄得绵软起来。英芝问自己，真的要走？

英芝心里有些麻乱，她抱起贱货欲回家去，贱货还没有跟小狗玩够，哼哼哈哈地不肯回。英芝正在跟贱货纠缠不休，远远地公路上，有一个人朝村口走来。似乎是一个熟悉的身影，英芝不禁留意起来人。当那人走近时，英芝的心咚咚地几乎跳出胸膛。英芝首先想到的是曾经紧紧地贴在肚皮上的那三千块钱，然后才想起在"踢踢踏"歌舞厅的小包间里她曾经有过的经历，最后才意识到来的人是文堂。

文堂一直走到英芝面前才开口。文堂笑道："怎么，才几个月不见，就不认得了？"

英芝便也笑，说："怎么会认不得？烧成灰也认得哩。"

文堂说："啊，认得就好。这是你儿子？你就是怀着这个小杂种嫁过来的？"

英芝说："喂，嘴巴放干净点，他正经是我和贵清的儿子，不是什么小杂种。"

文堂看看四周没别的人，便痞笑道："要是那一回，我一炮打出一个小崽子来，那就是小杂种了。"

英芝叫他这么一说，不禁哧哧地笑出声来。

文堂说："新房子盖好了？"

英芝正笑时，听他这么一问，脸便一沉，她长叹一口气，说："如果盖好就好了。"

文堂说："怎么？钱还不够？"

英芝眼圈一红，方说："贵清第二天拿了钱去买材料，结果……在外面赌了一天，输得一分钱也不剩。"

文堂大惊："三千块全输了？"

英芝点点头。文堂说："就你这老公，也配？他这还是不是人做的事呀？"

英芝说："有什么办法？我跟他大闹了一场，可是闹过后又怎么样呢？他还不是照样玩他的，现在还在牌桌上哩。"

文堂说："这他妈的也太委屈你了，英芝，跟他离！还怕找不到好的？"

英芝说："哪有那么容易！算了，不想谈这个。你怎么来我们老庙村了？文堂，不好意思，我借你的钱一时还还不了。不过，我肯定不会赖账的。"

文堂叹了一口气："我老婆在住医院，歌舞厅最近的生意也不是太好，我今天本来是想问问你能不能先还我一千的，既然你日子也不好过，那就算啦。"

英芝说："谢谢你了，文堂。"

文堂说："不过，我也不能白跑一趟吧？"文堂说话时用一种挑逗的目光望着英芝。

英芝脸一红，说："那你还要什么？"

文堂压低了嗓子，斜着眼睛望着英芝，说："你说呢？"

文堂的目光意味深长，英芝的心立即蠢蠢欲动起来，周身的血也流得畅快了。她想，反正离开家里也得经县里搭长途车到汉口，不如今天回娘家看看，明晚上就住在文堂家里，然后直接就走人。说不定夜里把文堂伺候好了，文堂还会给她一点零花的钱。要不，身上仅有的钱一买车票，便一点不剩。英芝想过后，就觉得这样的计划天衣无缝，而文堂就是特地从天上掉下来帮她的。

英芝说："今天你一来我就跟你走，贵清晓得了，一定会打死我的，不如我明天先回娘家，再从娘家往你那里去？"

文堂想了想，觉得英芝讲得有理，便笑道："那就说定了，我顶多只能再熬一晚上，要不人都要废掉了。"

英芝笑道："晓得啦，明天让你有好日子过就是了。"

文堂跟英芝说笑间，便往英芝家里走。快要走到门口，英芝突然说："我公公婆婆都是蛮多疑的人，我这样带一个男将回来，他们肯定又要讲好些废话。"

文堂说："未必你连口水都不给我喝就打发我走？再怎么讲我还借给你屋里三千块钱吧？"

英芝想了想，说："这样吧，我带你去看我的新屋，你在那里等我一下，我送贱货回家，再端点水来给你喝。我跟我公婆说你是来看房子的就是了。"

文堂叹息道："英芝呀，想不到你这么个敢说敢做的人，怎么被你男人家整成这个窝囊样？来个朋友都不敢接待，鬼鬼祟祟弄得像偷人一样。"

英芝明白文堂的话说得有道理，可是她不想让文堂看到自己在这边的狼狈，便用一种很放松的状态边笑边说："你以为你不是来偷人的？还朋友哩！说得蛮正经。"

文堂见英芝如此说，便也大笑了起来。笑完便跟着英芝径直走到了新屋。文堂在新屋的门槛上坐下等着英芝。文堂是个洒脱的人,他才不在乎贵清的爹妈哩,他坐在门槛上一边看着天边的白云,一边吹着口哨。口哨声清脆宛转,随风飘动,流云仿佛是伸展着双手,将一声声的哨音捧进了云深之处。那种婀娜的姿态,令文堂想起在"踢踢踏"包房中英芝波动的肢体,文堂的心便有些荡漾起来,瞬间便魂不守舍。

英芝端着茶水走过来,一直走到文堂面前,文堂竟是没有发觉。英芝说:"望云也发呆呀!喏,给你的茶,是今年的新茶泡的。"

文堂没有接茶杯,倒是站起来,一把就揽住了英芝的腰,英芝吓了一跳,茶泼了一半。英芝说:"你疯了,贵清要是晓得了,他不光会打死我也会打死你的。"

文堂说:"他敢!他不心疼你,你就在外面找人心疼你。一个女人一辈子没人疼没人爱,怎么过得下去?"

英芝叫文堂这么一说,眼泪水顿时淌了出来,她浑身一软,手下的杯子便落在地下。杯子叮叮当当地响着滚了好几圈,茶叶洒了一地。英芝就势倒在文堂的怀里。

四周静静的,两个人一下子就忘乎所以了。文堂在激情之中终于觉得仅仅拥抱是不够的。他压低着声音对英芝说:"我现在火好旺,朝我身上扔根火柴,就能把我烧着。你就是那根火柴哩。"

英芝说:"不行哩,离家近,被他们发现了,你我都死定了。"

文堂说:"房子都空着,不会有人来,我们进去好不好?"

英芝想了想,觉得贵清这时间正在牌场,自然不会回来,而她的公公婆婆从来也不愿意到她的新屋来看看,于是英芝微微地点了点头。

文堂裹挟着英芝一起进到堂屋,英芝轻喘着说了一句:"上楼,那里安全。”于是两个绞在一起的人又花了好一阵时间上到了二楼。二楼的房间空空荡荡,里面什么也没有,窗户像两口大窟窿,连窗框都没有装。可文堂和英芝眼里和心里已然没有房子和窗子,没有了阳光和空气,没有了恐惧和羞耻。他们就像疯掉一样,此刻只剩下对方火热火热的身体,恨不得立刻你中有我,我中有你。在这个时刻,他们仿佛无所畏惧。

快乐是被楼下杯子的叮当声打断的。杯子响得实在不是时候,但却不能不让文堂和英芝心惊肉跳,两人的身体立即分开。文堂简单,只把裤子拉链一扯就好了,英芝却在慌乱中扣不上裤扣。英芝急促道:“文堂你快跑!”英芝的话音没有落,便已经听到楼梯上急促的脚步声。

文堂什么话都来不及说,几个大步便冲出屋,他已然没有时间下楼,便直接从没有栏杆的走廊跳下去,然后,窜到屋后的林子里,消失了。

拿着扁担冲上楼来的是英芝的公公。英芝的公公出现在门口时,英芝的裤扣还没有扣上。英芝的公公暴吼道:“野男人呢? 你给我交出来?!”

正在兴头上的英芝突然被搅了局,就仿佛正吃着的一顿大餐突然叫人砸了她手上的碗,她心里窝火窝得厉害,一眼看到虎视眈眈立在门口的公公,那火头便蹿得更旺了。英芝想,房子盖了几个月,你看都不看一眼,这会儿倒心明眼亮地来监视我,你凭什么监视我? 英芝这么想着,一股恶毒之意油然升起。她从容地当着公公的面把裤扣扣好,然后说:“谁是野男人? 不就是你在这里么? 你这么老了,未必想当我的野男人?”

英芝的公公怔了怔,怒不可遏地将扁担对着英芝甩了过去。英芝头一偏,扁担将墙角撞得轰然一响,落了下来,墙上的水泥也撞落了一块。英芝喊道:“你想劫色呀! 你还搞得动我? 你就是那个野男人!”

英芝撒野般地喊了一通,看见公公气得发呆,站在那里只会喘粗气,心里也有些发怵,便赶紧装着大模大样的派头,擦着公公的边走出房间,然后拔腿就往家里跑。英芝进了自己的房门,将门锁上,手捂着心口,仿佛是怕它因惊吓而跳出胸膛来,她知道,这一天就是她在老庙村的末日了。

十六

贵清是黄昏的时候被他的爹揪着耳朵回家的。英芝的公公满村里叫喊贵清,几乎快把嗓子喊破了。而贵清这天却不在村里,对河的红花垸有人结婚,他跟着黑胖一伙人去吃喜酒了。村长的儿子友杰因为老婆生孩子,没有去,见英芝的公公叫喊声如此凄厉,不知道出了什么事,忙骑上自行车,搭着英芝的公公到红花垸。

英芝的公公见到贵清,也不给他半点面子,揪着他的耳朵就往回走。贵清疼得咿咿呀呀地乱叫,可英芝的公公不理这叫。直到没人的地方,他才对着贵清吼道:“野男人都闯到家里来了,你还在这里看别个的热闹,你不要脸我还要脸哩。”

贵清疼得哎哎哟哟地叫了半天,听他爹这么一说,暗想,爹妈跟英芝真是冤家死对头呀,屁大点事就上纲上线,英芝顶多跟一个男人说一下子话,就成了跟人勾搭了。贵清想到此,忙说:“爸你莫神经了,英芝喜欢热闹,跟别个男人说说笑笑算不得个么事。”

英芝的公公说:“光是说说笑笑还用跑到新屋的二楼?还用得着脱了裤子黏在一起?”

贵清脸上有些挂不住了,他不高兴道:“何必说得这么难听?”

英芝的公公伸手给了贵清一个巴掌,愤怒道:“我说的话你不信?你那个不要脸的娘们说的话你就信?今天是我亲眼看见的,你不信也得信!”

贵清见他爹如此神情,方觉得事情有些严重,他说:“真的?爸,你真的亲眼见到了?”

英芝的公公说:“我是拿了扁担捉奸去的。那野男人跳楼从林子里跑了,我去时,那个不要脸的婆娘还在扣裤子。”英芝的公公说着想起英芝冲他着说过的话,一股火气又冲上脑门子,他再次一把揪起贵清的耳朵,跳起来吼道:“你今天不把你老婆打死,你就不是我儿!”

贵清和他爹到家时,天已经挂黑了。

英芝一直焦急地在她的房间里看动静,她把她的衣物都清理在一个包里,想找个机会溜走。可是英芝的婆婆跟友杰的妈两个人一直坐在院子里张家长李家短地说着话。英芝能感觉得到,她们说的就是她。英芝全然不在乎她们会说她些什么,事到如此,她什么都无所谓了,她想得很透彻,脸面对她来说算得了什么?最要紧的是她以后的生活和她这辈子的生命。

太阳也已经落了,好容易等到友杰的妈出了门。贱货不知道为了什么吵吵闹闹着,英芝的婆婆跟着贱货进到屋里,英芝见时机来了,拿起她的包,开了门锁,便往外跑。

但是,英芝还是晚了一步,当她拎着包刚刚迈出大门时,便看到贵清和他爹朝大门走来。两人几乎同时看到英芝,贵清暴吼一声:“你往哪跑?”

英芝浑身一哆嗦,迈出大门的脚又缩了回来。英芝知道,她难逃今天这关。英芝在缩回脚的瞬间,看到大门的门扣上晃荡着的锁,她刹那间想起曾经有一个夜晚她欲逃跑出去,却因了大门紧锁使得她无地遁逃。于是她一个激灵，伸手将锁摘下，扬手扔进了猪圈里。

英芝跑回屋里，再次将房门锁起，她还不放心，又费好大的劲，将柜子拖到门后，把门抵住。英芝不知道是因为恐惧还是紧张，浑身发抖。她完全无法预料，下一步会出现什么样的情况，以贵清的脾气，打死她的可能性都有。英芝绝望地想：天爷爷呀，请你保护一下我吧，无论如何，我不能死，无论如何，我不能死在贵清手上。

英芝向天爷爷的乞求还没有完，贵清的吼叫声已在门外响起。贵清说："你这个臭婊子，把门打开！你竟然敢在家里偷野男人，老子今天不打死你，还是个人么？老子警告过你多少回，你要是让老子当乌龟，老子就不会让你过剩下的日子！老子要杀你，还要杀那个狗日的野男人。"

英芝缩在床上不敢动，也不敢搭腔。贵清把门撞得哐哐响，叫骂声引来一些邻居。于是英芝又听到贵清在对外吼着："看么事看？老子打老婆你们也要看，要看回家看你爹打你妈去。"围观的人便一阵哄笑。

英芝的婆婆说："先吃饭，吃完饭再收拾这个烂货。"

贵清再一次把门哐哐地踢了几脚，骂道："你以为你能躲在里面一辈子？你听好了，老子饿也能把你饿死，你识相点就自己打开门出来。"

英芝想，这怎么办呢？怎么办呢？有什么办法能够通知到娘家呢？有谁能够在这个时候出来救她呢？英芝能想象得到，躲在这间屋里最后的结果不是被贵清饿死，也会被他打死的。英芝想起贵清曾经对她有过的暴力，浑身的筋骨和皮肉都火辣辣地疼了起来。与其这样被打得疼痛而死，还不如自己了断了好。思路到了这一步，英芝不禁看了看屋梁。屋梁的木头很粗，甩一根绳子上去，吊死在此，不是一件很难的事情。于是英芝一骨碌跳下床，找了条床单，三下两下把床单撕成条。然后，她挪过板凳，站上去，将床单做成布绳甩上了梁。她使劲用手扯了一扯，觉得十分结实，现在她只需要把头放进去，用脚一蹬板凳，一切就都结束了。做成这些，英芝只花了几分钟时间，而再把她这个活着的英芝变成一具尸体，时间要得就更短。英芝不由得打了个寒噤，人活一世十分艰难，可要死掉就太容易不过了。虽然活着已然无趣，可是，英芝突然想，凭什么又该我去死呢？难道死在老庙村贵清家的这根梁上就有了快乐？她一下子就从板凳上跳了下来。英芝想，我才不死哩，我二十岁才出头，以后的日子还多得很，我如果逃出去，将来定会有好日子过，我死了岂不是太不合算了？英芝想，无论如何，我得逃，逃到天涯海角，今生今世不再回来。

就在英芝如此这般左思右想的时候，突然停电了，屋里一片漆黑。外面的公婆在叫："赶紧点灯。"

英芝一阵狂喜，英芝想，老天爷，是你来救我了吗？英芝忙不迭地搬开柜子，她趴在门上听了下动静，觉得没有声响，便悄悄把门锁打开。英芝还没来得及开门，贵清便提了根棒子闯了进来，贵清叫道："老子就晓得你这个婊子想趁黑跑掉，没那么好的事。"

贵清举着棒子挥舞着冲进来，但贵清没料到屋中间放着英芝未能挪开的柜子，棒子落在了柜子上，贵清避让不及，自己一头撞了上去。贵清高叫了一声"哎哟"仰头倒下。英芝却在他叫喊之时，从柜子的一侧溜了出来。英芝的公公和婆婆听到贵清的叫声，都跑了过来，贵清躺在地上说："这小狗日的不晓得搞些什么名堂。快点灯，她跑不了的。"

几个人便在屋里搜索。英芝黑灯瞎火中，看不准屋门，不知道自己跑进了哪个房间。这时贵清一家开始寻找她了。英芝哆嗦着躲在门背后。找她的人始终没有进这间屋子,英芝借着月光定神看了看,发现是她公婆的房间。英芝晓得公婆的屋里除了床就只有一个小柜子,小柜子有一个抽屉,英芝的公公平常总是把钱放在这里面。英芝想自己两手空空,包裹也没拿,真要是跑出去了,又怎么办呢?便蹑手蹑脚走过去,轻轻拉开抽屉,黑暗中抓了一把票子塞进口袋里。外面有微弱的光线泻了进来,有人喊:"一个房间一个房间地找。"这是英芝公公的声音。英芝慌乱间,四下乱窜,便在一瞬间,她发现公婆房间的窗子竟然开着,她忙不迭地跑到窗下,翻过窗子,猫着腰奔院里去。大门是关着的,英芝想,难道他们找到了锁?她跑过去伸手一摸,心里不觉狂喜,锁只是挂着,并没有锁上。她不顾一切,拉开大门拔腿便跑。

贵清听到大门的响动,发现英芝已经跑了,立即喊道:"她跑出门了!"说话间,他抄起一根棒子,朝门跑去,一边跑一边喊:"你就是跑到天边,老子也要抓你回来打死你。"

英芝并没有跑远,她知道,她如果真的跟贵清拼跑,她是跑不过的。她出了大门便掉过头跑进了隔壁家里。隔壁的院外有一个厕所,夜里并没有人会去那里,英芝钻进去后,便蹲在墙根下。她听着贵清的声音远去,她知道,贵清一定会沿着她回娘家的路追赶。她决定不跑,决定等到半夜里再走。

月亮照在头顶上,有一层浅浅的云在它的旁边浮来浮去。虽有星星满天,可一眼望去,依然让人觉得空旷辽远。英芝先是蹲在地上,蹲久了,她的腿酸疼酸疼,于是她索性坐了下来。更加酸疼的是她的心。她望着深不可测的天空,想到自己的人生竟是如此落魄,想到自己如花似玉的一个人,竟落到以厕所为藏身之处的地步,想着想着,眼泪便开闸般,止不住地往下落。落泪还不敢出声，连啜泣都不敢有，英芝只是把自己的大指头放进嘴里，咬得紧紧的，以免自己不小心号哭出来。

时间过了多久，英芝已经不晓得了。村里的人声渐渐地没了，四周的窗户也一个一个地熄了灯光。贵清从外面跑了回来，他当然什么也没有找到，进了院子后大喊大叫了一通，也没了声息。从厕所的缝里，英芝看到她家里所有的光亮也都灭了。这时候，她慢慢地站起了身，试着朝外面走了几步。她甚至没有了走出厕所的勇气。人都到了门口，脚步却情不自禁地退了回来。英芝心里急骂自己：英芝呀英芝，你如果再不趁机走人，你就再没有机会了。

英芝在自己的腿上狠狠地掐了几把，掐得生疼生疼的。然后，她走了出来，她的腰仍然猫着，不敢直起身来，她怕一直起来，就会有人看见她。

月亮和浮云仍然在头顶上，好温柔好安静的一个夜晚。英芝从老庙村悄然逃出。

出了村子，英芝站直身子，回头望了一眼暗夜里老庙村的轮廓，英芝想，我要记你一辈子，你害得我好惨呀。我的房子将来也不晓得会被哪个狗日的住进去呀。

一个人沿着公路往家走，英芝不觉得怕，这条路她已经在夜里走过几回了。英芝走了一阵子，突然想到自己这么大摇大摆地走在公路上，是不是太扎眼了？万一贵清回家后，气愤不过又追出来了呢？那岂不是给他抓个正着。这么想过，她觉得还是离开公路走小路更安全。

英芝走下公路时，随意地向后望了望，恍惚之间，她看到身后远远的月光下，有一个人跑步而来。静夜无声，隐隐地，英芝甚至能听到他的脚拍打路面的急促之声。英芝心头轰地一炸，她想完了，贵清追来了。念头到此，她拔腿就跑。深一脚浅一脚，慌乱中已然无法择路，她不知道前方会是哪里，也不知自己脚下的路是什么样的，甚至她这么疯狂地奔跑连脱力之感都没有，她只觉得风从耳朵的两边呼呼呼落到了身后。英芝跑过菜地，跑过田埂，跑过林子，跑过窑厂，跑过野地，一直跑到了湖边。湖边长着茂密的芦苇，芦苇在风里左右摇摆，呼啦啦地欢唱。英芝一头扎了进去。一个人丢进芦苇里，就跟一粒沙放进海里去一样，引不起任何波动。英芝已经没有了思维，她不晓得她可以停下来了。她仍然奋力地用手分拨着苇草，以她的最大气力往前跑着。直到她被一道硬坎绊了一下，摔倒在地，她的奔跑才停止。摔下去的英芝立即瘫软了，她没有了爬起来的力气，英芝想，死就死了吧。

湖水轻轻地拍着堤岸，波动的感觉传透土地，传到英芝耳朵里。英芝想起，哦，这就是汉湖了，是那个湖面宽阔长满了荷花的汉湖。汉湖的水深得发蓝，常常能看到野鸭子聚集在水面上。汉湖有许多的水荡子，水荡子流细了，便成了一条淌着的河。英芝娘家凤凰垸的小河便是汉湖的水流过去的。河水没有了汉湖的清亮，水面上漂着许多污秽，污秽多得已经没有船在河上航行。

苇草里的英芝一动不动地趴在地上，许久许久，她都记不起来自己究竟发生了什么，怎么会瘫痪一样地躺在暗夜无边的苇草深处。她甚至不明白自己心里的恐惧和紧张从何而来。夜风中的苇草呼呼地应答着汉湖的水声，蓦然间会有野鸭子惊悸般地"嘎"出一声。平静安宁的夜气夜声能缓解英芝的心境，仿佛过去了一百年，她终于记起了一切，记起了她龟缩在臭气烘烘的厕所里的情景。她不禁放声哭了起来，她想她再也回不去老庙村了。老庙村和贵清都没有什么留念的，甚至贱货，在她的心里头也不过如此，因为他是贵清的种。

只是那幢没有盖完的房子，是她英芝几年的心血，是她靠自己的喉咙靠自己的妖媚靠自己的身体一分一分挣回来的钱盖的。为这挣这笔钱，她舍弃了多少尊严和脸面，她吞咽了多少委屈和耻辱！她把自己的身心都放贱了，结果，她这样拼了一场，却是血本无归。

尽管英芝把自己仅剩的一点气力都哭没了，可是每一阵号叫都只如游丝，被苇草和湖水吞没，根本都汇不进这个夜晚的声响之中，仿佛这个世界拒绝哭声。

英芝的号哭是戛然中断的，她突然间明白，哭，对于她已经没有任何意义。眼泪从来都没有救过她。如果她还想活在这个世上，那么，她应该想的是她下面的生活应该怎么办。

英芝将衣袖从脸上挥过，只一把就把眼泪抹干了。她坐了起来，开始想问题，想她的下一步。第一个闯入英芝脑海的念头便是：我没有钱了。她摸了摸从公婆抽屉里摸来的一把票子，借着落入苇草中的月光，她看了看，又摸了摸，知道那只是些毛票，甚至连一张一块的都没有。英芝苦笑一声，想要扔掉，可是转念间还是把它们揣进了兜里。英芝想，下一步，我要挣钱，没有钱，我就走投无路，连到南方去的车票都没有。下一步，我还不能回家，我回家后，贵清还是会来抓我，我的爹妈必定会让我跟贵清回去。而我再回到老庙村，就不如去死。我不怕死，只是，我不愿意死，我还没有到该死的时候。我年轻，我有嗓子可以唱歌，我有身体可以诱人，我甚至还有力气，可以赚钱来养活自己。再下一步，我就是拼了命，也要盖一栋属于自己的房子，这房子就是我的家，谁也无法把我从我自己的家里赶走。我还要把房子盖得高高的，里面要有厕所，要有洗澡的地方，要装上窗帘，要安电话，要像城里人的一样。到那时，我要贵清亲眼看看，要贵清的爹妈亲眼看看，我不做你家的媳妇就会比谁都过得好。再再下一步，我一定要让自己过好日子，没有人打我没有人骂我没有人给我翻白眼，我就用我女人的力量和本事来养活我自己。

英芝把这一切翻来覆去地想着，呼啦啦唱着的苇草仿佛为她助力助威，失落的力气在她的思想的过程中又回到了身上。她觉得自己信心百倍，她才不怕什么哩，她英芝什么时候怕过什么？她英芝从来就是想怎么做就怎么做！

英芝站起身来，拨开苇草，朝湖边走去。

天快亮时，英芝走到了湖边一个叫细粉湾的小码头，码头上泊着一只小船。英芝坐在岸边，凝视了那条船许久。当第一缕阳光破云而出时，英芝朝那条船走了过去。

十七

三个月后，英芝从船上走了下来。船上有三个男人，都留她，但没能留住。英芝想，我不是为了挣一笔路费到南方去，我来干这个？你们当我是什么人了？

英芝腰里揣了一千多块钱，这是她三个月来挣的。她白天洗衣做饭，夜里陪床，轮流伺候着船上的三个男人。在她随船走水时，她的心情竟是十分平静。天越来越寒了，船上的日子也寂寞空虚。英芝算了算，觉得她到南方去的路费一定够了，于是她决定回家。她计划在家里过完年，然后跟村里其他打工的人一起到南方去。三个男人无奈，眼睁睁地看着英芝头也不回地下船而去。

英芝的脚重新踏在了稳定的泥土上，她恍然觉得自己仿佛是在另外一个世界活过了一场，现在返回家园。

英芝在县城里为自己买了一件红色的高领毛衣和一件蓝色

的外套,然后她穿着它们去“踢踢踏”歌舞厅找文堂。英芝到“踢踢踏”时,刚要打问,一个小姐一眼就认出了她是谁。小姐说:“你还来这里干什么?你老公砸我们几回了,害得文堂连县城都待不下去,一个人闯新疆了。现在的音响师根本都不行。”小姐的语气中满是鄙夷。

英芝立即就目瞪口呆,不晓得自己在船上漂泊赚钱的日子里,这世上发生了什么事,接下来她就想到凤凰垸自己的家里不知道会怎么样了。

英芝匆匆地赶回家。一进门,英芝妈便哭着扑了上来。英芝妈说:“我的伢,你还活着呀?”

英芝迫不及待地问:“出了什么事?”

英芝的爹说:“你还晓得回来?你回来干么事?你还不如就这么死不见尸哩。”

英芝说:“发生了什么事?贵清来家里闹了?”

英芝的妈说:“前一阵,见天就来一趟,来了就瞎打闹,硬说我们把你藏起来了,弄得家里成天人心慌慌。你看,这屋子叫他给烧了半边。你哥他们报了公安,说你是在婆家失踪的,找他要你的人,他这一个月才没有来惹事。”

英芝抬头,这才看见家里的堂屋右边一半被烧得漆黑,顶上的梁也被烧得像炭。英芝的妈说,那天她在店铺里,家里刚好只有苕伢在家,如果不是几个过路讨水喝的人帮忙扑火,这房子就烧完了。

英芝心里好是悲凉,想到自己竟然连累得家里如此这般,便对贵清的痛恨更加深一层。英芝的妈指给她看贵清留下的汽油壶,英芝说:“好,他敢烧我屋里,我夜晚就用这瓶子灌一壶油,去把他屋里烧掉。”

英芝的爹破口骂道:“你还惹祸!贵清不是个好东西,你也是个烂货，你搞野男人搞到他家里去了，他能不打你？你一个女人跑得几个月不见人影，他能不烧你娘家的屋？你还不乖乖回去跟他赔个礼？由他打骂一场，日后老老实实地跟着人家过日子。”

英芝的妈抹着眼泪说：“英芝呀，我们做女人的不能这样呀？这要遭人骂遭天谴的。”

英芝听她爹妈这么一说，气不打一处来。英芝说：“你们如果非要我回去，就给我一瓶农药，我喝死算了。”

英芝的爹说：“你拿死来吓我？你要死就去死！莫给家里丢面子。”

英芝被她爹的一顿骂，弄得心烦意乱，她满心的恨意中，又加上了对她爹妈的。她心想，我弄到这步，你们怎么一点也不帮我呢？怎么不让我觉得自己的家里人是卫护我的呢？英芝绝望道：“那好吧，妈，你把农药给我，我立马死在家里。妈，我死过后，你们如果觉得把我埋在凤凰垸丢了你们的脸，就把我丢到荒野里让野狗啃掉，你们莫把我埋到老庙村去。如果你们不答应我，我做了鬼也会恨你们，我天天都来祸害你们。”

英芝的妈急了，说：“英芝你不要瞎讲呀。我晓得你也有蛮多委屈。”

英芝被她妈的后一句话说得鼻子酸胀，忍不住便又放声哭了起来。

晚上，英芝的哥嫂都过来看她了，没有人问她这几个月跑到哪里去了，只说回来了就好，家里打牌多了一个角。

第二天的早上，天很明亮。冷风虽然飕飕地加重了寒意，但太阳却是在一点点地往外升起。两个哥哥这天要到县城打年货，英芝在家没事，就说我跟你们一起去吧。

早饭便都在英芝爹妈这边吃的，英芝的爹吃完就去替英芝的妈守铺子。英芝把新衣服换到了身上，她想她得光光鲜鲜地在家里过几天。想时，心里有些怅然。

一行人还没出门，贵清竟然一个人拎着一桶汽油找上门来了，脸上凶巴巴的样子。贵清还没到院子，英芝的侄儿苕伢便飞跑着回来报信。英芝的哥哥丢下饭碗赶紧找了绳子和棍子。贵清刚走进英芝家的院子，正欲叫骂，英芝的两个哥哥便扑上去，把贵清掀翻，然后将他捆了起来。

英芝到这时才从屋里出来。英芝看到贵清，新仇旧恨一起涌上心来，她呼呼地喘着粗气，一时说不出话来。一直等她的两个哥哥把贵清绑到了树上，她才缓解了自己。英芝走到树跟前，照着贵清的下身踢了一脚，说："王八蛋，我跟你的事，你找我了结就行了，你烧我家的屋干么事？"

被捆住的贵清看见英芝，脸一下子涨成猪肝红。英芝穿着在县城里买的新衣服，浅蓝的底色上开着一朵朵浅白的菊花。英芝在船上的三个月里没有晒太阳，倒比以前更加白净妩媚。贵清一阵醋意，又一阵愤恨，不禁暴吼道："你这个狗日的小娼妇，老子这样疼你，你竟然不守规矩。老子不杀了你，怎么咽得下这口气？"

英芝大声说："你疼我？你怎么疼我的？你成天游手好闲，吃喝嫖赌，把我辛辛苦苦挣的钱输了个干净。打起我来就往死里打，你这样是疼我？"

贵清说："村里哪个男人不是这样？你凭么事要我听你的？将来你老了我养得了你就行了。你跟我爹妈再怎么闹，我都算了，可是你背着我在外面跟别的男人胡搞，你叫我怎么饶得下你？"

英芝说："你爹妈怎么对我的，你也晓得，我偏不跟他们一起过。叫你挣钱你不挣，叫你找你爹妈要钱你不要，我只好自己挣，我凭什么来挣，不凭我的身子，我怎么个挣法？告诉你，我借的三千块钱，就是我睡觉睡来的，你怎么样？你不是照样高高兴兴地拿去了？”

贵清气得奋力地挣扎起来，贵清说：“我拼了我的命也要斩了你。我不斩你我在这世上怎么有脸活？”

英芝说：“你早就没脸了，你现在说已经晚了。你烧了我家的房子，我家报了公安。公安说了，只要你一出现，就把你抓起来，让你坐牢！”

英芝的一个哥哥说：“英芝你跟她吵个什么。让他晒一下太阳，我叫公安去。”

英芝说：“妈，你跟公安弄顿饭吃，让他们吃得饱饱的，送这个狗日的东西坐牢去。”

院子里只剩下贵清和英芝了，贵清呼呼地喘着粗气。英芝突然心里又有些怜惜他，觉得自己只要跟他离婚，就犯不着跟贵清结成冤家，更何况，贵清也有对她好的时候。英芝想到此，便说：“其实，我也可以要公安放了你。不过，我有两个条件，第一你得同意我们离婚，反正我们都这样了，我再跟你过，你也没什么面子，对不对？第二，盖房子的钱和你赌掉的钱，前前后后加起来起码也有一万块，我也不要你都还给我，可你得还我一半，这该可以吧？你要答应这些，我就帮你求公安，放你一马。你想想，这不是比坐牢合算得多？”

贵清说：“不要脸的东西！你这辈子休想从我身边跑掉，我掐也要掐死你在我的床上。房子钱一分钱也别想要走，你想要钱，就在我家做牛做马，做老了，才都是你的。”

英芝叫贵清这么一说，心里刚刚生出的一丝怜惜之情，立即就没有了。她冷笑了一声，说：“你休想。我是绝对不会回你家的。我给你台阶下，你不下，那你就只有活该了。”

贵清说："我活该就活该。我老婆把外面的野男人弄到家里来胡搞，还要把自己的男人送到牢里去，我看你在这世上还有什么脸面活！"

英芝说："我不要脸，又怎么样？那都是你逼的！我被你打得像野狗一样到处躲到处跑，我哪里还有脸面？我天天听你爹你妈阴阳怪气地骂我，我又有什么脸？告诉你，我出去的这三个月，天天在男人堆里混。我天天夜里跟自己说，我这么做，就是要气死你贵清！你贵清不好好待我，我就让贵清的老婆去伺候别的男人，让别的男人消遣。"

贵清暴跳着，树干在他的奋力下摇晃起来。但绳子却绑得很紧，贵清无法跳起来，他的脸因为愤怒而变得十分狰狞。贵清说："你以为你不遭报应？英芝我告诉你，你这么做必遭报应。"

英芝说："谁来报应？你爹？你妈？你坐牢了，他们还管得了我？做你的秋梦吧！"

贵清咆哮着："就算我坐牢，我能坐几年？只要我出来，我不光要杀了你，我还要杀你全家。让你家绝户！"

英芝狠狠地盯着贵清："你敢！"

贵清依然咆哮着："我做么事不敢？我坐牢也坐不了十年。我保管在十年里，地球上就没有你家的人了！英芝你这个臭娘们的骚味在这个世上一点都留不下来，你就是逃到天涯海角，我也要找到你，我要把你的肉一块块割下来，喂野狗喂野猪喂驴喂马喂鸡喂鸭喂蛤蟆喂蚯蚓喂天下所有的畜生。你要不信，就等着好了！我贵清说得出做得到！"

贵清的话说到后面变成了号叫，号声如山间的野狼，从英芝家的屋顶传到屋后的园子里。英芝的妈在园子里摘菜，听到声音跑过来，惊声道："么样了？莫让他跑了。"

英芝说："妈，没你的事。"

英芝妈说:“我打瓶酱油去,你千万再莫跟他闹了,让公安的人来带他走。”

贵清狂笑了起来:“带我走?我能走几年?几年回来,你家连根草都莫想留下来。”

英芝不禁打了个寒噤,她毛骨悚然,心里涌出巨大的恐惧。侄儿苕伢和侄女菊菊正追打着笑闹,笑声越过院墙外落在了英芝的脚下。叮叮咚咚着,有如银铃。这声音突然就驱走了英芝的恐惧,使她产生一股冲动。这冲动是什么,英芝不知道,英芝只觉得自己的全身都因此而燃烧,烧得她无法站,无法坐,甚至也无法说话,烧得她在院子里团团地转着,只转得自己眼花缭乱。她想她应该做点什么了。可她想做什么呢?她想做什么呢?她问了自己半天,不知道应该做什么。

她急得揪扯着自己的头发,突然她就看到了贵清拎来的那壶汽油。贵清是来烧她家的,这是一个比上回还要大的油壶。英芝所有的混乱和焦躁瞬间就凝固成一个念头,一个很坚硬很坚硬的念头:你要是敢这样,我还能让你活吗?如果你活在这世上,我这辈子还有什么出头之日?而且我的全家都要因此而遭殃。贵清呀贵清,你活着,就等于我死,等于我全家永无安宁,我何不先让你死呢?

英芝冲上去,拎起它,她拧开盖子,将壶里的汽油全部泼在贵清身上。贵清仍然狂笑着:“你敢谋杀亲夫?你杀了我,你以为你还活得成?你以为我死了你就可以自由自在地搞野男人?你得跟老子陪葬!”

英芝也如贵清一般狂号道:“我死不死关你个屁事,我今天就要你死!”

英芝泼完了汽油,四下里找不着火柴,她突然想起贵清是抽烟的人,便扑到贵清身上,在他口袋里乱摸着。贵清的手被绑着，动弹不得，他便用头撞击英芝。英芝疯了一般，她摸出贵清口袋里的火柴，连想也不想便划着了它，她把燃烧着的火柴就手往贵清身上一扔。火柴出手的一瞬，英芝看到贵清惊愕的眼神，那眼神仿佛说：你来真的？

英芝似乎还没有反应过来，只听得“砰”一声，贵清便成了一团火球，贵清在火球里惨叫着，声音凄厉异常。

英芝呆了，她从来也没有想过，结果会是这样。

在英芝的呆望中，绳子烧断了，火团突然离开了树干，一头红得发亮的猛兽对着英芝扑去。在门外玩耍的苕伢听到惨叫声跑进院里，他见英芝傻了一样，尖厉地叫了一声：“细姑快跑呀——”

英芝醒了，她拔腿向院外跑去。院外的路一直通到村头，路边有杂乱的房子和零星的绿色，鸡狗都乱跳着。太阳已经出来了，许多人家墙垣的阴影都倒在路的中央。但英芝的眼里这一切都不见了。追逐在她身后的是一团明亮耀眼的火团。它比夏天的太阳更加刺眼，比夜空的流星更加快速，比下山的野兽更加凶猛。英芝甚至能感觉到那火的热浪，滚滚而来，一直扑到背上。

全身带着火苗的贵清嗷嗷地狂叫，他的眼里只有一个目标，那就是英芝。英芝像一只蓝色的蝴蝶，在贵清的眼皮前飞扑着晃荡着，那飘动的姿态，令贵清的心发紧，贵清只想一把抓住她。贵清喊着：“别跑呀！别跑呀！”他的声音越来越怪异。

不知是什么人尖声地叫了起来，村里好多人都跑出屋来看，来一个人便发出一声惊呼，人们都呆了，不知道应该怎么办才好。英芝的头发跑乱了，鞋也跑掉了，她知道自己快不行了，她喊着救命，但她已经没有力气把自己的声音送出嗓门。英芝想起三个月前的夜晚，她也这么跑过，英芝想，早知道今天被火烧死，不如那天就死掉好了。

英芝几欲崩溃。便在这时,一个人突然冲过去想要拦下贵清。贵清的眼睛已经被火烧瞎了,他只觉得一团阴影迎面而来,他一把将那团阴影抱住,他用含混不清的声音说:“英芝,你跑不掉的……”说完便轰然倒下。被他抱着的阴影也惨烈地叫着,跟着倒了下去。

有人喊了起来:“快,拿水来!快泼水。”

几分钟后,那团火熄了。贵清已经成了黑炭,被贵清扑倒在地的人痛苦地呻吟着。有人把他翻过身来,他的面孔已然看不清楚,他的手上拿着一个酱油瓶。直到苕伢出现,他哭着叫了起来:“那是我婆哩!我认得我婆的鞋子。”

这一切,英芝都不知道。英芝一直跑到村治安组,她在治安组的门口倒了下来。

英芝醒来后,觉得自己什么也看不见,眼前晃动的只有那一团火光。于是她便开始哭。不管什么人跟她说什么,她都只用眼泪作答。县里的警察很快就到了,他们把英芝带上了警车。

几天之后,英芝才知道,她的母亲替她挡下了贵清,自己却被贵清身上的火烧伤。烧伤面积达百分之七十以上。县里医院救不了她,英芝的爹和哥哥连夜用车送她到了汉口。他们把家里所有值钱的东西都卖了,连牛都卖了。可是,英芝的妈还是死了。死的时候,面孔漆黑,没有人能看清她的容貌。她的嘴里一直哼哼地叫着,只有英芝的爹听得出来,她在叫着英芝。

十八

英芝就这样坐在了看守所的高墙里面。贵清身上的那把火没有烧在她的身上,但却把她的心烧着了。每天每天,她都觉得那团飞扑而来的火头在吞噬她,在烤灼她,在煎熬她。英芝每天都要喝许多的凉水,她想要扑灭这火。尽管天很冷了,在洗澡的时候,英芝也仍然用凉水冲洗身体。可是,那火却顽强地烧着,一分一秒也不肯熄灭。

英芝后来跟同室的余姐熟了。余姐在这里待的时间很长,很会分析案情。她替英芝分析来分析去,都只有一声长叹。余姐对英芝说,你这个案子必死无疑。

英芝面对这个结果,已然没有悲哀。她静静地打发着剩余的日子。在晴朗的时候,她也会回想自己曾经有过的生活,想时便情不自禁地问自己:我怎么会这样呢?

整整的一个冬天,英芝都在看守所里等待判决书的下达。判决书上的内容,她已无心知道,因为她明白,不管她是否被判死刑,她都会被她心里的这团火烧死。

春天来时,河边的野花开成一片烂漫。英芝被绑缚到了刑场。她的家里没有人看她。她知道,她的爹已经贫病交加,她的两个兄长家中也是债务累累。英芝知道是她败了这个家,她死之后也不会有人替她收尸,全家人都对她恨之入骨。英芝想他们恨她是对的。

英芝迎着枪口跪在地上,枪响过后她就倒下了。她在歪头的一瞬,看到了刑场的土地上竟然四处开放着野花。英芝想,它们跟我凤凰垸河边的花竟是一样的美丽呀。然后她恍然看到一个小孩子在花丛中奔跑,她轻轻地说出了两个字:贱货。

2001年写于武汉

有爱无爱都铭心刻骨

一

一只鸟从头上飞过。瑶琴看鸟时，突然看到一团白色从阳光里落下来，正好落在新容刚做过的头发上。瑶琴“呀”了一声，这声音像一根刺，把绷得紧紧的会场扎了一下。会场有一点骚动，像是鼓胀着的气球在放气。瑶琴吓得赶紧捂住了嘴。正在台上念名字的厂长停顿了一下，眼光落在瑶琴身上，然后他读出了瑶琴的名字。瑶琴呆了。好多人都回头看瑶琴。瑶琴无论如何也没有想到这次的下岗会轮到她的头上。

瑶琴觉得自己长得标致，厂里领导每回见到她都朝她笑。和她一起的新容总会在她的胳膊上揪一把说，看看看，领导又冲你笑了。瑶琴也觉得领导正是冲她笑的。美丽的脸谁都愿意看，瑶琴想，她这张脸在领导眼里可不就是一道风景？所以她觉得自己肯定不会下岗，她一点思想准备也没有做。可是这天宣布下岗，她偏偏听到了自己的名字。非但她，全厂人都听到了她的名字。瑶琴一时间觉得自己的身体被根大木棒打缩了，又被一把利刀劈开了，人倒了下去，地上正好又满是尖刺。一种说不出来的痛把她包围了起来。

早就做好了下岗准备的新容却没有下岗。瑶琴不禁回头看新容，新容因为兴奋，脸上红扑扑的。原来觉得她一点也不好看的瑶琴突然觉得她漂亮起来。于是她明白了自己下岗的原因：新容现在是风景了，而她这道风景已经老旧。原以为领导是冲她笑的，其实，他们的笑容是为了新容。瑶琴悲哀了起来，同时心里有了些愤怒。以往她是颇喜欢厂里那几个领导的，现在，这种喜欢全都成了仇恨。瑶琴想，你们年年看我，把我看老了，就像扔抹布一样把我扔了？

瑶琴回到家里，忍不住呜呜地大哭了一场，哭得连晚饭都没有吃。她不知道自己怎么办才好。屋里很安静，没有别的人，哭得再凶也只有自己听。电话铃响了，瑶琴抹着眼泪接听电话。线那头的人没说话，就先哭了起来。瑶琴听出是新容。瑶琴心想，你有什么好哭的？新容仿佛听到了瑶琴心里的话，便哽咽着说：瑶琴，你一定会说我有什么好哭的，可是……我就是想哭。我没办法。我以为是我下岗的。我也没有去找人……我已经想好了自己下岗算了的……瑶琴没听完，就把电话挂了。挂完电话，瑶琴不哭了，她想，新容现在一定哭得更厉害了。瑶琴有点想把电话再拨回去。她手抬了抬，最后还是放了下来。

屋里依然很静。静得似乎能听到空气的蠕动。如水的月光落在窗台上。瑶琴呆坐了一会儿，便找出了杨景国的照片。她上个月才把杨景国的照片全部收藏起来。因为上个月她让杨景国的照片陪她过三十八岁生日。她对着照片独自饮酒，饮着饮着，就落了泪。泪眼蒙胧中，突然觉得照片里的杨景国死死地盯着她，凶凶的，一副对她很不满意的样子。这是杨景国从来没有过的表情，她很惶恐，不知道自己做错了什么。晚上，她搂着杨景国的照片睡觉，杨景国便从一片水雾里走出来。杨景国站在河的那一边对她说，他在那边很不快乐。不快乐的原因就是他答应过让瑶琴一辈子生活得幸福，可是他没有做到。他在那边的衣服一直都是湿漉漉的，从来都没有机会干过。瑶琴的眼泪已经流了十年,每一滴都落在了他的身上。他请求瑶琴让他能够穿一件干爽的衣服。瑶琴听着杨景国的话,又哭了起来。瑶琴哭时,果然看到雨点在河那边直直地落在杨景国的头上。杨景国的衣服已经潮湿得紧贴在了身上。杨景国说你看你看,你笑笑好不好,给我一点阳光。然后他就往回走。他走时,雨滴也跟着他。瑶琴呆了,然后她就醒了。醒后看到杨景国的照片上满是水渍。从这天起,瑶琴便收起了杨景国的所有照片。她想她得让杨景国穿一身干爽的衣服,她得给杨景国一些阳光,她得快乐。

可是,现在她却下岗了。下岗意味着什么?意味着她从此没有了收入,意味着她被她工作了二十多年的集体遗弃了,意味着工厂不要她了,意味着她从此是一个没有用处的人了。瑶琴想想就窝心,眼泪又忍不住一串一串地往下掉。瑶琴一边抹泪一边对杨景国说:对不起,又让你的衣服湿了。对不起,我马上就揩干。

杨景国与瑶琴的爱情故事,在他们工作的机械厂里像是一个很著名的传说。每一个新到厂里来的人,总能在第一时间里听到这个故事。故事多是这样开头的:十几年前……

十几年前,杨景国刚从大学分来第一天,他端着碗去食堂吃饭。因为不识路,便随意地找人询问,恰巧就问到了瑶琴头上。当然也可能是瑶琴漂亮醒目的缘故。瑶琴那时候有一个男朋友叫张三勇。张三勇人生最怕的事情就是怕漂亮的瑶琴被别的男人勾跑。突然见瑶琴在跟一个戴眼镜的斯文男人说话,气不打一处来,问也没问一声,上去就给了杨景国一拳。可怜杨景国来厂里后还没有认识一个人,就先认识了一个拳头。杨景国的眼角当时就青了,碎掉的玻璃片几乎弄瞎了一只眼睛,眼镜无疑也废掉了。瑶琴气得要死，立刻就跟张三勇吵了一架。然后出于责任，她再三向杨景国道歉，带着他去了医院不说，还赔了他一副眼镜。以后每回见了杨景国，瑶琴总还有负疚感。杨景国是技术员，常下车间，瑶琴一见他来，就上前帮忙。结果这一来二去的，瑶琴就跟杨景国好了。厂里人笑死张三勇，说他一个醋拳把女朋友打进了别人怀中。

杨景国家在乡下，父母日出夜回，从来也没怎么管过他。他觉得自己这一生是自己长大的，是跟着自家屋里的门槛一起长大的，是跟着村边的一棵树一起长大的，是跟着村头老独户陈老倌养的一头牛一起长大的。后来他读了大学，因为穷，加上自卑，从来也不敢跟女孩子交往。他的日子过得粗粗糙糙。他总觉得无论他死了或是他活着，全世界都没有一个人介意。他来来去去总是很孤单。结果张三勇的一个拳头使他获得瑶琴的格外关照。这关照并不多，但一下子就彻底温暖了他的心。于是他爱上了瑶琴。像杨景国这样从来没有爱过的人，一爱起来就不可收拾。直恨不得瑶琴就长在他的眼珠里。张三勇为此又给过他几拳，眼镜碎了好几个，但这些都阻挡不了杨景国从内心深处迸发出来的爱情。瑶琴跟张三勇本来只不过因为在一个小组做事，日子处长了，便走到了一起。两人过去都没谈过恋爱，也不知道爱情是什么。以为就是年龄相当，容貌上过得去，然后去街道扯个证，弄个房间一起过日子，这就算是爱情一场了。可是杨景国的出现，突然就让瑶琴的心里生出另一种渴望。她不知道那是一种什么渴望。她只知道每当杨景国专注而痴呆地凝望她时，她就会特别激动，就心跳得不能自制，就想倒在杨景国的怀里向他倾诉什么。有一天，她跟张三勇吵了架，她决定跟他分手了。这天晚上还下着雨，杨景国来找她。杨景国在她家门口等了好几个小时，浑身淋得湿湿的。瑶琴怀着委屈跑回家，突然她就看到了落汤鸡似的杨景国。瑶琴的心一下子就激荡开了。俩人没有说话就先拥在了一起。瑶琴想哭,可她料不到的是,她还没来得及哭,杨景国倒先哭了起来。两人哭了许久,便觉得从此他们再也不想分开。面对这样顽强的爱情,张三勇也没有办法,只好悻悻退出。

瑶琴跟杨景国的恋爱是一场真正的恋爱,是好多女人都向往的那种恋爱。他们每天都约会,傍晚就牵着手去江边闲逛,一直逛到夜深才回家。中午则不顾大家的观望,同坐在食堂的长凳上吃饭,像电视剧里的男女主角一样,把自己碗里的饭菜喂进对方嘴里。瑶琴不吃肥肉,杨景国就把所有的肥肉咬下来自己吃,而把所有的瘦肉都给瑶琴。瑶琴喜欢吃青菜叶不喜欢吃青菜梗,杨景国就会把所有的青菜叶都拨给瑶琴而把瑶琴碗里的菜梗全撸到他的碗里。每次吃饭时,杨景国都忙忙碌碌地做着这些。有几次瑶琴看着他这么执着地做这种碎事,眼泪只想往外淌。瑶琴想跟着这样的男人她这一生有多么幸福呀。怎么这么好的运气叫她给碰上了。这么想过后,瑶琴对杨景国就更加温柔体贴。过年了,杨景国往常总是回老家看父母,有了瑶琴后,他连老家也不想回。瑶琴过意不去,催他回家,可是杨景国却说他舍不得离开瑶琴,说他一天见不到瑶琴心里就慌,就不知道怎么办才好,就觉得天地都是灰的。一番话说得瑶琴泪水涟涟,也就没有让他回家。瑶琴把杨景国的话转述给班组的姊妹们听时,大家也都泪水涟涟起来。都说如果能有一个人能对自己说出这样的话来,真是死也值了。只有张三勇说,这样的话也是一个男人说的吗?瑶琴没理张三勇,倒是班组的姊妹们群起而攻张三勇,说为什么男人就不能说这样的话?说这样的话令女人感到幸福为什么就说不得?说出这样的话难道就丢了男人的身份吗?

有杨景国和没杨景国的人生真是太不一样了。瑶琴跟杨景国恋爱的那几年，越长越漂亮，厂里人都惊说，想不到最养女人容颜的东西竟是男人的爱情。在厂里，杨景国没有因为技术好水平高以及搞什么革新而出名，倒是他一往情深地成天要黏着瑶琴以至名声大振，全厂人差不多都认识他。有一回厂里工会组织五一节晚会，主持人为了搞笑，出了个的测验，要女工们选出厂里最受人欢迎的男人。没等他说完话，女工们就在台下一起喊了起来："杨景国——"厂里的副书记是个女的，她也跟着喊杨景国的名字。让全厂的男人大跌眼镜。跌完后纷然骂杨景国，说他搞坏了厂里的风气，破坏了厂里许多家庭的安定团结。瑶琴曾问杨景国介不介意男人们的笑骂，杨景国笑了笑，只说他们不懂。会爱女人是一种幸福。

杨景国一直想早点结婚，可是房子排队一时还轮不着他们，所以他们就一直恋爱。曾经在杨景国的集体宿舍里，趁同舍的人去看球赛，两人偷吃过几次禁果。有一次瑶琴没注意，怀了孕，杨景国悄悄带她到乡下去做了一次人工流产。那次以后，杨景国便尽可能克制自己。杨景国说，琴儿琴儿，我不能再伤你了。我只想快点结婚。三年八个月的恋爱过去了，他们终于分到了房子。那天下班后，他们去看房子。这是个春天的黄昏，还下着小雨。瑶琴打着伞坐在杨景国的自行车后。一辆卡车疯了一样冲过来。瑶琴没有看到。她只听到杨景国急叫了一声琴儿快跳呀！瑶琴不知什么事，嗵地就跳下车来。她还没站稳，就见汽车从自己身边擦过。杨景国和自行车都被撞到了路边。同时被撞倒的还有另一个女人。杨景国的头磕在路边的一块石头上，鲜血满面。他溅在地上的血跟那个女人的混在了一起。瑶琴尖叫着跑过去。她哭着抱起了杨景国。瑶琴的哭声撕心裂肺。杨景国睁开眼睛，笑了笑，对瑶琴说，你别哭呵你笑笑。瑶琴呜咽着勉强咧了咧嘴。杨景国说那我就放心了。然后就再也没有说话。这是杨景国留给瑶琴的最后的声音。瑶琴痛不欲生,几次都想跑到那块石头上撞死自己,然后去寻找杨景国。但因为新容盯得特别紧,每次发现瑶琴有所动静,就拼着命叫喊着让人扯住。多扯了几次,便又把瑶琴生的愿望扯回了心里。瑶琴后来就不想死了。她想杨景国一定是不愿意她死的。厂里怜惜瑶琴,虽然房子紧张得不得了,但还是没有把分给杨景国和瑶琴结婚的房子收回去。于是瑶琴就一直住在这个房间里。好多年了,一个人恍惚地过着。

瑶琴的眼泪已经干了。她用毛巾拭着杨景国的相片。镜框很明亮,杨景国在里面笑着。瑶琴用食指抚了一下他的嘴,然后用杨景国的羊毛衫把它包起,重新放回箱子里。瑶琴想,天已经凉了,再不能让杨景国的衣服湿着。

瑶琴把相片放好后,她又有些不安,心想或许杨景国的衣服已经被她打湿了。于是便走进卫生间,用洁面乳把自己的脸细细洗了一遍,然后画上淡妆。瑶琴对着镜子笑了笑,她知道她这是笑给杨景国看的,而且杨景国一定看得到。笑过后,瑶琴觉得河那边有阳光喷薄而出,照耀在杨景国的身上。

可是,瑶琴却下岗了。

二

瑶琴的妈妈原是小学老师,老早就退休了。早退休的人虽然早些日子享福,可是工资却比晚退休的人要少好多。瑶琴的爸爸长年在地质队工作。回来后,闲不住,就开了一爿书店。刚开始时,书店生意并不好,饱一顿饥一顿地勉强维持个温饱。瑶琴的妈妈加入后，就在店头一侧加了个偏屋，对外出租影碟。附近有所中专学校。学生们常来这里租碟，生意慢慢就好了起来。瑶琴的妈妈便又把偏屋的碟架挪到了书店里，把偏屋隔成三个鸡笼大的小间，里面放上电视机和影碟机。每小间刚够坐两个人。用蓝花布幔隔断了外面的视线。这样，店里除了影碟可以出租外，还增加了看碟的包间。这一招，尤其受学生们欢迎。几乎每天晚上，都有成双成对的学生过来包间看碟。生意一下就火了起来。白天也有人过来包间看碟片。看一张碟十块钱，不贵。就因为不贵，来的人才多。人换了机子却不歇，几年下来，VCD 机都看坏了两台。

瑶琴很少回家，回去后看着年轻人搂着腰进她家的店子，她的眼睛就发酸。她想杨景国是最会搂人的了。杨景国用手臂搂着她逛街时，根本不用动嘴，她从腰上就知道他想要去哪里。她随着他手臂的感觉行动。杨景国想些什么会从他的手指一直传达到她的心里。这一切，前来看碟的男男女女们你们懂吗？

瑶琴下岗的第二天给她的母亲打了一个电话。母亲说你回来吧，厂里不需要你，可家里需要你。瑶琴被母亲的话温暖了一下。

瑶琴带着母亲的温暖在回家前先去了东郊松山上杨景国的墓地。因为心里头有一股温暖，所以这一回她没有哭。她像平素一样，把杨景国墓前的杂草清理了一下，将带上山的一把花插在水泥做的花瓶里。然后就蹲在杨景国墓前轻轻地问杨景国：我该怎么办？问完后，她没听到杨景国的回答，只有风声呜呜的。天凉了，瑶琴心知她不能哭。

瑶琴妈力主瑶琴到店里来帮忙，瑶琴坚决不肯。瑶琴没说原因。她知道她可以做任何事情，却不可能留在家里看这个小店。有一回，瑶琴去书店取东西，随便走到偏屋，信手撩开了一张布幔，看到两个年轻人正拥在一起，一边吻着一边看碟。瑶琴看呆了，心里头抖得像被狂风吹着一样。杨景国当年拥抱她的感觉猛然一下又将她裹住。结果她什么东西都没拿，跑回家去哭了一场。

十年都过去了，时间是很长很长的。长得瑶琴已经三十八岁，眼见得就是进四十岁的人，皱纹业已从她的心里一点点爬上了她的额。可是在瑶琴心里，更长更长的是她和景国在一起的四年多时间。那所有的一切都密密集集地潜伏在她内心的皱褶中。

瑶琴拒绝在店里做。瑶琴的爸觉出了瑶琴的心事，便对瑶琴的妈说，就别为难她了，让孩子自己想做什么就做什么吧。说完，瑶琴的爸又说，找个男人成家吧，景国肯定愿意你早些有个家。你总得靠着个人生活吧？要不，你这样过，你以为景国会安心？

瑶琴默不作声。这些话，她爸以前也说过，她不愿意听。现在她听进去了。她知道，这件事迟早得来。既然下岗了，那就来吧。

瑶琴的妈见瑶琴的神色，知道她心里已经开了一条缝。因为十年来，只要有人劝瑶琴再找一个男人，瑶琴都会立即板下面孔，堆一脸恨色地骂人，就好像对方是来抢走她丈夫似的。有过这样几回，便没人再敢开口。瑶琴的妈知道，一个人的心一旦开了点小缝，就能有清新的风挤进去。可能只是几丝丝，但也足能吹干心里面的霉斑，让霉斑的周围长出绿色来。瑶琴的妈在杨景国死去的这十年里，就这天才长长地舒了一口气。

从父母家回去，瑶琴的心一下子就平静了。这种平静，当然不是一种安宁愉快的平静，更有一些像是心如止水，就此罢休的平静。瑶琴第二天就去厂里办完所有的下岗手续。本来她想去厂长办公室道一声别，走到门口，见到厂长正和书记谈笑风生地议论什么出国的事，他们的笑声朗朗，令瑶琴心下一阵索然，她便又退了回去。瑶琴转到车间交出她的工具箱。车间主任要她跟班组的人打声招呼，她耳边突然响起厂长和书记的笑，于是她的心又一阵索然，瑶琴说算了吧。瑶琴说完就自顾自地走了。她在这里干了二十年的活儿，走时却没有跟任何人道别一声。她心里很茫然，目光也很茫然，茫然得仿佛自己的周围是一片海，海面上升腾着雾气。车间里机器的响声和工友们遥望她的目光都融在了这茫然一派雾气之中。

实际上班组的工友都看到了瑶琴，他们想叫她，可瑶琴的神情吓住了他们。他们眼睁睁地看着瑶琴走出车间。瑶琴的脚步显得那么无力，背影的晃动透出深深的疲惫和哀怨。于是落在那背影的上目光都含有几分怅然和无奈。瑶琴就在这样的目光下隐没了。

瑶琴回到家，三天没出门，用这三天的时间，把屋里的家具重新摆布了一遍。她不也知道自己为什么要做这些，只是因为自己不做点什么就会闷死和愁死。第四天家里的事都干完了，瑶琴就不知道自己应该再干什么了。她便躺在床上。她觉得屋里没有活动的东西，空气都仿佛凝固着，把她和房间凝固成一个整体。

瑶琴想，就这么躺着吧。于是什么都不去想，连杨景国也不想了。

三

傍晚的时候，瑶琴的妈敲开了瑶琴的门。瑶琴懒懒的从床上爬起来。头发凌乱，面带倦容。瑶琴的妈惊叫着说，我的天我的闺女，你这是怎么回事？瑶琴说没什么事，我就是睡得好累。瑶琴的妈说那就起来休息休息吧。

瑶琴的妈喝了一杯水，看着瑶琴梳头洗脸，换上了衣服，方说五中的校长是她的老朋友，也退休了，今天过生日，邀了他们几个退休的校长聚会吃饭，讲了一些闲话。五中的校长说起他学校有个化学老师，姓陈，人品特别好。老婆瘫在床上九年多，他一直尽心照顾。电视台都报道过他的事迹。半年前，她老婆死了，大家都在张罗着帮他找对象。五中的校长说这样的男人，心善，在而今是太难得了。瑶琴的妈当时就说，像她家瑶琴，忠诚又痴情，爱一个人就爱到底，也是难得的。旁的校长们就都说，要是把瑶琴介绍给陈老师，真可以说是绝配。这一说，大家都觉得合适。瑶琴的妈说，那个陈老师没有孩子，刚满四十二岁，大你四岁，年龄也相当。五中的校长吃完饭，回去就找了他。陈老师觉得瑶琴的条件很合适，表示愿意见面。现在就看瑶琴的了。

瑶琴的心咚咚地跳了起来。虽说心里已经开了缝，可来真格的时，眼里又满是杨景国的影子在晃。那影子不管不顾地挤压着她，顺着她的毛孔往她身体内直钻。瞬间就进入她的心里，把那里所有的空间全部占满。就连那条打开的缝，也再次被堵了起来。瑶琴说，妈，算了吧，我不想找人。瑶琴的妈急了，说上回不是想通了吗？你这年龄也不好找人了。人家陈老师也是大学毕业生，一表人才。没准就是老天安排他来替代景国的呢？

瑶琴坐在椅子上不出声。她觉得这个人各方面条件是还不错，比以往人们向她推荐的都要强，可是她心里还是抗拒着。瑶琴说我没有准备，我不想。他有过老婆，他伺候她近十年没有怨言，他一定很爱她。我不想插进去。我不可能找这样的人。他不可能替代景国。瑶琴有些语无伦次。

瑶琴的妈不悦了，嘀嘀咕咕地指责着瑶琴，说得激动时还站起来。瑶琴听不清她说些什么。她自顾自地在心里对站在那里的杨景国说，你想让我去跟那个男人吗？

瑶琴妈说了半天，见瑶琴神情恍惚，终于不嘀咕了。她长叹一口气说，我白忙了一场，还以为这个人你肯定会同意哩。我想景国是车祸死的，他的老婆也是因为车祸受的伤，你们俩肯定会心息相通的。

瑶琴怔了怔，说，他的老婆也是车祸？瑶琴的妈说，是呀，车祸过后就瘫痪了，光会吃喝屙，不能动也不会说话。你说，他受的是什么罪？比你还苦。他真是应该找个好人，舒服地过过日子呀。

瑶琴想起杨景国车祸时的场面，同时也想起摔在杨景国身边的那个女人，还想起了在她搂着杨景国痛哭的时候，一个男人抱着那女人惨烈地号着。瑶琴想到那残酷的场面，就轻声对她妈说了一句，好吧，那就见一面吧。

见面的地点是五中校长安排的。是在一个酒吧，酒吧的名字叫作“雕刻时光”。五中的校长说年轻人都喜欢泡吧，那里面有情调。瑶琴的妈说他们俩已经不年轻了。五中的校长说，让他们谈恋爱，就是要他们再年轻一回。瑶琴的妈觉得五中的校长说得对。

瑶琴穿了一身连衣裙，裙子外套了一件白色的羊绒外套。瑶琴虽然不是特别情愿这次的见面，可她还是精心地打扮了自己。瑶琴没有化妆，但她在见面前去美容店洗了面。洗面时，修了眉毛和指甲。所以，瑶琴虽然素面朝天，可是看上去仍然显得光彩照人。

瑶琴跟在母亲身后走进“雕刻时光”。五中的校长和她身边的那个男人都情不自禁地站了起来。瑶琴看着酒吧的名字一直在想，时光是可以雕刻的么？如果可以雕刻，那又是用什么来雕刻呢？是用我们自己有起伏有曲折的人生吗？想着时，就听到五中的校长惊叹道，想不到瑶琴这么年轻呀，看上去好像三十岁还不到哩。又听到瑶琴的妈说，是呀，我家瑶琴从小就长得漂亮，从来就不显年龄。

五中的校长和瑶琴的妈寒暄了几句后，就说他们不习惯酒吧，要到马路对面去喝茶，叫瑶琴和陈老师自己在这里聊。说着也不等瑶琴和那个陈老师同意，就自顾自地走了。

酒吧里正放着伤感的音乐。酒吧有时候就是让人来伤感的。伤感一阵后，喧嚣的心就会静一阵子。瑶琴被酒吧的音乐包围着。音乐渗进瑶琴的心里，就像海水渗进有裂缝的船舱里一样，一点一点地上升。一曲未了，瑶琴就被这伤感呛着了鼻子。倦意也由此而起，越来越浓。她坐了下来，低着头，不看坐在她对面的陈老师，也不说话，脸上的表情恹恹的，所有的不情愿都摆在了上面。瑶琴始终都没有看清对面的这位陈老师是什么样的。她的印象里只留有他跟五中校长和瑶琴妈说话的声音。那声音很细，细得像是用完了的牙膏被人硬挤着。这是和杨景国完全不同的声音。杨景国的声音浑厚而温柔，一开口，就会让瑶琴激动。杨景国的卡拉 OK 唱得好极了。而对面的这个陌生的陈老师却是那样细声细气，听起来就不舒服。瑶琴多想了一会儿，就觉得乏味透了，可是她又不知道应该用怎样的方式离开这里。于是就这么干坐着。

对面细细的声音终于先开了口。他说，我叫陈福民。瑶琴微微地点了一下头。他又说，我不知道你这么年轻漂亮。如果我先知道这个，我就不会有勇气来见面了。瑶琴勉强地笑了笑。他又说，如果你觉得我不理想，也没关系。如果你现在就想离开，那就离开，我不会介意的。这样的事是需要缘分的，强求对谁都不好。

瑶琴突然就觉得这个细细的声音不是她想象中的那么讨厌。她抬起了头，望着他笑了一笑说，谢谢你。然后她就站起来，离开了座位。走了几步，瑶琴觉得自己似乎太没礼貌，便又回过头来，朝他示意了一下。瑶琴再转身时，脑子里恍惚就有了这个人的印象。他的面色很苍白，人很瘦，头发长长的。他的眼睛很大，里面装满着惊愕。瑶琴想，哦，这个人叫陈福民。

瑶琴走出了酒吧，长吐了一口气。街上的阳光很明亮，街景也很艳丽。广告的小旗子在风中哗啦啦地响着。来来往往的男女们脸上都挂着笑。还有人隔着街高声说话。精品店里的音乐从花招各式的门中窜出，一派嘹亮地唱着，把一条街都唱通了。

世界真的是好灿烂。瑶琴站在路边想过马路，流水一样的车，一辆接着一辆。瑶琴无法插过，就站在那里看车，也看整个的街景。看着看着，瑶琴就觉出了自己的孤独。孤独很深，深在骨头里。那里面空空荡荡，叫喊一声就会有回音，回音会撞击得骨头疼，这痛楚瞬间就能辐射到全身。

瑶琴觉得自己好累呵，她情不自禁地倚在路边的电线杆上。有人对她说，你还好吧？声音细细的，瑶琴听出这是陈福民。瑶琴说，我没事，我要过马路搭车。陈福民说，我也是。瑶琴就没话讲了。她只是望着马路上一辆接着一辆的车，眼睛眨也不眨，她的脖子有些僵。陈福民说，这里的车总是很多，前面有座天桥，从那里走安全些。瑶琴望了他一眼。陈福民说，我带你走过去。

瑶琴不知不觉地就跟着他一起走了。天桥就在前面十几米远的地方。两人一路无语，上了天桥，陈福民才说，我要是骑自行车走近路，几分钟就到了。可是，自从出过车祸后，我就再也不敢骑车了。瑶琴心里咯噔了一下说,我也是。陈福民说,所以还是小心一点好。有天桥的地方就尽量过天桥,不要为了抢时间去横穿马路。时间是抢不完的。瑶琴说,是呀,我也是这样想的。

对面有几个孩子冲过来,瑶琴让了一下,肩头不觉碰着了陈福民的胳膊。一股男人的气息扑到瑶琴脸上。瑶琴已经好久没有这么近距离地跟一个男人在一起走路或是说话了。她心里不觉跳动得有些厉害。

下了桥,瑶琴的车站先到。陈福民说,能不能留个电话给我?瑶琴犹豫了一下,还是点了头。瑶琴想,送牛奶的送饮用水的送煤气的都有她的电话,给他一个又算什么。瑶琴在陈福民掏出的笔记本上写下了自己的电话号码。等瑶琴写完,陈福民在一页空白纸上也写下了一个他的电话。陈福民撕下那张纸,递给瑶琴说,这是我的电话。瑶琴并不想要他的电话,可见他已经递了上来,也不好意思推掉,就只好接了过来。瑶琴看到上面不光有办公室和家里的电话,就连手机号码也写在了上面。

瑶琴的车哐哐当当地过来了,瑶琴客气地同陈福民说了声再见,就上了车。陈福民一直站在车站望着瑶琴的车开走。车上的瑶琴见他呆站在那里的样子,突然觉得好熟悉好温暖。瑶琴想,他站在车站的姿势怎么这么像杨景国呢?

晚上洗澡时,瑶琴摸了一下裙子的口袋。她摸出了那张写着电话号码的纸条。脑子里浮出陈福民站在车站的样子和他细细的声音。瑶琴笑了笑,把纸条一揉,扔进了马桶里。纸团在马桶里漂浮着,瑶琴按了下马桶的按钮,哗的一下,就把它冲没了。瑶琴想,到此结束。

四

瑶琴的妈第二天把瑶琴叫到了家里，一面给她盛排骨汤一面痛骂了她一顿。瑶琴的爸也长吁短叹的。他们都认为是瑶琴的命不好，找到一个好男人，结果他死了。现在又遇上一个好男人，却又把他放过去了。瑶琴的爸说，这个陈老师比杨景国更合适做丈夫哩。对家庭那么负责，对老婆那么好，到哪里去找到哪里去找呀。瑶琴不作声，随他们去说。

新闻播完了。瑶琴的妈要看电视连续剧。电视里正热播《情深深雨蒙蒙》，瑶琴的妈每回看时手上都捏着条手绢。里面的人一掉泪，她的眼泪就跟着稀里哗啦往下流。看时还说，要是年轻几十岁，一定要去谈一场惊心动魄死去活来的恋爱。说得瑶琴的爸只朝她翻白眼，牢骚她退休退成了弱智。

瑶琴从来不看爱情片。对她妈那番发自肺腑的话也觉得可笑。瑶琴想这样的爱情故事，她和杨景国已经演过了。惊心了，却也散了魄。死去了，却没有活过来。还有什么好演的。做个看客倒也罢了，可真轮到自己，那会是有意思的事么？痛都痛不过来。有了这份痛，她这辈子再也不想要爱情这东西。

不要爱情的瑶琴在母亲看爱情剧时，便悄然离去。

瑶琴走到家门口时，天已经黑透。街上的灯光落在她门洞前的空地上，月色也融在其中，有点亮亮的感觉。门洞前有一个小小的花坛，红色的月季花正开着。有人坐在花坛边，只一个人，加上一粒火星，吐出的烟雾在他的脸面游动着。烟雾后的那个人因了这一粒火星就显得有些孤寂。瑶琴从他的面前走了过去。那个人站了起来，细细地问了一声，是瑶琴吗？

瑶琴听出这是陈福民的声音。她有些讶异，心也突突地跳起来。陈福民见瑶琴的神色，有些不好意思。陈福民说他是从老校长那里要了她的住址。他不知道为什么，就是想见见瑶琴。虽然他只见过瑶琴一面，可是心里总是有一种亲近感，跟别人一直没这种感觉。陈福民说着又解释，前一阵老有人给他介绍对象，他心里总是别别扭扭的。可这回，瑶琴没有给他任何别扭的感觉，反而让他感到激动。他不知道这份激动为何而来，他就是想再见见瑶琴。瑶琴一直没有说话，而陈福民则一直说着。

宿舍里有人从他们身边走过。都是一个厂里的人，都知道瑶琴的故事。见瑶琴跟一个男人谈着什么，忍不住就会多看几眼。瑶琴架不住这些眼光，就打断了陈福民的话。瑶琴说，上我家去吧。

陈福民立即闭上了嘴，跟在瑶琴的身后，进了瑶琴的家门。

陈福民一进瑶琴的家，眼睛就亮了。亮过后，又黯然起来。瑶琴因为一个人生活，家境也不错，客厅里布置得漂漂亮亮，门窗桌椅都一尘不染。陈福民想，如果能生活在这样的环境中，该是多么舒服呵。想着，他在瑶琴的示意下坐在沙发上时，情不自禁地叹了一口气。

瑶琴说，为什么叹气呢？我家里不好吗？陈福民说怎么会，我叹气是想到我那里，跟你这儿比，一个是天堂，一个是地狱。瑶琴说，太夸张了吧。陈福民说，这么说好像是夸张了一点，换一个说法吧。你这里是花园，我那里是个垃圾站。瑶琴说，还是夸张。你们知识分子最喜欢夸张。陈福民说你不信？哪天你去看看就晓得了。瑶琴没作声，心道我上你那儿看什么看。

两人一时无话。瑶琴只好打开电视，电视里正播着《同一首歌》的演唱会。老牌的歌星张行正唱着一支老歌：走过春天，走过自己。陈福民听了就跟着张行的旋律吹起了口哨。他的口哨吹得很好，委委婉婉的。张行把他的那支歌唱得很热闹，满场都是声音。可是坐在瑶琴沙发上的陈福民却将那支歌吹得好是单调，单调得充满忧伤。瑶琴静静地听他吹，倒没有听电视里的张行唱。瑶琴想，我怎么啦？我竟然留他在家里坐，还听他吹口哨？

一直到这支歌完，瑶琴才说，想不到你还有这一手，陈福民说，我就只有这一手，而且这支歌吹得最好，刚好给了我一个机会亮出来了。瑶琴笑了笑，说，这么巧。陈福民说，是呀，有时候这世上经常会有些事巧得令人不敢相信。瑶琴说，是吗？反正我没遇到过。陈福民笑了，说其实我也没有遇到过，书上喜欢这么说，我就照着它的说。瑶琴说，我读的书很少，所以就当了工人。陈福民说，其实读多了书和读少了书也没什么差别，就看自己怎么过。瑶琴说，怎么会没差别，如果我上了大学，我就不会下岗。陈福民说，我读了大学，也没有下岗，可我的日子不也是过得一团糟？所以我说怎么过全在自己，文化其实决定不了什么。瑶琴觉得他的话没什么道理，可是却想不出有道理的话来驳他。杨景国一直对瑶琴说，一个人读不读大学是完全不同的。像他这样的农村孩子，只有上大学才能彻底改变自己的命运。瑶琴刚想把杨景国的话说出来，可是一转念，她又想他改变了命运又怎么样呢？人却死掉了。如果还在乡下，他肯定还活着。瑶琴想完后，觉得这也不太对。如果在乡下那样活着，什么世面也没有见过，岂不是跟没活过一样？还不如早死了好。所以还是要改变命运。这么颠来倒去地想了几遭，瑶琴自己就有些糊涂了，不知道究竟是上大学改变命运好还是不改变命运好。

陈福民见瑶琴在那里呆想，神情也有些恍惚，以为瑶琴不高兴了。他想自己的行为可能有些过分。事情得慢慢来，不能让瑶琴一开始就烦他，一下子走得太远反而不好。想过后，陈福民便站起了身，有些愧疚地说，不好意思，这么唐突地跑到你这里来。其实我就是太寂寞了,想找一个人说说话。跟别人说不到一起去,可是见了你,总觉得有一种亲近感,也许是你我的命运太相同了的缘故吧。陈福民说着便往门口走去。

瑶琴也站了起来。瑶琴觉得陈福民虽然还是那副细嗓子,可是话说得却十分诚恳,心里有些感动,也有些温暖。瑶琴想自己其实也是很寂寞很想找个人说说话的。陈福民也还不讨厌,何况他的口哨吹得那么好听,家里有了这样的声音,一下子就有了情调。

瑶琴跟在陈福民身后,送他到门口。她没有留他多坐一会儿的意思。陈福民正欲开门,突然又转过身来说,我给你打电话,你不会嫌烦吧?瑶琴是紧跟在陈福民身后的,当他转过身来时,两人一下子变成了面对面,而且很近,瑶琴已经感觉到了他的鼻息。这鼻息散发着一股浓烈的男人气息,瑶琴有些晕,她几乎没有听清陈福民说了些什么。

陈福民也没有料到自己转过身来会这样近距离地面对瑶琴。女人身体的芬芳一下子袭击了他,他激动得不能自持,情不自禁地一把就拥住了瑶琴。瑶琴慌乱地挣扎了几下,可是她很快就陶醉在这拥抱中。瑶琴全身心都软了下来,她把头埋在了陈福民胸前。陈福民欣喜若狂,他把瑶琴搂得紧紧的。他的手不停地抚摸着她的头和肩。他的脸颊紧贴着瑶琴的脸颊。他浑身都颤抖着。瑶琴也是一样。两个人也不知道拥抱了多久。陈福民终于寻找到了瑶琴的嘴唇。瑶琴的唇像炭一样通红而滚烫。陈福民一触到它,全身就燃烧了起来。

瑶琴在那一刻明白了一个问题:她可能不再需要爱情,可是她还需要别的东西。那东西一直潜伏在她的身体里,不是由她控制的。那就是她的情欲。这头野兽关押了十年,潜伏了十年,现在它要发威了。瑶琴想,由你去吧,让你自由吧。

陈福民离开瑶琴家时已是夜里十二点了。陈福民明天有课,他必须赶回去学校。陈福民说,我还能再来吗?瑶琴反问了他一句,你说呢?

陈福民明白了瑶琴的意思。

五

这天是阴天,天色暗暗的,看上去要下雨了。瑶琴想起昨天和陈福民在床上的事,心里好内疚,又好委屈。于是尽管天气不好,她还是早早地上了东郊的松山。这天不是上坟的时日,但瑶琴还是带了花。走到山下,瑶琴又在小店里买了一把香。香点着时,天开始下起了小雨。瑶琴有伞,她担心那几炷燃着的香会被雨水浇湿,便蹲下身子,撑着伞护着它们。青烟在伞下萦绕着。雨水把瑶琴的背全都打湿了。

一直到燃着的香全都成了灰,瑶琴才说,景国,我好寂寞。他叫陈福民。你觉得我跟他来往行吗?你要有话,就托个梦给我,我全听你的。

瑶琴还没到家就开始连连地打喷嚏。回到家里,她赶紧给自己煮了碗姜汤。瑶琴知道她现在是生不起病的。医院很黑,即使是小病,到了医院也至少得花上半个月的工资。她不想把她的钱都变成医生们的奖金。喝过姜汤,瑶琴就盖着被了躺在了床上。虽然只是小憩,但她却做了梦。瑶琴梦见杨景国在一团水雾中冲着她笑,他的笑容十分灿烂。瑶琴很高兴,大声地叫着他。结果就醒了。瑶琴想,这么说杨景国是很赞成她跟陈福民在一起了?

雨到了傍晚,下得更大了。雨点子砸在窗子上,更有一种空寂。瑶琴躺在床上,懒得起来。反正起来也是一个人,躺着也是一个人。整个下午没有动，也不会觉得太饿，不如就这样躺着吧。床上的瑶琴，毫无睡意，可也不想起来，便睁着眼睛四下里看。窗外的亮色渐次地灰了下去。在灰得近于黑色时，瞬间又增加了一层亮，那是带点橘红色的光亮。瑶琴知道，这是路灯开了。

这时候竟然有人敲响了她家的门。瑶琴有些惊异，因为她的家门在路灯亮过之后许多年里都无人敲响。瑶琴说，谁呀。外面的声音说，是我。声音是细细的，瑶琴听出了那是陈福民。瑶琴犹豫了一下，想说已经睡下了，可忽然间又想起杨景国灿烂的笑容，就说，稍等一下。瑶琴以极快的速度从柜子里抽出她的一件大V领羊毛衫。她把羊毛衫空穿在身上，又跑到卫生间将头发随意地挽成了一个发髻，前面的头发短了一点，挽不进去，落在了鬓前，倒也另有一番味道。洗脸化妆已经来不及了，她便只用湿毛巾将脸润了一下，抹了点保湿的油。这时她才去开门。

陈福民一只手上拎了一堆菜，一只手上拿着一把伞。他进了门先放伞，放好伞方说，不好意思，又是突然袭击。我看今天下雨，觉得你一定不会出门。又想你如果不出门，吃什么呢？这一想，就跑来了。瑶琴说，其实我出了门的。陈福民看了看手上的菜说，看来我猜错了。瑶琴说，也不算太错。我出了门，可是没有买菜。陈福民高兴起来，说太好了。瑶琴说但是我已经睡觉了。陈福民就有些诧异了，说怎么现在就睡呢？瑶琴说我常常吃过中饭就睡觉，一直睡到第二天。陈福民说，这样的睡法还头一回听说，不晓得这是富人的睡法还是穷人的睡法。瑶琴说，是闲人的睡法。陈福民说，不管是什么人的睡法，总归一般人享受不到。瑶琴还想说什么，陈福民阻止了她。陈福民说，还有，不管是什么样的享受，总归也没有吃饭。瑶琴这时笑了，说的确没有。陈福民说，这又给了我露一手的机会。陈福民说话间便进到厨房。他把菜拿到案板上，对瑶琴说，你去看看电视吧，一小时内，就有饭吃了。

瑶琴默然几秒钟，听从了他的话。瑶琴打开了电视，脱了鞋，两腿一曲，蜷坐在了沙发上。陈福民从厨房里扭头看了看她，然后说，对了，这样最好。这是我最向往的一种家庭景致。世界上什么最美？就是生活中这种随意和安宁最美。这种美丽中有一种温暖和平静，这是我最欣赏的境界。瑶琴对陈福民的话有些感动，但她没说什么。

陈福民的厨艺十分不错，一下就弄出了三菜一汤。荤素和色彩搭配得都很好，味道也很对瑶琴的胃口。陈福民说怎么样，喜欢吃吗？瑶琴说很好呀。好久没有吃到这样的家常菜了。你怎么练出的这一手？陈福民脸上暗了一下，但还是朗朗地说了。陈福民说，十年了嘛，一个博士也读出来了。瑶琴看到了他在瞬间的暗色。瑶琴说，你过得很苦？陈福民笑笑说，也没什么。深刻地苦过一场后，对舒适的生活就会有更深切的幸福感，而且会将所有的日常生活当成一种享受。瑶琴说是吗？我体会不到这些。

吃过饭，陈福民抢着把碗洗了。瑶琴觉得他忙完这一切后，又会像昨天一样坐下来说话，或是趁机跟她亲热一番。瑶琴一预测到这一点，莫名地就生出排斥感。她看着陈福民揩着手，心里编排着如何拒绝陈福民。瑶琴想，你这么做，不就是想要这个么？

陈福民关上厨房的灯后，走到客厅里，却没有坐下。他脸上露出一点愧疚，说，瑶琴，我得马上赶回家。今天学生测验的卷子，我得连夜改出来，明天得发下去。我明天再来，好不好？我做的菜好像满对你的胃口，明天还是我来给你做晚餐，好不好？

陈福民的话完全在瑶琴的预测之外。瑶琴想好的话一句都没有用，临时又想不起别的，瑶琴只好说，好吧。明天你别带菜，我买回来。陈福民说，那也好。这样我就可以早点来。陈福民说着就开门出去。瑶琴依然跟在他的身后。这回他在开门时没有转身，他一直走到了门外，才回身对门内的瑶琴一笑，说，瑶琴，做个好梦。然后就下楼，然后就消失在楼道拐弯处，然后就连脚步的声音都没有了。

瑶琴一直倚在门口，看着人影消失，听着脚步远去，她心里有一点点怅然。

六

瑶琴就这样与陈福民开始了恋爱。

陈福民几乎每天都到瑶琴那里去。他们的生活很单调。瑶琴负责买菜，陈福民去了就下厨。吃饭时，陈福民喜欢喝点啤酒。瑶琴每回就给他备上几瓶。饭后洗碗开始是陈福民，但交往久了，瑶琴不好意思，抢着自己洗碗。抢了一回后，碗就由瑶琴洗了。然后他们坐在一起看电视。陈福民喜欢看体育节目，瑶琴也就随着他看。瑶琴对电视节目要求不高，她只要里面有人说话有人在动着，就行了。这也是她一个人生活时养成的毛病。电视是看不完的，所以，常常陈福民看不多久就眼巴巴地望着瑶琴。瑶琴明白他的意思，他想要上床了。瑶琴自己也想。于是两人就上床。到了十点半，陈福民须得爬起来，他要赶末班车回学校。因为瑶琴的家离陈福民的学校太远，陈福民担心早上赶不及会迟到。陈福民说当教师的迟到，就跟工厂出事故是一样的。瑶琴知道出事故的后果，所以，也不敢留他过长夜。就是星期六，陈福民也得赶回去。陈福民教的是毕业班，毕业班就意味着没有休息的时间，无论老师还是学生。

有几回天气凉爽舒服，陈福民想要拉瑶琴一起到江边散步，瑶琴却不愿意，说是怕熟人看到。陈福民说迟早不都会让人看到的？瑶琴说能迟就迟一点。陈福民对这件事多少有些不悦。陈福民说，你是不是觉得我有些拿不出手？瑶琴笑笑道，哪里呀。瑶琴不肯出门，陈福民也没有办法。陈福民觉得在这一点上他没法理解瑶琴。陈福民想人生应该有一点情调，要不回忆起来都没什么趣味。

有一天陈福民开会，打电话说不能到瑶琴家。瑶琴不知怎么听罢竟是觉得心头一松。这天她没做晚饭，只是削了个苹果，喝了一杯酸奶。无油无盐的晚餐曾经让她心烦意乱，这一刻吃起来竟是有了一种怀旧的感觉。其实从陈福民第一天拎着菜走进她家开始，满打满算也不足三个月。

没有人打扰的黄昏，竟是别有味道。瑶琴想这是给我的杨景国留的呀。想着她便套了双休闲鞋，独自踱到了江边。瑶琴想真的是好久没来这里走走了。江边有一块石头，以前瑶琴和杨景国每回散步到这里，杨景国总是说别把自己走得太累，坐一会儿。说时还把自己的手绢垫在石头上，让瑶琴好坐。

现在瑶琴也走到了这里，她刚想坐下，突然发现没有手绢。这块石头上没有杨景国的手绢又怎么能坐呢？十年过去了，石头的样子一点也没有变，可是杨景国和他的手绢却永远不会再出现了，瑶琴想想就又伤感起来。

天上的星星疏疏朗朗的，江水和夜色一起无声地向下流着。沿江的小路经过修整，变得整洁干净起来。路边种了花，花在路灯下开放着，色泽与阳光下不同，从某一个角度看上去，还有一点点诡谲。瑶琴想起陈福民想要与她出来散步的话。瑶琴想，我怎么会跟你到这里来散步呢？这是我和杨景国的路哩。我带你来走了，杨景国怎么办？亏你想得出来。瑶琴想时，心里竟是有些愤愤的。

回到家，瑶琴便睡了。睡前她以为她不会有梦的，结果却做了梦。在梦里瑶琴有些怅惘。瑶琴站在水雾弥漫的河边，大声说，你怎么不来呢？

陈福民放暑假了，拖着瑶琴一起到庐山玩了一趟。陈福民去过庐山，他本来想去黄山的，可是瑶琴却不肯去黄山。黄山是她和杨景国一起去过的地方。瑶琴想去张家界，但陈福民不肯去。陈福民没说原因，瑶琴也没问。因为瑶琴想陈福民多半是跟她老婆一起去过那里。最后他们决定去庐山。瑶琴和陈福民住在一幢老别墅中。服务员告诉他们这幢老别墅以前是汪精卫的。陈福民私下便笑道，怎么住进了汉奸的家里呢？

庐山是一个最方便谈恋爱的地方。山谷到了晚上，静静的，只听得到流水声和风声。陈福民胆子很大，拖着瑶琴从东谷到西谷乱窜。陈福民喜欢看山谷里老别墅老式的回廊和方格窗。山里树多，蚊虫也多。陈福民不喜欢在有蚊虫的地方多站，可是他又特别想在露天下热吻瑶琴。所以，常常都是走到了一座桥上，或是在马路明亮的灯下，陈福民会突然袭击，一把抱住瑶琴，不管不顾地就吻起来。陈福民满身都是热情，但瑶琴却不。瑶琴觉得自己已经过了有热情的时代。瑶琴心如止水地过了十年。她想要让心情激荡起来不是一件很容易的事。瑶琴甚至不明白陈福民的这份热情从何而来。瑶琴想，难道他没有死过老婆么？如果死过，他怎么还能这样快乐？他在快乐时就不会想到死去的爱人？他心里难道一点阴影都没有？瑶琴的疑问有许多。她总想问问，但始终没有问。她把想的这些压在心里，压得多了，便渐渐地浓缩起来，浓缩久了，有了些硬度。不知不觉间，就成了石头一样的东西。陈福民天天抚摸着瑶琴，却从来也没有抚摸到压在瑶琴心头上的这块石头。

住在老旧的房子里，瑶琴有时会夜半醒来。醒来后就睡不着，听着山谷蜿转而来水声和风声，感受着耳边陈福民的气息，瑶琴蓦然间就会有两行清泪流淌出来。她知道自己是为什么，因为睡在她身边的这个人，每天搂着她吻她抚摸她的这个人，夜夜把鼻息吹得她满脸的这个人，并不是她最想要的。而她想要的人却永远不会再出现了。一切都是命中注定。她在有点潮湿的床上辗转反侧，全身难以安宁。她已经没有力气与这个注定的命运抗争了。杨景国今生今世都不会再来。她想不认命也是不行的。只是，瑶琴想，认命竟也不是件轻松的事啊。

从庐山回来，陈福民也闲下了，他索性就住在了瑶琴家里。瑶琴的妈看不惯他们就这样住在一起。瑶琴的父亲也觉得没道德的事是年轻人做的，你们两个中年人了，怎么也这样没规没矩？于是瑶琴的妈和瑶琴的爸联合起来，坚决要求瑶琴和陈福民去打结婚证。陈福民说我无所谓，就看瑶琴的意思。瑶琴却犹豫。瑶琴不知道自己在犹豫些什么。她觉得按理是应该打结婚证了，可是每一想到真的要这样，她的心就又抖得厉害。结婚证本来是她和杨景国一起去打的，怎么能轻易地变成这个叫陈福民的人呢？

瑶琴的妈和瑶琴的爸好言好语说过后，见瑶琴不听，便有些不悦。说是你们不要脸，我们做你爹妈的人还要脸哩。话说得有些难听。瑶琴也不高兴了。瑶琴的妈就说，如果你不想听更难听的话，你就赶紧把结婚证拿了。拿了证，合了法，你什么时候办酒席我们都不管。

瑶琴问陈福民，你到底怎么想？陈福民说，我真的无所谓。我完全尊重你的意见。你我二人，有了爱情，也不在乎什么证不证的。瑶琴说，我们两个有爱情么？陈福民反问了一句：难道你觉得没有吗？瑶琴没有作声。瑶琴想，我要是跟你有爱情，那我的杨景国往哪放？陈福民见她没有回答，又说，没有爱情，你又留我在你这里干什么？

瑶琴眼睛望着窗外，还是没有回答。瑶琴想，我不需要爱情。我留你，是我需要一个伴，我需要人帮忙。要不，我要你？我有杨景国就足够了。陈福民得不到回答，满脸不快，说，也可能你不需要爱情，但是我需要。说完就走了。瑶琴听到他关门的声音，又听到他咚咚地下楼声。

门声和脚步声都生着气。这生气的音响让瑶琴一夜没有睡着。

第二天瑶琴便又去了东郊的松山。杨景国的墓还是老样子，与许多别人的混在一起，并不很孤独。瑶琴默然地蹲下来，望着墓上那些熟悉得不能再熟悉的字，和周边熟悉得不能再熟悉的草木，心里说，你说呢？我要不要去拿？瑶琴的腿蹲酸了，她站起来，满山排列齐整的墓碑和小路上疯长的青草都在眼皮底下，瑶琴长吐了一口气，细细地把杨景国的墓边杂草清理了一遍。心想，就这样吧。

七

瑶琴和陈福民决定国庆节前就办证，然后利用国庆的长假度蜜月。瑶琴的妈一听这消息，脸上立即就开了花似的笑起来。虽然女儿大了，可毕竟女儿是初嫁。而且经历了这么多年的孤独和痛苦，也算是有了一个归宿。她必须好好办一场酒席。酒席钱本该由陈福民出的，陈福民说如果要重新装修房子，再添上些新家具，他再也拿不出那么多钱来了。瑶琴的妈也就挥挥手表示算了，这钱由她自己来出。

九月开学了，陈福民开始上高一的课，跟高三的时候比，要轻松很多。陈福民当作好消息一样告诉瑶琴，说他起码在星期五和星期六的晚上，可以跟瑶琴在一起。瑶琴却并无惊喜感，只表示随他的便。

开学第一天，天色已经很晚了，陈福民却没有来。瑶琴在等的时候，把菜洗好了，陈福民还没有回来。瑶琴只好又煮上了饭，饭也熟了，陈福民依然未到。瑶琴有些饿，可是她不想自己炒菜，因为陈福民做的菜比她做的好吃，再加上她刚洗过头，她担心炒菜的油烟会熏了头发。瑶琴耐下性子，闷坐在沙发上。

天已经黑透了，有人敲门。瑶琴想你总算来了。瑶琴冲到门口，猛然拉开门，刚想牢骚一句，可是门口站着的人却让她发了呆。这是新容。

瑶琴呆了一会儿，方说，怎么是你。新容说，怎么不是我？你在等别人？是不是张三勇？瑶琴怔了怔说，张三勇？张三勇怎么会来找我？新容哦了一声。瑶琴说你找我有事？新容说，是呀，你让我到屋里说吧。瑶琴一百个不情愿地让新容进屋坐下，她浑身不安，生怕陈福民回来会叫新容撞见。

新容说，好久不见了，我怕你不高兴，我不敢来。瑶琴说，我有什么不高兴？下岗了，不上班了，也不用累，在家养着，一样过日子。新容说，你别这么说嘛。瑶琴说，你不是说你这回肯定会下岗的吗？新容说，原先是有我的，可我妈……她有一天突然发现我表舅跟厂长以前是同学，就托了表舅……当然，也送了些钱……瑶琴说，原来是这样呵。瑶琴的话里就多了一点鄙夷。新容说，瑶琴，你别这样，你知道我爸瘫在床上，这也是没办法呀。我告诉你是因为你是我的好朋友呀。新容露出一脸可怜巴巴的神情，瑶琴心软了，暗道是呀，我是新容的好朋友呢。杨景国刚死的时候，新容一直陪着她，照顾她，为她流的眼泪也不老少了。她下岗了，新容没下，她怎么能对新容不满意呢。这么想过，瑶琴的脸色展开了。瑶琴说，是我太小气了，新容你别怪我。新容脸上浮出了笑意，新容说，我怎么会怪你呢我怎么会怪你呢？

瑶琴面对着新容，心里终于回到了以前两人相对而坐的状态。瑶琴扯了扯新容的裙子说，你这条裙子真不错，难得现在你会买东西了。新容说是呀，大家都说好看哩。你晓得我是怎么买的吗？有一天我在街上跟张三勇碰到了，就站在精品店门口说话。说着说着，张三勇指着模特身上的裙子说，这种颜色和款式的裙子瑶琴最喜欢了。我当时身上没钱，第二天就跑去买了。张三勇说得真没错哩。瑶琴听新容喋喋的声音，恍然忆起她最初的男朋友张三勇。瑶琴说，张三勇现在过得怎么样？他的小孩已经上学了吧。新容说上小学二年级了。不过，他现在已经……离了。瑶琴有些惊异，说是吗？新容说，小孩子判给了女方。那女人真不是东西。下岗后，开了个小店，就跟隔壁一家开店的人好上了。张三勇最怕当乌龟，结果还是当了个乌龟。气得他砸了两个店，打趴下了那个男人。一个月就办下了离婚。瑶琴"啊"了一声。她脑子里立即浮出张三勇砸店打人时的姿势。心想，他还是老样子呀。

新容望着瑶琴，仿佛在等她说点什么。瑶琴却没有说。新容脸上显示出一点点失望。新容说，你一点都不想晓得他现在怎么过？瑶琴说，我晓不晓得又有什么关系。新容说，可张三勇还是很关心你呀。瑶琴说，他关不关心我也没有什么用。新容说，张三勇他想来看你。新容说完有点像做亏心事一样，小心地望了望瑶琴，又慌忙将自己的目光避开。瑶琴有几分讶异。瑶琴说，你今天突然来，就是来看看我吗？新容低下了头。新容说，是张三勇。他天天求我来找你，他想跟你重新好。不知道你同不同意。

一幅被瑶琴复制过很多次很多次的画面立即展现在瑶琴的眼前:张三勇的拳头打在杨景国的脸上,杨景国的眼镜碎了,眼角青了,血在脸上流出一道道的痕迹。瑶琴说,不可以,根本就不可以。他不想想他把景国打成了什么样子。瑶琴的声音有些激动,就仿佛张三勇的拳头昨天才打在杨景国脸上。

新容不作声了。她抬起头,把瑶琴的屋里环视了一遍,然后说,这里都变了,就你一点没变。可惜。瑶琴说,你说,可惜?新容说,你还想着杨景国?瑶琴用一副惊讶无比的语气说,难道我会不想吗?

新容站起来告辞。新容边朝房门走去边说,张三勇说如果你还在想着杨景国,就得赶紧到医院去看病。新容说完开门出去了。瑶琴没站起来,她似乎连新容的背影都没看清,就听见新容的关门声了。瑶琴想,看病?他们在背后怎么议论我?

瑶琴坐在沙发上呆想了半天,想得自己有点恹恹的。肚子也饿了,可陈福民还没有来。饭虽然早已煮好,可菜还没有炒。瑶琴吃趣全无,单单只想填饱肚子,她便泡了一碗方便面。

面还没吃完,瑶琴接到陈福民的电话。陈福民的声音有些疙疙瘩瘩的不畅,像是一个没钱还债的人跟债主说情告饶似的。陈福民说他开学初比较忙,又说有几个学生让人烦,还说学校近期的会也会比较多。最后方说可能会有一阵子不到瑶琴这边来了。瑶琴初听有点诧异,后又觉得这是很正常不过的事,便也没说什么。只是提醒他,抽个时间,在学校开好证明,两个人一起去把结婚证领下,免得到时来不及。陈福民答应了。答应后又笑说,你怎么现在比我还急了?其实晚几个月又有什么关系呢?瑶琴放下电话想,这话是什么意思?

八

瑶琴的妈天天唠叨瑶琴,要她好好筹备一下婚事。说是人生就这一回,要好好活过。该经历的事都得经历,否则活一场有什么劲?瑶琴说那有的人杀人放火吸毒嫖妓坐牢杀头,是不是每个人也都去经历一回?瑶琴的妈气得跌坐在床边,一时无话可说。

夜晚无人,屋里跟以前一样静了。瑶琴也在想结婚的事。瑶琴想,好无趣啊。虽然说陈福民这个人也还过得去,可是瑶琴就是无法让自己有兴致。但是,瑶琴又想,妈妈说人生就这一回,要好好活过。可一个人的活过,哪里只是活在自己的命里?有多少部分已经放进了别人的命中?活在别人命中的那一部分如果不按别人的愿望来活,不好好地配合别人,别人的命也就活不好了。所以自己怎么个活法其实是由不得自己的。所以自己在为自己活的时候还要为别人活。所以每一个人的命都是由许多人的命组合而成,就像是一个股份公司,自己只不过是个大股东罢了。

这样想过,瑶琴就有了些轻松。她想这个婚她也不是单单为自己结,她是为她的股份公司而结。她的妈是她的股东,她的爸也是她的股东,陈福民是她的股东,新容也是她的股东。所有所有认识和关注她的人,都跟这个股份公司相关。既然如此,她这个董事长就得把公司的事做好才对。

第二天,瑶琴就上了街。她要为她的新家重新添置一些东西。她买了新的毛毯,新的床单被套,也为自己买了几件结婚时应该穿的新衣。

瑶琴大包小包地拎着一堆东西上了公共汽车。车未到站,她便有些尿急，憋尿也憋得浑身难受。下了车，她连奔带跑地赶回家，打开门，拖鞋都没换，就冲进了卫生间。小便时，她突然觉得下身有痛感。这感觉令她很不舒服。出了厕所后，这不舒服便一直纠缠着她。瑶琴想，难道怀孕是这样的感觉吗？想过又想，自己都这样的年龄了，未必那么容易就怀孕？瑶琴心里有些忐忑。

晚上，陈福民打电话来，说过几句闲话后，瑶琴把自己这种不舒服的感觉告诉了他。陈福民那边无声了。瑶琴有些奇怪，说，你怎么不说话？陈福民半天才说，你最好明天去看看医生。瑶琴说，你觉得会得病？会是什么病？陈福民说，看看医生总归要好一些，心里也安全一些嘛。瑶琴说，那怎么说得出口？要看什么科呢？妇科？陈福民又停了半天才说，可能应该看外科，要不看泌尿科？瑶琴说，我一个人不想去。陈福民说，还是去吧。万一真是什么病，变严重了多不好？明天我有课，不能陪你，要不，我肯定陪你一起去。瑶琴想了想，说，好吧，我明天去。

放下电话，瑶琴觉得陈福民有些怪异。说话语气和其间的几次沉默都不像是他陈福民。瑶琴的心咚咚地跳了起来，瑶琴想，可别千万一到我要结婚就冒出一点事来呀。

次日一早，瑶琴便到医院了。不去不打紧，一去得知诊断结果她都懵了。医生用一种十分肯定的语气对她说她得的是性病。医生的语气和望着她的目光都满含轻蔑。一个前来找医生开药的女护士且说且笑，是下岗的吧？又说，现在有个民谣，说是下岗女工不流泪，挺胸走进夜总会，陪吃陪喝还陪睡……原先我还觉得真丢我们女人的脸，可是见得多了，也觉得没什么。瑶琴当场就一口气闷着了自己，半天喘不出去。瑶琴再三解释说这绝对不可能。那些乱七八糟的场所，她这辈子从来都没有去过。医生的眼光变平和了，淡淡地说了一句，回家问问你丈夫吧，男人多半喜欢寻花问柳。

瑶琴的脑袋“嗡”了一下，她觉得她已经知道了问题所在。

瑶琴把电话打到了陈福民的办公室。这是瑶琴自认识陈福民以来第一次先给陈福民打电话。瑶琴甚至找不到这个电话号码。问了114又绕了好几个弯子，才找到陈福民。瑶琴第一句话就是：请你告诉我，我为什么会得性病。陈福民在电话那头一直不说话。瑶琴吼叫了起来。她的声音暴躁而尖锐，有如利刺一样，扎得陈福民半边脸都是痛的。陈福民把话筒拿到距耳朵半尺的地方。听到瑶琴那边叫得累了，陈福民说，你先回家，我下午过来。他说完，像扔火炭似的扔下了电话。

下午陈福民请了假，他进瑶琴的家时，瑶琴蜷缩着腿窝在沙发上。她的神情呆呆的，但似乎并没有哭过。陈福民试图坐在她的身边，瑶琴像避瘟疫一样躲了一下，陈福民只好换到一边。陈福民拿出一个信封，里面装着两千块钱。陈福民说，这钱算我付你的医药费，赶紧打针去。其实一千块钱就够了，另外一千是补偿你的。瑶琴紧盯着他，说什么意思？陈福民说我也没有想到。这病是我传给你的。瑶琴说你既然跟我在一起了，为什么还在外面胡搞？

陈福民闷了半天，才说，不是你说的那样。我不是那种人。我老婆病了九年多，活着跟死人差不多。我的日子再难过，可我是有老婆的人，我就从来没有想过到外面去拈花惹草。后来，我老婆死了。我的同学为了让我轻松一下，带我去桑拿。要我把身上的病气都蒸掉。我是头一回去那种地方，有个小姐替我按摩，她穿得很少，又勾引，我就失控了。当然，她要是不勾引我，像我这样经历的人，可能也会失控。

瑶琴说，就这么简单？陈福民说当然也不光是这些。那个小姐叫青枝。是个乡下女孩。我有些喜欢她了。其实也不一定就是喜欢,只是因为青枝是我近十年来第一个肌肤相亲过的女人,所以,我后来又去找过她。瑶琴说,认识了我过后,也去找过她?陈福民说,当然没有。因为我发现她把她的病传染给了我,所以我就再没有找她。我一直在治病,认识你时,已经治好了。瑶琴说,治好了?治好了怎么会传染给我?陈福民说,这中间青枝来找过我。她说她不想做了,可是老板不答应,派人盯着她。她偷跑了出来,没地方去,希望能在我这儿待一夜,她哥哥第二天就来接她。我答应了。因为……因为……我不知道有几分喜欢她,还是可怜她。我不知道自己当时是怎么想的。这天晚上,我们又一起过了夜。她说她的病治好了,我大意了。结果,开学前,我又发现……瑶琴说,不用说完,你滚吧。我从来都没有认识过你。

陈福民怔了怔,没有动。瑶琴说,你不服气?陈福民说,不是,是不甘心。我们就这样完了?瑶琴说,你还想怎么样?你未必想我去登报声明?陈福民说,我以为你会理解。瑶琴说,我当然理解。可我理解了却不见得就会接受。陈福民说,我不想分手,我爱你。瑶琴说,你说这三个字让我觉得三条蛆从你嘴里爬出来。陈福民说,别说得这么毒。你找到我这样条件的,也不是那么容易。这样的事,以后绝不会再有了,你原谅我一次好不好?瑶琴说,你还不走,你再不走,小心我叫人了。陈福民说,别小孩子气了,你孤单单的一个人,哪里叫得到人来?

瑶琴立即对着沙发一侧的墙壁叫了起来,杨景国!杨景国!你还不出来?你出来呀!替我把这个人赶出去。你站在那里发什么呆?还不动手赶人?你连的我话都不听了?瑶琴的叫声怪异诡谲,令陈福民毛骨悚然。他赶紧站了起来,急速地跑到门边。陈福民连连说道,我走,我走。陈福民的动作紧张慌乱,仿佛真的被一个叫杨景国的人追赶着。

这天的夜晚，月光从窗外落在屋里的地上，和往日一样的淡然柔和。瑶琴在沙发蜷了一夜。瑶琴觉得，在沙发一侧的墙壁上，杨景国始终站在那里看着她。

九

平静如同枯井的日子，再次回来。瑶琴从中午一直睡到第二天早上的次数越来越多。瑶琴的妈骂过她好多回。瑶琴的爸也长叹过好多回。五中的校长也跑了几趟，想要做做调解。只是在他们面前的瑶琴，像一块木头一样。瑶琴的妈急得后来只会说一句话，你在想些什么呢？你想些什么呢？瑶琴想，我其实什么都没想哩。

转眼又到了杨景国的祭日。这天居然又下起了雨。瑶琴先上了山，她为杨景国点着了香，又放了几碟水果。瑶琴依然为燃着的香炷打着伞，冉冉升起的烟扑在瑶琴的脸上，瑶琴没有流泪。瑶琴想，有老天爷在替她流泪哩。

下山后，时间还早。瑶琴无事，她信步走到了当年的出事地点。路边的石头还在，只是血迹一点也没有了。瑶琴在石头边也点了一炷香。她想，等香燃完后，她应该去劳务市场看看。她如果决定自己一个人生活下去，她就应该去找一份工作。一份能让她自己养活自己的工作。

便是在瑶琴想着这些时，一个细细的声音，一个带着惊讶和疑问的声音响在了她的耳边。瑶琴？你是瑶琴？瑶琴扬起伞，她看到了陈福民。瑶琴说，你想干什么？陈福民看到那已快要燃烧完了的香，惊道，那个……那个……当场死亡的男人……就是……杨景国？瑶琴望着陈福民，没有说话。她突然意识到了什么。陈福民说，摔在这里的，就是我的老婆啊。她满身都是血啊。他说着指了指石头的另一边。

绵绵的细雨。晃动的街景。汽车声。杨景国的叫声。被撞飞的自行车。翻在马路中间的雨伞。四溅着血迹的石头。倒在地上的男人和女人。脑浆以及路人的尖叫和惊天的号哭。一一涌出,宛然就在眼前。那是他们一生中多么伤痛的时刻。那个时刻怎样深重地击碎了他们的生活。那种击碎也改变了许多人的命运。瑶琴突然失声痛哭起来。曾经有过的痛彻心扉的感觉像绳索一样一圈一圈地勒紧着她。陈福民见瑶琴哭得无法自制,上前搂住了瑶琴。起先他还忍着自己,忍了一会儿,忍不下去了。十年的痛苦像要呕吐似的翻涌着。他也哭了起来。泪水浸入瑶琴的头发,又流到了瑶琴的面颊上,和瑶琴的眼泪混在了一起。

路过的人都回头看他们。路过的人都窃窃私语着。路过的人也有掩嘴而笑的。路过的人看不到鲜血的过去。路过的人永远都不会懂得别人的伤心之事。只因为他们是路过,而瑶琴和陈福民却是在那里有过定格。他们一生的最痛就是从那里开始。

回去时,陈福民和瑶琴一起搭的车。他们在同一地方下车,然后预备各自转车回家。下车时,陈福民和瑶琴几乎同时看到了那家"雕刻时光"酒吧。陈福民想起第一次见到瑶琴的情景。瑶琴也想起了在那间酒吧里响起的细细的声音。陈福民说,要不,进去坐一会儿?瑶琴没有反对。陈福民便朝那里走去。瑶琴迟疑了一下,跟了过去。

伤感的音乐依然在酒吧的空中响着。细雨一样,湿透了瑶琴。陈福民给自己要了一杯酒,给瑶琴要了一杯橙汁。陈福民呷了一口酒,方说,你看,我们两个是不是太有缘分了?瑶琴想了想,觉得他说的是,便点了一下头。陈福民说,真想不到啊。

我当时怎么一点你的印象都没有？瑶琴也说，是呀。我也只听到你在哭，一点不记得你的样子。

他们一直都没有提过彼此曾经有过的灾难。因为他们都怕往事引起再度摧残。现在那块石头让他们把泪流在了一起。他们两个人的心近了。望着对方的脸，知道自己的感受只有对方知道。自己不是一个人在这个世上痛着。于是心里都生出别一样的温暖。他们好平静。于是他们开始细细地回忆起当时的情景。瑶琴说杨景国怎么断的气，后来他们怎么办的丧事。杨家的人怎么吵闹着非要埋在老家，而她又是怎么拼死拼活地把骨灰留在了这里。陈福民则说他是怎么拦下过路车送老婆进医院，又怎样在医院的走廊里度过的几天几夜，光抽烟不吃饭，一天抽了好几盒烟，以致他老婆被抢救活后，他闻到香烟就要作呕。

一杯酒喝完了，又要了一扎。一杯橙汁喝完了，也又要了一扎。

瑶琴叹道，生命好脆弱啊，就那一下，只几分钟，一个活鲜鲜的人就没了，那么不堪一击。而杨景国这个人平常皮实得不得了，从来就没有见他生过病。

陈福民却苦笑了一下说，我倒是觉得生命好有韧性。人都已经废掉了，不会说话不会思考不会行动，却坚持着往下活。这九年的时间里，你猜让我感受最深的事是什么？就是人之所以成为世界万物的统治者实在是太有道理了。因为人的生命太顽强了。

瑶琴用不敢相信的目光望着他。瑶琴想，脆弱而不堪一击的是杨景国吗？坚韧而顽强要活着的是他的妻子吗？

瑶琴轻叹道，说起来你比我强多了，你好孬伺候了她九年，把你所有的爱都付出去了。可是我呢？他根本就不顾我的感受，自顾自地这么走了。天天黏在一起的人，突然间就永远消失了，那种痛苦你无法体会。

陈福民听到瑶琴的话，脸上露出异样的神情。瑶琴想问你怎么了。没等瑶琴开口，陈福民说，爱？你以为我后来还有爱？我不怕对你暴露我的真实想法。我到后来除了恨没有别的。我在道义上尽我的责任，可我的内心已经被仇恨塞得满满的。我几乎没有任何自己的生活。我每天凌晨起床，为她揩洗身体，然后清洗被她弄脏的床单和衣物，之后喂她牛奶，安排她吃药。来不及做完这一切，我就得去上课。途中在街边随便买点早餐打发自己。中午赶回来，像早上一样的程序旋转一遍，最后再坐下来吃自己从食堂里买回的饭菜。冬天的时候，饭菜早就冰凉了，我连再去热一下的力气和时间都没有。晚上的事情更多。我每天都像台机器一样疯狂转动。所有的工资都变成了医药费，沉重的债务压得我喘不过气。家徒四壁，屋里永远散发着一股病人特有的臭气。我请不起保姆，她家里也没有人愿意帮忙。偶尔过来看看，看完就走，走前还说，只要人活着就好。对于他们活着是好，对于我呢？九年半呀，每一天的日子都如同一根钢针，天天都扎我刺我，我早已觉得自己遍体鳞伤。我夜夜诅咒她为什么还不死，为什么要这样折磨我。好几次我都想把她掐死。因为她再不死，我也撑不下去了。你说，我过着这样生活，我还能对她有爱吗？我比你强吗？你只是在怀念中心痛而已，而我呢？从精神到肉体，无一处不痛。这样的痛苦你才是无法体会的。幸亏她还有点良心，死了。否则，今天你根本无法认识我，因为，我多半已经先她而死了。

陈福民的声音激烈而急促。他拿着酒杯的手，一直抖着。瑶琴从来就没有见他这样过。心里不由生出怜惜。瑶琴想，他好可怜啊。

瑶琴伸出了自己的手，将陈福民的手紧紧地握着。在她温热的手掌中，陈福民慢慢平静。他的手不再抖动，他享受着瑶琴的手掌。

陈福民说，你知道吗，我多想好好地过日子，多想有一个我喜欢的女人，一个不给我带来负担的女人，就像你一样，安安静静地陪着我，让我浑身轻松地过好每一天。所以，我希望我们两个再重新开始，行不行？我一直没办法忘掉你，我好想重新来过，行不行？

那是一定的。为了他们共同的号哭和泪水，为了他们共同的灾难和痛苦，为了他们共同有过的漫长而孤独的十年，那是一定的。瑶琴想。

瑶琴说，今天在我那儿吃晚饭吧。还是我买菜，还是你下厨。

十

瑶琴和陈福民又走到了一起。他们所拥有的同一场灾难突然使他们的生活多出了激情。瑶琴想，就把留给杨景国的位置换上陈福民吧。

秋天过去了，冬天又来了。

陈福民每天都到瑶琴这边来。因为下课晚，路又远，陈福民到家时天多半都黑了。做菜的事也慢慢地归了瑶琴。陈福民吃过饭，一边剔牙一边看电视，高兴的时候便会说这样才是人过的日子呀。到了晚上十点半，陈福民还是得赶回他自己的住所。他要改作业以及备课。有时候，会有几个同事见他的灯亮了，便奔他这里打麻将。都说他这里最自由，身心都可以无拘无束。这些人全都忘了他受难的时候。陈福民也跟着打打，打到夜里两三点，送走了客人，他再睡觉。一觉可以睡到七点半起床，八点半上班，从从容容。比起他的从前，陈福民觉得这样的日子真是再好不过了。

陈福民每月十号发工资，但他从来也没有拿给瑶琴。陈福民觉得瑶琴虽然下了岗，可她的家境颇好，犯不着要他那几个钱。瑶琴也不能说什么，因为他们还没有结婚。可是每天买菜的钱都是瑶琴的。瑶琴没有工作，下岗给的一点生活费当然不够两个人吃。瑶琴开始动用自己的积蓄。瑶琴的妈知道了这事，骂瑶琴说你疯了，找男人是要他来养你，你怎么还贴他呢？你得找他要呀。瑶琴有些窝囊，说他没那个自觉性拿钱出来，我未必硬要？瑶琴的妈有些愤然不平，不小心就说，真不如杨景国。杨景国跟你谈恋爱没几天，就把工资全都交给你了。说得瑶琴鼻子一酸，心道，你才知道？谁能比得上景国呢？但瑶琴嘴上却这样对她的妈说，你们都要我忘了杨景国，可是你为什么还要提他呢？瑶琴的妈自知失言，赶紧拍打了一下自己的嘴巴。

瑶琴的妈有个学生开了家图书超市。瑶琴的妈不顾自己曾是校长的身份，亲自登门央求，希望学生能安排一下瑶琴。学生年少时见过瑶琴，也听过瑶琴的故事，曾经为瑶琴的痴情热泪盈眶。一听校长介绍的人是瑶琴，立即把他已经聘用好的人辞退了一个，然后录用了瑶琴。

这样瑶琴又成了早出晚归的上班一族。

陈福民说，干吗还要上这个班呢？你又不是钱不够用。瑶琴说，你以为我那点生活费可以过日子？陈福民说，你有爹妈呀，他们挣下的钱不给你又留着干什么？瑶琴说，你这话说得好笑，我有手有脚，凭什么找我爹妈这么老的人要钱？亏你说得出口。陈福民说，你要上班了，晚饭谁做？瑶琴说，谁先回来谁做。

瑶琴说过这话后，陈福民回来得更晚了。瑶琴六点半到家，而陈福民每天都是七点半左右才回来。比他平常晚了一个小时。这一个小时瑶琴刚好可以把饭菜做完。陈福民回来就上餐桌。陈福民解释说,要给差生补功课,一个小时好几十块哩。陈福民嘴上说到了钱,却仍然没有拿出一分钱。瑶琴心里不自在,但也忍下了,心想这就是男人呀。

有一天,图书超市做活动加了班,瑶琴回家时八点都过了。开门后见陈福民脸色不悦地坐在沙发上看电视,看见瑶琴也没有作声。瑶琴说,你吃过饭了吗?陈福民说,吃过了。瑶琴说,你回来做的?陈福民说,我回来都已经累得半死了,哪还有劲做饭?瑶琴说,那你吃的什么?陈福民说,我把冰箱里的一点剩饭剩菜混在一起炒了一碗油炒饭,刚好够我一个人吃。瑶琴说,那我呢?陈福民说,我能把我自己顾上就不错了。谁让你下班这么晚?瑶琴心里好一阵不愉快。但她没说什么,自己泡了碗方便面,随便吃过了事。

这天晚上,瑶琴情绪蓦然间低落下来。陈福民倒是没事一样,缠着瑶琴亲热了一番,到十点半便赶回学校。

陈福民走时,瑶琴突然说,我现在也上班了,以后也很难顾得上你的晚餐。你要是来,就吃过饭再来,或者干脆星期五再过来。陈福民怔了,他站在门边,没有动。仿佛想了想,陈福民说,你不高兴了?瑶琴说,谈不上,我只不过觉得好累。陈福民说,你要是觉得累,就直说呀,以后晚饭我做就是了,不就是这点小事吗?

陈福民走后,瑶琴躺在床上,好久睡不着。瑶琴想,激情这东西是纸做的,烧起来火头很旺,灭下去来得也很容易。一日日琐碎的生活仿佛都带着水分,不必刻意在火头上浇水,那些水分悄然之间就浸湿了纸,灭掉了火。

第二天,瑶琴到家时,陈福民还没回来。瑶琴还是自己做饭。菜差不多炒好了，陈福民进了门。陈福民说，不是说好了我回来做的吗？瑶琴说，我回都回了，未必还坐在那里干等？陈福民说，这是你自己主动做的哟，到时候别又怪我。瑶琴说，我怪你和不怪你又有什么差别。

瑶琴说完，突然觉得自己半点胃口都没有了。她摆好桌子，进到卧室里。她心里好躁乱，浑身火烧火燎的，血管淌着的仿佛不是血而是火。她想跺脚了，想骂人了，想揪自己的头发了，又有些想要砸东西了。她不知道自己为什么会这样。她不知道这份躁乱由何而起。她也不知道怎样才能让自己安定下来。瑶琴在屋里困兽一样转了几个小圈。她想起以前她一旦为什么事烦乱时，杨景国总是搂她在怀里，安慰她，劝导她。她不由打开箱子，拿出杨景国的照片，贴在胸口，仿佛感受着杨景国的拥抱。瑶琴哀道，景国，帮帮我，你来帮帮我呀。

有一股凉意触到了瑶琴胸前的皮肤。慢慢地，它向心里渗透。一点一点，进到了瑶琴的心中，仿佛有一张小小的嘴，一口一口地吃着流窜在瑶琴周身的火头。瑶琴坐了下来，她开始平静了。她看到了窗外的树，树叶在暗夜中看不清颜色，被月光照着的几片，泛着淡淡的白光。对面楼栋的窗口，透出明亮的灯光。窗框新抹过红漆，嵌在那灯火中。一个女人趴在窗口跟楼下的人说话，就像是一幅风景。瑶琴想，其实什么事也没有啊。其实我是好好的啊。景国，我给你找麻烦了。

陈福民盛好了饭，走到门口。陈福民说，吃饭吧，怎么跑掉了呢？说话间，他看到了贴在瑶琴胸前的照片。他走了过去。从瑶琴胸前抽出照片，拿在手上看了看说，他就是杨景国？瑶琴说，是。陈福民又看了几眼，似乎在忍着什么。好一会儿，他将照片轻轻放在床上，走了。走到门外，回头说了一句，你不把他忘掉我们两个是没法过日子的。

吃饭时,陈福民一直没有说话。他的心像是很重,不时地吐着气。饭后,他没有看电视,也没有告辞,便走了。瑶琴听到门"哐"的一声,她知道,本已走向陈福民的心,又慢慢地回转了。她回转到杨景国那里,只有那里才让她有归宿之感。瑶琴想,真的,好久没有去看杨景国了。

第二天瑶琴跟老板请假,说是家里有点事情,需要提前走。老板也就是瑶琴妈的学生说,要去哪里?需不需要我开车送?瑶琴说,不用了,我去东郊。那地方得自己去。老板说,是去松山?看你的……瑶琴点了点头。老板默然不语,好半天才说,你现在还去看他?都多少年了?瑶琴说,十年了。不去看心里就堵。老板说,每个月都去?瑶琴说,是的。老板说,以后每个月我都专门批你一天假,让你从容去,别这么赶忙。瑶琴心下好是感激,说谢谢老板了。老板说,你男朋友虽然死了,可他是个幸福的人。瑶琴苦笑说,我宁愿他少一点幸福,但是还活着。老板说,可是你知道吗?当你深爱的人背叛你时,你会觉得生不如死。瑶琴说,是吗?

瑶琴走到了车站。有人叫她,声音响亮而熟悉。瑶琴心里蹦出"张三勇"三个字,回头一看,果然是他。

张三勇说,我正想去找你,扭过头就刚好看到你了,你说巧不巧?你去哪?瑶琴说,去东郊。张三勇张大了嘴,说你还去看杨景国呀?瑶琴说,怎么能不去?张三勇伸手摸了一下瑶琴的额。瑶琴吓一跳,伸手打开他的手。张三勇说,我想看看你是不是个人。瑶琴说,真是屁话。张三勇说,你如果到别处去,我就陪你。你去那儿,我就不陪了。我最讨厌那个家伙。瑶琴说,我又没让你陪。不过,他不讨厌你。他说要不是你,他不会跟我在一起。张三勇叹道,唉,想起来都怪我。我那一拳头,害煞多少人,要不然,我早跟你结了婚,你也不会像今天一样,一个人守间空屋过日子。我也不会随便找个人，落得还是离掉，成了一个孤家寡人。杨景国不跟你也不会睡在松山上。我那个悔呀，看我脸色，发青吧，都是悔青的。如果……瑶琴说，车来了，我走了。

瑶琴疾疾地跳上车，她不想再听张三勇说下去。因为这些话，于她没有任何意义。世界上的事没有什么"如果"好讲。难道跟你张三勇结了婚，这三个人的日子就会变得更好么？谁能保证你不会离婚？谁能保证她瑶琴不是独守空房？谁能保证杨景国在这个"如果"里活过了，却没有死了另一个"如果"里？人这一生，一讲如果，就虚得厉害了。世界这么大，这么乱，这么百变，一个人在这世人活，还不跟盲人摸象一样？碰上了什么，就是什么。

尚是早春，山上的树都没有绿，草也黄着面孔趴在地上。曾经下过雪，雪化时有人踩过，草皮上满是干透的泥泞。瑶琴蹲在杨景国的墓前。瑶琴觉得她完全看得见杨景国。杨景国正全神贯注地等着听她说话，听她倾诉她所有的心事，她的痛苦和欢乐，她的忧伤和愤怒。杨景国是一个最好的听众。他从来不打断她的话。他总能用耐心的眼光望着她，他深情的目光，可以化解她心中的一切。如果她痛苦，这痛苦就会像雪一样化掉，如果她快乐，这快乐就会放射出光芒来。除了杨景国，谁又可以做到这一切呢？

瑶琴说话了。她的声音在早春的黄昏中抖着。瑶琴说她是一个可恶的人。她险些想让别人来替代她的杨景国。她甚至想为了那个人去努力地忘掉杨景国。她要把杨景国埋在记忆深处，只在夜深人静里悄悄地想念他。但是现在，她明白了，杨景国是没有人可以替代的，而她的心里除了杨景国也不可能再容下别的人。瑶琴说，我今天就要在这里，把这些话明明白白地说出来。我要说给你听。你听到了吗？听到了就回答我一声。

四周很空旷。因为无风，没有树枝摇摆。瑶琴的声音就是风，穿行在扶疏的杂木中，仿佛把它们吹动了，仿佛让它们的枝条起舞了，仿佛从舞动中传出了声音，很天籁的声音。这当然就是杨景国的回答。

瑶琴到家时，比平常又晚了许久。这天陈福民做好了饭。陈福民盯着进门的瑶琴说，是去东郊了吗？瑶琴说，没有，今天加班。说完，瑶琴想，我为什么要说这个谎呢？

十一

瑶琴的妈终于又找瑶琴说结婚的事了。瑶琴的妈说，五中校长专门找过她。是陈福民让她去找的。陈福民想结婚，可又怕跟你说时会碰钉子，自讨没趣，便有些胆怯，想请老人出面做主。瑶琴的妈说，你难道还要像小年轻那样谈恋爱？闹也闹过了，和也和好了，住也住在了一起，不结婚还想干什么？瑶琴说，不干什么。结了婚又能干什么？瑶琴的妈说，既然结不结婚都差不多，那就结吧。我和你爸真是看不下去了。人生不就这么回事？哪里需要人去想这想那？如果什么事都由得人想好了再去做，做出的什么事又都合自己的意，那人生又有什么趣味。就算选错了人，又有什么打紧，一辈子还不是要过？一百个女人结婚后会有九十九个半觉得自己选错了人。你不是选错了这个，就是选错了那个，总归都是个错。既然如此，不如就选眼前这个算了，免得浪费时间。决定一件事都像你这样白天想完夜晚想，猿猴到今天还没变成人哩。

瑶琴的妈大大唠叨了一通后走了。瑶琴回头细细想她说过的话，觉得她妈讲得还蛮有道理。既然结婚跟不结婚都差不多，既然选错了人一辈子也还是要过，既然两个人过仍觉寂寞，一个人过也是孤独，何不就这么算了？

晚上，陈福民来时，瑶琴就盯着他。陈福民说，你盯着我干什么？你让我心里发慌哩。瑶琴说，你托人找我妈了？陈福民说，你妈来过了？你怎么想？瑶琴便把她妈的话复述了一遍。

陈福民的目光散漫着，仿佛瑶琴说的是一件比洗碗更加随便的事情。瑶琴说，你是什么意思？是你要她来说的，你怎么又这样？陈福民说，我只想听你的意见，并不想听你妈说了什么。瑶琴噎住了。她是什么意见呢？瑶琴觉得自己还没有想好。可她转念又想，如果想好了她又会是什么样的结论呢？这结论就会是陈福民以及她妈她爸所满意的吗？

陈福民似乎看透了她。陈福民说，你还没想好对不对？或者说你还在想着那个死人对不对？瑶琴说，你怎么这么多废话，你要结就结好了，我没意见。陈福民说，你也别太低看了我。瑶琴说，什么意思？陈福民说，我需要婚姻，但我也要爱情。没有爱情的婚姻，我不想要。瑶琴说，是吗？陈福民说，可是我到现在还不知道你到底爱不爱我。我不确认你是不是心里需要杨景国，肉体需要我。我是一个贪心的男人，我两个都想要，要你的肉体更要你的心。如果你只给我一样，那还不如我去伺候一个不会说话不会思考的病人。然后去找发廊小姐发泄一下。瑶琴说，两个人在一起过日子，没有爱情，但有平静的生活，就不行吗？陈福民说，也许行吧。不过我还是要跟你说，我已经有过十年痛苦不堪的生活，现在我需要至少十年的幸福来弥补。是不是有点可笑？瑶琴说，是这样啊。陈福民说，结婚吧，爱我十年，行不行？十年后，你不想爱了，我就由你。瑶琴淡然一笑，说，十年吗？如果我们结婚，至少有三十年过头。我在后十年爱你，不也行吗？你要的只是十年。陈福民怔了怔，笑了，说，想不到你还有这一手。瑶琴说，本来我也是不太想结婚的。可是现在我觉得结婚和不结婚并没有什么大的区别，所以就觉得结了也行。陈福民说，是不是有点破罐子破摔？瑶琴想了想才说，可能有点，但也不全是这样。

陈福民于是沉默，说，既然你这么说，我倒愿意再等等，等到你死心塌地爱上我，离不开我，我再跟你结婚。瑶琴说，也行。说完，瑶琴想，死心塌地地爱你？离不开你？这可能吗？你当我才十八岁，什么事都没遇到过？

躺在床上的时候，陈福民俯在瑶琴的耳边说，其实我心目中所谓的爱，也只是想要你忘掉杨景国。不要让我在抱你的时候，能闻到他身上的气息。瑶琴说，瞎说什么。陈福民说，你不信，你身上，我总能闻到一股湿湿的气味，像是刚从雾水里钻出来。那不是你的气味，是他的。我知道。

瑶琴心里"咯噔咯噔"地猛跳了许久。这天夜里，她果然又看到杨景国从雾气浓浓的河岸走了出来。

结婚的事暂时放下不说了，生活就变得有些闷闷的。

陈福民晚上有时来，有时没来。不来时，他会打电话，或说是给学生补课，或说是有朋友在他那里打麻将。每个周末陈福民倒是必到的。陈福民说周末如果不跟女人一起过，就觉得这世上只剩得自己一个人，清冷得受不住。一到星期五，瑶琴就会去买一些菜，等陈福民回来做。瑶琴有了工资，陈福民就更不提钱的事了。瑶琴也懒得提，想想无非就是一天一顿饭而已。

陈福民有时候很想浪漫一下，比方去舞厅跳跳舞，或者去看看电影，瑶琴都拒绝了。瑶琴说，当你才二十岁？陈福民说，四十岁就不是人了？瑶琴说，当然是人，但是是大人。大人不需要那些小儿科。陈福民说，未必大人的日子就是厨房和卧室？瑶琴说，当然不是。大人有大富人和大穷人之分。如果是大富人，就可以坐着飞机，天南海北地享受生活，今天在海岛，明天在雪山。如果是大穷人，对不起，能有厨房和卧室已经是不错的了。陈福民说，什么逻辑。富人有富人的玩法，穷人也有穷人的玩法呀。瑶琴说，好，穷人的玩法就是去跳舞，去看电影。舞厅门票三十块钱一张，两个人六十块，电影票二十五块一张，两个人五十块，是你掏钱还是我掏钱？陈福民顿时无话。瑶琴心里冷笑道，一毛不拔，还想浪漫？这种浪漫谁要啊。陈福民说，既然话说到这地步，那就待在家里聊天吧。

聊天的内容多无主题。东一句西一句的，有些散漫又有些恍惚。陈福民喜欢说他学校的事，说得最多的是他的学生出洋相的故事。甚至有时还说至少有三个女生暗恋他。瑶琴则说又到了什么新书。哪一本书其实很臭，却卖得特别好，哪本书明明很好却卖不动。

墙上的钟便在他们零散的聊天中，滴滴答答地往前走。有时走得好快，有时又走得很慢。遇到好看的电视时，两个人都不讲话了，一起看电视。瑶琴蜷坐在沙发上，陈福民便坐在她的旁边。有时候，陈福民伸出手臂，搂着她一起看，像一对十分恩爱的情侣。瑶琴不太习惯，但也没有抗拒。

倚着陈福民时，瑶琴仿佛觉得自己心里一直在寻找着什么。她嘴上跟陈福民说着话，眼睛望着电视机，身体内却另有一种东西像海蓉一样伸出许多的触角四处寻找着。尽管陈福民的鼻息就在耳边，可每一次的寻找又似乎都是一无所获。空空的归来让瑶琴的心里也是空空的。不像跟杨景国在一起的感觉。常常，瑶琴的空荡荡的目光会让陈福民觉察到。陈福民会带有一点醋意地说，怎么？又想起了杨景国？你能不能现实一点。

有一天陈福民打电话说，他晚上有事，不能回来。瑶琴就一个人做饭吃。刚吃完，有人敲门。瑶琴觉得可能陈福民事情办完又回来了，上前开门时便说，不是说不回来吗？门打开后，发现站在那里的是张三勇。瑶琴呆了一下。

张三勇说，怎么，以为是别人？瑶琴说，是呀。怎么也不会想到是你呀。张三勇没有等瑶琴让进，就自动走了进来，自动地坐在沙发上，自动地在茶几下找出烟缸，然后自己点燃了烟。那神态就好像他仍然是瑶琴的男朋友一样。

瑶琴说，你找我有事？张三勇说，我要有事还找你？我就是没事才找你。因为我晓得你也是个没事的人。瑶琴说，你又自作聪明了。你什么都不晓得。张三勇说，前些时我见你去看杨景国，我就晓得你还是跟以前一样，什么都没有变。我想，上天给我机会了。上天晓得我们俩是有缘的。瑶琴说，我警告你张三勇，你不可胡说八道，我看你是老同事的面子，让你老老实实在这里坐一下，抽了这根烟，你就赶紧走人。张三勇说，瑶琴，何必这么生分，我们也恋爱过那么久，抱也抱过，亲也亲过，就差没上床了。你放松一点行不行？我又没打算今天来强奸你。瑶琴说，你要再说得邪门，就马上给我走。张三勇说，好好好。我来看你，是关心你，怕你寂寞。瑶琴说，我一点也不寂寞。张三勇说，鸭子死了嘴巴硬。瑶琴说，我懒得跟你讲话。你抽完烟就走吧。瑶琴说着，自顾自地到厨房洗碗去了。外面下雨了，瑶琴从厨房的窗口看到树在晃，雨点也扑打了上来。瑶琴说，下雨了，你早点回吧。张三勇说，我回去了，你是一个人，我也是一个人。我不回去，两个人还可以说说话。我在屋里养了几条热带鱼，我一回家，就只看到它们是活的。

张三勇说话间，门又被敲响了。厨房里的瑶琴没有听见，但张三勇听见了。张三勇说着话，上前开门。进来的是陈福民。张三勇说，你找谁？陈福民说，你是什么人？张三勇说，我是这家的男主人。陈福民说，有这种事？

瑶琴闻声从厨房出来。陈福民说，这是怎么回事？瑶琴说，哦，他是我在机械厂的同事，今天来看我的。陈福民说，这么简单？张三勇说，也不是那么简单啦。在杨景国之前我们两个死去活来地恋爱过一场，差点就结婚了，结果，杨景国那个王八蛋把我们拆散了。得亏他死了，要不然我落这份上时，也饶不了他。瑶琴说，你瞎说什么呀。借你一把伞，赶紧回去吧。张三勇说，你还没告诉我，他是什么人。陈福民说，我才是这里的男主人。现在是我跟瑶琴死去活来地恋爱，没你什么事。张三勇当即就叫了起来，你又找了男人？那你三天两头去看杨景国干什么？瑶琴说，走走走，你赶紧走吧。

张三勇走后，陈福民坐在他曾经坐的过地方。茶几上还放着张三勇的烟。陈福民用着他拿出来的烟缸，也抽起了烟。抽得闷闷的，吐烟的时候像是在吐气。瑶琴说，不是看到烟就想呕吗？陈福民没说话。

抽完一支烟，陈福民说，一个杨景国就够我受的了，这又冒出一个来，比杨景国资格还老，而且还是活的。这叫我怎么吃得消？他叫什么？瑶琴说，张三勇。陈福民说，他真的就是来看你的？怎么拿这里当自己家一样？瑶琴说，他就那么个德性。我能怎么办？陈福民说，他来干什么？瑶琴说，他跟他老婆离了，也许想找我恢复以前的关系。不过这不可能。陈福民说，为什么不可能。你们以前也好过。轻车熟路，可能性太大了。瑶琴说，你希望这样？陈福民说，不关我的事。你要想跟他重归于好，我也是挡不住的。你一心想着杨景国，我挡住了吗？瑶琴说，张三勇跟杨景国是完全不同的。张三勇在我眼里只是一个混蛋而已。陈福民说，好女人最容易被混蛋勾走。瑶琴说，那你也算么？陈福民想了想，哈哈地笑了起来。笑完说，大概也算混蛋一个。说得瑶琴也笑了起来。

陈福民说，他说你三天两头到杨景国那里去？瑶琴说，哪里有三天两头。陈福民说，反正常去？瑶琴说，只是习惯了。有什么事就想去那里坐坐。陈福民说，去诉苦？去那里哭？去表达你的思念之情？瑶琴说，其实只不过到那里坐一会儿，心里就安了。陈福民说，不能不去？你不能总这样呀。瑶琴没有作声。陈福民说，你要到什么时候才能明白？他已经死了，而你还活着。你们俩是无法沟通的。你应该把感情放在活着的人身上。瑶琴说，你也可以到你前妻的墓前去哭呀。这样我们就扯平了。陈福民说，你这是什么话?！再说我为什么要哭她？我对她早就没有眼泪了。我后来的眼泪都是为自己流的。

瑶琴努力让自己想起曾经躺倒在杨景国旁边的那个女人的样子，但她怎么都想不起来。她只记得她仰在那里，满面是血。只记得一个男人在号哭。其实瑶琴也知道，那时她自己全部的心思都扑在杨景国身上，她在听杨景国最后的声音，在看杨景国最后的微笑。她并没有太留意与他同时摔倒的女人。那女人在她的印象眼里只有一个轮廓。她被撞惨了。她即将成为植物人了。她开始折磨爱过她也被她爱过的人了。于是她就被那个哭她的男人恨之入骨。

陈福民说，不要怪我没有提醒你，以后你不要再去了，否则……瑶琴说，否则又怎么样？陈福民说，我也不知道怎么样，我想我会……把他的墓给平了。瑶琴吓了一跳。瑶琴说，你疯了。陈福民说，那你就别让我疯掉呀。你不去，我就不会去。

连着两个晚上，瑶琴都梦到杨景国。他站在一个陷下去的土坑里，耸着肩望着她，一副吊死鬼的样子。瑶琴惊道，你怎么啦你怎么啦？杨景国愁眉苦脸着，什么也不说。瑶琴每每在这时醒来。瑶琴想，难道杨景国真被挖了。

第三天，瑶琴一大早便请了假。瑶琴紧紧张张赶到东郊的松山上。瑶琴想,如果陈福民真的平了杨景国的墓那该怎么办?陈福民真敢做这样的龌龊事么?他要真做了,我应该怎么办?我要杀了他么?瑶琴想时,就有一种悲愤的感觉。

山上一片安静,杂木上的露珠还没落尽。杨景国的墓跟以前一样,也是静静的。瑶琴绕着杨景国的墓走了一圈。然后呆站了片刻,她没有烧香,只是低声说了一句,以后你自己照顾好自己,我以后恐怕会很难来了。然后就下山了。她有些落寞,走时一步三回头,仿佛自己一去不返。

这天瑶琴主动告诉陈福民,说她去了杨景国的墓地。她去做了一个了断。她告诉杨景国,以后她不会去看他了,让他自己照顾自己。她说时,不知道什么缘故,眼泪一直往外涌。她努力克制着泪水,可是它们还是流了下来。陈福民有些不忍,搂她到胸口。瑶琴贴在陈福民的胸口上,感觉着他的温暖。这毕竟是与杨景国不同的温暖啊。她的哭声更猛了。陈福民长叹了一口气说,结婚吧,管你爱不爱我,我们结婚吧。

十二

事情就这样定下来了。

瑶琴想想,有时做一个决定也很简单。虽然它并不是你最想要的,可是一个人如果总是能得到他最想要的东西,那么这个人必须是一个怎样幸运的人呢?

新容听说瑶琴要结婚了,连忙跑过来。新容说,听到这个消息,张三勇气得半死,一口气喝了一斤酒。可我好高兴。你要不要我当你的伴娘?瑶琴说,你以为我会像年轻人那样大操大办吗?新容说,为什么不可以?一个人一辈子就这么一回,而你又跟别人不一样。你的婚姻来得多不容易啊。厂里好多人都想送礼哩。瑶琴说，去告诉他们，免了吧。如果是跟杨景国结婚，我就照单全收，可惜不是。所以，我结这个婚也不是特别开心。我一样礼都不想要。新容说，你怎么能这样想呢？你心里只想着杨景国对不对？那你就只当是跟杨景国结婚呀。只当你的杨景国出门了十年，现在回来跟你结婚了。你这样想，就会开开心心的呀。当然，这是放在你自己心里的事，你不必说出来就是了。

瑶琴被新容说愣住了。瑶琴想，哦，我可以只当是跟杨景国结婚么？

瑶琴果然试想着自己将要同杨景国结婚。试想了几回，她便找到了一点点感觉。当初她和杨景国为了买新房的东西，提前跑过许多商场。早早就把要买的什么都看了一遍，只等拿到房钥匙，就开始采购。现在，她可以接着那个时候来做这一切了。

陈福民原想让他的住所成为新房。可是瑶琴想想他前妻以前在那里住了九年半，幻觉中就出现她卧在床上病气深重瘦骨嶙峋的样子，便有不寒而栗感。瑶琴觉得自己连进那扇门的勇气都没有。瑶琴对陈福民建议还是以她这边为主。瑶琴说两人都不富裕。她这边的东西齐全一点，就可以少花许多钱。陈福民想想觉得她说得有理。再又想自己另有一处房子独归自己，真有什么事，还有一个退路，反而更好，便依了她。陈福民这样想过后，就觉得婚事对于他来说，简单多了。因为瑶琴的房间怎么布置，瑶琴是一定会按自己的主意的，他说了也不算数，索性不管，少一桩事，又何乐不为。

瑶琴每天下了班，都去商场打转，看到合适的东西，就买回来。瑶琴的妈说瑶琴结婚不容易，给了瑶琴三万块钱，叫她把家里的旧东西都更新，并且买东西无论如何要按自己的心意去买，买好的。瑶琴把这话告诉陈福民时，陈福民说，还是实际一点吧。我们又不需要赶时髦。瑶琴说,那彩电和冰箱,就由你出钱买,好不好?陈福民说,喂,最贵的东西都让我来买呀。那我就把我家的搬过来好了。瑶琴说,歇着吧,我才不用你老婆用过的哩。我买就是了。陈福民说,你买就你买。你妈给的三万块钱,我看也足够我们买的了。瑶琴没作声。陈福民说,你没生气吧?你要是生气了,那就我来买。瑶琴说,我没生气。

瑶琴说完想,我生什么气。新容都跟我说了。我当是跟杨景国结婚哩,又不是跟你结婚,你买不买才不关我的事哩。

于是瑶琴再也懒得跟陈福民说谁买什么和不买什么了。她全部都一手包办下来。忙着忙着,瑶琴就忙得亢奋起来。十年来的抑郁都被这忙碌所驱除。瑶琴的脸上泛着红光。走进宿舍时,常有熟人笑道,瑶琴,看了你就晓得,人还是要结婚呀。你看这些日子你越来越漂亮。瑶琴便笑。熟人又说,真的好久没有看你这样笑过了,开心得就像你跟杨景国在一起时一模一样。

周末的时候,陈福民也过来帮忙。

瑶琴的屋子全部换了新的墙纸。墙纸泛着一点淡米色。瑶琴说,当初我和杨景国两个人去看墙纸时,一眼就看中了这种样式的。窗帘很厚重,是黄底印花的。瑶琴说,杨景国说这款窗帘配我们的墙纸特别谐调,我比了一下,果然是这样。顶上的吊灯也换了。古色古香的一款。瑶琴说,我先看中的是一款很洋气的,可是杨景国特别喜欢这样的。我左看右看,觉得还是他的眼光比我高。床罩是上海货。杨景国特别喜欢上海的东西。他什么东西都喜欢买上海的。他说上海人精细,做东西讲究,不像广东人,光讲时髦,不注重做工。

陈福民本来看到新房弄得很像一回事,也蛮高兴的。可是瑶琴左一个杨景国,右一个杨景国,说得那么如意自然,心里一下子就阴暗了下来。陈福民终于忍不住打断瑶琴的话。陈福民说，喂，你是不是以为你跟杨景国结婚？

瑶琴吓了一跳，她这才突然意识到，她已经把心里的内容在不经意间流露了出来。

这天，陈福民连晚饭都没有吃，就走了。一连几天，陈福民都没有露面，也没有打电话过来。瑶琴想，难道就这样了？

想过，瑶琴就给陈福民打了一个电话。瑶琴说，你要怎么样？陈福民说，没什么呀，我只是在想事。瑶琴说，想什么？结婚还是不结婚吗？陈福民说，怎么会？我当然要跟你结婚。我都说过了，不管你爱不爱我，我都要跟你结婚。瑶琴说，那你还想什么？陈福民说，为什么这么多年你都忘记不了杨景国，他是一个什么样的人呢？我就在想这个。瑶琴说，那你就不要想了。陈福民说，我不想不行，因为他挡了我的幸福。瑶琴说，那我就告诉你，他是天底下最好的人。陈福民说，是吗？听你这么一说，我还真不服气哩。瑶琴说，服不服气也就这么回事。他都死了，你又何必在意？陈福民说，我不明白的就是，他都死十年了，还让我这么不舒服。张三勇还活着，可你看我有没有半点介意他？瑶琴说，你有毛病呀！瑶琴说完，挂掉了电话。

晚上，瑶琴一个人坐在屋子里呆想。世界上的事让人不明白的多着哩，你还能每一件都弄清？想着一个死去的人难道不比想着一个活着的人要好些么？

十三

结婚没有打算挑选吉日。结婚的日子是瑶琴和陈福民两人商定的。学校暑假开始那天，他们就举行婚礼，然后出门旅行去。这一次他们计划去云南。听人说，那边的风景特别好，可以看到草原和雪山。陈福民说，去把灵魂洗一洗，洗干净好过一种全新的日子。陈福民总能说出很漂亮的话,这是杨景国说不出来的。杨景国总能做出很漂亮的事,却没见陈福民做出什么。瑶琴心里永远这么着比较他们二人。

婚期不远了,陈福民却突然就忙了起来。有时一连几天都没空到瑶琴这边来。偶尔他会打个电话,电话里说些奇怪的事。有一回,陈福民打电话说他正在茶馆里,然后叫瑶琴猜他和谁在一起喝茶。瑶琴当然猜不出来。陈福民就说是和张三勇。瑶琴怎么也想不通,陈福民怎么会跟张三勇坐在一起喝茶。又一回,陈福民打来电话,告诉瑶琴他在和吴望远聊天。瑶琴只觉得吴望远这个名字很熟,却怎么也想不起来他是什么人。好多天后,才记起,杨景国有个大学同学就叫吴望远。还有一回,陈福民说他在乡下。乡下正刮着风。陈福民让瑶琴通过电话听那里的风声,然后说,你能闻出这风里的气息吗?

瑶琴闹不懂他在做什么。瑶琴想,管你做什么,不干我的事。

星期六的时候,陈福民来了。手上拎了只鸡,还拿了一根擀面棍。瑶琴说,太阳从西边升起来了,怎么想起来买鸡呢?陈福民说,讨好老婆呀。瑶琴说,怎么这么粗一根擀面棍?陈福民说,是学校看门老头儿送给我的。说这木头沉实,擀饺子擀面条都特别衬手。那老头是东北人。瑶琴说,这擀面棍真打得死人哩。陈福民说,居家过日子,这东西特实在。

瑶琴和陈福民说好星期天一起去照婚纱照。瑶琴的妈要瑶琴无论如何都要去买一套婚纱。瑶琴觉得人一辈就穿这么一回,照相时借一下就行。而婚礼穿件旗袍就好了。瑶琴的妈说,就因为人生只穿一回,难道你还要穿件无数人都穿过的脏兮兮的婚纱?瑶琴一想也是。没准陈福民老婆十年前也穿过的。想过,她就约着新容一起上了街。跑了好几家婚纱店,挑来挑去,总算挑了件满意的，新容说，酷毙了。还说现在年轻人都是这样用形容词。但陈福民却不是那么高兴。陈福民说，我真不晓得你只赚这么几个钱，却能拿钱不当钱。瑶琴说，我又没让你买，这是我妈给的钱呀。陈福民说，就算是你妈给的钱，也应该省着用。老话说，好钢用在刀刃上呀。瑶琴说，结婚不是刀刃，什么事是刀刃？陈福民说，比方哪天生病呀什么的，你又没有公费医疗。瑶琴说，你可真会说话。陈福民说，我的话都跟那擀面棍一样，实在得很。

照相的费用要一千块。价格贵得令瑶琴和陈福民都感到意外。瑶琴说，还照不照？陈福民说，看你的意思。瑶琴说，我没带够钱。陈福民说，我也没带够。瑶琴心想到现在为止，我几乎就没花过你的钱哩。想过心里就有些不悦。瑶琴说，那就算了吧。陈福民说，是你说算了的，到时候不要怪我。瑶琴说，我什么时候说要怪你的？

本来两个人准备照相完后，去看一场电影，瑶琴一下子没有了情绪。瑶琴揶揄道，看一场电影两个要花五十块钱，还是省了吧，以后可以用来看病。陈福民说，这个钱我来出好不好？免得你觉得我这个人小气。瑶琴说，我看还是算了吧。小气又不是什么大毛病。

于是两个人白出门一趟，什么事也没干就回了。星期天的气氛因了这趟白出门的经历一下子阴郁起来。瑶琴回来便往床上一躺。天花板上立即浮出杨景国的脸庞。杨景国忧郁地望着瑶琴。杨景国对瑶琴说，你什么都不用管，你只管当你的新娘子，所有的事都交给我。我的钱就是你的钱。我是你的奴隶也是你的管家。杨景国当年跟瑶琴说话的样子历历在目。

陈福民开始在厨房做饭。陈福民大声说，结婚时肯定会很累，婚前要好好补一补。今天我做辣子鸡和肉末蛋羹给你吃。

这只鸡是真正的土鸡，比肉鸡贵多了，是我特意买给你的。

瑶琴没作声，她坐了起来。她新买的婚纱还放在包里。瑶琴想，婚纱照不拍也好。如果是杨景国，那就是再贵她也是要拍的。只是可惜了这套婚纱，如果结婚那天不穿的话，那就根本没机会穿它了。瑶琴在想，结婚那天到底穿婚纱还是穿旗袍呢？想了半天，她还是决定穿旗袍更好。因为她已经不再年轻。她的脸上有了皱纹。以她这样的年龄穿件婚纱也有些不像那么回事。这婚纱就给自己作纪念好了。因为它的存在，自己会明白自己是一个已经结了婚的人。

这样想着，瑶琴便将婚纱从包里拿了出来。她打开箱子，想把婚纱放进去。打开箱盖，瑶琴一眼看到的就是杨景国的相片。包裹着相框的羊毛衫不知道怎么松开了。杨景国的脸便露在了外面。他的目光依然忧郁，透过他黑框的眼镜和镜框的玻璃注视着瑶琴。瑶琴用手指在他的脸上抚了一下。瑶琴低语道，你没事吧？然后她把杨景国的相片放在了婚纱上。瑶琴想，对呀，我的婚纱就给你穿好了。一辈子穿在你的身上，你就会知道，你已经跟我结婚了。

瑶琴因了这个想法，心情变得愉快起来。但是在她的身后却响起了一个声音，细细的，却也是严厉的：你在干什么？！这是陈福民。

瑶琴想关上箱子，但来不及了。陈福民有些气急败坏。陈福民说，为什么，你总让他出现在我们之间？为什么就不能让过去的事情永远过去呢？瑶琴说，我我我……陈福民说，你不要说了。我今天就要好好地告诉你杨景国到底是个什么人。瑶琴有些讶异，说什么意思？陈福民说，别以为你了解杨景国，我现在比你更清楚地知道这个人的底细。你把他当宝贝当偶像一样珍惜着崇拜着，心里把他想象得完美无缺。其实他这个人狗屁不是。瑶琴说,你瞎说什么呀。陈福民说,我一句也没有瞎说,我要救你。我要告诉你杨景国到底是什么样的人,所以我费了好多时间,找了许多认识他的人。我去过他的老家,我去过他的学校。我怕你不相信,每回都给你打过电话。现在就让我来告诉你,这个折磨了你十年的杨景国,这个让你十年来不得安宁的杨景国是个什么东西。

瑶琴有些紧张了。她并不想听这些。她只需要知道杨景国就是她心目中的那一个就够了。瑶琴说,我不要听,我不稀罕。

陈福民说,你怕了是不是?你怕我也要告诉你。杨景国的村里人说杨景国从小就阴得很。他曾经因为她五岁的妹妹吃了他的一口饭,而把她丢进水塘里想要淹死她。

瑶琴说,没有的事!

陈福民说,他在学校偷校长家的油被抓住后,留校察看了一年。

瑶琴声音大了一点,说,根本没有的事!

陈福民说,他后来跟他的弟弟同一个班,他的弟弟学习比他好得多,学校要培养他上北大。可是他家里只能在两兄弟中供一个人上大学。杨景国却不让他的弟弟,反而对他的父母说如果不让他上大学,他就跳河。他的弟弟只好放弃了高考,把机会让给了他。

瑶琴声音更大了,说,这是瞎编的。

陈福民说,他的心理阴暗,又自卑。想找女朋友,又怕,所以经常去女生宿舍偷窥女生洗澡。有一次还偷了女生的内衣内裤。他因为这件事,在系里臭名昭著。他在大学里每一年都补考,他的成绩在他们系里倒数第一。他在学校为什么找不到女朋友?因为在大家眼里,他差不多就是个流氓。

瑶琴叫了起来,你胡说!你无耻!

陈福民说,无耻的是杨景国。他到你们厂后,一眼就盯上了你,故意找你问路,找你搭讪,把自己装成情深似海的样子,来勾引你。他的运气在于他新一轮坏事还没干时就死了,要不,真跟你结了婚,还不知道要出什么事来丢尽你的脸。

瑶琴跳了起来,她伸手打了陈福民一个嘴巴。瑶琴叫道,他死都死了,你为什么还要这么污辱他。陈福民说,因为他在这个家还没有死。他原先折磨你,现在又折磨我。我要让你清醒,要你看到你天天思念的那个完美无缺的爱人只不过是一个地道的下三滥而已!

瑶琴哭了起来,瑶琴说,你以为我会相信吗?对于别人,他是流氓也好,是下三滥也好,是无耻之徒也好,那是别人的事。可是对于我来说,他就是一个完美的爱人。你再怎么污辱他,也不会动摇我对他的感情。陈福民气得拿瑶琴无奈。陈福民说,你怎么就这么糊涂呢?他不值得你这样。瑶琴依然哭着。瑶琴说,就算你是世界上最高尚的一个人,可是在我心里,他比你要值得得多。

陈福民觉得自己都快气背过气了。他没话可说。他觉得一个女人一旦愚钝了,就不可救药。陈福民说,我今天非要让你跟他彻底了断。我不要在这个家里见到这个人的任何东西。陈福民说着掀开箱子,抽出裹在婚纱里的杨景国照片,想都没想便朝地上猛然一砸。镜框立即碎了,陈福民抽出里面的相片,三两下就撕得粉碎。镜片的玻璃碴割破了他的手,血就滴在碎了的照片上。陈福民的动作太快了,瑶琴一时看得发呆。她觉得自己的心在那一瞬间也被砸得粉碎,而滴在碎照片上陈福民的血正是她自己的。

陈福民说,床罩是杨景国喜欢的是不是?明天换掉。窗帘是杨景国看中的是不是?明天也换。吊灯是杨景国选定的是不是，我现在就砸掉。还有墙纸，也要全部都换。凡是跟杨景国相关的任何东西，我都不要见到。我不要让这个人在我的家里有一丝气息。

瑶琴说，那我呢？我是杨景国的未婚妻。我跟他有过肌肤之亲。我还为他做过一次人工流产。你要怎么把我处置掉呢？陈福民也哭了起来。陈福民说，我爱你。我不想让这个人毁了我的幸福。我已经受不了了。瑶琴想，你以为我受得了么？

瑶琴想着，走出了卧室。她走进了厨房。鸡已经剁好了。肉末也绞了一碗。鸡蛋打了，两个蛋黄圆圆的。瑶琴把蛋打碎，然后把肉末放了进去。炉子上烧着水，水已经开了。瑶琴关了炉火。她拿起刀。刀上有剁鸡时沾上的肉渍，油腻腻的。瑶琴放了下来。她往门外走时，看到了那根擀面杖。瑶琴一伸手，就把那根擀面杖拿在了手上。

屋里好安静。发过火的陈福民显然也明白他的发火对瑶琴来说无济于事。陈福民叹着气，弯着腰清理着地上的碎片。

瑶琴站在门口。瑶琴想，我不替杨景国出这口恶气么？我只有替杨景国出了这口气我才能跟他了断啊。瑶琴想着就举起了擀面棍。那一刻，瑶琴全身的力气都凝聚在两只手臂上。她朝着陈福民的背挥了过去。

陈福民知道瑶琴在门口，他想站起来跟瑶琴说句话。他想说，你要是实在是忘不掉，那就不忘吧。让我慢慢跟他来斗。在他站起来的那一瞬，瑶琴的擀面杖已经挥了下去，正好砸在了他的头顶。陈福民脑子里什么都没来得及想，就发出一声巨响倒在了地上。他的血再一次溶进了地板上的玻璃碴中。瑶琴呆掉了。

躺在地上的陈福民满面鲜血，和躺在石头边满面鲜血的杨景国一模一样。

十四

新容想尽办法，通过她的警察表哥，终于在看守所见到了瑶琴的面。新容哭着说，瑶琴呀，你怎么这么傻呢？你为什么要这么做呢？瑶琴面容苍白。瑶琴说，他怎么样？新容说，他现在成植物人了。在医院里。你怎么办呢？瑶琴说，帮我找个好律师，把我放出去，我要去伺候他。新容说，你这是何必呢？你怎么这样毁自己呢？瑶琴说，我要出去。不管花多少钱，你要想办法把我弄出去。

新容替瑶琴找了一个好律师。律师在法庭上陈述了瑶琴和杨景国的爱情故事。陈述了瑶琴十年来对杨景国无休无止的思念与爱。律师在讲这些时，瑶琴失声痛哭。那些往事在她的脑子里演绎着，然后渐渐地远去。律师说，我讲述这个故事，就是要告诉大家像瑶琴这样一个弱女子怎么会突然出手伤人。那正是因为伤者陈福民砸了她最心爱的人的照片。想想她十年来靠这张照片度过的每一天每一夜，大家就能理解当时她的激愤。正是因为伤者的过激行为，使她激愤得失去理智。从这个角度讲，她情有可原。希望法官能从轻处理。

法庭里有许多听众。人们点着头。同情的砝码明显倾向着瑶琴。瑶琴的妈和瑶琴的爸都在哭。他们身边的许多相识和不相识的人们也纷然掬一把眼泪。

判决终于下来了。瑶琴为过失伤人，判了三年，但也缓刑三年。瑶琴出来后家都没回便赶去了医院。

病床上的陈福民头上包扎着白色的纱布。他两眼闭得紧紧的，嘴角亦抿得紧紧的。瑶琴说，我来了，我会伺候你的。如果你不醒，我要伺候你十年。如果你醒了，我就爱你十年。瑶琴说时，泪眼婆娑。她知道她的又一种人生来临了。

从那天开始，瑶琴的夜里不再梦见杨景国。从河对岸的水雾中会有人走出来，深情地凝望着她。瑶琴能很清晰地看到，这个人是陈福民。

东郊的松山上杨景国的墓也没有人去清理了。杂木和野草都疯长着。

陈福民在一个很冷的日子里突然醒了过来。他醒来时看到瑶琴，仿佛想起了什么。陈福民说，了断。

瑶琴说，都了断了。

2002 年

闭上眼睛就是天黑

一

我要说的是武胜松的爱情故事。虽然武胜松说后面的事与爱情无关，但我还是喜欢这样为他拉开故事的大幕。

其实这是一个很平常的故事。可是在我最初听到这个故事时，却觉得很有意思，尤其是生长在和平时期里武胜松这么个人。本来我从来也没有细想过男人的活法。我们惯常以为男人在这世界上活着的目的就是承担，这是他们的天职和本能。我们总是站在这样的角度去理解男人。现在我认识了武胜松。武胜松让我知道男人大可不必只有一种活法。男人心甘情愿放弃承担而渴望当一个小男人的人多得是。这事有点好玩。于是，我的写作欲望就被武胜松勾引了出来。那一阵，我很懒，可是心里头的那个武胜松却老是在催促着。你写吧，你怎么还不写呢？一天中午，我到平台上晒衣服，看到了明朗的阳光照在我门前的香樟树上。树上的鸟一阵阵地叫着，翅膀扑扑扑地将樟树叶一片片打下来。院子里的绿地成了黄色。一个男人在远处嗫嚅地说着什么，很含混的几句话。我看不清他的面孔，也没听清他说什么。他的声音同香樟树叶一起落在地上。地上只见香樟树叶，却不见他的声音。

突然我就想起了武胜松认识百合的那个下午。在我的印象中,那正是这样一个阳光的下午。武胜松的声音也是这样糯糯的。我想,是开始这个故事的时候了。

下午的阳光好灿烂,风也很舒服。走在街上,人懒懒的,闲闲的,无端就觉出幸福。

武胜松和女朋友冯玉敏逛着街。冯玉敏买了件新风衣,立马套在了身上。武胜松说,真的好洋气呀。冯玉敏高兴了,说武胜松你这个人还有点眼光哩。武胜松便把笑挂得满脸,有点傻傻的。

大街的橱窗很华丽,里面站着许多面无表情的模特儿。模特儿身上套着各式各样的衣裙。有时会碰上一两个模特穿着三点式。虽然是塑料的,武胜松的目光还是忍不住往那里瞟。冯玉敏一发现便就手把他的脸使劲一拨,大叫一声:正眼!武胜松惊悸中,赶紧就把眼睛正过来,脸上露出做了坏事的表情。冯玉敏于是就大笑,笑声能响穿一条街。武胜松一辈子都发不出这样的笑声,但武胜松却对这样的声音充满欢喜。

冯玉敏走到每个橱窗前都会停上几秒,比照一下自己,然后对武胜松说,她们都不如我这个活动衣架哩。武胜松信口就答道,当然不如。冯玉敏见他如此快捷地反应,说武胜松你怎么拍马屁连想都不想一下。武胜松的确没有想过,叫冯玉敏这一点拨,觉得有些可笑,便自己笑起来。笑完说,拍你的马屁还要想的话,那人要累死。冯玉敏听得这话就又放声地大笑起来,笑得无拘无束。笑完说,武胜松,走,跟我一起找小美玩。

武胜松对去找小美或是去别的地方都无所谓。武胜松的兴趣点只在冯玉敏身上。冯玉敏的话对于武胜松来说,全都是命令。武胜松从来也没有打算找个理由来拒绝。武胜松同冯玉敏谈了两年的恋爱,两人已经快要结婚了。武胜松说,你说去就去好了。

关于武胜松的家以及武胜松和冯玉敏的恋爱，我想还是要说得再仔细一点，这样，我们就会对武胜松后来的故事多出一些理解。

武胜松的母亲就姓武，叫武茉莉。这名字很普通。武胜松说他外婆生她母亲时，院里的茉莉花正好开了，于是就给他母亲起了这么一个名字。看上去武胜松的外婆也还有几分浪漫气质。其实她只不过是一个贫穷市民家的女儿。她的女儿也就是武茉莉继承了她的贫穷。在贫穷的日子几乎快要过不下去时，武茉莉下了乡。下乡倒不是因为贫穷，而是她身为知青，非下去不可。

武茉莉在乡下很能干，这就应了那句老话，穷人的孩子早当家。她有一个男同学是个文弱书生，家里以前是有钱人，对比起武茉莉，他很不能干。许多事情都得依赖武茉莉帮助。久之，离开了武茉莉他就不知道怎么过。于是，武茉莉就嫁给了他。正像许多书里写过的一样，很强的女人喜欢找一个很弱的男人来被自己照顾。似乎是为了满足自己一份用不完的精力，也似乎是要把自己的能干衬托得更加突出。

武胜松的父亲属于很多男人眼里特别窝囊的一类，柔弱而又内向。他的家庭虽然有钱，可从来也没有轮着他享受。好在他找了武茉莉这样能干的女人为妻，所以他也没有过太苦的日子。后来他被招到当地矿山当矿工。武胜松出世时，这个男人很自知之明地说，让他姓武吧，就叫胜松。希望他这辈子能胜过武松，千万别像我这么没用。这个没用的男人仿佛预知自己将会发生什么事。果然在武胜松未满一岁，武胜松的姐姐刚满四岁那年，有一天矿井塌了，他和七个同事便在那一刹那的崩溃中，消失在地下，与他因为遗产后来又变得有钱的家庭以及他能干却一直清贫的妻子从此音讯两断。

武胜松对这事毫无印象。武茉莉却哭哑了嗓子。哑到再也不能回复到以往脆声脆气的地步。武胜松每逢听到母亲哑哑着同他说话时,便对父亲有一种特别的恶感。心想你又没什么了不起的能耐,你凭什么让一个女人一辈子为你哑着嗓子呢?武茉莉几年后带着武胜松和他的姐姐又嫁了人。继父是个知识分子,姓蒋,温文尔雅,对武胜松不错。但他在武胜松心里无论如何都只跟老师一样,可亲可敬,却永远不是父亲。武胜松对亲人的认同,只限于他的母亲和他的姐姐。姐姐叫武超美,原来跟着父亲姓,叫刘超美的。父亲死后,武茉莉改嫁时将她的刘姓也改姓了武。武超美自小就负责带弟弟,对武胜松这个弟弟全方位的关照如同一个小母亲一样。

有一天,武茉莉满面红光地告诉武胜松,为了照顾知青子女,武胜松可以回城了。武茉莉那天兴奋得有些手舞足蹈,武胜松长那么大从来没有见过母亲如此这般。武胜松却并不想做一个大城市的人。他觉得跟着母亲和姐姐一起,外加一个继父和一个母亲同继父生的弟弟蒋小宏共同生活,就挺好。过年时,一家人围着桌子打扑克,他就坐在母亲旁边,为她当军师。他的言语不多,但他的主意很多,所以母亲总是赢牌。赢了牌便快乐地拍打着他的肩头,哈哈大笑,声音哑着,却有一种只有武胜松可以听出来的韵味。这样的时刻,带给武胜松的便是满心的幸福。武胜松不觉得一座城市的大或者小对他有什么特别的意义。

可是母亲武茉莉却同他的想法完全相反。武茉莉认为城市的大和小对一个年轻男人的意义太重要了。重要到不仅是他个人一辈子的事,而且关系到子孙后代。武胜松并不否认一个男人的前程将与他的子孙后代相关。但子孙后代都住在小城市里又有什么打紧?在哪里生活不都是一辈子?难道进了大城市一个人就可以活两辈子么?

武胜松的看法看似超脱,并有一种平平淡淡才是真的味道。如果有一个文人早先知道武胜松,一定会拿他写一篇很好的文章发表在杂志上。现在杂志最流行这类话题,尽管写的人正是为了不平平淡淡地过一生才拼命地去写。

武胜松之所以觉得小地方也不错,是因为他对所有大场面都有些怯场。一想到大城市的灯红酒绿和喧哗吵闹,他就觉得自己会像晕车一样“晕城”,或者说是“晕繁华”和“晕热闹”。

像他的父亲一样,武胜松也有他非常柔弱的一面。遗传的力量真是不可思议。武胜松没有上大学,只读了一个技校。如他这样水平和能力的人,前程就是找一份稳定的工作,然后静静地生活。这是一个不需要费多大气力就可达到的目的,全然不必进到大城市去摆一副架势拼打。但武茉莉不管武胜松怎么说,都绝不同他一致。武茉莉自己从大城市里出来,知道那里的机会比她现在生活的地方要多得多。武胜松问她什么是机会,武茉莉也答不清楚。只说说不定哪天,她也会成为一个伟人他妈。而在这里,这么一个小小的地方,武胜松永远也不可能成为一个了不起的人。

武胜松觉得母亲的思想可笑幼稚之极,但却奈何不了她。武胜松爱他的母亲,并且顺从她的意志已成习惯,所以他决定成全她的想法。武胜松在一个春雨纷纷的日子孤身一人进了城。他来到这个他不认识别人,别人也不认识他的地方。从下车那一刹那起,他心里便只剩下了茫然,连母亲热切的希望都被溶解在这茫然之中。在这片无论是地形还是语言更或是生活方式都十分陌生的大都市,武胜松觉得自己像一条孤独的鱼,没有头脑地到处乱游。碰上送到嘴边的小虾也不知道吃,等饿极了咬一口时,却多半是一片垃圾。后来,他觉得用鱼形容自己都还有美化之嫌，于是将鱼改成了虾。心想自己正是一只可怜巴巴的小虾在城市的角角落落里没有目的地乱蹦乱跳。

终于，还是他父亲的弟弟，也就是武胜松的叔叔帮了忙。武胜松在一间阔大的办公室里见到了他的叔叔。叔叔办公室的墙上贴着一圈叔叔与省里许多领导人的照片。叔叔望着那些领导笑着。那笑容有一点做贼似的心虚。叔叔炫耀地用手一指照片，洋洋得意地对武胜松说，怎么样？武胜松没说话。武胜松心想，能怎么样？

武胜松看着叔叔那副跟照片上的父亲几乎一样的面孔，耳边立即响起母亲哑哑的声音。叔叔其实像他父亲一样的没有什么用。但叔叔不需要有用。祖父留下房子和产业以及退赔回来的钱，都落在了叔叔手里。叔叔有了这些就足够。叔叔成立了一家公司。他让自己做了个董事长，高薪请了人来替他管事。然后他就每天坐坐茶楼，听听唱戏而已。就只是在见到武胜松时，叔叔的面孔头一回正经地像一个真的董事长那样。叔叔说他的公司有个规矩，就是不录用自己的家人，以免手下不好管理。因为规矩是叔叔定的，所以即使是亲叔叔也不能把武胜松弄进公司里来，就算公司需要年轻人也不行。武胜松本来就没有打算进叔叔的公司，同时也没有想过自己同叔叔是什么"自己家人"的关系，叫叔叔这么严肃地一说，心里立即有些反胃，差不多当天就想买票回家。武胜松心说，谁愿跟你是"自己的家人"？但叔叔公司的经理把武胜松领到自己办公室，并说要介绍他到保险公司作推销员。武胜松没有犟下去。武胜松是个习惯听从别人话的人。更何况他也没必要因为厌恶叔叔就硬起骨头来拒绝这份工作。武胜松不是这种人。武胜松也并非是从理性上明白善于妥协是人的一大美德。他不是。他只对什么事都懒得较真。随随便便散散漫漫地活着，这是武胜松的活法。

也难说这活法就不健康。再说那些喜欢打拼的人也必得武胜松这样散漫之人来衬托,否则谁晓得他是在打拼?就这样,武胜松给他的母亲挂了一个电话后,便高高兴兴地去报了到。这时武胜松刚进城不到一个月,同很多人相比,他很有运气。

武胜松在推销员培训班里认识的第一个人就是冯玉敏。他常常觉得认识冯玉敏是一种很特别的缘分。冯玉敏在培训班里,正好被安排坐在武胜松旁边。冯玉敏是个热情爽朗、以帮助他人为乐的人,性格像极了武茉莉。冯玉敏在中学当过团支部书记。毕业后走上社会,没有了可供她团结和帮助的对象,没有了她教导和指示的机会,就像歌星没有自己发烧友一样。那些人本来都是她身边的屏障。现在屏障突然四散而去,莫名的空虚和孤独就从四面八方包围过来,不曾遭到任何的抵抗便就直接攻入了冯玉敏的心中。而在她被许许多多的人拥戴时,这些东西却从不曾光顾。

武胜松就在这个时候恰到好处地坐在了冯玉敏旁边,就仿佛是上帝特地派来成全冯玉敏的一份快乐。武胜松使冯玉敏重新找到自信和骄傲。武胜松不认识城里的道路;武胜松不知道城里最高的大厦有多少层;武胜松上电梯不会自己操作;武胜松不知道在公共场所不能挖鼻孔和浑身挠痒痒;武胜松不明白走到街上不能随地吐痰;武胜松不懂得吃自助餐也不知道怎么吃西餐;武胜松没见过信用卡;武胜松不会唱卡拉 OK 不会跳舞更不会蹦迪;武胜松不知道领带应该怎么打;武胜松没见过电脑当然也不知道上网;武胜松不认识任何一个名牌……总之武胜松是个什么都不懂的人,特别需要有本事的人来开导,而冯玉敏这个正盼望能开导别人的人就出现在了他的面前。

冯玉敏说,就像老天爷知道武胜松正等着一个如她一样的人来教导他怎样在城市里生活。而在武胜松眼里,冯玉敏就像是一本又文学又科普又哲学又古典又现代又激情又复杂又简洁又绚丽又丰富又时尚又实际的一本书,他要慢慢地学习细细地阅读才是。

起先两个人都没有想到过恋爱。因为他们最初的吸引并不是性别吸引。他俩在一起时的关系,倒更像是一个老师一个学生。所以他们开始的交往一直都很放松。可是培训班的其他同学并不这么看。他们纷然拿冯玉敏开心。他们不拿武胜松开心是因为武胜松平常沉默寡言,不容易同大家融洽在一起。如此多少有些不便。而冯玉敏却恰相反,她同每一个人都混得很熟,同每一个人都能坐下来开几句无伤大雅的玩笑。这样,大家开她的玩笑也就顺理成章。最开始被人打趣时,冯玉敏还哈哈大笑,说我哪里会找武胜松这样的乡下人呢?武胜松听在耳里,倒是没笑,只暗想,若找了冯玉敏做老婆,我这辈子不都当学生了?可说的次数多了,冯玉敏有些沉不住气,开始疏远武胜松。武胜松知道原因,也不介意,觉得这很正常,因为他们没有谈恋爱,所以不能让别人当成真的。两人都这么想着,于是也就真的淡了下去。

但是万没有被他们想到的是,在他们相处的过程中,虽然都没有想着谈恋爱,但还是有一种东西在他们之间温暖地生长,这就是感情。在淡下去的日子中,武胜松见不到冯玉敏,心里总有一种莫名的恐慌,好像这个城市要把他抛弃掉,而冯玉敏见不到武胜松,曾经驱散了的孤独和空虚便再一次袭来。

培训班四个月后结束,班上组织了一次郊游。郊游很开心,冯玉敏虽然同大家有说有笑,可眼睛却时时在窥视武胜松。冯玉敏发现武胜松一直都郁郁寡欢着,心里也就有几分不自在。其实武胜松也不见得就是为了冯玉敏而郁郁寡欢,他天生就是一副忧郁的样子。生活中我们常会见到这样一类的人。他们不爱说话，脸上也很少笑容。他们眼睛里总有一份忧伤，就算什么心事也没有，这份忧伤也从来不会散开。人和人一生下来就不同，这是没办法的。可是冯玉敏并不理解这些。她觉得武胜松的这份忧伤是因为她。生活中冯玉敏这样的人也很多。他们总是很主观地把什么事情都跟自己挂在一起，以为与自己相关，而事实并非如此。这也是天性。没办法的天性。活动结束时，冯玉敏有意留在后面，她知道武胜松是永远散漫地落在人后。

天已黄昏了，人人都忙忙地赶车，谁也没有注意到他们两人的掉队。众人一下子就走得没了影。武胜松心知自己是最后的，索性也不急不忙，就算是赶不上末班车，找个农民家住一晚上也没有什么大不了的。武胜松并没有欣赏大自然的雅兴，也没有什么沉重的心思要在旷野中思索，更谈不上独步黄昏在萧瑟的风景里玩味自己的寂寞。他只是一个懒散的人。无所谓时间，无所谓速度，从不在意历史，亦不关心现实。他脑子里想些什么，他常常自己也不清楚。如果这个时候有人问他：嗨，你在想什么？他一定会很茫然，觉得这世上难道非得有什么东西让人去想吗？他就是这么一个人。

冯玉敏同武胜松的距离越来越近。她的心情很急切，同时也揣着一份期待。当武胜松在夕阳的余光下突然之间发现冯玉敏时，心里竟是有一份激动轰地涌了出来，他张开了嘴。冯玉敏的脸被正在下落的霞光铺满着，灿烂如若鲜花。武胜松想说出自己那一刻的感受，但却一个字也说不出来。结果，他的泪水莫名地就满了眼眶，一时间泪光盈盈。冯玉敏本来就激动，见到武胜松热泪涌出，激动得就更厉害。不觉间，也有了些泪水淌下来。两人对视好长时间。仿佛不约而同，又仿佛是冯玉敏在先，总而言之，在黄昏的郊外，在夕阳的风景下，两个人有了第一次热烈的拥抱。而且相拥到激情澎湃时，两人开始亲吻。非常真情，非常醉心的一次亲吻。差不多一直吻到了天黑。有一个农民赶着牛从他们身边走过去时，好奇地站在他们旁边看了好一会儿，大约想看他们亲吻完了打算干什么，结果他们始终亲吻着。农民熬不住，只好走了。走前还说，城里人怎么亲个嘴也花这么长时间？那正经干事时得多久？他们两人后来一直笑农民的话，却并没有理解他“正经干事”的含意。直到又四个月后，他们因为看了盘带彩的录像带，从而引发了做爱的冲动，方想起农民的话原来是意味深长。后来他们便把做爱称作干正经事。

他们的恋爱延续的时间很长。没有赶紧结婚是因为武胜松的年龄不够，另外他们的钱也少了一点。虽然双方的家长都表示会支援一些，可冯玉敏还是觉得结婚用自己挣来的钱更有意义。冯玉敏属于内心容易产生神圣感觉的女孩子。而武胜松随和，他习惯诸事都听冯玉敏的。有人替他拿主意，他又何必再费神？

现在我们把故事回到那个阳光灿烂的下午就比较顺畅了。

小美是一家饭店的迎宾小姐，长得很漂亮。可不知什么缘故，武胜松却一点感觉也没有。倒是与小美同房居住的女孩子令他的目光注意了一下。这个人就是百合。

武胜松跟着冯玉敏走进小美的房间时，百合正站在窗台前砸核桃。阳光就落在她的眉梢上，使她的脸明亮明亮的，隔着几米远，武胜松也能看清她脸上柔柔的一层茸毛。百合的手上拿着小锤子，小锤子是黑色的，随着百合手臂的摆动在空中划着弧线。每当百合的手臂扬起时，她腋下的一团黑黑的体毛便落入武胜松的眼睛，让武胜松的心头猛然一紧。这一紧之下，便令他对百合产生异样的感觉，仿佛他跟百合在暗中已经有了某种默契。

百合远不如小美漂亮，但百合满脸洋溢着一股热情和活力。百合说话时，眉眼会配合着一起行动，千姿百态。百合的声音也是清清脆脆的，武胜松从她的清清脆脆中很容易想到母亲哑哑的嗓音。百合举手投足，好像跳舞。当她放下小锤，从阳台上收取衣服时，便在屋里穿来走去，仿佛是在舞台上旋转，她的裙摆在旋转中触到了武胜松的膝盖，武胜松浑身有一种悸动感，武胜松很是惶惑，不知道自己的这种悸动从何而来。

一边的冯玉敏同小美两人聊毛衣和化妆品，还聊着头天看的电视剧。冯玉敏喜欢姜文喜欢巩俐，而小美喜欢张艺谋喜欢赵薇。她们两个在哈哈的大笑中乱点鸳鸯谱。武胜松不是一个爱说话的人，他完全可以一个人坐在那里既不同冯玉敏她们说话，也不听她们说些什么。他让自己脑袋在好几小时内处于真空状态是件很容易的事情。可是百合却过来同他讲话了。

百合清脆的嗓音唤起了他说话的欲望。百合的笑声就像是一只钩子，是专门用来钓他这条鱼的，于是武胜松就开了口。武胜松说他的工作说他推销的保险品种说他生活过的那座小小的县城。原来百合也做过保险公司的推销员，原来百合也从小地方来到大城市。这下好，他们更是有了共同的话题。他们于是相互讲起了他们出门推销时遭遇过的种种趣事。讲到兴头上，也发出哈哈的大笑。他们的声音甚至压倒了冯玉敏和小美的笑声。武胜松在纵情地释放自己的笑声时，心里对百合就有了一种很特殊的情绪。

武胜松此后就很希望冯玉敏常来找小美玩，这样他就有机会同来。来了之后，就可以听百合说话以及和她一起大笑。

最初武胜松的想法也就只是这么简单。

二

以武胜松的性格,做推销员显然不是适合于他的工作。有人出主意说他爷爷的遗产应该有他们的一份。武胜松把这个信息告诉了武茉莉。武茉莉为此专门找了律师咨询。答复是肯定的。于是武茉莉同律师一起去见了武胜松的叔叔。武胜松的叔叔拍桌子摔板凳地发了一通脾气,但最终还是拗不过法律。武胜松的叔叔同意给一笔钱。这是一笔相对于叔叔得到的财产来说并不多的钱。律师说如果不同意就让法院裁决,那个数字会大得多。武茉莉不想弄得亲戚不是亲戚,更不想为了钱而闹到法院里,便点头同意了。她拿这笔钱给武胜松买了一辆小车。车是银灰色的桑塔纳,很漂亮。再由冯玉敏托关系找人奔波一番下来,武胜松便成了一个出租车司机。

当武胜松开着辉光四射的新车,随着水一样的车队流淌在街路的河床上时,他心里终究还是生出了自豪感,同时也体会到母亲的苦心。大城市和小城市的确不一样。武胜松到底认同了母亲的看法。尤其是在流光溢彩的夜晚,他载着或浓妆艳抹或名牌满身的客人们在城市璀璨的灯下上车下车时,脑子里浮出他曾经居住过的小县城灰色蒙蒙悄无人声的晚上。他想我怎么会觉得那个无精打采的小地方可以让人好好活一辈子呢?

武胜松的生活到现在为止,都一直充满着幸福感。他觉得人生能活成他这个样子,应该很知足了。但是,他这辆幸福的车却在行驶中被百合挥手之间拦下了。

百合拦下武胜松的的士是在中午。百合匆匆赶往一家饭店会朋友。她的时间有些紧了。然后她放弃了坐公共汽车,伸手到街上拦"的"。百合的钱也是很有限的。她从来没有自己花钱坐过“的士”，如果她出门，她一定是乘公共汽车。百合拦下“的士”，看到开车的是武胜松不觉大惊大喜。她知道，她这趟的车费一定是可以省下的了。果然武胜松见拦车的是百合，心里也有几分惊喜。在百合下车时便没有要她的钱。非但如此，武胜松还留给了百合自己的呼机，说是以后有什么急事，可以呼他。百合说，我可没有钱常坐“的”。武胜松说，我免你“的”费还不行么？百合便笑了，说这等便宜不占就白不占了。

因为与百合有了一次偶遇，并且车行一路两人聊得十分愉快，武胜松这一天心情都十分舒服。时间没过多久，百合真的呼武胜松了。武胜松本来要送一个客人去机场，看到呼机，便立即把车停到一边，对客人说，我家里有急事要我回去，你的钱我不收了，你赶紧另外换车吧。客人乐得坐了一半免费车，屁话不说就下了。武胜松赶紧奔往百合那里。

百合是要去一个朋友家洗被套。百合没有洗衣机，常常将被套和床单这些大件拿到朋友家去洗。朋友家有些远，汽车又不太顺，并且洗完后拿回家，被套是湿的，很沉，百合于是就想到了武胜松。武胜松说这很简单呀，找我是对的。于是便载了百合去她朋友家。百合的朋友不在家，百合有她家的钥匙，在洗衣机洗被套的过程中，百合便有一搭没一搭地同武胜松聊天。朋友家客厅很小，沙发挨得很近，武胜松能闻到百合身上散发出来的气息。这气息同冯玉敏的完全不一样。冯玉敏的气息是一种幽幽的可以制造缠绵可以让人安静可以让人心满意足的气息。而百合的却不是。百合的气息能把一个睡着的人唤醒，再让他浑身上下躁动起来，让他坐立不安，让他想要奔腾，让他不知道拿自己怎么办才好。百合凭着她的气息，能让一个冷清的屋里一下子充满热烈的气氛。百合在同武胜松说话间，说到开心时忍不住用手打武胜松一下，每次打下去，武胜松都有如电击，全身心皆有弹跳感。武胜松认识到自己有堕落的倾向,便拼命地控制自己的欲望。便是在他几乎失控的时候,被套洗完了。武胜松又载上百合,把她送回了家。望着百合下车而去,武胜松长吐了一口气。他的背上已经被汗湿透。两手也像是水泡过一样,湿漉漉的。这天的武胜松因为心生内疚显得颇不轻松。晚上他把冯玉敏留得很晚才让她回家。这一回他同冯玉敏干“正经事”花去了很长时间。冯玉敏被他翻烧饼似的颠来倒去,欢喜之余又觉奇怪。反复问你怎么啦?武胜松始终没有正面回答。他只是说我想让你更快乐一些。

一个星期后,百合又打了武胜松的呼机。这时的武胜松正在努力让自己心里的百合枯干下去。这一声呼喊,那株正在枯萎的百合立即就伸展着水灵灵的叶片盛开了起来。武胜松驱车前往时,只嫌车速太慢,他几乎闯红灯叫警察给逮着。

百合这次是上另一个朋友家去拿家具。这个朋友要出国了,有一个多余的小柜子想送给百合。百合说她实在不好拿,叫武胜松来帮她的忙。武胜松忙不迭地说应该的应该的。百合的朋友去北京签证,这两天房子都空着。百合俨然主人般为武胜松倒水拿零食。百合一点也没有拿了东西就走的意思,武胜松也就没有要走的意思。百合将小柜抹干净后,就坐在沙发上同武胜松说话。零食离武胜松很近,离百合相对远一点,百合为了吃它,便又朝武胜松挪近了许多。这一回武胜松不仅能闻到她身上的气息,甚至能觉出百合已经全身都湿润了。百合伸手拿零食时,手臂从武胜松腿上擦过。一擦之间,武胜松就脸红了,因为他的反应甚是强烈。百合的眼光一下子就扫描到了。百合笑起来,笑声咯咯的,充满着挑逗。武胜松更是不好意思,他想要把百合揽入怀里,但冯玉敏的影子始终挡在眼前。他和冯玉敏决定国庆结婚,而此时离他的婚期不到三个月。

百合笑完，见武胜松仍然呆坐着，便奇怪道，你难道不喜欢我？武胜松喃喃地，喜欢，可是……可是……百合说可是你有冯玉敏是不是？冯玉敏是冯玉敏，我是我，你喜欢她的同时也可以喜欢我呀？百合说着站起身，一叉腿就坐在了武胜松身上。武胜松的双手正垂在自己的腿间。百合便正好坐在了他的手上。百合穿着裙子。裙子在武胜松的腿上铺开了，她的湿润就透过内裤，浸到了武胜松的手上。

武胜松激动得不能自制，却又在内心里努力地压制自己。最后他终于抵抗不了百合也抵抗不了自己，火山爆发似的将百合掀倒在地。他被百合唤醒了热烈和奔放，也被百合唤醒了野蛮和凶狠。那一刻，他自己都觉得自己像一头猛兽。百合一声声地欢笑着，不停地夸他，这使得武胜松更加觉得自己是一个斗士。他想怎么从来都不知道自己有这么了不起呢？同冯玉敏一起时，他是一个使冯玉敏快乐的工具，而同百合一起，他却成了英雄。

这一天，武胜松和百合一直待到半夜。在他必须回家时，他发现百合如一枝出水芙蓉，饱满美丽得发出诱人的光彩。而他自己则腿软得踩刹车的劲都没有了。

这一次后，百合便常来找他。他和百合一起吃饭，一起逛街，因为百合与小美同住，他无法在百合那里留宿，百合便让他开着车带她到郊外。郊外有一座山，他们便常停车在山下树林里，然后相拥在一起。车内虽小，但百合却能把这个小空间渲染得如火如荼。

时间就这么一天一天地过去。百合发展到几乎天天要找武胜松的地步。这种密集的程度令武胜松深感力不从心。有一天，武胜松同百合缠绵一番后回家，天色已晚。推开房门，他看到冯玉敏倚在他的床头睡着了。屋内的小桌上摆着一罐鸡汤。

武胜松顿时内疚满心。他没有叫醒冯玉敏，只是怀着满心的爱意，静静地坐在一边看她熟睡。冯玉敏的嘴唇嚅动着，武胜松浑身涌出一股一股的温柔。他觉得自己真是爱极了冯玉敏。于是他也想到了百合。光彩照人的百合虽然站在武胜松的心里，但他却他无法对她生出爱意。他想和百合在一起，只是一种欲望，而不是爱。他对玉敏的爱不可动摇。只是当他同玉敏躺在床上，在玉敏的矜持中慢慢地相互抚摸深情示爱时，他又是那么渴望百合那副始终骚动的身体和她狂潮般的激情。他爱的却难以满足于他，能满足于他的他却不爱。

很少很少有痛苦感的武胜松终于在这天，心里滋长出了一点痛苦。他想，女人是多么的不同，而他看来是有些不幸。

对于这一切，冯玉敏却什么也不知道。

三

武胜松和冯玉敏的婚事在冯玉敏的计划下，按部就班地筹备着。冯玉敏早已不干推销了，她在一家星级饭店总台工作。上一次夜班便休息一天。冯玉敏就利用休息的日子，忙自己的婚事。

冯玉敏的父母回老家去住，把房子让出来给女儿女婿。冯玉敏找了家装修公司，把房子装修了一番。装修公司广告做得好，可真刀真枪来做时，却是另外一回事。冯玉敏为质量粗糙生了许多气。比方瓷砖浪费惊人呀，比方柜子做得难看呀，比方做油漆前没有清理干净呀，诸如此类。冯玉敏装修一个半月，人累得半死，临了对武胜松说，以前觉得劳动人民勤劳善良又朴质，这回算是认清了。武胜松便笑她，只不过装了两间房子，连世界观都改变了。

无论怎样不好，房子还是给人明亮洁净之感。新的家具往里面一放，武胜松立即觉得身心愉快。他甚至有点激动：我有了一个多么好的家呀。激动之中，看着通红着脸忙进忙出的冯玉敏，便暗暗发誓再不同百合来往。

这个誓言还是有作用的，武胜松果然开始回避百合。百合再呼他，他也不回话。有一天，百合连呼他十遍，他都没有理睬。半个月下来，百合便慢慢淡出了他的生活。当武胜松在一整天没有接到一个百合的呼机时，他长长地吐了一口气。他想，他最难的时候已经过去了。

国庆那天，武胜松和冯玉敏结了婚。他们参加了电视台举办的集体婚礼。婚礼很热闹，也很好玩。新娘们在化妆时，新郎们便坐在休息间里聊天。不知谁聊起结婚前有没有在一起睡觉这个话题。大家发现，原来所有的新婚夫妇都早已暗渡陈仓。其中有三个新娘已经珠胎暗结。说这些时，休息间里一片笑声。那三个新郎特别得意，被其他的新郎推举为一二三号新郎英雄。武胜松想，不知道冯玉敏有没有怀孕，几乎同时，他又想，不知道百合有没有怀孕。婚礼过程，武胜松悄悄告诉冯玉敏那三个英雄新郎的事，并问她是不是也怀孕了。冯玉敏瞪他一眼，说你想当四号英雄呀！

武胜松的母亲武茉莉和姐姐武超美专程从外地赶来祝贺。武胜松的继父本来也要来的，可是头天武胜松同母异父的弟弟蒋小宏突然得了急性阑尾炎，住进医院开刀，武茉莉便让武胜松的继父留家照顾蒋小宏。武茉莉这天穿得很漂亮，眉毛画成了一线，唇上还抹了口红。头发也染过了，灯光下黑亮黑亮的。她晚上喝了不少酒，喝酒过后就落泪，落完泪后又欢喜地笑。她的脸上满是光彩，同冯玉敏说话时的声音也不像武胜松印象中那么哑，武胜松从来也没有见过母亲这样快乐，同时也从来不知道快乐的母亲原来是那么漂亮。

这一天的武胜松也快乐无比。纵然他不是一个爱笑的人，可这天他也笑过了好多回。当朋友们吊起一只苹果让他和冯玉敏上前对咬时，他的嘴唇总是碰不到苹果而总是撞到了冯玉敏的面颊上。朋友们笑倒了，他自己也乐不可支。他知道这个日子从此就刻在他的生命里，永远也不会模糊。

蜜月后出车的第一天，武胜松就在他家附近碰上了百合。当然他知道百合是特意在这里等他。百合上了车，笑吟吟地恭喜他新婚快乐。武胜松有些不好意思，心里也有几分对百合的歉意，便一句话也不说。然后百合就说她怀孕了。武胜松顿时吓了一跳，脸在瞬间就白了。百合一眼就看出了他的状态，说吓住了吧？片刻又说，我是那种找你麻烦的女人吗？我又不是不知道你孩子的妈只会是冯玉敏。武胜松只得嗫嚅道，那我应该怎么办？百合说但你也不能撒手不管是不是？你让孩子为你做出牺牲，你也得为他做点什么才是吧。武胜松想了想，说我给你一千块钱，你买点营养品好不好？百合说光这些？武胜松说还有什么？百合说在床上你看上去还蛮机灵，下了床怎么就这么呆呢？你得陪我去医院拿掉孩子呀？总不能让我一个人来来去去的吧？

武胜松松了一口气，这个要求也合情合理。他有点感激地望了下百合，觉得百合看上去也蛮可爱。

去医院前，百合想先回去一下。武胜松从百合的眼睛里看出了内容，犹豫片刻，也就同意了。点头之间，武胜松便觉得自己业已是激情万丈，一进百合的门，两人就扭在了一起。那份欢愉，武胜松觉得似乎更甚以前。武胜松对自己就是搞不明白，为什么同冯玉敏在一起时他怎么也拿不出和百合在一起的狂放以及野性。

百合顺利地在医院做了流产。不过这事武胜松一直有些疑惑。头一天他们一起去时，百合进妇产科找一个熟人医生，武胜松在外面等着，百合进去一会儿说医生不在，明天再来。武胜松便又载了百合回家。中途路过华联商场，百合要进去买点东西，武胜松也就陪了去。百合买了件鄂尔多斯羊绒衫和一顶毛茸茸的帽子，一共花去了一千五百块钱。武胜松抢着替她付了。武胜松现在有些钱，并且在外开的士，活钱很多，冯玉敏永远也弄不清他能赚多少。因此武胜松在掏钱时毫不含糊。第二天武胜松又陪百合去医院。百合进去了一会儿说，过一个小时后做手术，她在这里等医生，这样武胜松可以在两个小时以后来接她。武胜松觉得她说得是，便依从了。两小时后，他来接百合时，百合正坐在妇产科外的椅子上。她的神情有些疲惫，但面色却仍然红润。武胜松上前问她怎么样？百合说手术已经做完了，医生说是个男孩子。说完还流了几滴泪。武胜松心里也有几分难过，心想自己竟把自己的儿子杀掉了。他送百合回家的一路，心里都在自责。令武胜松想不到的是百合回到她的住处，便又缠着武胜松。武胜松说听老人讲刚做完这种手术是不能乱来的。否则要得病。百合却说她顾不得那多了，她不能让自己的花园荒掉一天。武胜松便说那我跟你分手时你怎么过的？百合说未必我就在你这一棵树上吊死？这句话令武胜松十分不悦。武胜松便以爱护百合身体为名，不肯回应百合的纠缠。武胜松说他跟冯玉敏约了吃饭，然后便离开了百合。

一路上，他的不悦越来越重。他首先想到的是百合是不是真有了孩子呢？他什么证据也没见到，只不过看着百合进了两次妇产科的门。如果百合真做了手术，她敢在手术过后不过三小时就急着要同他做爱么？其次百合若真怀孕，那孩子会是他的么？他和百合已经有两个多月无来往，怎么百合就突然发现怀上了他的孩子呢？他越想越气闷，开车也没心思，好几回差点撞了人。

这天天没黑，武胜松就回到家里。他躺在床上，想着他和百合的来往，想着想着就觉得自己是一个很坏的人。他是奸夫，他背着妻子在外偷情；他是凶手，他把自己未成形的儿子杀死了；他是伪君子，他背叛了妻子却每天夜里在她的耳边说爱她。月亮从窗外投了几束光进来，把黑乎乎的屋里弄出几块亮点。屋里被能干的冯玉敏布置得很是雅致，而这亮点又为这雅致增添了一些温馨意味。武胜松环视自己的房间，心想，一个好人能有这样的家该是多么幸福，而他有这么个幸福的家却没有做成好人。是他自己搬了一块沉沉的石头，压伤了自己的幸福，以致他无端地多出一份痛苦，这痛苦很有点重。

武胜松不是一个能够承受痛苦的人。这痛苦让他烦。他睁开眼睛看看天，外面还亮着，有人在窗外嬉笑着说话。说的是买了什么菜，肉多少钱一斤，还有今晚上有部什么电视剧很好看。很自然很平和的声音和感觉。这声音突然让武胜松把绷了好半天的心情松弛了下来。武胜松想自己的心也只有这么大，老放着个东西压着让自己烦也不是个事，何不听其自然呢？这么想过，武胜松长吁一口气，仿佛把心里的那份烦给吐了出去。他再次闭上眼睛，重新找回了自己喜欢的舒适感受。武胜松想，虽然外面亮着，可是闭上眼睛就是天黑哩。管它那些。

四

冬天的时候，武胜松的叔叔找到武胜松，说是要给他的爸爸妈妈也就是武胜松的爷爷奶奶修坟。武胜松的叔叔说，他们活在世上时，没有机会过好日子，现在条件好了，得让他们在阴间里能舒服一点。武胜松心想，人都死了，烧成了一把灰，他们再舒服又能舒服到哪里去？武胜松从来也没有见过爷爷奶奶，他们对于武胜松是隔着千山万水的一脉山梁。硬要想时，会觉得分量好重，但却可以一辈子不必去想。

武胜松什么话都没说，他的叔叔便一下子看透了他。叔叔淡淡地笑了笑，说我知道你心里头想什么，可你也应该知道我心里头想什么。没人指望你会对你的爷爷奶奶有感情，我指望的只是你代表我哥哥这一房出一点钱，表示一下心意。武胜松想，你们的钱多得用不完，未必还指望我这一点。武胜松的叔叔又一下子看透了武胜松的心思。他说，谁也不指望你会出多少钱，让你出钱也只是想让我爹妈晓得，我哥哥这一房并没有绝户。武胜松心想，就是绝了，关我个什么屁事，你以为我喜欢挂在你家的户头上？但他习惯沉默。所以他既没有拒绝也没有承诺。他只是说，我得给妈打个电话，她怎么说我就怎么做。

武茉莉接到武胜松的电话时，先是很生气，觉得婆家人有些过分，分明自家钱多得只有把日子过得花天酒地，才能让钱早点用掉。可给祖辈修一修坟，却不愿多出，连他们穷得这样叮当响，都不肯放过。

武胜松本来也不想出这笔钱，可是见母亲生气，便又转了念。武胜松说反正也要不了多少钱，出就出吧。总归也是咱们的老辈子人。武茉莉一想，罢罢罢，出就出吧。自己虽已不是他家的媳，可武胜松却仍是他家的孙。想过又觉得，前夫死后，连尸骨都没有落下，埋在这边山头上的坟墓不过一个衣冠冢。如果能在他爹妈坟边为他也修上一个，也算是回归自家，怎么说也让活人心里头多一份安慰。武茉莉想好，便把这意思告诉给武胜松。武胜松对此无可无不可，母亲愿意怎么样就怎么样。他自己的记忆里从来也没有过父亲的样子，武茉莉时常会拿出相片来让他看，可他怎么看都觉得父亲比一个完全不相干的陌生人更加遥远。有时候武胜松想，他与父亲这样两不相牵挂的状态，不知是父亲可怜还是他自己可怜。

事情就这样说定了。武胜松送了三千块到叔叔那里，他能感觉得出来，叔叔的表情是嫌少了。可是武胜松想，就算你嫌少，我也只给这么多了。武胜松心不在焉地听着叔叔交待完全家人怎么集合带什么物品怎样去郊外的龙岭公墓，待他声音停顿下来时，武胜松便"嗯"了几声表示答应，然后就往外走。走到门口，叔叔突然在他的身后说，我哥下乡时穿的那套卫生衣还是找我借的。

武胜松站下了。他想也没想，便掉过头从口袋里掏出一百块钱递给叔叔，平静地说，那我就替我爸还给你了。叔叔拿过钱，用另一只手在上面弹了弹，斜着眼睛望着武胜松，好一会儿才说，我头一回看你时，觉得你跟我哥一样，整个一个窝囊废，这会儿倒觉得你小子还是个人物，一个能干出大事的人物。武胜松心想，我是一个人物？我能是什么人物呢？想着，便说，替爹还债要算是大事，我就不晓得小事是什么样的了。再走出门时，武胜松就觉得他同父亲的距离拉近了许多。因为是他这个儿子替父亲偿还了他生前欠下的债务。

修坟的日子是姑姑挑的。说是请瞎子掐算过，是个吉日。叔叔的公司开出了两辆面包车，武胜松便让自己的车歇在家里。出发时，太阳亮亮的，落在带着霜白的草叶上。郊外的风光也很是爽眼。车开了好几十里后，又弯弯曲曲地爬了几十分钟的山路，才到龙岭公墓。坟地是叔叔先来看好了的，墓碑的字也都写好了。武胜松在父亲的名字下看到了自己的名字。武胜松想，幸亏碑上不用刻上姓，如果要的话，那他的名字应该怎么刻呢？武胜松没有跟他的父亲姓过一天。就仿佛他一出生他父亲就知道自己要死似的，自作主张地让儿子跟了武茉莉姓。

天气便是在武胜松思绪纷然时突然阴了下来，然后就下起了细细的雪。雪沫飘在脸上凉丝丝的。叔叔说恐怕雪下大了，回去的路不好走，于是一家人匆匆忙忙地放完鞭炮赶紧下山。武胜松和妈妈姐姐以及冯玉敏坐在后一辆面包车上。家大口阔，座位都坐得满满的，恰好得一个人站着。武胜松四下一看，男男女女，老的老小的小，就只他最应该站着，于是，他也没说什么，默默地走在最后。待他上车时，所有的座位上都坐了人，因而他就很自然地站在了门边上。武茉莉叫武胜松过去跟她挤一挤。武胜松摇摇头，说了声没关系。

车还没有下到山底，雪就大了起来。路上车少人稀，一片雪落下，未及化开，另一片就又叠了上去，于是路面很快就见白了。或许是从坟地下来的缘故，大家压抑的心情尚未解开，于是车上没人说话，闷闷的。这种闷味儿，令武胜松觉得不祥。正这么想时，车开始转弯。这是最后一个急弯，拐过这道弯，就是平路。但没有想到的是，正拐到这弯上时，车门突然晃开了，倚在门上的武胜松猝不及防，被甩了下去。武胜松在自己被甩落时，没了思维。他只听到母亲一声怪异的惨叫，那拼命放大的沙哑声音令他有些心痛。然后他就什么都不知道了。

武胜松醒来时，正被人抬着进医院大门。他能感觉到他的母亲、姐姐以及冯玉敏一边哭着一边小跑着跟在担架的两边，她们的泪水仿佛随声而入他的耳朵，然后一直流到了他的心里。那一瞬他有些满足。这世界上有三个女人那样全心全意地爱着他。

整个冬天，武胜松都在家里休息。冯玉敏上班时，就由母亲照顾他。母亲向她的厂里请了假，然后买了一箱方便面丢在自己家里，甩手而去。儿子是她生命中的一半，丈夫却不一定是。

武胜松的肋骨断了几根,于是母亲每天都给他熬骨头汤,直吃得武胜松一看到那白白的汤水就腻,觉得那种喝汤的痛苦感真比车祸更甚。母亲说伤哪补哪,这是老传统,不会有错。你再怎么着,也得喝下去。武胜松无奈,只好咬着牙往下喝。好几回喝汤时,继父打来电话,叫苦连天,说是吃方便面吃得快断肠子了。母亲在电话里便嘎嘎地笑着,说看来我还是一个重要人物,到处有人抢着要。武胜松心想,你当然重要?难道你不知道你自己这么重要?不过,我倒是宁可吃一包方便面。

母亲一直住到武胜松能够站起来活动自如。武胜松有一天偶然照镜子,竟发现自己变得白胖起来。他的印象中自己从来也没有这么胖过。母亲看他照镜子,拍了拍他,笑着说,我吓掉的那个魂到现在才找回来。

春天很快就到来了。姐姐武超美来看武胜松恢复得怎么样。武胜松说没事了,明天就可以出车。武超美就惊叫了起来,那怎么成?伤成那样,还不在家多休息几个月?以后要是落下病来怎么办?然后就下命令说,武胜松,这事你得听我的。你还得休息,要不我不依你。武超美从长相到说话的语气都像极了母亲武茉莉。只是她的声音不嘶哑,甚至有些尖细的味道。武胜松每次听姐姐说话,就会想到,母亲年轻时一定是这样的嗓子。

武胜松只好在家里又住了一阵子。天气便在武胜松日复一日的休养中温暖了起来。家里的存款也越来越少,武胜松觉得再不出车,坐吃山空,就对不起冯玉敏了。他夜里把想法说给冯玉敏听。冯玉敏说我们家就缺这点钱?没你这个家就不活人了?人重要还是钱重要?你还是给我再歇几天吧,骨头养结实了再说。

冯玉敏的话铿锵有力,武胜松无法反驳,便只好听她的话,缩在家里再把骨头养结实一点。他的身体是真的好了，他觉得自己浑身上下都充满着力量，可是那三个爱他的女人都不相信他好了。她们几乎是异口同声而又坚定不移地认为他受伤的骨头必须巩固得更好一些才是，于是他就只有健健壮壮地待在家里。一个人闲着要比忙着的时候难过得多。白天无人时，武胜松只有时而看看电视，时而独自打打扑克。四周清清冷冷，所有的物件都不足为友，于是他就有些寂寞。

百合便是在武胜松寂寞得不知拿自己怎么办才好时，带着一身的春光走进了武胜松的家门。百合穿着一条红格裙子，一双黑色的丝袜紧紧地裹着她的小腿。百合脚上的鞋也是红色的，头上的辫子马尾巴一样高高地扎着，脑袋的一侧别着一个红色的发夹。她往屋里一站，就仿佛是一团红火，瞬间便把屋里照得透亮。武胜松有点呆了，他望了她好半天，倏然间他的眼泪涌动在了眼眶里，一副十年生死两茫茫，此刻突然重相见的感觉。

百合一下子就看到他眼眶里的泪水，本来她想坐下的，突然间她转了念头，她像一只鸟一样，伸开着双臂飞扑到武胜松的怀里。武胜松的眼泪便在拥着她时落了下来。百合说我就知道你会想我的。你的伤怎么样？武胜松说，全好了。

百合说了一句，就不再说话了。武胜松也只说了这一句，他也不再说话了。两个人的语言在此时都废掉了，行动便替代了一切。浑身有劲的武胜松，闲散够了的武胜松，长胖了的武胜松，觉得自己终于找到了可让他使劲的地方，找到了可使他忙碌的事情，找到了可以让自己度过无聊时光的方式。

许久许久武胜松觉得自己都没有如此快意了。百合从凌乱的床上爬起来一边套裙子一边嘻嘻地笑个不停。武胜松问她笑什么。百合依然嘻嘻笑着，说你倒是比受伤前更厉害了哩。你吃的是什么药呀？该不是吃的壮阳药吧。武胜松也笑了起来，说我妈天天给我煮骨头汤喝,吃得我浑身冒油。百合便又笑,说那我是来给你剐油的?

说话间百合要走了,武胜松突然有些留恋,就说明天还来吗?口气当然是有些软。百合有点惊异,说你这可是头一回主动哟。你不怕你老婆了?武胜松怔了怔,他想起冯玉敏,犹豫了一下,说,那……随便你吧。以后你来时还是先给我挂个电话吧。百合说,你以为挂电话不要钱?武胜松觉得他能听出她的话意,便从口袋里摸出两百块钱,说我好久没出车了,手上的钱不宽裕,等我出车后,我会多给你一点的。百合接过两百块钱,说只要是你给的,多了我不会嫌,少了我也不在乎。

百合拿了钱之后,便走了。武胜松有些乏力地坐在床上。他把百合来的前前后后的经历,细细地回味了一道。他觉得自己是多么不愿意同百合这样交往下去,可是自己却又是多么地盼望着她的出现。他希望他拥在怀里的是冯玉敏,而与他做爱的却是百合。武胜松想,我是一个什么样的人呢?

自那天后,百合便隔三岔五地来找武胜松。百合仿佛知道冯玉敏什么时间不在家里。尽管她从来没打过电话来,可是她每来时,冯玉敏都恰是酒店当班。百合同武胜松在一起时,两人倒也没有讲多少话。每一回都是暴风雨般的行动,耗尽精力后,便离开。武胜松在每一次百合离开时,都深深地懊悔,都表示这是最后一次,都提出希望她不要再来了。可每一次百合不请自来时,武胜松都恰好是在焦急地盼望着她的出现。见到百合的武胜松几乎没有任何思索的过程,一下子就能燃烧起来。他总是迫不及待地冲上去拥抱百合,他的手臂把百合搂得紧紧的,仿佛生怕她突然间跑掉,以致百合常常笑他就像是被人饿了一百年。

这一切,冯玉敏都不知道,她甚至一点都没有嗅出留在她家里的异味以及留在她丈夫身上的异味。为了这点，百合觉得甚是奇怪。百合说，我一下子就能从你身上闻出她的气味，她怎么一点都闻不出我的味道呢？武胜松叫百合这么一说，心里一下子害怕了起来，倘有一天，冯玉敏真是闻出什么味道来，该怎么办呢？武胜松想，无论如何，他得出车了。就算是要跟百合来往，也不能在家里，也不能在他和冯玉敏的床上。

在武胜松软缠硬磨下，冯玉敏又跟武茉莉和武超美通电话商量了一阵，三个女人终于答应武胜松下星期出车。武胜松心里忽地就放松了下来。

这天是周末，冯玉敏上白班。冯玉敏前脚刚走，武胜松正欲把车擦洗一下，还没走出门，就看到穿着高跟鞋款款而来的百合。武胜松便站下了，他想，这大概是最后一回了。他等百合走到面前，不顾是否有邻居看着，便一把将百合抱起。武胜松把百合抱进了屋里，放在了床上。他不知道自己为什么会有这样的冲动，他只知道自己一看到百合便身不由己。他甚至连门也没有关严，便立即进入战斗状态。

百合总能让武胜松尽兴。百合总能让武胜松彻底地释放自己。百合为什么能使武胜松这样，这是武胜松永远也解不透的谜。武胜松把他所有该做的都做完了后，软倒在一边。百合的气息弥漫在他的面前，这的确是和冯玉敏完全不同的气息。这气息能把他的能量全部激发出来，然而，一旦他精疲力尽之后，他便对这样的气息深感厌恶。每一次每一次都是如此。这使得武胜松心里生出一种绝望，他知道自己实实在在是不能再和百合这样苟且下去了。武胜松说，下星期一我要出车，你不要再来了。

百合便咯咯地笑，笑够了方说，你这话已经说过一百回了。可是我一来，你比谁都急不可耐。武胜松说，这回是真的。你要不信，你就来吧，反正我也不在家。百合又笑，说你以为我怕你不在家？我们拿你的车座当床又不是一回了。武胜松说，我得做生意哩。要不我也没钱给你了。百合说好好好，谁的面子不看也得看钱的面子。有事我呼你好了。武胜松说那你先回吧，我要把车整一下。百合躺在床上，身体靠着被子。她扭了一下，说急个什么？我好渴，你去给我买瓶可乐好不好？武胜松说家里有凉开水哩。百合说你没穷到这个份上吧？去买吧。百合说着抬起脚，在武胜松身上蹭了几下。百合的脚指甲上涂着鲜红鲜红的颜色，耀眼的色彩把她的脚背衬托得特别的白。在她抬腿之际，裙子滑到了腰上，武胜松一眼便又看到她那条起着绿色小花朵的内裤。

武胜松心里忽一下又跟着了火似的。百合笑道你别又想啊，你得先买可乐才行。武胜松便忙不迭地到抽屉里拿钱，拿钱出门时，他才发现他竟然连门都没有关严。倏然间他的身上冒出冷汗。这身冷汗一直到他买回了可乐都没有干。他一下子就兴味索然，他觉得百合如果再不走，他很可能会撞上一些不可收拾的事情。他仿佛有一种预感。

武胜松拿着可乐进门时，百合正在打电话。武胜松走到她跟前放可乐时，隐隐听到电话里是一个男声。待百合放下电话，他便问了一句，谁呀？怎么会有我家电话？百合说是我呼他的。武胜松说好像是个男人？百合说是呀。你这么急着赶我走，我总再找个地方去吧？武胜松心里有些不悦，说你跟我好的时候还有别的男人？百合又笑，说你还吃我的醋？你头晚上跟你老婆睡觉，第二天又跟我上床，我都没有半句怨言哩。

武胜松一时不知道说什么好，百合说的是个事实。但他心里确实有吃了苍蝇的感觉，并且那苍蝇卡在他的喉管上，不上不下。百合见他如此，便笑着下床，说算了吧，我跟你开玩笑的。

这是我一个朋友的老公,他们要出国了,打算把房子租出去,我想租呀,以后我们两个也得有个地方落脚才是。武胜松喉管上的苍蝇突然就跟冰一样消失了。武胜松说,你租你的房子,不必考虑我。百合打开了可乐,喝了两口,然后走到武胜松面前,一只脚又盘到武胜松的腿上,说怎么能不考虑你呢?你在我眼里是最强的一个。说完又伸出她的手指,在武胜松的脸上勾划了一下。

仿佛百合的这根手指是一把车钥匙,只一下就将武胜松这辆战车启动了。武胜松感觉自己连个过程都没有,直接就到了高速路上,两边的绿树和高楼都被风刮到了脑后。

五

武胜松无论如何也没有想到事情发生得这么突然。

冯玉敏是下午回家的。她进门时,武胜松正在床上睡觉。冯玉敏便没有叫醒他。她放了包换下衣服,挽起袖子就进厨房做饭。冯玉敏一进厨房嘴里就喜欢轻轻地哼着些莫名其妙的歌子。冯玉敏不是一个喜欢音乐的人,她哼的歌曲也没有不跑调的,冯玉敏也从来不知道自己在哼些什么,可是她觉得只有这么哼着歌才能表达得出她的愉悦。厨房很洁净,比有些人家的客厅还要漂亮,这里的设计是武胜松做的,武胜松说哪里都可以差,就是管进口工作的厨房和管出口工作的厕所必须要好。冯玉敏每次进到厨房和厕所时都会想起武胜松说过的这句话。想到了就要笑,一人独笑有神经之嫌,于是她便哼歌子。

武胜松是被冯玉敏的声音吵醒的。冯玉敏剁肉的声音盖住了她的歌声。武胜松踢踏着拖鞋走进厨房,见冯玉敏手上忙着,嘴里唱着,一副快乐的样子,他知道这个女人是真爱自己的,心里便暖暖的，觉得自己有冯玉敏这样的老婆真是福气。

武胜松说，我来好吗？冯玉敏说，哟，把你吵醒了。我是想跟你蒸个汽水肉的。武胜松说还吃肉呀，你看我的肚子都起来了。冯玉敏便回头看了一眼，看完笑道，你不说我还忘了。你去年的衣服肯定穿不下了，你上商场给自己买件外套吧。武胜松说，算了，凑合着穿吧。冯玉敏说那怎么行？你开车来来往往地接客人，穿得不像个样子，谁愿意坐你车呀？我就是这样，只要看到出租车司机穿得不清爽，我就坚决不坐他的车。武胜松也笑了，说哪有那么严重？冯玉敏说，说什么你也得买件衣服去。你现在要不去，晚上我非拉你出门不可。武胜松说，那好吧，我现在去，你上了一天班，也怪累的。你在家歇着，也别做什么菜了，我带两个冷盘回来。冯玉敏说，也行。

武胜松对穿什么衣服也没有多大的讲究。他的好一点的衣服都不是为自己穿，而是为冯玉敏而穿。他对名牌也一窍不通，他觉得衣服只要自己穿在身上合适，钱越花得少就越好，要那些牌子又有什么用？武胜松开车到附近一家小百货店里买了一件没名没分的长袖T恤，全黑的颜色上压了几圈白条。然后他又开车到了一家熟食店里，买了一盘牛肉、一盘鸭肫再加一盘凉拌黄瓜。这都是冯玉敏爱吃的东西，前前后后加起来还没有花到一个小时。

武胜松怀着愉快的心情推开了家门，却看到冯玉敏闷闷地坐在床边上，眼睛红红的，仿佛还哭过。武胜松怔了怔，说你怎么了？冯玉敏。冯玉敏说，你告诉我，早上百合是不是来过？武胜松一口口水呛住了自己喉咙，他说不出话来。

冯玉敏说你说话呀？她是不是来过？她来干什么？武胜松想说她是来过，可是话到嘴边，却又变了。武胜松说，她来干什么呢？冯玉敏说，你撒谎！武胜松，想不到你也会撒谎。冯玉敏说着站起来，掀开枕头，这是什么？你自己看清楚了。你背叛了我，你还有胆量说谎。

武胜松低头一看枕下的东西，他的头立即就大了。这是他用过的避孕套。自从百合有过一次怀孕的事故后，武胜松便每次都记得用避孕套。而这玩意儿是他和冯玉敏从来不用的。武胜松每一次用过后，就马上拿到马桶里冲掉了，可是这天，他因为太累，便顺手压了它在枕下，打算过一会儿再处理。没料到这一会儿一过，就过忘了神。

冯玉敏说，你说，你说呀。冯玉敏说时，就哭了起来，一边哭一边说，你们有多久了？你为什么要这样做？要不是她的男朋友打电话来问我这是谁家的电话，说是百合早上用这个电话呼过他，他得查查百合是不是在外面另有男人。他要不这么查，我还不知道要被你们骗到什么时候哩。武胜松有些慌了，他知道自己不坦白是躲不过去的。面对着满脸是泪的冯玉敏，他也满心愧疚，深深地觉得自己实在不是人，竟做了这么对不起冯玉敏的事情，只要冯玉敏能够原谅他，叫他怎么样都行。这么想着，他的腿一软，便在冯玉敏面前跪了下来。

武胜松的懊悔是认真的，所以他对冯玉敏说的全是实话。他的坦白是从他认识百合那天开始。他低沉着声音，说得很慢，他的陈述充满着真诚的忏悔，他一直说到眼前，最后一句话是我从来都没有爱过她，我只爱你。

但是实话并不能帮助武胜松，冯玉敏的哭泣竟是越来越悲痛。她万没有料到武胜松在同她谈恋爱谈得热火朝天时，便已经在外面有一个百合。更没有料到他们的来往竟是这样的密集和频繁。倘若武胜松不过偶尔一次，她也就打算算了。因为她爱武胜松。既然爱他，就能原谅他包容他，只要他以后不再发生就行。可是摆在她面前的根本就不是原谅不原谅的问题。她掐指算下来，武胜松跟百合做爱的次数几乎比跟她的还要多，这口气又怎么叫冯玉敏能够咽得下去。事情都走到了这一步，还谈什么爱不爱的话？冯玉敏哭着哭着，抽泣声便成了号啕。那声音惊天动地，令武胜松毛骨悚然，他从来就没有听人这么哭过。他知道冯玉敏是悲到骨头里了，他甚至能觉得冯玉敏的骨头已经痛碎掉了，碎掉的骨头就跟着冯玉敏的血液流淌，嘶嘶啦啦地割划着冯玉敏的血管。他想他这样伤害她，真是狼心狗肺啊，他真不是个人啊。这么想着，武胜松忍不住眼泪，他自己也哭了起来。

两人也不说话，就光是哭。差不多就这么哭了一夜，然后又都哭睡着了。冯玉敏是歪倒在被子上，武胜松则双腿跪地，身体却伏在床沿边。摆上桌子的汽水肉早就冰冰凉了，武胜松买回来的冷盘连包都没有开。

凌晨时，他们几乎同时醒来。醒来后的冯玉敏不哭了。她板着面孔到卫生间洗脸刷牙。待她从卫生间里走出来时，武胜松看见她连头发都梳过了，头上光鲜鲜的。他怎么看着都觉得冯玉敏漂亮。冯玉敏的眼睛因为哭泣红肿着，倒比往日更多了几分女人气息。武胜松睁着眼睛直直地看着冯玉敏，看她从卫生间里一步一步地走出来，看她在沙发上坐下，看她把鞋脱掉然后两膝一弯，屈坐在沙发上，看她用指甲刮了刮沙发扶手上的一点点污迹。武胜松觉得他看得心都疼了。

武胜松走到沙发前，低语道，你饿了吧？我先给你冲杯牛奶好不好？冯玉敏说，随你便。不过，我今天要跟你把话说清楚。我想了很久，你既然跟百合两人一个奸夫一个淫妇，做了这样的脏事，我是不可能再跟你过下去的。我今天就跟你离婚。

冯玉敏的话一说完，武胜松立即两眼发黑。他顿时觉得自己腿软得支撑不起自己。如果说冯玉敏以前是武胜松头上的一片天，而这一刻，这片天塌了，正正地砸在武胜松的头上。

冯玉敏没有理会武胜松的神情，她嘴唇在快速地嚅动。冯玉敏自有她的理由。冯玉敏的理由自然是充分而又有道理的。冯玉敏说着说着神情亢奋起来，万千的激愤都撞击在心头。仿佛从学校毕业后，她都没有这么长时间的一个人独白过。她的唯一的一个听众武胜松低头站在一边，其实他连一句话也没有听清楚，他被“离婚”两个字惊吓得满心满脑糊涂成浆。这浆黏稠得一点缝隙也没有，滴不进水灌不进风，自然也装不进冯玉敏的一句话。

冯玉敏就这么不停顿地讲着，她的语速越来越快，快得差不多连标点都省掉了。她也不知道自己说了多久，但她还是意识到应该听听武胜松表态了。于是她停了下来。冯玉敏的停顿倒让武胜松醒了过来。武胜松说，你渴了吗？我先给你冲杯牛奶好不好？武胜松又回到了他先前的话题上，这使得冯玉敏更加生气，仿佛她刚才说的那些话全都是白说了。冯玉敏说我说了半天，都白说了？我告诉你，我要离婚！

武胜松又一阵发晕。这一回他的心和脑都不糊涂了，他想，我怎么会跟你离婚呢？我跟你离了我又上哪去找你这么好的老婆呢？想到此，武胜松哀求道，我知道我错了，我求你原谅我，我保证跟百合一刀两断，今生今世都不再往来。说话间，武胜松便做一副十分殷勤的样子，拿了奶粉倒进口杯里，然后又夸张地冲着开水。冯玉敏坐在一边冷笑，笑完说，你来不来往跟我无关，这是你们自己的事情，反正我是不想再和你有什么瓜葛了。武胜松说，那怎么成？我知道你是爱我的，你也知道我是爱你的呀。冯玉敏说，武胜松，你还要不要脸？！你跟百合这种烂女人上床上了一百回了，还跟我说什么爱不爱的话。你让我恶心得只想吐哩。

武胜松心里就有些生气了，心道，何必说得那么夸张，未必一个人想吐就能吐得出来？但武胜松不敢把生气的表情露一点出来。他不想在这时候火上加油。武胜松把冲好的牛奶递到冯玉敏面前，说我知道我不对，每一次我都对自己说，我再也不跟她来往了，可是她出现的时候，你又不在，我就禁不起她的勾引。我真的是很该死，我自己心里清楚。冯玉敏，你怎么罚我都可以，就是不要和我离婚好不好？你是不是先喝点牛奶？你现在什么都还没吃哩。冯玉敏听他这话仿佛更烦了，她大声说，武胜松，你少来这一套，我不想再跟你多说话了，除了离婚，你我之间没有第二条路可走。武胜松说，冯玉敏别这么绝情好不好？我跪下来求你了。武胜松说着两腿一屈，扑通一声就跪在了地上。

冯玉敏跳了起来，她大声叫着，呸！武胜松，你比我想要骂你的更恶心一百倍！我告诉你，我宁可死，我宁可出门嫁给一条狗，我宁可到外面当"鸡"，我也不跟你过！冯玉敏说着，使劲地挥了挥手，在她的手臂落下的时候，带动了武胜松放在桌边的牛奶杯。只听得"叭"一声，杯子摔在了地上，瞬间成了碎片。牛奶在地上流动着，一下子便浸湿了武胜松跪在地上的膝盖。一股热流便顺着武胜松的膝头一直升到了他的心里，又从他的心里爬进了他的眼眶。从武胜松眼眶里出来时，牛奶已经变得透明。有一大粒悬在了武胜松的脸颊上，迟迟不落。

冯玉敏亦怔了一下，但她立即转身而去。她狠狠地摔了一下门，然后就跑得没影了。武胜松没有立即爬起来去追，他想他就是追出门也是看不到她朝哪个方向去的。

过了好几分钟，武胜松才慢慢地起来。他到厨房里拿了扫帚，把碎玻璃扫净了。玻璃在进簸箕时，发出清脆的声音。武胜松觉得他似乎听到的是自己心碎的声音。然后他就坐在沙发上，回味那种清脆。坐了一会儿，觉得自己有些饿，他记起他从昨天晚上起就没有吃饭。他想，就算要离婚，就算要过这一关，也得吃饭。于是，他把昨天买的菜，热了一热，一个人坐在桌前慢慢吃了起来。屋里很冷清，武胜松能清晰地听到自己的咀嚼声。他以前从来没有注意过自己的咀嚼声是什么样的，这回他听清了。他觉得这声音有些奇怪，和他想象中的完全不一样。他想，这就是我进食的声音？比狗吃食还难听么？冯玉敏说她宁可嫁给一条狗？想到这个，武胜松咽饭的过程就有了些痛苦。武胜松想，冯玉敏，你又何必这么恶毒？

武胜松是一个性情温和的人，他喜欢那种平静而温和的日子。冯玉敏的言词和举动，使他觉得生活突然就残酷了起来。他有点茫然，也有点恐惧，那心情仿佛一只小兔子被老虎大吼了一声，一下子蒙掉了。武胜松不知道如何去面对这种残酷。如果冯玉敏甩了他，他下一步怎么过，他是一点办法都没有，一条出路都没有的。人生撞上这样的事情真是很累人。武胜松突然意识到，人活一生，其实好麻烦的。麻烦撞上门来，挡也挡不住，既然挡不住，且不如由它去了。武胜松叹道，猪八戒踩西瓜，滑到哪就算哪吧。

六

百合打电话来时，武胜松的饭还没有吃完。百合在电话里问他在干什么？武胜松便告诉她说正在吃饭。百合觉得十分惊讶，说是以为他们家正在世界大战。武胜松说世界大战刚结束。百合便笑了起来，笑声如刺，弯弯曲曲地穿越过电话线，一直扎入武胜松的耳膜。武胜松瞬间有痛感，不禁将电话拿离了耳边。可是百合却在那边又说，你是战胜国还是战败国？武胜松只好答道我一点道理都没有，我怎么能胜呢？百合说那你怎么还有心情慢慢地吃饭？武胜松反问了一句，难道吃饭就是有心情？

百合便没说什么，放下了电话。武胜松心道，谢天谢地，从今以后，你可千万别再来找我。几乎在武胜松刚这么想过，百合便走进了他的家门。武胜松目瞪口呆。武胜松说，你你你……你了半天也没你出来。

看武胜松这样话不成句，百合哈哈地大笑开来。百合说，你怎么这么快就来了？我就知道你想问这话，是不是？武胜松只能承认是。他的确是想这么问的。他搞不懂为什么他心里想什么，女孩子都能猜出来。百合说，就不许我站在你家门口打电话么？

武胜松想，那也是。可是，如果冯玉敏这时候回来了怎么办呢？武胜松正欲说，百合又说放心，冯玉敏一时回不来，我从她酒店出来，看见她进去了。武胜松的问话又被百合猜了个正着。武胜松想了想，觉得自己也不能这么被动，便说你快走吧，说什么我也不能留你在我家。百合斜着眼说有这么严重？武胜松说你别搅得我连老婆都没了。你快走吧。百合说我有这么大的本事？我就不信我要不走，你家冯玉敏就能把我给吃了。武胜松说她吃不了你，可是她能吃了我哩。百合说她能把你怎么样？冯玉敏怎么看也不是个什么厉害人，就算她出一个狠招数也就顶多是离婚？武胜松心想怎么又被她猜着了。想过说，这可是致命招呀。百合便拍起手来笑。百合说这是救命招！天下多少男人都巴望离婚。离了旧的再找新的。新的不合适，就再离，再找新的。就跟我家门口的堤坝一样，总归越新越好。要不你们男人怎么越活越觉得有滋味？

这番话就好比一根小火柴，把武胜松哀伤深浓而又无可奈何的心情稍稍地拨动了一下，一股很新鲜的空气就从这小小的缝里渗了进去。

武胜松说我不想跟你多说话了,你走吧。冯玉敏回来了,我就没办法收场了。百合说反正你也收不了场了,我走不走还不一样?武胜松一想,可不是?赶走了百合他就能收得了场?冯玉敏说了,她宁可死,她宁可出门嫁给一条狗,她宁可到外面当“鸡”,她也不跟他过。百合见武胜松没说话,便笑。笑完后说,被我说动了吧?

武胜松想,你说得是有理,可是你待在这里还不跟一颗定时炸弹搁这儿一样?说什么也得把你搬走才是。武胜松想想,说那……你不走,我就走。百合又笑了起来,说你要走我就跟着你走。武胜松有点儿急了,说你为什么要这样呢?百合说你老婆不要你了,我怕你自杀呀。武胜松说谁自杀?我?武胜松觉得百合这话说得真是幼稚可笑,他武胜松怎么会自杀呢?他连冒出这个念头的想法都没有。更何况,就算是非得离婚,也必不拿自家的命去填。武胜松想我还没这么不值钱哩。想到这里,便说我这个人这辈子都不会自杀?就算有一天,我想死了,我也是煤气熏不死,割腕血不流,吃安眠药比平常醒得还早。百合拍着手笑了起来,好好好,你还有心情说笑话,是条好汉。武胜松说既然这样,那你就走人吧。

百合望着武胜松抿着嘴只是笑,武胜松心里许多想说出来的赌狠的话,终于因了这笑,没有说出口。武胜松觉得百合就像是块被人嚼烂了的口香糖,被他无意中粘着了,从此就再也弄它不下来。

武胜松开车出了门,百合就坐在他的车上。武胜松心里有些烦,忍不住想要抽烟,而平时他是一根烟都不抽的。他家的小巷前,有一家名叫“旺叔”的小卖铺,小卖铺上面有着红漆涂的招牌,武胜松平常总在这里买东西,与小卖铺的老板旺叔也颇为熟悉。旺叔见武胜松买烟,笑着说今天你们两口子怎么啦?冯玉敏刚才也在这里买烟哩。武胜松听得心里咯噔了一下,也没多说什么。

上了车,百合立马用车上的点烟器替他点着了烟。武胜松不会抽,慢慢抽几口也还可以,可这一下因为心里乱,竟是抽得太猛了,一猛便呛着了。一呛便咳,真咳得鼻涕眼泪一大把。百合便坐在一边看着,也不说话。武胜松好容易咳完了,见旺叔朝他这边张望,且与旺婶说着什么,便赶紧开着车走了。

武胜松一路无语。一个冯玉敏,一个百合,弄得武胜松做生意的心思都没有了。他觉得自己心里仿佛乱糟糟的塞满了东西,可他却并不知道塞了些什么;又仿佛心里空空荡荡的什么都没有,自己想要装点什么,却不知道应该装什么才好。

武胜松开到了一条僻静的街上,停下了车,他对百合说我今天算没法开车了,万一撞着人了,交待不了。百合说这世道的男人真是没用,就这点小事,弄得就跟天塌下来一样。武胜松心道,说得也是。想想又有什么大不了的事呢?可是武胜松转念又想,人也不尽是遇到大事才心乱,遇到不大的事情时,你不让心乱,可它自己要乱,你又有什么办法?百合一眼又看穿了他,说小事情不塌天,可是把心弄塌了。武胜松见她如此这般说,便点了一下头。

车停之处,斜对过正好是一家影碟厅。门口一个脏兮兮的女人扬着手大声地招徕观众。百合说,要不,我们到对面看碟怎么样?找点乐子,把心填实,它就撑起来了。武胜松说你去看吧,我只想在车上睡一觉。说完想,要是碰到个三级片,我岂不是又落进了你的套子?百合说我一个人看有什么劲?一起去吧。绝对不是三级片,我知道,你现在怕这个,是不是?喏,你看片名,美国的,《末路狂花》,正经深刻的艺术片哩。

百合就是有她的一套,武胜松有时觉得百合像是长在他的心里面，他一动什么样的念头，百合就全知道了。跟百合纠缠不清，这大约是命。想到这里，武胜松心里顺了，便下了车，跟着百合一起进了影像室。

影像室里没几个人，光线黑黑的，百合一坐下，便把一条腿搭在了武胜松的腿上。武胜松努力地控制着自己，让自己的心思往屏幕上想，而不是往百合的身体上想。

电影开始了，虽然屏幕很小，却也是清清楚楚。武胜松看了一会儿，看不进，便困了起来。武胜松不是一个有艺术感觉的人，他对电影电视以及所有的艺术都兴致淡然。几乎在困意一上来时，他便睡着了。期间百合曾经打醒过他几次，让他看。说是好精彩。可是武胜松只看得几分钟，便又合上了眼睛。武胜松只觉得影片里两个女人不停地跑呀跑呀，以致他的梦也充满着跑动。他梦见自己拉着百合的手，疯了一样地奔跑。前面迷迷茫茫的一片，他不知道自己要跑到哪里去，也不知道自己为什么要跑，他只知道他必须跑，跑就是他命中注定的事情。

百合发出一声尖叫时，武胜松醒来。他睁开眼睛便看到他梦中的两个奔跑不停的女人掉下了万丈的深渊。他怔了怔，心想，这就是奔跑一场的归宿？

武胜松同百合走出影碟厅后，觉得肚子有点饿了，百合说街口有一家小饭馆，干干净净的，而且价格也不贵。武胜松怕在这里碰到熟人，便想开车走得远一点。百合扭了扭身子，说就算碰到了熟人，你跟一个女的吃饭，未必就是跟“鸡”混了？武胜松想想觉得也是。什么时代了，难道跟一个女人吃饭就心里发虚么？这么想过，他就又振作了起来，说好吧，就在街口吃。

小饭馆有个小包间，因为时间还早，小包间并没有客人，百合便拉了武胜松到小包间里。武胜松心里有些虚，他害怕两人单独在一间，百合又会有什么过分的要求。百合照例是一眼看透了他。百合说你紧张个什么？我还不至于这么贱吧？小姐一下送水一下送菜单，未必我会当着她们的面跟你搞？

武胜松觉得百合的这个“搞”字说得太直白了，甚至有点粗，便不禁笑了起来。武胜松说我没说什么呀。百合说你想什么我还不知道？武胜松心说你的确知道我在想些什么，于是老老实实答道，我大概是有些怕你了。百合嘻嘻地笑了，说有没有搞错，是怕我还是爱我呀？武胜松说这你可别想，我爱的人是冯玉敏，要不我怎么会跟她结婚呢？百合说这么说，你没跟我结婚就是根本不爱我？武胜松一下子噎住了。他知道他不能说他不爱百合，可他也不能说爱。他觉得自己对百合的感觉既不是爱，也不是不爱。是什么呢？他还没有想出来。

百合有些不高兴了。百合大声说，哼，每次见了面，嘴巴上好像抹了两斤蜜似的，原来说的都是假话？武胜松怔了怔，他想他怎么会是假的呢？他说那些话时，句句都是他的心里话哩。武胜松想把这句话说出来，可是他觉得说不出口，结果出来的话就成了这样。武胜松说，有两斤吗？太夸张了吧。我怎么觉得只抹了一两蜜呢？

百合料想不到他会回答出这样的话来，心想好你个王八蛋，竟然这样对我。便做一副满委屈的样子，眼泪水随着这委屈感夺眶而出。武胜松几乎没有看到过百合流泪，突然间他慌乱了。他想不管怎么说，百合是爱他的。不管怎么说，百合是为了他的不爱而落泪。不管怎么说，百合给他带去过许多美好的时光。不管怎么说，百合也是值得他一爱的。武胜松想到这里，一把搂过百合，满心里歉意地说，怎么哭了呢？是我不好，是我不对，我是在逗你哩。百合心里暗笑，脸上却依然哭道，你去爱你的冯玉敏好了。就让我没人疼没人爱一个人过一辈子。武胜松说，那怎么成？有我在，怎么能让你一个人过一辈子？你功夫那么好，一个人过，岂不是有点浪费人才？

百合扑哧笑出了声。

武胜松的话是脱口而出的，他根本就没有过脑子想。听到百合的笑，就有些后悔了，心想，我怎么说出这样的话了？她一个人过一辈子又关我什么事呢？几粒猫尿怎么就把自己弄糊涂了呢？武胜松狠狠地捶了自己脑袋一下。放下手时，他突然看到百合眼里正放射着光芒，这光芒滚烫滚烫的，一直烧着了他的心。他想坏了，她想干什么？这姑奶奶可千万别扑过来呀。这里可不是地方。

百合说你说的是真话？武胜松琢磨了一下用词，说也算是真的吧。百合没有计较他的琢磨，说那既然这样，冯玉敏要跟你离婚，你为什么不离？武胜松说我也无所谓离不离婚，主要是办起手续来太麻烦，而且我妈要是知道了，还不定怎么骂我哩。百合说你不想离婚就只是怕麻烦？武胜松说是呀。我这个人，从小就怕麻烦，一见麻烦的事，就恨不能绕着走。百合说那好呀，你现在也可以绕着走呀。武胜松没有明白她的意思，问怎么绕？百合想了想，仿佛是想出一个绝好的主意，她显得有些激动地一把抓住了武胜松的手。百合说我们私奔！

武胜松脸上显出惊愕。百合触在武胜松皮肤上的手指在颤抖。细细的抖动渗进武胜松手腕，然后穿越了他的血管和筋脉一下子传达到他的心里。瞬间，武胜松也有了些兴奋。曾经在睡梦中狂跑的场景一下子浮出眼前。那种奔跑，挟着风，裹着雷，步下沙尘滚滚，速度比骏马还快。武胜松想，私奔，这两个字好有力量，好有个性，好刺激，好让人生出豪迈之情呀。然后，他就不再多想，而是用一种异常的，也是激动万分的声音对百合说，好呀！好，好，我们私奔！

武胜松说完这话，不知道怎么，全身上下都有一种说不出的快感。这快感，让他热血沸腾，让他大汗淋漓，让他雄心勃发。百合脸上露出惊异，她显得很随意地问了一句，私奔是要钱的，你有吗？武胜松大声地回答说，我当然有！武胜松的语气充满着英雄豪气，他这一生都没有这么英雄豪气过。

七

一切都是在瞬间做的决定，几乎没有一个仔细思考的过程。也没有想过未来，更没有想过后果，第二天，武胜松和百合便已经踏上了私奔的旅途。他们的心里充满着幸福和浪漫，也充满着豪情和感动。他们被自己的勇敢所感动。他们觉得原来自己欣赏自己的行动会有这么大的乐趣。

因了百合的提醒，武胜松把他和冯玉敏两个几年间积攒下的三万二千元存款一次性提走了。武胜松并没有觉得应该给冯玉敏留一半，他只觉得自己出门闯荡需要钱。他要用这笔钱为他和百合的未来打好基础。比方，他们可以开一个服装店，或者开一家餐馆，再或者索性办一个公司。只要有了这笔钱，他武胜松就会有一个衣锦还乡的日子。至于冯玉敏，武胜松觉得她每个月的工资已经足够她花的了。真若留下存款在家，她也会一分钱不用。武胜松过去常笑她，说是中国的银行就是靠了冯玉敏这样的人撑着的。武胜松想，与其你把钱这样搁在别人手上休闲，还不如放在我这里让它工作。冯玉敏常说人一懒就废掉了，而武胜松沿用了她的这个思想，武胜松想，钱一懒也是会废掉的。这样想过，武胜松便很坦然。

长途汽车在山间随着公路环绕升起和落下。蜿蜒的河水便在脚下。新鲜的，带着树叶和泥土香味的风，从车窗的缝中扑到武胜松的脸上。武胜松觉到这就是新生活的气息。在他生命的二十多年中，他一直是平平淡淡的，从来都没有想过生活需要激情，而现在，这场私奔，竟让他觉得有激情的生活对他来说是太重要了。他想，百合就是他的激情之源。

黄昏的时候，武胜松和百合抵达长江边上的一座中小城市。这是他们选定的地方。武胜松从来没有在水边生活，他特别渴望住在一座有河流的城市，而百合则觉得从这里回她的老家车路特别顺畅。于是，他们很容易地达成了统一。

天色已有点暗了，武胜松原计划一下车就去看长江的，可是当他一脚踏下地，一群艳装的拉客女郎便奔到他的面前，揪扯着他的衣服，并用一种完全不懂的方言叫嚷着。当这些尖锐而陌生的吐字塞满武胜松的耳朵时，他突然觉得有些恐怖。他不停地闪着身子张皇着躲避，心便因了这份张皇而疲惫了起来。得亏百合冲了过来，一把将他从艳装女人中拖了出来。百合见他惶惶不安的样子，哧哧地笑，然后说，这些鸡一看就知道谁是色狼。武胜松看了一下自己，也觉得好笑，便也笑了，说如果我是色狼，全世界的男人都是色狼了。百合说全世界的男人都没把我搞到手，可你却把我搞到手了。百合连续用了两次“搞”字。武胜松说，原来色狼就这么好当呀，把你搞到手就行了？武胜松也用了这个“搞”，他吐出这个字里，故意咬得重重的。

武胜松和百合盲目地在街上逛了半天，才找到一家价格合适的小旅馆。旅馆的名字叫“半江月光”。百合一看这名字就说今天应该住在这里。且说她生平最喜欢的就是月光。百合说这话时，人也站在月光之下。月色透明着，把百合也照得透明似的。武胜松看了看月光下的百合，笑道这名字真是有病，既然月光，何必才半江呢，一江多好。百合说‘半江’才有诗意，‘一江’说起来跟一缸似的。

武胜松对诗意没有兴趣，对月光也没有兴趣，他上前一问房费，房费比他想象的要便宜很多，于是武胜松对这个“半江月光”才生出了一些兴趣。登记时，武胜松有点紧张，写字的手也禁不住抖了起来。因为他要同百合住一间屋子，而他们是没有结婚证的，按照住店的规定，他们必须要开两个房间。但女老板乜斜着眼看了他们一眼，只问了一句野鸳鸯？也不等他们回答，就给他们安排了一个房间。如此这般，武胜松对这个“半江月光”便更加有了好感。

这一夜武胜松和百合没有激情，虽然他们是第一次在一起度过一个长夜。百合说好累呀。武胜松也说好累呀。然后他们把自己平摊在床上。武胜松仿佛什么事都没想，也没来得及跟百合说话，就睡着了。

远远的地方，有江水的涛声传来，哗哗的，拍打着堤岸。武胜松老早老早就想在深夜的时分静听这样的涛声，有韵律，有力量，有深情。可真当这涛声扑来耳边时，他竟对它浑然不觉，竟是自顾自地沉入梦乡。

凌晨时，武胜松和百合几乎同时醒来。他们凝视着对方。这时他们才觉得以后的日子是属于他们两人自己的了。这么一想，就都激动起来。两人几乎是同时发情，于是彼此扑向对方，天翻地覆深刻透彻地做了一场爱。

完后，百合说你昨天把我荒了一夜。武胜松便说可我今天把这块荒掉的地翻透了。说完两人都笑得不能自制。笑时，武胜松想起一件重要的事，便停下笑，说你我现在跟夫妻一样了，可是百合，我还不知道你姓什么，老家在哪？家里还有什么人？百合笑得咯咯的，说我天天跟你住在一起，吃用一口锅，睡用一张被，叫我百合我也答应得响响的，还要晓得那些干什么？

武胜松被百合的一番话呛得还不了嘴。可是他觉得多少有些不是滋味。心道，哪能连老婆姓什么家里有什么人都不知道呢？想罢一转念，又觉得百合说得有理，知道了又有什么用？知道了也只跟她百合一个人过。这么想过，也就懒得多说了。

吃过早餐后，武胜松要去把钱存进银行里。百合问是存定期还是存活期。武胜松想了想说，存两万活期，一万定期，留两千块钱在手上好用。百合说为什么还要存一万的定期呢？怎么不都拿出来做生意？武胜松说万一生意做垮了，总归还有一万块的本钱，我们还可以靠它生活呀。百合说有什么必要呀。万一我们想要离开这里，取钱都麻烦，再说存定期也没多几分利息。武胜松觉得百合说得是，便说那好，就都存活期吧。百合说密码就用你的生日好不好？这样好记。武胜松说好的。

天气有点昏昏的，太阳游走着，正好进到云层里。武胜松和百合最先碰到的是一家农业银行，便走了进去。柜台后几个职员自顾自在说笑着，并没有人理睬他们。百合探头看了看，说瞧这柜台破得跟乡镇企业似的，谁晓得钱放这儿可靠不。一职员说你什么意思？百合说没什么意思。本来要在这儿存钱，看见这儿破破烂烂，就懒得在这儿存了。怎么，不行吗？

武胜松怕百合惹事，便拖了百合往外走。走出门，抱怨道你不存就是了，何必说人家。百合说咱好不容易上银行存一回钱，他们还不拿咱们当大老爷，光顾自己调情，我就是要让他们不舒服。武胜松说以后你还是少惹点事好，这是人家的城市，我们在这里人生地不熟，能忍就忍一口。百合说我才不忍哩。混不下去，走人就是了。哪里不能活，非要吊死在一棵树上？

武胜松没有再跟她辩，武胜松不是没有词，而是没有这份习惯。不管与谁，武胜松与之争得三句，他就没兴致了。他只是在想，这一棵树是指谁？是这座城市呢，还是他武胜松？

拐过一个路口，再碰到的银行是工商银行。武胜松进门前，对百合说千万别跟我惹事，好吗？百合见他说得认真，便答应了。

武胜松趴在柜台前，一笔一画地填好存款单。百合便贴在他身上看他做这一切。百合全神贯注的神情，令武胜松突然有些不自在，仿佛被人监视。便说你这么死死地盯着我干什么？百合嘻嘻一笑，说保护你呀。武胜松说我要你保护个什么！武胜松说时将存款单递进小窗口。

待银行职员让武胜松输入密码时，百合身体朝前靠了靠。武胜松说别贴得这么紧，我的手都抬不起来了。武胜松的话音刚落，一个彪形大汉挤过来，正插在他和百合之间。这大汉向柜台里的银行职员询问办挂失的事。武胜松恰在此时抬手输入了密码。武胜松的手指按下了几个数字，冥冥间浮在他脑海中的自己生日数字，突然变成了冯玉敏的生日。等那大汉问完事情离开时，武胜松的密码已经输入成功。

百合对着那大汉的背影骂了一句脏话，然后问武胜松密码输了？武胜松说输过了。百合说怎么没让我看到？武胜松说刚好那个人过来挡着了嘛。百合说是用你的生日？武胜松说是呀。百合说你不会骗我吧？武胜松说我骗你做什么？这钱还不是我们两个人用。

走出银行，云已经散掉了，阳光明亮了起来。武胜松心里虚虚的，他能察觉到自己背上的汗正由毛孔向外渗着。他想，我怎么真的就骗了她呢？我怎么就突然换了密码呢？我这么做是什么意思？是什么原因和力量让我改变主意呢？想着，武胜松突然就觉得自己的这份虚并非来自他的说谎，而是来自百合。不知道百合身上有一种什么样的气息让他觉得自己的心里虚空得厉害。

百合不再说什么，武胜松也就没有再说什么。

武胜松和百合终于来到了江边。江水的声音比武胜松想象的要平静得多。水面也不及过去梦中的浩大。它流淌得很静，给人扎扎实实的印象，并不容易让人产生动荡的感觉。武胜松想，原来长江就是这样啊。

八

武胜松在距江边不远的一处小区里，租下了一套两室一厅的房子。他原本只想租一个单间的，武胜松对百合说要把钱用在刀刃上，等赚下钱来，再买一套好房。百合不干，百合说等赚下钱来，人都老掉了，而且还不知道能不能把钱赚到手。百合又说，一个美国老太太上了天堂碰到一个中国老太太。中国老太太跟她说，我一辈子都在为买房子存钱，好容易攒足了钱，刚刚买下一套房子，没住几天，结果就来这儿了。美国老太太说，我一辈子都在还那笔为买房子借的钱。结果刚刚还清，就来这里了。中国老太太住一辈子的破房子，买下新房，还没住就死了，而人家美国老太太住一辈子的好房子，死的时候，债也还清了，你说，谁合算？

百合的两片薄唇动得很快，武胜松盯着那里看了半天，觉得自己仿佛正在看一朵花挣扎着开放。他想，它怎么能有这样快的速度呢？

百合生气了，说你有没有在听我讲话？花瓣开到最大的程度，突然又合拢了，成了粉红色的花蕊。武胜松听清了百合的这句话，他怔了怔，赶紧承认百合说得有理。百合脸色方缓了下来。说房子不光要有客厅，还要有卫生间有阳台，最好要一个书房，这样就比较雅了。武胜松说这不就得三室一厅了？你又不看书，光看点破杂志，装什么雅人？百合听这话又不高兴了，脸色气得通红。武胜松想，女人的脸如果是花的话，原来花心正是嘴唇哩。

百合丝毫不曾注意武胜松的走神。百合说你不就是有点钱么？有钱你就可以这样对我？你心里根本就不在乎我的感受。你有家有老婆结过一回婚，我一点都没在意，跟着你就到这里来了，你就没有一点点让我过好日子的念头么？百合说着说着，眼泪就跟着话语往下落。

武胜松不敢再表达自己的愿望。一个人若想满足自己的愿望便会多出许多麻烦。他只想赶紧把百合的话打住，也赶紧把百合的眼泪打住。武胜松说全都依了你，你说租什么样的就是什么样的。

武胜松和百合跑了三天，终于租到了他现在的房子，房间在六楼，是顶层。但不是三室一厅。并非武胜松最终说服了百合少要一间房，而是这地方没有三室一厅的房子出租。这家的房主因为出国，急着租出去，位置好，价格也不贵，连百合自己也都觉得合算，百合细细想过，觉得两室一厅也足够舒服，于是便放弃了想当雅人的欲望。

交定一年的房租后，武胜松和百合开始跑商场了。他们买了张席梦思床，买了一套完整的床上用品，买了衣柜，买了沙发，买了电视柜，当然也买了一台彩电。因为客厅不大，所以在买二十五英寸还是二十九英寸的问题上，百合没有跟武胜松多争。房子基本上是装修好了的，武胜松不必做什么改造。只是厕所里原先是马桶，在百合的坚持下，砸掉换成了蹲坑。百合说，坐在马桶上拉屎就跟坐在板凳上拉屎一样，怎么拉得出来？武胜松没办法，只好依了她。房主知道这事后，很不高兴，但也无奈，只是要求他们退房时，必须再买一个马桶重新装上。

一个星期后，电信局把电话线扯进家门，这个家就很像模像样了。百合晚上蜷坐在沙发上，拿着遥控器叽叽叽地换着频道。

然后说，有钱真是好呵，我早就想过这样的日子了。只是武胜松为了这个日子业已花掉了一万多块钱。

夜晚，武胜松本来已经睡着了，可是夜航的船突然的一声叫喊，使他惊醒。睡在他身边的百合发出轻轻的呼吸，间或还有一声微微的叹息。这呼吸和轻叹都令他感到陌生。百合睡觉的样子同冯玉敏不一样，就连百合身上散发出的气味也跟玉敏的不同。武胜松睁眼望着天花板，他知道他开始想念冯玉敏了。

屋里黑黑的，月光被厚厚的窗帘挡在了窗外。长江的流水声清晰地穿越墙壁传达到他的耳边，这个陌生的夜声，提示着他现已经是一个异乡人了。

屋子里有一个小红点在黑暗中明媚地亮着。武胜松起先没有想起这红点来自何处，他定了定神，才突然意识到，这个红点来自电话机。他的意识一与电话接通，打电话的欲望立即就腾腾地如火燃了起来。他想，他这么不辞而别，冯玉敏会怎么样呢？会是不在乎他，还是会满天下找他？他把家里所有的钱都带走了，冯玉敏会不会因此而伤心欲绝？冯玉敏会不会打电话给妈妈，而妈妈知道了他离家出走，会怎么样？她会气得病倒吗？姐姐呢，是不是像小时候他走丢时一样，疯狂地沿街叫喊着找他？还有继父，继父知书达理，虽然他们不曾有过亲昵的举动，但继父待他十分友善，现在会不会觉得他这根朽木不可以一雕？弟弟蒋小宏呢？蒋小宏一直怀有远大抱负，总觉得他这个哥哥目光短浅，他这么弃家而走，蒋小宏会不会觉得他目光更加短浅？

武胜松想着时，心开始痛了起来。这种心痛的感觉，他过去从来没有过。他觉得自己的思想比这个黑夜还要茫然，这个茫然正一点一点地吞没他因为私奔而产生的生活激情。

天快亮时，武胜松睡着了。使他睡着的原因，是他最后以几近无奈的姿态想到:管他那些,先这么过着再说吧。这么想过,他的心头就松下了许多。心头一松,睡意便如江水涌下,一下子覆盖了他的意识。

百合比哪天都醒来得早,这是她住进新屋的第一天,她爬起来,连鞋都没穿,便到窗前看风景。她拉开窗帘,推窗一看,立即惊了。长江仿佛就在她的眼皮底下,一艘江轮正缓缓地行走在江中。仿佛一抬腿,便能跳到那船的甲板上去。百合觉得开心死了,她禁不住高声叫了起来:武胜松,快来看呀!

武胜松蓦然被叫醒,不知她叫什么,一骨碌跳下床,冲到窗前。百合说你看,长江,就像是我们家的江似的。

早上淡淡的江雾正在散着,阳光透过云层把江水照亮了。武胜松看着,心里也愉快起来。武胜松说是呀,太好了,白天能看江水和船,晚上能听到涛声。百合说你一倒头就睡得跟猪似的,不晓得是你听长江的涛声,还是长江听你的鼾声哩。武胜松说你胡说,我昨天晚上一直听了半夜。百合说你失眠了?武胜松说是呀,可能是不习惯新环境。百合说我看你是想冯玉敏了吧。

百合一下子就点到了武胜松的死穴。武胜松脸红了红,他还是说了实话,可能有点,因为我不知道她现在会怎么样。百合大声道,你放心好了,她现在过得比你在时还要好!别以为女人离了你就不能活,其实,哪个女人离了你都能活,而你自己离了女人才活不下去。

百合说着,闷着头回到了床上,拉起被子,一副重新睡觉的样子。武胜松把百合的话品味了一番,他竟是觉得她说得太对了,简直是一番哲理。两个女人,冯玉敏和百合,离开他都照样可以过得很好,而他呢?离开她们中的一个,尚且可以,如果两个都走了,他就不敢想象他的日子会是什么样的。武胜松走了过去,坐在她的身边,说,百合,你说的话差不多是真理哩。我真的是一个比女人还不如的人。百合一掀被子，高声武气道，知道就好！

新的生活开始了。可怎么把这份新生活过好，却不是一件容易的事。一连几天，武胜松和百合都在商量如何挣钱。武胜松起先说开一家餐馆，百合嫌做餐馆太脏，她想开美容店，武胜松却说那是技术活儿，她没有一点技术就只会亏本。武胜松又想开一个狗店，到外面弄些宠物狗来卖。百合说经常到外地跑，她一个人住着会害怕。又说不如开一家精品服装店，武胜松说开这样的店也是一样必须常常往南方进货。武胜松说不如还是买辆车，开出租车，百合说你没有本地的户口和身份证，你没办法贷款。百合说干脆拿那些钱炒股好了，说不定一下子就赚了一大笔，武胜松说如果有多的钱，炒股玩玩倒也可以，可是只这么一点钱，一旦套住了，连吃饭就会成问题。他们讨论来讨论去，一直都没有找到一个合适的事情。其实一个人想要做什么事情，或是最终做成了什么事情，都不是讨论得来的。讨论永远都是空洞无物的东西。而时间便在这个空洞中水流一样消失。

讨论不出什么内容时，便去逛街。镶在街边或挂在路口的大小商店他们都逛了一道。逛完，百合叹说到底是小地方，商场修建得一点章法都没有。武胜松却不以为然，说是只要有东西卖给你，管他有没有章法？在中心商场，百合看中了一件非常漂亮的外套，七百多块钱，她充满渴望地望着武胜松，眼睛水汪汪的，仿佛这渴望凝成了水。武胜松想，百合现在已经是他的女人了，送她一件外套也是应该的，便果断地买了下来。在金柜，百合又看中了一款镶着蓝宝石的戒指。百合伸出她的左手，对武胜松说我可是从来没有戴过结婚戒指的哟。百合的五指尖尖，指甲上涂抹了一层浅红色的指甲油。油光在灯下有一种特别的明亮，自然也是欲望的光芒。武胜松一想，是的，别的可以不买，结婚戒指是不能不买的。于是也没有半点的犹豫,将之买了下来。戒指戴在百合的纤纤手指上,蓝晶晶的色泽,立即使百合的手变得生动起来。百合笑眯了眼,当着售货员的面,便搂着武胜松深深地吻了一下,吻得武胜松浑身热血沸腾,只恨不得立即扯了百合回家。武胜松想,这份快乐,多么好呵,除了百合,又还有谁会给他呢? 虽然这是他用钱买的,可是一个男人能用钱买得到这份快乐也不是那么容易的。

晃一晃,半个月就过去了。武胜松究竟选择什么行当来赚钱还没有想好,而百合也无所谓他干什么。百合在家里做做饭,闲了就拖着武胜松逛街。既然在长江边上了,他们还用去了三天的时间走了一趟三峡。晚上,在船舷边吹着江风,月亮在头顶上明明暗暗着,山的影子被夜色吃掉了,而水边的树影却如同掉在水里。江风并不像海风那样潮潮的,摸在手上有黏黏的感觉,抚一把脸就仿佛涩住似的,以往的光滑全都没了。江风有些温润,吸一口到肚子里,时常像喝了一小口水一样,立即就湿唇的感觉。武胜松想着时,便伸手抚了一把百合的脸。百合说干什么呀你!百合的声音浸透在江风中,也有一种温润的感觉。武胜松便将她紧紧地搂住,并且将嘴唇贴到百合的唇上。站在舱外看夜景的人都三两人站在一起窃窃着私语。有人忍不住也朝武胜松这边看上一眼。百合对武胜松突如其来的热情,有几分激动,她想不到这种当众接吻的事会发生武胜松身上,心里便有几分欢喜,觉得武胜松在进步,便也不顾一切地与他接起吻来。一个吻在两个舌头间顶来顶去,花去好长时间,连看客们都乏了。百合没有耐性,低语着表示彻底投降,非要武胜松就在这里做了。船舷两边还站着另外的游客,武胜松勇敢终是有限。百合的低语已经让他感到了莫大的满足,他不想再有石破天惊的行为。

秋天是在武胜松不提防中到来的。那天早上,他打开窗子,想给屋里透口气。一阵风吹过，将窗帘吹起，蒙了他一个满脸。淅淅的雨自上而下，经过他的窗口，掉到地上。武胜松低头朝下看去，路边的树叶竟都黄了。树一黄，雨一落，天便有些瑟瑟的，无端地让人心头一沉。

武胜松关上窗，有些颓然地坐下。他不知道自己为什么突然就满心忧伤，仿佛适才还是阳光灿烂，只一阵风过，阴云便笼罩了一切。屋子里依然是暖暖的，两个人一夜长吁短叹的鼻息把房间小小的空间占满了，空气便显得不太干净。不干净的空气容易滋长出烦躁和暴戾，但是躺在床上尚未醒来的百合用她温软的吐气声将这烦躁和暴戾化解了开来。武胜松望着脸色红扑扑的百合，心里却在想着另一个女人。冯玉敏是一个怕冷的人。冯玉敏在冬天手脚总是冰凉冰凉的。冯玉敏需要武胜松把被窝捂得暖暖的才肯进去。冯玉敏要武胜松搂着她才能感到暖和。武胜松以前常笑冯玉敏。说冯玉敏夏天可以不要武胜松，可是冬天却不行。冬天武胜松是冯玉敏的烫壶，是冯玉敏的热水袋，是冯玉敏的电热毯，是冯玉敏的暖被机。冯玉敏每逢武胜松说这些话时，便大笑得人一仰。武胜松想，冯玉敏，天冷了，谁来替你暖被子呢？冯玉敏，你还会笑得一仰么？

武胜松想得有些恍惚。因为穿得少了，窗缝中渗进的凉风，让他冷丁一下清醒。武胜松晃了晃自己的头，仿佛驱散这恍惚。他想，走到了这一步，还有什么好想的？把握好眼前的日子就是了。想到这里，立即就现实了起来。

九

陌生的地方自有陌生的好处。你只有到了一个让你完全陌生的地方，你才会发现其实改变你自己原来是一件很容易的事情。走到街上,你看到的面孔全是陌生的,而你的面孔也无人一识。既无人知道你是否高贵,也无人知道你是否低贱。你有没有做过好事,有没有干过坏事,你是否有过婚史,是否有过案底,全无人知。在这里你像一张白白净净的丝绸,可以很飘逸地摇荡,上面连一点痕迹也没有。这种干净突然就给了你轻松和自信。

几个月后,武胜松就深刻地感受到了这一切。武胜松原本是一个胆怯话少的人,他几乎就没有主动跟人说过话,从来就没有兴趣管别人的事。现在,在这里,他重新发现了自己。

一天早上,百合还没起床,武胜松去楼下买早点。早点摊摆在街口。天已经有点冷了。武胜松买下早点,担心凉了,便缩着脖子匆匆往回走。路上,武胜松见一个女人挺着大肚子,拎了一篮子菜,也朝他住的地方走去。武胜松有些于心不忍,便上前说,大姐,我来帮你拿吧。

那女人满脸感激,说现在像你这样的人太少了。就凭武胜松这一句话,她断定他是一个好人。武胜松有些心虚,脑子里浮出冯玉敏怒气的脸。武胜松想只有他自己知道自己已经不是好人了。那女人径直地往武胜松住的楼走。武胜松有些讶异。没说什么,一路跟着她。那女人说,你要帮我送回去么?武胜松看见已经走到了他住的楼下,心想自己反正是住六楼,替她送回去也是件顺便的事,便说,好的。远没有料到的是,那女人竟住在了武胜松的对门。武胜松替女人把菜送进了屋,方告诉她,他家住在对面。女人睁大的眼睛,有些兴奋。回过头来,又把武胜松送到了他的门口。女人说这一阵,她丈夫出长途出得多,她多半时间在娘家,只晓得对面又住进了新邻居,但不晓得是什么人。说完又自我介绍说她叫吴莉莉。并说她丈夫上班去了,回来让他亲自上门来谢。武胜松不好意思,忙说,这点小事,谢什么。

百合打着呵欠起床，听到外面武胜松与一女人说话，以为是冯玉敏找到他们了，忙不迭地打开门。武胜松立马拉着百合向叫吴莉莉的女人介绍，这是我老婆，她叫百合。吴莉莉打量百合，满脸堆笑道，你老婆好漂亮。这下好了，我有伴了。武胜松说，百合，这位大姐住我们对门哩。百合说，太好了，我正觉得一个人在家好无聊哩。这下可有伴了。吴莉莉说，我也是哩。

认识了新邻居，竟成了武胜松和百合这天一件很快乐的事。百合说，一定要跟这个邻居搞好关系。他们是当地人，肯定能替我们两个外乡人帮上忙。武胜松觉得百合说得不错。百合说，找个机会请他们吃一顿饭。武胜松说，不必吧，没理由哩。百合说，怎么没有理由，以后请他们多加关照就是天大的理由。

晚上，百合和武胜松准备吃饭。听到有人敲门，吴莉莉在外面说，百合，小武，是我。百合忙起身开门。一个五大三粗的男人跟在吴莉莉身后。吴莉莉说，这是我丈夫，他叫马勇军。马勇军对武胜松说，我老婆说你早上帮她拿菜回来，多谢了。他说话时，眼睛却不时地朝百合瞟去。百合一下子都读懂了他眼神里的内容，于是百合就没有一点陌生感。百合说，哇，你这么高大威猛呀。一定很厉害哟。吴莉莉你好福气哩。吴莉莉脸便有些红，说哪里呀。马勇军大笑起来，声音震得武胜松耳朵发疼。马勇军说，我当然厉害，她根本就吃不消我哩。

武胜松和百合都跟着他笑了起来。马勇军笑完，爽爽地说，今晚上想请你们两口子过去吃个便饭，一是认识，二是拜托。我老婆这个样子，我不在家时，万一有什么事，还想请你们多多关照。武胜松说，关照没问题。吃饭就算了，我们还想请你们吃饭哩。吴莉莉说，小武你就别客气了。就算我谢你，也要请你吃这一顿饭呀，再说只是便饭。马勇军望着百合，似乎想听百合说什么。百合回望了他一眼，与他的目光碰在了一起。百合笑了笑。

百合说，这样吧，我们的菜也做好了，不如我们合在一起吃？马勇军说，这样最好。我们谁也不请谁，大家一起吃。吴莉莉说，好呀，这样热闹，吃起来也开心。

武胜松不是一个喜欢热闹的人，尤其吃饭，不喜欢很多人聚在一起。他只喜欢同自己的家人一起，简单而平静地把一顿必须的饭吃到肚里。这样的吃饭会令他心里踏实。只是这一刻的局面是三比一，大家的眼睛都望着他。他又不是一个由着自己性子的人，于是，武胜松说那好吧。

武胜松就这样与他们的邻居认识并交往了。晚上没事时，马勇军两口子常过到武胜松这边来小坐。这时的百合会端出些瓜子什么的，招待他们。马勇军便总说，百合，你好贤惠。小武找了你真是福气呀。百合便随着他的话说，他呀，人在福中不知福哩。武胜松在他们一唱一和中懒得多嘴。武胜松想，天晓得是谁在福中不知福哩。

马勇军是一个卡车司机，长年都替运输公司跑长途，南南北北都跑到了。有一天马勇军运了一趟橘子回来，没进自己家门，便敲门来武胜松家小坐。武胜松还没找到事，正拿着报纸翻来翻去的。百合说，还是马哥的工作好，又游山逛水，赚钱还多。马勇军说干这行的，钱挣得倒是不少，可就是太累，而且无趣。游不着山，也逛不着水，全在路上跑。有一回跑西北，跑得浑身羊膻气，半个多月都闻不到女人的味儿。武胜松翻着报纸，随声应合着说是呀是呀，就是累。百合却笑，说真的半个月闻不到女人味儿？那些路边小店的女人难不成都是没味的？马勇军大笑，说百合你这个小娘们怎么什么都知道。

吴莉莉闻声也挺着肚子过来了。马勇军说，看我老婆这个样子，像个将军。说得武胜松和百合都大笑不止。百合见马勇军高兴，便乘机请马勇军帮忙替武胜松介绍工作。而且说武胜松也会开车,手上有驾照的。马勇军好一番打量武胜松。然后才问,能开大车吗?武胜松说学的就是大车照。马勇军说那就好办。远的不说,就谈近的,连他自己都想找一个人替换一阵子。老婆就要生了,如果老婆在这边生孩子生得死去活来,他出车在外,百事不管,就太对不起老婆了。马勇军说这话时,朝吴莉莉望去。吴莉莉感动得直往他身上靠,脸上浮一脸柔情。

吴莉莉柔情万般的样子,让武胜松有些恍然,觉得往马勇军身上靠的人是冯玉敏。他有些呆了,险些叫了出声。百合撞了撞他,说干什么激动成这样。马哥又没说明天就让你出车。百合说完又转向马勇军,说我们家武胜松几个月没找到工作人都没魂了,一听马哥要让他代车,立即就喜呆成这样。马勇军哈哈大笑,手掌把大腿拍得啪啪地响。武胜松叫这笑声惊醒,方意识到自己的恍惚。他定了定睛,回过神来。吴莉莉和冯玉敏两人相像的不是容貌,而是神态。

晚上,武胜松已经睡下了,只剩百合一个人还在看电视连续剧。躺在床上的武胜松脑子里空空的。这些日子,武胜松其实也一直在努力地找事做。他去到好几家公司应聘,可惜他的文凭不够,那些人打量了他一眼,脸色就摆了出来。武胜松没说什么,心里却冷笑着,自道一张破文凭,花钱在街上都能买到,还真以为它是根金条?武胜松也去过超市,想在那里做一个保安什么的,可是对方嫌他太细弱。武胜松对星级酒店也有兴趣,那里冬暖夏凉,一天下来,舒舒服服。冯玉敏就是做这行的。武胜松觉得这里很适合他。他想以他的能力做个行李员应该是绰绰有余的。只是这里的两家准三星酒店态度都颇傲慢。一家酒店的经理说,你连一个熟人都没有,我凭什么要用你。另一家酒店的经理说,你是哪个介绍来的?无论说还是问,都让武胜松无言以对。半个月的奔波中,只有两个地方表示可以考虑用他。一家是餐馆，一家是环卫所。但武胜松细想了一下，放弃了。武胜松想，你愿意用我，我还不愿意被你用哩。武胜松觉得自己还没有落败到如此地步。如果他跟百合私奔出来是为了洗碗扫大街，那他就太没必要了。他不能过这样的日子。武胜松想，亏得我手上还有钱，我有钱我怕什么？我慢慢地过慢慢地找，不相信就找不到一件合适的事做。时间也正是在武胜松慢慢地过和慢慢地找的过程中晃掉了。

床上很舒适，武胜松在舒适中脑子里跳出四个字：坐吃山空。这是冯玉敏爱说的话。冯玉敏说一个家最怕的是坐吃山空，光有出没有进，最后家就败掉了。武胜松觉得他现在就是坐吃山空。百合在他找工作的时候，成天在外面逛，洗洗头做做美容，尔后把城里几家商场楼上楼下走遍。百合自己都说她现在比商场的经理都更清楚柜台的货物。逛累了回到家便看电视。武胜松觉得百合也应该找找工作。百合说，我跟你私奔出来，未必是来累的？我跟着你就是来享受生活的嘛。武胜松觉得百合说得也不是没理，可是又觉得哪里不对。至少冯玉敏是绝对不说这种话的。

武胜松乱七八糟地想着事，不知不觉间有些昏昏沉沉。昏沉中，他听到客厅有笑声，嗡嗡的，不只是百合一个人的。但武胜松觉得自己身体软软的，已经要入梦了，便也懒得动弹。武胜松的梦境是在他的家里。是与冯玉敏坐在沙发上打打闹闹。是他打碎了牛奶杯。是冯玉敏端上了鸡汤。是鸡汤流了一地。是冯玉敏在哭。是武胜松的母亲和姐姐提着排骨进门。是百合在外面喊叫。是武胜松冲上前拥抱百合。是武胜松扑了一个空跌倒在地。是楼上一块石头掉下来，砸在他的身上。

这块石头砸中了武胜松纷乱的梦境。他觉得身体被压痛了，挣扎着叫了一声。睁开眼睛时，却看到百合笑倒在他的身上。而他的卧室门口却站着马勇军。武胜松似乎未醒透,有些发呆地看着他们。

百合说,嗬,你还知道醒呀。武胜松说我在做梦?马勇军笑道,我说吧,肯定是在做梦。百合说梦到谁了?武胜松的残梦中还回响着百合的叫声。武胜松说我听到你叫我,就从屋里跑出去抱你。结果没抱着。百合笑得仰倒在床。马勇军也笑了,笑声嗡嗡的。马勇军说,天天睡在你身边,还梦见她,小武你还是个情种呀。

武胜松清醒了过来。他又记起梦中的冯玉敏,还有他的母亲和姐姐。但他没有再说话,只是不解地看着马勇军,不明白这么晚了,他如何出现在自己卧室的门口。

百合说,我叫了你好半天哩,马哥都看笑话了。说从来没见一个男人可以睡这么沉的。武胜松不好意思地望了望马勇军,说可能我这个男人没什么用。马勇军说,刚才我们公司打电话来,有一批芦柑要运到山西去,然后到河北带一批电热毯过来。这一走前前后后恐怕要上十天。我老婆不想让我走,怕她生产时我人影都见不着。可是芦柑不能放,公司要求所有的车都得出动,人走不开的就请人代班。我刚好就想到你。不晓得你这几天有没有空给我代代班?这一趟跑下来的钱都算你的。

武胜松没来得及说话,百合就说了,当然可以。但马勇军还是望着武胜松,想听他的回答。武胜松就重复了百合的话,当然可以。马勇军脸上露出笑容,他朝百合瞟了一眼,然后说,那我就先谢啦。武胜松说,什么时候走?马勇军说后天。明天你跟我去公司,我领你把提货单这些事搞掂,行不行?武胜松说,怎么不行?

十

武胜松开着马勇军的卡车出门了。马达轰隆隆的，发出很雄壮的声音。天其实很冷，但武胜松大开着车窗，轰隆声就从他的耳边刮过，风夹杂在轰隆里，路边的树裹在风里，也一起刮了过去。武胜松觉得好爽。心情好久都没有这么爽过了。

武胜松一路顺畅，他早起晚歇，结果比预定时间提前一天到交了货。武胜松在旅馆里打了一个电话回去。接电话的是百合，但电话里传来一片喧哗之声。武胜松说怎么这么吵？百合在电话那头笑着，说马哥找了两个朋友过来玩，我们在打麻将哩。武胜松就没说什么。百合说你什么时候回来？武胜松说我会准时回来。武胜松没说他提前一天的事。武胜松隐隐地有一个预感，他觉得他将要去办一件什么事，这件事会利用他一天的时间。

黄昏时，武胜松一个人坐在路边小店里吃饭，小店里的鸡汤炖得非常好，好得就跟冯玉敏以前为他炖过的一样。武胜松把汤一口口喝到肚里时，浑身都暖了起来。然后就有一股火苗悄然在他心里燃烧着。这一烧就熄不下去。

武胜松匆匆将汤喝完，跑到车上，打开公路地图，看了看方向，掐算了一下时间，便立即发动起车，加大着马力，奔上了高速公路。武胜松要去一个地方。虽然他离开那里时毫未犹豫，可是这一刻，他突然发现实际上他果断抛弃的一切却是他魂牵梦绕的。他好想再见一见冯玉敏。没有她，哪有他武胜松的今天呢？他武胜松活着又能有多大的滋味呢？武胜松被这碗鸡汤燃起的火焰燃烧着。他的脸被烧得发烫，浑身都充满激情，他脑子里什么都没有了，只有一个地方，这地方有一个房间，这房间里有一个女人，这女人占满了武胜松的身心。

武胜松一路狂奔，彻夜未眠。武胜松差不多是一口气冲到了城郊。这时的天刚刚开始发亮。武胜松把车停在离家不远的地方。他把帽子拉得低低的，脸上戴着口罩。然后顶着寒风，踽踽独行。朝他曾经的家行走，朝他梦里的温暖行走。

只几分钟，武胜松便看到了巷口的旺叔小卖铺。小卖铺像他在家时一样，早早就开了门。旺叔站在柜台上做生意，他扬起手来打招呼有一种无力感，这是武胜松熟悉的无力。武胜松的心猛然间就跳得厉害了。胆量也随着心跳的加速而弱了下去。一个裹着头巾的女人从巷里走出，迎着武胜松而来。那样子就像是冯玉敏。武胜松几乎要软倒下去。他停下了脚步，倚着墙，侧过身。幸而不是。这时的武胜松却再也没有力气向前跨出一步。他的无力感来自于他的惶惑。武胜松想，我能这样去看冯玉敏么？我还有脸面去见她么？这么想过，武胜松连半步路都走不了了。于是武胜松掉了头。回头的路很茫然，短短的一程，武胜松还迷了道。他不知道自己绕进了哪条小巷。这一带他本都是熟的，以往黑灯瞎火中他都不会错半步。而现在，太阳升在了头上，周边一派暖洋洋明亮亮的，他却不知道自己走到了哪里。好像哪儿都熟悉，又好像哪儿都陌生。

好久，武胜松才回到自己的车上。上车后打着发动机，他突然觉得这座城市已经不是自己的了。它的样子和气息渐然与自己无关了起来。武胜松逃跑一般离开了这里。

一直开到城郊，武胜松才让自己停下。他在车上呆坐了好久好久。什么也没有想，或是什么也想不起来。只有一份深深的无奈感在与他纠缠。他下车到路边小摊买了一盒烟。烟是伪劣的，味道很怪。武胜松也懒得计较，只是狠狠地吸着，把驾驶室吸得烟雾浓浓的。但他到底还是让自己的心情平静了。武胜松想,算了吧,就这样了吧,已经都走到这一步了。

武胜松再一次打着了发动机,他准备回去了。百合还在家里等着他。百合与他私奔后第一次一个人生活,她会不会害怕呢?她会不会寂寞呢?她会不会生病呢?武胜松想,他现在应该担心这些问题才是。车又上了路,可是只走了十来米,武胜松突然刹了车。他摇下车窗,有些愕然地看着外面。武胜松发现这竟是他和冯玉敏最初拥抱的地方。那一天他们两个热泪满面,前所未有过的委屈和前所未有过的激动交织在一起,令他们抱头痛哭,从黄昏一直哭到天黑,从痛苦一直哭到幸福。想到这一切,武胜松的心里涌出说不出的伤心。武胜松知道,这份伤心将会伴他终身。

武胜松辗转到河北带货回来时,夜幕已经落在了长江上。武胜松急匆匆地赶去货场交货。货场管理员给他一份盒饭,天太冷,盒饭凉透了,武胜松担心胃吃不消,又想即刻就会到家,便没吃。一想到回家就会有热气腾腾的饭菜,又想到百合一定伸着脖子在等他的归来,心里便生出温暖。武胜松在卸货现场打了个电话给百合,让百合为他准备一份晚餐。百合心不在焉地答应着,嘴上还在跟人喊喊叫叫。武胜松听出她在牌桌上。想到自己出门在外,百合一个人在家也委实寂寞,武胜松觉得百合能找几个人打打牌倒也蛮不错。

卸完货,武胜松在路边洗车店把车洗干净,又将车开到马勇军的公司里泊好。等武胜松往家去时已近八点了。武胜松恐怕百合等得太急,心想乘公共汽车太慢,便打了辆的士。车到自己住处的楼下,武胜松抬头望着家里明亮的灯光,疲惫中竟又冒出几分激动。

武胜松打开自己的家门时,他有些发怔。百合的牌局还没散。除了百合和马勇军外,还有两个陌生的男人。百合没起身,只侧过脸，朝武胜松微一点头，说回了？然后便对着牌桌叫道，我还没有出牌。马勇军一边出牌一边也问了一句，还顺利吧？然后就没有人搭理武胜松了。

武胜松点了点头。其实也没有人看到武胜松点头。武胜松知道他的点头不会有人去看一眼，但他还是点了头。武胜松径直走进厨房。厨房的台子上，堆放着吃过的碗盘。他打开电饭煲的盖子，发现里而已经没有饭了。武胜松呆立了几秒，便走了出来。百合说，哟，饭被我们吃完了，你泡碗方便面吧。武胜松站在那里想了想，脑子里又想起一碗鸡汤。坐在汽车上曾经有过的伤心感觉蓦然间随着那碗汤又浮了出来。

百合说，不会生气吧。武胜松苦笑了笑，说怎么会？百合说，那还不赶紧去泡？武胜松便又回到厨房里。他泡了一碗方便面，就站在那里面唆唆几口把它吃得干干净净。然后他开始洗碗。百合听厨房里流水声，在外面叫着，武胜松，你洗完碗，赶紧洗澡，早点休息吧。

武胜松将厨房弄净，便进到卫生间。他觉得身上寒寒的。打开淋浴，把水温调得热热的，一任这热腾的水在头上在身上肆意淋浇。哗哗的水声压不住外面的欢笑和呼啦啦的洗牌声。武胜松的泪水突然就随着水流一起流了出来。泪和水一样的热。这是他坐在城郊的车上望着当年的风景，回想他和冯玉敏抱头痛哭的往事时就想要流出来的眼泪。

天亮的时候，武胜松醒了。他伸手摸了一把，百合却并不在他的身边。有一个男人躺在他的脚头睡得着着的。武胜松坐起来，有些茫然。他呆坐了一小会儿，记起头天晚上百合的牌桌，便想这男人大概是其中的一个了。武胜松披上衣服，走进客厅，发现百合裹了件大衣，歪在沙发上，张着嘴，呵呵地睡着。另一个房间的地板上还睡着一个男人，他只盖了床毯子，缩成一团地睡在那里。武胜松不知道应该怎么办好。不叫醒他们，觉得他们睡得太辛苦，叫醒他们吧，又担心他们刚睡下，吵醒了岂不更难受。武胜松想了想，觉得罢了，他们舒服不舒服也不关他什么事。武胜松回到卧室，把自己盖了的被子，拿到客厅，给百合搭在身上。武胜松想，为什么你不上床睡而让那个男人裹着大衣睡这里呢？武胜松想不通，便又自思，你自找苦吃，还不是由得你去？武胜松想过觉得屋里空气浑浊，转身开门自己下了楼。

武胜松在江边转了一转，然后就站在江滩边，看几个老头老太打太极拳。看时，自己也忍不住比画了几下。发现太极拳的动作看起来舒缓简单，做起来却难得很。武胜松觉得自己学不会这个，便又转到街口，去买早点。家里躺着三个人，连他一共四个，至少要八个包子到四盒牛奶。武胜松钱带得不多，只够买七个包子和三盒牛奶。

武胜松打开门时，百合已经起来了，看到武胜松手上拿着的早点，惊喜地叫了起来，武胜松，你还挺伟大的嘛。我正想早上吃什么哩。百合接过早点，点了点数，又说，有点不够哩。哦，你是不是自己在外面已经喝了牛奶吃过包子了？那两个男人也起来了，朝武胜松点了一下头，并没有问候，也没有说话，就仿佛他们不会说话似的。武胜松也懒得说，拿了一个包子，自己进到卧室里吃去了。百合在客厅里热情地招待她的朋友，且说且笑着。那俩男人喝着牛奶吃着包子，似乎有了精神，也跟着百合说笑起来。武胜松想，原来你们会说话呀。

武胜松吃罢包子，觉得无聊，想跟百合说话，却又不想到客厅里见那两个男人。便想不如再出门转转好了。武胜松正想着，百合却进来了。百合说，武胜松，我到外面转转去，让你好好睡个觉。记得中午多做几样菜。我朋友他们还要来的，马哥也要过来。武胜松说，他们是你哪儿的朋友？百合说，你不会吃醋吧？他们是马哥的朋友。是马哥叫来陪我们打牌的。我不多说了，我们下午还有牌局。你听到没有？知道是马勇军叫来陪百合打牌的，武胜松心里自在了许多。他唔了一声，心想，这是看马哥的面子，不是他们的，也不是你百合的。

武胜松听着百合一行出门的声音，果然就脱衣躺进了被窝。屋里静静的，一个人躺在温暖的棉被中，没有紧张没有烦恼没有忙乱没有痛苦没有压力没有负重没有责任没有义务没有愤怒没有担忧没有管束没有教诲甚至连想法都不必有，从肌肉到神经，从骨骼到血液，从精神到肉体，从脑到心，全部都松弛着，那种感觉真是太好了。这是武胜松喜欢的感觉。他一辈子对名利没有兴致，对荣誉没有兴致，对当官没有兴致，对发财没有兴致，对学问没有兴致，对艺术没有兴致，对体育没有兴致，对赌博也没有兴致，对全社会全世界发生或将发生的任何事情都没有兴致。过一种吃饭睡觉上班，随遇而安，淡泊如水，既无所谓好坏亦无所谓贵贱的生活，就最好了。仿佛这样不必提起人兴致的生活，就是武胜松最大的兴趣。这时候的武胜松会觉得人生活成如此状态才是真正享受的人生。

武胜松在自己的幻想中渐渐地恍惚也渐渐地远去。他觉出自己的呼吸平静而自在。能觉出自己的身心开花一样的美好。能觉出自己正步入另一境界，这境界不是别人所能光顾的。除了他武胜松，谁又能这样呢？

突然间，武胜松被一个尖锐的声音唤醒。仿佛他人还没有入梦，梦便被那声尖锐扎碎掉。武胜松恍惚着。站在床边的百合一把掀开他的被子，尖声地叫着，好你个武胜松，你这是什么意思？

武胜松莫名地望着百合，慢慢地醒了。百合说，武胜松，你卑鄙。我不顾一切地跟你跑出来，也不管你是不是有过老婆，结果你却这样欺骗我。想不到你这么阴险。武胜松这回听清了百合的话。武胜松不明白自己做错什么。武胜松说，我怎么了？我骗你什么了？你一走我就睡觉了呀。百合把工商的信用卡狠狠地往床上一扔，厉声道，我还专门问过你，密码是不是你的生日。你说是是是。结果根本不是。你让我在我的朋友面前出洋相。你让外人看我的笑话。你把我当了什么人？

武胜松想起存钱那天一个大汉挤过来夹在他和百合之间的情景。武胜松没作声。百合说，你说，你这是什么意思？你是不是耍我？武胜松说，你要钱就找我要呀，我哪知道你会自己去取钱呢？你取钱干什么？百合说，我是你老婆，我取钱想干什么就干什么。你没有权利问这个。武胜松又不作声了。武胜松心道，证都没拿，你哪天要想不当我老婆，不要一分钟你就能办到。百合说，你说呀？！你说！你是什么意思？

武胜松无言以对。既然无言，他也就懒得对。武胜松重新躺下。百合放声地哭了起来，边哭边说，你终于暴露原形了。你是一个地地道道的流氓。你只不过想玩弄我一把，弄厌了就把我当抹布一样甩掉。百合嘴里不停地骂着，一刻不停地寻找恶毒的字句。

武胜松被百合吵闹得再也无梦，便穿衣起来。武胜松拉着百合。百合说，你想干什么？武胜松说，帮你取钱去呀？你要多少。百合说，要三千。武胜松惊讶了一下，说要这么多做什么？百合说，我输了。欠什么也不能欠赌债。武胜松心里便暗暗叫苦不迭。拢共就这么一点钱，这样的输法，要不几天他们俩人就没有饭钱了。武胜松说，太多了。百合说，我打了上十天，才输三千，也叫多？你是不是个男人呀！武胜松心道，这跟男人有什么关系。

武胜松跟百合一起去到银行。百合夺过信用卡，说我自己来。武胜松便由她。百合将信用卡塞进取款机，然后问武胜松密码呢？武胜松犹豫了一下，说780634。百合按下数字，重复两次，取到了三千元。百合拿到钱，脸上露了笑，她把卡还给武胜松，说看你眼睛都快瞪得掉地上了。拿回去吧。我吃不了这张卡。武胜松接过卡，放进衣袋。心想你是吃不掉它，可你输掉它却是件容易的事。

中饭只是武胜松和百合两个人吃的。两个牌桌上的男人没有来，马勇军也没有来，武胜松也懒得问。他乐得自家清闲。饭后，百合便蜷腿在沙发上看电视。电视里正播相声，百合随着屏幕里的说笑哈哈地大笑着，脸被笑得红扑扑的。武胜松有些心动，血也热了起来。他便凑了过去。百合斜了他一眼，说你一弯腰我就知道你想做什么。武胜松说能做什么？百合说，别以为我不知道你想做正经事。几年前那个看着武胜松和冯玉敏热吻的农民临走前说这话的样子，一下子在武胜松的脑子里活了起来。他搂过了百合，把嘴贴了上去。心却掉进了好久前的那个黄昏。胳膊里搂着的正是冯玉敏，对面的唇也是冯玉敏的唇。

十一

半夜里，吴莉莉发作了。马勇军惊呼大叫地把武胜松和百合都吵了起来。三人一起，把吴莉莉送到了医院。凌晨的时候，在吴莉莉惨烈的叫喊中，他们终于听到了婴儿响亮的啼哭。马勇军兴奋地说，听，听，听这声音，肯定是儿子。武胜松和百合都笑他。武胜松说儿子有什么好，儿子比女儿活得累人。百合说，女儿长大知道心疼爹妈，不像儿子，一不留神，就跟着媳妇跑没影了。她说时望了望武胜松。马勇军说，儿子可以传宗接代。

我马勇军必须生儿子不可。

护士出来叫道,6床的家属!马勇军答道,这里。生了什么?护士笑道,生了个人呗。围观的人都笑了。马勇军说,我知道生了人,生了个什么人?护士故意逗他,说生了个中国人。围观者的笑声就更大了。连马勇军自己也朗朗地大笑起来。马勇军说,是中国男人还是中国女人。护士大声答道,是个中国小男人。马勇军欢呼起来。他朝着武胜松和百合大叫道,我说吧,我说吧,我堂堂汉子马勇军肯定是生男人。今天我请你们喝酒,喝好酒!护士说,别光顾屁颠屁颠地欢喜了,去把你老婆和你家小男人接出来吧。

两个护士推着吴莉莉出来。吴莉莉满是疲惫却也满脸幸福。婴儿被一个老护士抱着,马勇军一脸急切地跟着她跑,脸涨得通红,见武胜松便喊,快,看我儿子!真他妈的一个帅哥!他的声音炸得全楼响。老护士便呵责他一句,也不怕把你儿子耳朵震聋呀。吓得马勇军赶紧捂住自己的嘴。

武胜松被马勇军的欢喜感染了。婴儿的小嘴轻轻地嚅动着,小脸皱皱巴巴的,十分可爱的小样子。武胜松不觉也有些冲动,他想他们竟然制造出一个小生命了,这真是很了不起呀。武胜松想着心里有些痒痒的,他跟百合说,我们也生一个吧。

百合白了他一眼,说生个小女人跟她妈一样找个已婚男人私奔?生个小男人跟他爸一样把亲妈和老婆都甩掉,跟个女人离家出走?武胜松找不出话来回答。武胜松想,我可真是自找的骂啊。

晚上,马勇军果然请武胜松和百合喝酒。酒是五粮液。武胜松不会喝酒,只一口脸便红成关公。百合的酒量倒大,一杯一杯地与马勇军干着。马勇军说,兄弟,老天派你住我对门真是派得及时呀。这阵子我们公司春运物质多,特别忙,我老婆还要做月子,要人陪呢。你也晓得,我眼下离不开,还得让你代一阵子班。百合说,那有什么,以后你天天陪你老婆在家待着,你的车就交给我们武胜松开好了。马勇军便笑着对武胜松说,瞧女人,够心狠吧。为了让自己老公赚钱,恨不得让我们公司炒我鱿鱼。武胜松望着百合笑了起来。他想现在这世上也只有百合会替他着想。百合说,马哥,不要狗咬吕洞宾不识好人心。你把你的车给武胜松开,你抽成呀。你待在家里看老婆儿子还赚钱,跟个资本家似的,多好。马勇军跟百合干杯,说,好好好,我这个资本家跟你干了这杯。

这天的酒席尽兴而散,三人相互搭帮着回家。马勇军和百合醉得厉害,走在路上,一路高歌:我和你吻别在无人的夜。武胜松想,这酒竟能让人这样啊。什么时候也好好喝一喝。

到家后,武胜松把醉了的马勇军弄进他家的床上,又回过头来安顿百合。他把百合的衣服脱掉,为她掖好被子。在替百合放衣服裤子,百合的钱包掉了出来。武胜松拾起钱包,信手打开看了看,他看到了那张信用卡。这卡应该是放在家里的抽屉里的,怎么到百合的钱包里了呢?百合又要拿它取钱么?或者是已经取过了钱?武胜松心里顿了一下。然后他披上外衣便出门。武胜松跑到一处取款机前,查询了一下卡里的钱数,发现已经被百合取了一千。如果照这样的速度取钱,要不了几天,他武胜松就成了一个穷光蛋。而他一旦成穷光蛋,工作也没有找到,他又该怎么样生活呢?武胜松身体有些紧张,他呆站了几秒,然后将密码重新修过。这次他用了母亲武茉莉的生日数字。回到家里,武胜松重新将信用卡放进百合的钱包。

第三天武胜松就出车了,这天的大风呼呼地叫嚣得厉害。阳光有些惨白地照在路上,无精打采,仿佛被风吹得晕头晕脑的。车上的货用帆布扎得很紧,帆布在武胜松头上哗哗啦啦地响。武胜松就在这响声中出了城。武胜松想，最好能让我多跑几趟，慢慢地赚点钱，然后去买辆卡车。

吴莉莉生下孩子后，被娘家接过去坐月子了。吴莉莉的母亲想要亲自照顾女儿和外孙。但吴莉莉娘家房子太小，住了吴莉莉，却住不进马勇军。马勇军待在丈母娘家，诸事插不上手，倒成了一个多余的人。一个人无事却老在人眼前晃来晃去，一定是要招人烦的。马勇军就是这样。他的丈母娘只看他晃了一天，便把脸色摆在了脸上。吴莉莉担心马勇军不自在，又担心自己的父母会因此而不喜欢马勇军，便让他每天去看看他们母子就好，看完就回家。马勇军看了几天儿子也看够了。小东西对他不理不睬，饿了就哭，尿了也哭，不为什么还是哭。说他劝他骂他都无用，打他却也不舍。吴莉莉盯紧了马勇军，说是马勇军那一巴掌下去，就算最轻的，也会把小孩子打得粉身碎骨。话说得把马勇军吓住，连抱都怕了。渐渐地马勇军也无聊了。听吴莉莉如此说，立即遵命。当即便告辞回家。

回家还是无聊，好在家里有比他更觉得无聊的百合。两人一商量，立即打电话约了两个朋友过来打牌。马勇军家中没有女人收拾，床上地上全都脏兮兮乱糟糟的，没法让人插足。牌友们一致要求在百合家打。

这一场牌打得天昏地暗。没人做饭，马勇军打电话叫路边的餐馆送盒饭上来。人疲了，也不洗脸，随便找个空儿，连衣服都不脱，顺势一躺，就算睡觉。三天就这么打过去了。四个人的脸都打成了青灰色。

武胜松出车回来时是下午，推开门，便闻到满屋烟气。桌上的麻将还散摊着，满地的烟头烟灰和脏纸巾。武胜松走到自己卧室门口，便见他的床上横睡着三个大男人，三个人的鼾声在武胜松的床上起伏。

百合睡在另一个房间的地铺上。她的头发散乱地撒开着，嘴巴张得老大，出气的声音呼呼的很响，像是梦里正刮着大风。武胜松想起他第一次见到百合的情景。想起阳光下她舞蹈般的姿态，想起她轻盈的裙摆。武胜松想，如果那次他见到的百合是现在的样子，结果会是什么样呢？他的人生还会是这样的吗？

屋里很安静。武胜松在这静中站了几分钟，然后他打开窗子，让风把屋里的烟吹走。武胜松到厨房拿扫帚，厨房更是脏乱得无法让人看。用过的碗筷和饭盒加上剩菜随意地甩在厨台上炉灶上地上水池里。武胜松想象不出来这几天百合是怎么过的日子。武胜松只好先收拾厨房。他把水放得哗哗响，洗碗也洗得叮叮当当的。他想或许这水声这叮当声能让他们自然醒来。

只是武胜松把厨房收拾一净，睡着的四个人居然无一苏醒。武胜松有些无奈，只好又收拾客厅。他把地板拖完，清理好沙发，又烧了一壶热水。水开时，热汽扑在武胜松的脸上，把他的脸弄得润润的。武胜松为自己泡了一杯茶。窗外的天色已经昏下来了。灯光从远远近近地亮了起来。

武胜松没有开灯，他在窗边坐了下来。从茶杯冒出来的热气被夜色和天边飘过来的微光吞没了。武胜松轻轻地呷着茶，心想，结果一定不会是这样的。他的人生也不会是这样。因为这种样子的百合根本就放不进他的记忆，他也不可能坐在那个小房间里与她高声说笑，更不可能一次次跟着冯玉敏去找小美玩。他的结果就只是开着银色的桑塔纳，穿行在繁华似锦的大都市的街上，每天带着钱回家交给冯玉敏，然后像马勇军一样，跟冯玉敏生孩子，再把孩子从小人养成大人，从此三个人相守一生。他将经历所有的凡人必须经历的一切。这一切就是武胜松命运中的全部。许多人都喜欢生活多姿多彩，恐惧过一生如同过一天这样的日子。可武胜松不。武胜松觉得一辈子过得像一天一样又有什么不好？人图的是自在舒服，是少麻烦，是简单，能把一辈子过得像一天那样，该是多么轻松多么省事。倘若每一天都快乐而知足的话，那么一辈子快乐而知足又岂不是人生之大快？

但是，百合却青春漂亮地出现了。他的命运也因此而改变。改变成他现在的样子。他平静的生活变成动荡的。他平淡的心情变成不安的。他平和的性格变成躁乱的。他平凡的经历变成离奇的。并且他已然不知道后面的日子会成何样。武胜松坐在这里漫想着，手上茶杯里的热汽向着昏暗的空气弥漫。武胜松觉得自己能看清弥漫的轨迹。武胜松是个最怕麻烦的人，也不喜欢想事情。现在他在昏暗中静静地坐着，仍然也没有想什么。他只是觉得，当初私奔的热情已如这茶杯中的热汽，消失了。然后他的心头只余下空空荡荡。

十二

要过年了，街上缤纷了起来。走进任何一家商场，都被挤得趺趺撞撞，也不知道从哪里突然就冒出了这么多人。鞭炮不时地在街角和江滩上响起。站在窗口，向外眺望时，常常就能在黑暗的空中看到蓬开了烟花。

一天早上起来，百合说她想回老家去看看。武胜松说好呀，你也该带我回家见见丈母娘。百合说，咄，你让我怎么讲？我说你是别人的老公，跟我私奔跑出来的？武胜松说，你就说我是你未婚夫嘛。百合说，那好，你带我去见婆婆，说我是你的未婚妻。武胜松一下就被堵了嘴。他脑子里出现武茉莉的样子，连武茉莉哑哑的声音也在耳边响了起来。武胜松心口有些疼。百合一笑，说，你没话讲了吧？

武胜松本来正穿着衣服，突然他仰身倒在了床上。百合说，我知道你想你妈了。我也想呀。要不，过年你回你妈家，我回我家？武胜松没有说话。武胜松心道，我这样还回得去吗？我能见我妈吗？见到了我妈我的结果会是什么样的？百合又看出他的心思，说，你不敢回？武胜松说，我回家说什么呢？百合说，那是你的事，跟我没关系。反正我是要回家的。不过，回家我也住不惯，家里的茅坑拉屎都拉不出来。最多初七我就会回来。武胜松想想，回了她一句嘴。武胜松说，那是你的事，跟我没关系。百合说，你就不怕我永远都不回来了？武胜松心头一紧。百合若不说这话，他还真没有想过。武胜松还没有来得及说，百合就笑了，说放心吧，我不会丢下你一个人的。你对我这么好，我哪舍得丢下你呢？再说，我们手上的钱还可以让我们两个人舒舒服服过一阵子哩。武胜松说，是呀。过完年，我会多挣点钱回来的。百合说，就看你的本事了。

接下去的一连几天，武胜松都陪着百合进大店出小店地采买礼物。武胜松从卡里取了三千块钱。百合说，我得让我妈知道我在外面找了个好人，买这些东西都是为了你。孝敬好了他们，我们的事就会顺利得多。武胜松觉得百合说得是。男人掏钱给女人买东西也是天经地义。一千多块钱仿佛瞬间就花掉了。剩下的，百合拿到自己手上，掂了几下，乜斜着眼说，就这一点？甩起来响都不响。我回去还得给侄儿侄女外甥外甥女红包什么的，这叫够？武胜松看了看那钱，他想是有些不够，便又去银行柜机上取了两千交给百合。百合说，你干脆把卡给我算了。如果不够就自己取。你不会信不过我吧？武胜松说，我不是信不过你。我这是工商行的卡，乡下又没有柜机，你拿去了又有什么用？百合盯着武胜松说，那，会不会我一回来，你就已经跑回去了？武胜松苦笑了一下，说，你看我还能回得去吗？百合说，我想你也是回不去的。冯玉敏也不是盏省油的灯，她饶不了你。武胜松没接她的话。武胜松想，冯玉敏的确饶不了我。

武胜松把百合送到了长途车站。百合挤在车上，脸上挂着微笑，向武胜松挥手作别。武胜松也挥着手。汽车发动机响了，武胜松突然觉得自己的内脏仿佛被人掏空。它们被摆放在了车上。它们在车上的一个角落里任人踩踏。它们将随车一同远行，永不返回他的胸膛。武胜松顿时心如乱麻，人虚空得仿佛要飘起来。这车就如同是他全部的世界，现在它要载着他的世界开向一个他不知道的地方，却把他活生生地抛下车来，留他孤零零的一个人在眼前这个清冷而陌生的环境里待着。一种末日的感觉一下子就袭击了武胜松。在汽车发动的一刹那，似乎有一只巨掌在武胜松的背后猛推了一把，武胜松一个大步跳到车上。

武胜松挤在了人群中。臭烘烘的鼻息和闷出来的汗味，都令他觉得芬芳扑鼻。因为他把自己重新放入了他的世界。他站在这里，心里踏实和平静。

百合在车深处坐着，武胜松挤不到她的跟前，但他能听到百合跟邻座旅客的说笑声。声音还是那样清脆悦耳，就像武胜松第一次听到的那样。几个小时过去了，武胜松一直站在门边。冷风从门缝里飕飕地钻进来，一直刺着武胜松的背脊。武胜松的身体先冷了下来，然后血也冰冷了，心也开始有些发冷，最后冷下来的是想法。武胜松冷冷着想，为了这个女人，我把这世上什么要紧的东西都丢了，现在我不能再让她也丢了。

汽车在陡峭的山路上颠簸。武胜松一直站在门边被人挤得紧紧的，无法动弹，更谈不上坐下。他的脸贴着玻璃，低头向下看。长江就在深深的脚下，蛇一样蜿转着爬动，缓缓的悠然的，有些遥远，又近在眼边。武胜松有些晕眩感，胸膛里的心似乎只被一根细线所牵，随着汽车的晃动随时绷断。武胜松的身体不由自主地就僵硬着。仿佛他一斜身，车便会失去平衡，便会一头栽下长江。好容易挨到车到终点，僵硬的武胜松差不多都不会动弹。得亏他身后的人一耸，武胜松方一个趔趄跌下车来。武胜松下车后，他走到一棵树边，靠了过去。他得让自己紧张的身心和腿都松弛一下。

百合终于拎着大包小包挤下车来。倚树而立的武胜松一直盯着车门口。看到百合，武胜松本想喊她，却又忍住了自己。汽车卸下了一堆人，响了几下喇叭，仿佛粗粗地叹出了几口长气，然后开走了。百合转身之间看到倚在树干上的武胜松。她满脸灿然的表情凝固了，嘴也不禁大咧了开来，一副不知道说什么好的样子。

武胜松走过去，帮她拎起行李，说你走了我不晓得怎么过。百合脸上的表情迅速地变化，从惊愕变成愤怒。百合一推武胜松，尖厉着声音说，武胜松，你好卑鄙。你敢欺骗我。武胜松说，我哪里欺骗你了。我是临时做的决定，而且我也不晓得我怎么会这样。我丢不下你。百合说，你撒谎。你是不相信我。所以来跟踪我。武胜松说，怎么可能呢？我要是跟踪你，我现在站在这里等你干什么？那我不会躲在树后面？百合一屁股坐在行李上。百合说，武胜松，你就这样轻松地跟着我去我家当女婿？没那么便宜的事。武胜松说，那你就说是一个朋友呀。百合说，那也不行。反正我不能让你见我家的人。武胜松说，我都来了，见见又有什么关系？你不会在家里还有个老公吧。百合一下子跳了起来，仿佛一颗鞭炮被点着了引线，炸开了。百合冲到武胜松面前，手指尖一直点到武胜松的鼻子上。百合尖声叫道，武胜松，你无聊，你你你，你无耻！

武胜松有些发蒙。武胜松想，不过一个玩笑么。想过武胜松就说，你怎么了？我没说什么呀。百合依然愤怒着，百合说，你到底想干什么。武胜松说，我看见你走了，心里空空的，怕从此以后就失掉了你。所以，车一开，我忍不住就跳上了车，跟你来了。百合说，那你在车上怎么不跟我打招呼。武胜松说，我挤在门口，你在里面，我见也见不到你。百合说，那你喊我一声也不行？武胜松说，我喊你，你要跟我吵起来怎么办？车上人不都跟看大戏似的？

百合盯着武胜松，猜测性地打量着他。仿佛是信了武胜松所说，脸色方缓解下来。百合说，你现在怎么办？我是不会让你到我家去的。武胜松说，那你让我去哪里？百合扬手朝前一指，斩钉截铁道，一直往前走，不要拐弯。走到镇上，自己找家旅店去住一晚上，明天回家。武胜松有些惊讶，说你就这样对待我？百合说，这是唯一的办法。明天早上我到镇上来找你。我送你去车站，你回家的票钱我出。武胜松心里苦笑着。暗想，你出的还不是我的钱？

百合说，你去不去？你如果不去，这辈子你就别想见着我。武胜松望着百合，眼睛里有些忧郁。他不知道该说什么才好。他不想一个人去镇上，可又不想失去百合。因为他的身边只有这么一个人，如果失去，他不知道自己应该如何面对这个世界。百合说，你别做一副可怜巴巴的样子。我最瞧不起这样的男人，好像光有肉没有骨头似的。武胜松有些生气了，说好吧，那我就让你看看我的骨头。他转过身，朝百合所指的反方向走去。百合说，喂，镇上在那边。武胜松转过头来，说不用你管我，我走到哪里就算哪里。武胜松说罢又掉头走自己的路。

百合呆了呆，胡乱地跺了一阵脚，然后恨恨地追过去。武胜松听到百合的脚步，心里有些高兴，但却并没有停下来。百合冲过去，一把扯住武胜松。百合用力太猛，扯得武胜松旋转了一个圈。武胜松说,你怎么了?百合说,我还想问你怎么了哩。武胜松说,你不是让我有点骨头么?百合说,长骨头也不能反着长呀。你现在乖乖地给我去镇上。晚上我过来找你。武胜松说,晚上你来陪我?百合说,我什么时候骗过你?武胜松说,只要你晚上来了,你就从来没有骗过我;假使你晚上没来,那你就一直在骗我。百合说,以为自己是有文化的人哩。你走吧,我晚上肯定来。

百合说着,拿着自己的行李,朝不远处一个村庄走去。武胜松站在公路边上没有动。他看着百合的身影在田野的小路上移动,然后消失。百合一直没有朝公路回过头来。武胜松脑子里突然冒出一念:我真的这么需要她吗?

十三

除夕的钟声响的时候,武胜松没有醒。春节晚会没看完,武胜松就睡了。突然楼下炸出一阵猛烈的鞭炮,床上的武胜松惊悸而起,他定了定神,方想起现在正是过年的高潮时刻。

武胜松在百合老家的镇上与百合分手后,回到家里,便一直睡觉。饿了就起来煮一袋冻饺子或是泡一碗方便面。武胜松没有半点食欲。屋外过年的气氛那么浓烈,但却一点没感染到武胜松。武胜松本来就是一个对诸事都没多大兴致的人,现在仿佛更是如此。马勇军带着老婆孩子回了老家,走前曾邀武胜松一起喝酒。武胜松以感冒为由婉拒了。武胜松对喝酒也没兴趣。马勇军说,你这个人怎么这么没劲?你这样活着有什么意思呀?武胜松说,我觉得挺好呀。马勇军便长叹道,真不晓得百合怎么会看上你的。武胜松说,我也不晓得。马勇军说,兄弟,一个人有一个人的活法,谁也强行不着。你想清静,就自己一个人清静地过年吧。马勇军显得无奈而去。临到最后,又加了一句。马勇军说,不过,兄弟,平常一个人清静着倒是不错。可是过年这种日子,一个人想清静就能清静下来吗?

在鞭炮声中醒来的武胜松,裹着被子坐在床上。他没有开灯,外面不断升起的焰火把屋里衬托得更加黑暗。马勇军的话就在这暗夜里凸现了出来,它们仿佛被镶在天花板上,并在那里大放光彩。武胜松想起他在家里跟父母一起过年的情景。想起母亲哑着嗓子大笑的样子。想起姐姐往他的衣袋里装花生的手势。就连他并不是很亲近的继父挂着围裙忙进忙出着端菜的神态也历历在目,甚至蒋小宏——他的同母异父的弟弟斜着眼做一副随时准备把菜盘中肥肉挑出来的样子也万分地清晰了起来。当然还有冯玉敏。他只有两个年是和冯玉敏单独一起过的。他们相拥着偎坐在床上,一边吃零食,一边看春节晚会。有一年的春节晚会不好看,他们便一起看碟。那次看的是美国大片《泰坦尼克》。冯玉敏的眼泪把被头都润湿了。冯玉敏哭罢问武胜松,如果我们遇到这样的事,你会不会像杰克一样对我。武胜松说,会的,肯定会的。冯玉敏说,我不要你这样。我要你跟我一起活着。武胜松说,我死不了就肯定跟你一起活。说得冯玉敏破涕为笑。这笑声就夹在窗外的鞭炮声里一起响在武胜松的耳边。

武胜松受不了这笑声的诱惑,他跳下床,连棉衣都没有披,跑到电话机前伸手就拨电话。那几个数字根本不用他脑子想,手指头都记得清楚。电话通了,有人接了电话。是冯玉敏。冯玉敏正笑着,带着笑声的尾音说,新年好,是哪位?武胜松没有说话。冯玉敏说,哪位呀,别拿我开心哟。她的声音轻松而快乐。一股强烈的失落感几乎击倒了武胜松。武胜松放下电话,踉跄着回到床上。他把全身都缩进了被子里。武胜松想冯玉敏怎么会这么开心呢？是什么事使她这么轻松愉快呢？难道她已经彻底忘记了他吗？武胜松心里的失望深得像一个无底的洞，他在这洞里下坠着，下坠了许久都没有到底。武胜松流下了眼泪。这眼泪肆无忌惮地在武胜松满面流淌，全然不受武胜松的控制。

天亮了，武胜松的眼泪也干了。他起来把屋里整理了一下。煮了几个冻饺子，边吃边看电视。电视机里的人全都乐呵呵的。一位大妈的脸从屏幕上晃过，像极了武茉莉。武胜松虽然知道那不是武茉莉，可是心却仍然像被一只巨掌狠狠地捏了一下。武胜松放下碗，走到电话机前拨电话。电话一通，对方就有人接了。是他的母亲。武茉莉"喂"了一声。武胜松没有说话。武茉莉哑哑的声音立即激动起来。武茉莉说，是胜松吗？是吗？你就是不开口，我也能觉察到。我能闻到你的气味。因为我是你妈啊。武茉莉说着哭了起来。武茉莉说，胜松，松松，儿子呀，回来吧，回家吧。不管你做了什么错事，妈都会原谅。我只要你回来。妈已经快撑不住了。武茉莉说时泣不成声。有人接过了电话。这是继父的声音。一向温文尔雅的继父好像完全换了一个人。继父厉声道，武胜松，你还是个人吗？你知道你妈现在过的是什么日子吗？你要还有人味，你就回来看看你妈！想想你妈这辈子是怎么对你的，想好了，就给我滚回来。说着继父就"叭"一下挂了电话。武胜松呆掉了。拿着电话筒望着它，不知道如何是好。他仿佛透过电话线看到了继父挂下电话时的愤怒。

武胜松突然迅速地穿好衣服，拔腿跑了出去。他一口气跑到长途汽车站。武胜松站在车站告示牌前喘气时，觉得自己像是被弹弓弹出来似的。气喘吁吁的武胜松一下子就从告示牌上看到了他异常熟悉的地名。他的心怦怦地跳着，连腿都发软了。

这种感觉他一生都没有经历过。武胜松不知道自己怎么会这样。他想难道我的心里真的这么想家么?

车站很破,冷风呼呼地往里灌。武胜松在掏钱买票时,被冷风吹醒了。他闷闷地想,我就这样回家?见了母亲怎么说?冯玉敏找来了怎么办?母亲不放我回来我又能怎样?对百合该怎么交待?武胜松想得头大,各式头绪在心里搅成乱麻一团。卖票的敲敲柜台,大声道,喂,买不买呀?武胜松头上沁出了汗。他还犹豫着。卖票的又说,到底买不买呀?武胜松方说,买,买。

武胜松到底没有回家。武茉莉和继父的声音虽然一直响在他的耳边,但他还是没有勇气回去。一想到回去后将面对诸多问题,武胜松先就胆怯了。武胜松把票买到了一个风景点。他一个人,没拿行李,也没结伴,就来看风景了。其实武胜松也是个对风景没多大兴趣的人,风景在他的眼里跟没有风景一样。他来这里,只是因为他无处可去。还因为车站的售票窗口正贴着风景区的广告。武胜松是顺口报出的这个地名。因为去哪里都对武胜松意义一样,他只想漫无目的地溜溜达达,把富余的时间打发过去。

这是一个小小的山谷,有小小的瀑布和细长的溪流。溪流很随意地在山缝里穿行,遇石便绕,遇沟便跌,遇上树根,便从根须间挤过,什么都不遇时,便自在地发出属于自己的声音。不必要有目的,也不必要有追求,走过这一路,有过流淌的经历,就好了。最终是汇入江河也罢,是干涸在途中也罢,都无所谓。当知道自己无法控制和主宰自己的命运时,不任它听其自然又能如何?

武胜松沿着溪流的方向走着,有一种悠然,又有一种无奈。他什么也不想,只看着指示牌朝前走。前面是什么,途中有什么,山形如何,水景如何,树状如何,花草如何,都不在他的眼里。

他就是这样走着。走着就是他的需要。脚踩着时间，让时间落在他的背后，就是他的需要。因为他的人生必得从这时间上越过。

山谷的中途有一座凉亭和一座小庙。游人少得可怜，除了三两对情侣外，另外几人似乎都是单枪匹马，跟武胜松差不多。武胜松心里慢慢地生出些快意，心道想来跟他一样的人也不老少。腿有些乏时，武胜松便寻了一处凉亭坐下。一个穿着土布衣褂的大妈朝他叫卖茶叶蛋。武胜松并不饿，可看到大妈目光里的哀求，便买了两个坐在凉亭里慢慢地啃吃。

小庙在几十米开外，小庙的一侧，有一人坐在岩石上，面朝山壁，用小刀在上面写着什么。武胜松边吃蛋便朝他注视。发现他写得很认真，一笔一画，根本不介意有没有人观察他。刻完后，他将手上的小刀朝岩石下的泉水里一扔，然后就走了。武胜松吃完茶叶蛋，去小庙看菩萨。走到庙门前，忽然心动，便绕了一脚，过去看那人写了点什么。其实就几个字：此去与风月无关。武胜松望着字想了一想，没想出有何含意，心下便有些索然。暗道人活一生，多么累多么烦啊，还弄这种玄虚做什么呢？让自己费心，也让人家费脑，何苦来着。

天近黄昏，武胜松出了山谷，他想在附近找家小店住一晚。正走时，突然迎面有几人急跑着，嘴里还吼吼叫叫。一个人说，还有没有救。另一个人说，电话里讲已经没气了。走在武胜松身后一个女人喊道，老张，出了什么事？奔跑的人说，有个男人自杀了。女人尖叫了一声，又问怎么死的？答说，树上吊死的，跟演电影一样。

武胜松怔了怔。那个在山壁上刻字的男人一下就晃在他的眼前。武胜松想，是他么？此去与风月无关？可是为什么要死呢？死就比活着更好么？如果活着痛苦，难道死就不痛苦了？

如果活着累,死了就不累了? 一个人觉得自己活不下去了,难道就不会觉得自己也死不下去? 活人的世界起码已经知道是怎么回事了,而死人的世界却一无所知。到一个完全陌生完全无知的地方去,岂不是更要胆量和勇气。既然有此胆量和勇气,何不就在活着的世界里老实待着,不到万不得已,哪都不去? 更何况活着还有个看相,死了连看相都没了。武胜松觉得他真是搞不懂,怎么那么多的人想不明白这个浅浅的道理。

武胜松现在突然就觉得自己轻松了好多。

十四

武胜松初五回到家里的时候,心情已经舒展了。人反正得活,怎么活都只能活一生。所以,根本无所谓活得好坏,只要不让自己太累着就行。心情平静后,武胜松又想,如果在这里开一个小店,就足可以让他和百合两个人安安静静地生活下去。他手上的钱应该够开张所用。武胜松一念想过,便觉得有事情可以干了,心里涌出些高兴。武胜松用了三天的时间把全城上上下下都跑了一遍。最后他发现一所中专学校附近有门面招租。初七的那天,武胜松去谈了个意向。谈完意向出来,他绕着门面转了好几圈,琢磨来琢磨去,不知道用这个门面做什么好。茫然走路时,不小心撞着了一个女孩子。女孩子学生模样,手上的一个小小钥匙扣落在了地上。武胜松忙道歉不迭,且替她拾起钥匙扣。钥匙扣上吊着几粒小小的水晶球,很晶莹剔透的样子。武胜松在递给女孩子时看了看,心里仿佛被这几粒水晶球照亮了似的。武胜松亮堂堂的心里挂出了一个精品店的招牌,这招牌上写着四个字:百合精品。

武胜松推开家门时,发现百合回来了。屋里的墙角堆了一些土特产。百合腰上扎着围裙,正在厨房忙碌。饭菜业已烧好,热气在房间里缭绕。这股缭绕的热气立即就驱散了泊在屋里好些天的清冷。武胜松一下子就找到了温暖的感觉。他扑过去,从百合的背后一把搂紧了她。武胜松把脸颊埋在百合的颈肩处。百合挣扎着说,干什么呀,酸不酸呀。武胜松说,我想你呀。百合说,老夫老妻的,说这些话也不肉麻呀。武胜松说,等一会儿吃饭好不好?百合说,休想。你打什么歪主意,我不用想就知道。告诉你,我请了马哥来吃饭。武胜松说,刚回来就请?你不歇一歇吗?百合说,你松开我好不好?没见过你这样的男人。反过来了,把女人当成了树,把自己当成了藤。过完年,我们好多事还要靠马哥帮忙哩。武胜松只好松开百合,适才涌出的激情渐渐退离,心里便觉得有些无趣。

武胜松缓了缓自己的情绪,想着百合到底回来了。只要有她在家,两个人就可以好好地过小日子。他的生活就还是生活。武胜松想着就很快让自己重新喜悦了起来。武胜松说,这几天,我看好了一个铺面,我想把剩下的钱用来开个精品店。百合大惊,说你要开店?为什么?武胜松说,我们也不能坐吃山空呀?我琢磨了一下,我们俩一起开这个店子,肯定能赚钱。百合说,你疯啦,我们就这点钱,你要是投资了门面,万一亏了,我们怎么活?武胜松说,怎么会亏呢?我做过市场调查了,学校附近的精品店没有亏本这 说。只要我们好好做,肯定不会亏。百合冷笑了一声,说你以为你有多大的本事?说开店就开店,说赚钱就赚钱?你还是老老实实地替马哥跑一阵子长途再说吧。武胜松心里有些委屈,说我开了他的车,他怎么办?百合说,马哥说他还得照顾吴莉莉母子一阵子,一时出不了长途。他还说往后吴莉莉一个人带孩子也太辛苦,他打算把车租出去,自己到他表哥公司当保安。这样早晚就都可以顾家。武胜松说,你是说让他把车租给我？百合说，有什么不好？这事一点风险都没有，只赚不赔。要不，有一天你把老底赔进去了我们怎么活？等我们的钱存多了一点，再去开店不也一样吗？

武胜松翻着眼睛望着天花板，他想了想，觉得百合说得对。这个法子更稳妥。只是，武胜松想，百合怎么知道马勇军这么想的？武胜松想过便说，你怎么知道马哥会这样？百合说，我给马哥打过电话。武胜松说，打电话？你怎么没给我打电话？百合说，怎么没打，家里没人，打还不是白打。武胜松想想也是，过年几天，自己也没有在家落脚。武胜松又说，那我跟人家已经谈好了价钱，还签了意向书，怎么办？百合说，你笨不笨啦。只要没有正式签合同，那有什么大不了的，打个电话说不要了就是。就算是签了合同，没有付钱还不一样可以反悔？武胜松立刻觉得是自己的目光短浅了，便说，那好吧，就按你说的。

元宵一过，武胜松便出车了。百合这回一直送他下了楼。武胜松有些不自然，因为百合从来没有这样过。武胜松不太习惯被人送行。武胜松说，你回去吧，我用不着人送。百合说，送你也嫌？武胜松笑了，说不是嫌，是不自在。百合说，那好吧，那我就让你自在吧。

武胜松就赶紧往前走，有些像逃跑的样子。武胜松也不知道自己为什么会这样。其实百合送他，他心里还是有几分欢喜的。武胜松刚走几步，百合又叫着追了上来。百合说，我跟马勇军说好了，赚下的钱，俩人二八分成。武胜松说，钱我回来都交给你，你跟他算就好，不用问我的意见。百合说，咦，什么时候变得这么豪爽了？武胜松答不出话来，心想，我什么时候没有豪爽过？百合笑道，没话说了吧？武胜松说，往后家里的钱都由你管。百合说，那卡上的钱呢？武胜松嗓子立即就像刺卡住了一样，说不出话来。百合说，看看看，又说不出话来了吧。吓成这样！放心，没人想弄你的钱。把你的卡揣好，我现在也不缺钱，跟你讲明了，我连看都懒得看它一眼。武胜松心里有些歉疚，装在钱包里的信用卡，便像一块烧红的炭，烫着他的胸口。但他还是没有说什么。

这次的货是瓷器。装车时，货主一直监督在旁边，他不时地朝装卸工人叫着，轻点，你当这是木头？不喊叫时便再三再四地对武胜松交待，不要赶急，路若不好时，切切要慢。万一翻了车，保险公司赔得起车你却赔不起货。他每交待一次，武胜松就满口答应一次，也不嫌烦。货主便对武胜松格外满意，临走前，他使劲摇着武胜松的手说，我信你，你耐得烦。我信你。这几句话让武胜松对货主极有好感。武胜松对自己有相当的把握，因为武胜松从来都不是一个爱开快车的人。他没有事需要赶急，也没有兴趣飙车。再说一辆大卡车，就算开得再快，又能风光到哪里去呢？比起他以前那辆银色的桑塔纳，差得远了。所以武胜松尽管十分耐烦，但却觉得货主的叮咛于他并无多大意义。

只是武胜松没有想到的是，他能有把握的只是他自己，他却把握不了这世界上的其他。车进了湖南，天气一直很好，阳光温温地照着，地里开始返青。风虽然还有些寒，但已经不刺骨了，地里有一二农人干活。不断有些红男绿女骑着自行车或摩托车在公路上狂奔着。武胜松很容易超过那些自行车，但却超不过摩托。武胜松始终没把自己的速度跑起来。他的后面不断有车超过。有的车很不耐烦，不停地把喇叭摁得哇哇响。武胜松依然按他自己的节奏行事。武胜松想，你要超就超，喇叭摁得再响，也没用。

及至黄昏时，路上的车也开始少了。前面有一处拐弯，路边有小小的水沟，水沟的两边是一望无边的农田。一辆手扶拖拉机开了过来，停在了路的一侧。武胜松没有在意，因为留出来的路，足够他的卡车开过去。路上搭着几片草袋，像是农民晒了东西后随意地搁在那里。公路上常见这样散放着的草袋。武胜松依然没有在意。他从容地握着方向盘，与拖拉机相擦而过。

但事情却在武胜松的不在意间发生了。武胜松突然感觉到车正歪着。装满货物的车，一旦歪下，他当司机的根本就控制不住。武胜松在惊慌之间还没来得及采取任何措施，车便掉进了沟里。

等魂飞魄散的武胜松从车窗里爬出来时，已然看到十几个围过来观看的农民。他们手上拿着杠子和绳子，仿佛原本就知道武胜松的车会在此地歪下沟中。武胜松双脚刚踏在结实的地上，一个络腮胡子的大汉走上前来，说要不要帮忙。武胜松还没弄醒怎么回事。大汉又说，两千块钱，立马帮你把车弄上来。他说着朝围观的人喊道，干活了，把灯扯起来。立即有人答应，来啦。

武胜松疑惑不解地看着他们，看了好一会儿，他方想起，他的车怎么会翻呢？他明明看到路边还空有距离，怎么就歪到沟里去了呢？武胜松大惑不解，于是低下头，借着刚刚扯起的灯光查看原因。看罢，他不禁倒吸了一口气。公路缺了一个大口，仿佛是被人挖开的。他本以为是农民随意丢弃的草袋却正好把那个缺口遮盖着了。为什么草袋刚好遮住了道路的缺口呢？

围观者中有人看到武胜松的呆傻样子，不禁失笑出声。武胜松倏然明白这是有预谋的。他的脸不禁涨得通红。武胜松说，这沟是你们挖的？有络腮胡子的大汉笑了笑说，这话我们可没有说，是你说的。武胜松说，肯定是你们挖的。大汉说，哎，老弟，小心判你诬陷罪。你说是我们挖的，是哪一个？拿证据来。武胜松目瞪口呆。这回失笑出声的人就不只是一两个了，几乎所有的围观者都大笑了起来。武胜松在这一片的大笑中惊慌失措。武胜松不知道他们为什么会觉得好笑。他突然觉得自己孤零零的一个人在这样的处境中颇是危险。大汉说,老弟,灯我们扯好了,你要不要帮忙?不要的话,我们就回村了。天色晚了,又冷,你一个人守着车,我担心你熬不过这一晚哩。看你的身子骨也没几两肉嘛。

武胜松欲哭无泪,他一句话也没有说。那大汉拍他的肩,说,兄弟,我见多了,都有这么个过程。这世道嘛,人人活得都不容易,何必跟自己过不去呢?他说着,也不征求武胜松的意见,便指挥起人马上前卸货拉车。

武胜松就一直呆站在路边,既不说话,也不动手。络腮胡子显然是一个非常有经验的人。在他的指挥下,土法上马,只花了一个钟头便将车弄了上来。又用了一个钟头,将卸下的货物重新装上。车上的货大半都碎了。装车的人不也管这些,完整的和破碎的都混装在一起。装完货,络腮胡子朝武胜松伸出了手。络腮胡子说,本来应该要五千的,看在货有损害的份上,打个对折,就只收两千五百块。另外,又看在武胜松是一个实在的人,跟他的性子差不多,他喜欢这样的人,所以就只收两千。武胜松望着他,心想你这不是比土匪还要过分么?我要跟你这样的性子,我算什么东西?武胜松很想把这番话说出口。但武胜松看到了他的眼睛。那眼睛光芒四射着,包含严厉的不容辩解的没有余地的内容。武胜松心里打了个寒噤,他知道眼前的人的确要比土匪过分,如果他跟他们争辩或是对抗,下场将会更惨。武胜松想着,手便伸进了内衣里,从里面掏出他的钱包,其实他全部的钱加起来还不足两千块。络腮胡子没等武胜松打开钱包,就一把夺了过来,他把里面的钱全部翻出,点了点,才一千八百二十四。他还二十四块给武胜松,说,饭钱还是要给你留的。说完,他朝其余人一摆头,然后下了公路。只一忽儿,他们的身影就消失在暗夜里，公路上就只剩下武胜松和他的卡车。

武胜松呆站在马路上好久。寒气在早春的夜晚浓浓烈烈地降了下来。猛兽一样扑向武胜松，把武胜松团团包围着。武胜松的血液仿佛凝固，思维也被冻僵。武胜松遇到了他一生中最惨的一件事，他不知道如何去应对，也不知道后果会成什么样子。有一滴眼泪落在了他的眼边，在这料峭春寒中只一会儿就被冻成一粒小小的冰碴。

十五

武胜松艰难地返了回来，因为他知道这样的一车货拖过去，也不会有人接收。回来之后该怎么办，武胜松也是一派的茫然。想起货主拍他的肩摇他的手，对他一脸信任的表情，武胜松便更是满心愧疚，不知道如何是好。武胜松想无论如何他得先去请教马勇军和百合，看他们能不能拿出什么主意。

武胜松把车在停车场停好，乘坐夜班公共汽车到家时已经凌晨两点。他疲惫地爬上楼，正欲敲门叫百合，又想百合此刻多半睡得正好，这样叫醒她一定会不高兴。于是他掏出钥匙轻轻地打开了门。

武胜松进门后，蹑手蹑脚地走进卫生间，悄然地用了一点水洗了洗自己。然后他准备轻轻地进到卧室。武胜松想，只有家里还有一点温暖啊。

武胜松推开卧室的门，门才开了一道缝，他突然发现屋里不太对劲。床边零散地丢了些衣服，不像一个人的。而每夜落在他床头的月光正照着一张男人的脸。那张脸的轮廓清晰分明。他是马勇军。百合的胳膊搭在马勇军的身上。百合睡着的脸上满是幸福的笑意。他们偎在一起。就像武胜松和百合偎在一起的样子一样。

武胜松惊愕万分，呆站了那里好半天，不明白家里怎么会发生这样的事。马勇军和百合的呼吸，一高一低，如同两根大棒，一重一轻地在打击着他。武胜松不敢看了，也不敢走进房间。他一步一步退回到客厅，颓然地坐在沙发上。武胜松只觉得自己心如刀绞。武胜松问自己，我该怎么办？当场捉奸？他自己与百合也是通奸私奔，他有什么权力捉人家？再说捉了又怎么办？休了百合？他和百合本来也不是夫妻，休与不休全无意义。或许休了百合倒更称百合的心意，而他自己则什么也没有了。或者是不捉？不捉的后果是什么呢？难道往后忍气吞声地过下去，明知他们通奸，却装作什么也不知道？倘这样，他武胜松岂不是太过窝囊？再有，去告诉吴莉莉？与吴莉莉联合起来与他们斗？吴莉莉生了孩子一直住在娘家，上哪里去找？就算找到了，把人家这个家给破了，那刚生下的小儿子就得像他武胜松一样，自小无父，这样的结局又有何益？

武胜松像这样一条一条想问题的时候极少极少。这回想了，却无一有用。如此结果令武胜松心里的愤怒高涨起来。武胜松想，我居然对这样的事拿不出任何办法。不如，武胜松突然就往极端上想了过去。武胜松想，不如杀了百合和马勇军。此念一出，武胜松立即被一股英雄气鼓胀了起来，他顿时觉得浑身充满了力量。武胜松呼地一下站起，腾腾几步奔进厨房。不用开灯，武胜松摸黑就知道菜刀在哪里。

武胜松拿起菜刀，冰凉的铁意一下子刺激到他的心里。武胜松走出厨房，那份冰凉一直沁着他，随着他的血液游走。窗外的月光把武胜松手上的刀锋照得明明晃晃。武胜松想，老子杀了你们，还要让你们遗臭万年。

离卧室还有几步远，伸手便可推着门了。武胜松的腿却蓦然间发软。武胜松想,我能杀掉百合么?面对她睡熟的脸,我下得了手么?我能杀得死马勇军么?他那么壮,如果一刀杀不死他,他醒过来,我又如何对付得了他?马勇军是一个说得出做得到的人,如果他不愿意有人知道他们的私情,如果他怕这件事会毁掉他的家,他会怎么办?他们俩人岂不是会联合起来把我杀掉?

武胜松突然不寒而栗。因为他在一瞬间发现,真正处于危险中的并非是两个偷情通奸的人,而是他这个知情者。

武胜松想清楚这个结果时,脸都白了。他的心咚咚地跳得厉害。他想他得赶紧离开这里。他不能惊醒他们。他也不能让他们知道他曾经回来过。他得把他回来的痕迹全部消除掉才是。武胜松紧张而利索地把所有的东西归于原位,然后穿上自己进门后脱下的衣服,丧家犬一般悄然地溜出了家门。

武胜松夜半三更在长江边上的这座小城里晃荡。路灯昏昏地照着昏昏的他。武胜松有些麻木又有些茫然,仇恨和愤怒倒被这麻木和茫然覆盖住了。那一车摔碎的令武胜松无法向货主交待的瓷器,早已被武胜松扔到了记忆之外,不屈不挠地纠缠着他的是百合和马勇军睡在他卧室里的情景。它就像一幅鲜艳夺目的画,严密而饱满地铺满在武胜松的脑子里。除此之外的一切,都被它所遮蔽。无论武胜松闭眼还是睁眼,无论武胜松想或是不想,它都浮在他的眼前和心里,挥不去砍不掉扔不脱。武胜松被这画面折磨得有些悲愤无助。武胜松想,天啦,我应该怎么办?

突然间,武胜松记起冯玉敏在那天夜晚的痛哭以及痛哭着大骂他的情景。那种撕心裂肺的哭声一下一下地撞击着武胜松的心。武胜松的眼泪便在这无人的街上肆意地流着。武胜松过了这么久才理解冯玉敏的愤怒。武胜松想,冯玉敏,你骂我骂得全都对啊。我真是连狗都不如哩。

武胜松游魂一样飘荡在街头。几近凌晨五点左右,精疲力尽的武胜松突然看到了那个名叫“半江月光”的小旅店。那是他和百合来到这个城市第一夜住的地方。武胜松跌跌撞撞地进去,登记了一个房间。进了屋,他连洗脸的力气都没有了,望见一张床,便轰然倒了下来。

武胜松这一觉一直睡到中午。他醒来时,外面的阳光正亮着。有三只鸟在窗台叽叽地跳上跳下,阳光把它们的羽毛照成五彩斑斓。武胜松恢复了体力,然后理智也恢复了。夜晚曾经有过的悲痛和愤怒都在淡下去,就连曾让他痛心疾首的那幅画面,也成旧画似的,褪掉色彩,只剩得浅浅轮廓。凸现在武胜松脑子里的就只几个字:我应该怎么办?

武胜松是一个现实的人,一直如此。他考虑事情总是从现实出发。武胜松想,这个地方我是一定要离开的。但是,如果我就这样空手离开,那我人财两空,亏得太大。但倘若回家一趟,拿取东西,见到百合,难免不会泄露自己的情绪。武胜松不停地清理着自己,思考着他下一步的行动。事情已经简单化了,他唯一要做的就是两点:一是不见百合,二是拿走属于自己的东西。

武胜松中午吃了一碗方便面。吃完面,他便出了门。武胜松走到距他家不远的一个电话亭前,他让自己定了定心,然后开始拨打电话。

接电话的是百合。武胜松努力地镇定自己。武胜松说他已经回来了。百合很呛呛地说,回来了还打什么电话?武胜松说现在他正在中心商场,他看见一款很漂亮的羊绒大衣,想买给百合,可是怕颜色挑得不合适,又怕百合穿不得,所以希望百合过来一趟。百合的声音立即快乐起来。百合说,真的?难得你有这份心。那我马上过来。

武胜松隐身在电话亭后，只几分钟，就看见百合匆匆忙忙地奔到街上，跳上了一辆直达中心商场的公共汽车。武胜松冷笑了一下，然后快步回家。武胜松进了家门，便找出旅行包，把自己的衣物全部收拾好。百合的首饰放在衣柜的小抽屉里，武胜松毫不犹豫地全部撸进一个塑料袋中。小抽屉里还有一叠钱，不知道百合从哪弄来的，武胜松也没有细想，他拿了它们，揣进了自己的口袋。做完这所有的一切，还不到半个小时。武胜松环视了一下房间，刚来这里的一切情景都历历在目。武胜松突然有几分伤感，他想，他是再也不会回到这里来了。

临离开前，武胜松写了一张纸条。他是留给马勇军的。纸条上说：你要百合，我就把她交给你。这一次的货出了点事，车在城关停车场。你把这事担下来，我们扯平了。我走了，永远也不会再见你们。

武胜松在路边招手打的，他刚上车坐下，就看见另一辆的士过来，百合从车上跳下，脚步匆匆地往她住的楼房跑去。武胜松心里不知怎么竟冒出些胜利者的英雄气。武胜松想，其实做到这些也不容易。其实这也应该算是英雄行为。

十六

武胜松一直拿不定自己究竟往哪里去。售票员问了他半天，他磕磕巴巴不知道说了些什么。售票员有些不耐烦，吼了起来。在这一片噪音中，武胜松心一乱，嘴里吐出了两个字，这两个字清晰而响亮。

武胜松说出来后，这两个字就一直盘绕在他的心里。把这两个汉字架起来的横竖撇捺，像是一根一根的小棍，将罩在往事上的布幔一点一点地给拨了开来。早已淡忘的一切突然就复活在武胜松心里,洪水一样,呼啦啦瞬间将他淹没。他生活过好多年的小城,晚上一片暗色;他家灰色墙壁的小屋,屋里灯火通明;城外的小河和杂木树林,四季都是绿的;还有他的母亲武茉莉哑哑的笑声;还有他的姐姐永远温情的目光,还有他的继父亲切而有节制的笑意;还有他的弟弟顽皮而滑稽的姿态,还有抽屉的相册里他从未见过的父亲呆板的面孔。一切的一切都在武胜松的眼边漂浮。

武胜松就上了这辆回家的汽车。颠簸在漫漫的旅途,就仿佛是晃荡在往事的浪头上。当长途汽车行驶了整整一天,夜晚即达终点时,武胜松在盘山的路上,一低头看到山下被灯光勾勒出来的小城轮廓竟显得璀璨绚丽,蓦然间他的心怦怦地跳得厉害。武胜松有些百感交集。

武胜松没敢回家。他找了家小店住下。次日清早,武胜松便行走在了他熟悉不过的街上。武胜松在小吃铺吃了他儿时就爱吃的面点,然后便慢慢地在他曾经走过无数次、已经走得麻木的、一直通到他家门口的麻石路上。这一次武胜松没有麻木,他的神经甚至格外敏感。所有的一切,铺面的招牌,街路上的喊叫,小吃店的气味,行人的服饰,汽车的鸣笛,三轮摩托的油烟,老太太的提篮,如此琐碎的、他过去从来都未曾关注过的细节,都如一簇一簇的小火,灼烧着他的心。将近他家的小屋时,武胜松的心几乎快被烧得窒息。

一个花白着头发的老女人,踱着很老态的步子,从麻石小路的那头迎面而来。武胜松起先并没在意,他低着头正努力地使自己的心情平静。突然那老女人跟一个路人说话。哑哑的声音针一样刺扎着武胜松的耳朵。路人说,茉莉呀,你这一阵真是老了十年呀。武茉莉说,没办法,人总是要老啊。路人说,还没找到儿子吗?武茉莉说,没有哩。想想也没有意思。就只当没生过吧，就只当死了吧。路人说，快别这么说，儿子总是儿子呀，他会回来的。

武胜松浑身抽筋一样，他拉下帽子，把脸遮得严严实实，然后掉过头便绕到了麻石小路后面的杂木林里。杂木林中的树长得太密，有些阴飕飕的。地上的草都黄着面孔，无精打采地匍在那里。武胜松一屁股坐在了地上。地上的土有些潮潮的，武胜松也没有顾它。武胜松哀哀地想，那个老女人会是他的母亲武茉莉么？他母亲武茉莉英姿飒爽的一个人，怎么可以老迈成这个样子？她的母亲武茉莉走路脚步带风，怎么会行走蹒跚呢？想罢，武胜松的心口有些疼了。武胜松知道，武茉莉的衰老是因为他的缘故。武胜松想，我都做了些什么呢？我怎么会连妈妈都不要了呢？我中了百合的什么魔力？我怎么会为了她把什么都丢掉了呢？我怎么为了她这么个烂女人把自己一生的幸福都抛弃了呢？

武胜松的眼泪簌簌地落下。整个上午，武胜松都坐在这个潮潮的杂木林里。湿气从他的裤子一寸一寸地爬上了身，他也不觉察。当他回到小旅馆时，旅馆的老板娘用异样的目光看了看他，然后说，小便失禁了？武胜松心情不爽，便低声骂了一句，放你妈的屁。老板娘没有听到。武胜松想再大声骂一句，话到嘴边，心里却一怯，结果说出来的字是：结账。

武胜松结完账不知道自己要往哪里去。他幽灵似的在街上转了整个一下午，最后，天黑了，他去到火车站。武胜松心想，碰上哪趟车就买什么票吧，管它火车把我带到哪里。它想把我在哪里甩下，我就流落在那里好了。武胜松这么想着，便一个人踱上了站台。

结果，他看到一列令他心惊肉跳的火车。绿色的车体上挂着白色的牌子，牌子上的字醒目而扎眼。这火车是武胜松和冯玉敏每回年节探亲时必坐的一趟车。冯玉敏拎着小包惊呼大叫的样子,立即就出现在了武胜松的眼前。这趟车,将一直开到他和冯玉敏居住的城市。那城市给过武胜松多少美妙的日子。他和冯玉敏谈恋爱的前前后后,冯玉敏为他们的小家而布置的温馨无比的小屋,他的那辆银色的桑塔纳,诸如此类,都被这列火车牵扯着。武胜松呆立在站台上,看着旅客在这趟列车的车厢门口上下。武胜松一时不知自己应该如何才好。武胜松想,难道冥冥中有什么力量在推我回到冯玉敏身边么?难道这列火车就是来带我回家的么?火车离站的铃响了,武胜松鬼使神差般,以极敏捷的动作,奔跑了几步,呼一下跳上了火车。

火车抵达终点时是清晨。太阳刚刚把东方泛出一点颜色。武胜松随着人流出了车站。车站出口附近,一处橘黄色的电话亭揪紧了武胜松的目光。武胜松紧紧盯着那里,心里蠢蠢蠕动着。电话亭里有人正打电话。武胜松慢慢地挪了过去,越往近前,心越怦怦地跳得厉害。武胜松能觉察出那是八个数字跳动,它们争相跳着,拼命地展示自己,好活泼也好激烈。电话亭里的人出来了,他有些奇怪地望着慢慢走过来又似乎想停下的武胜松。武胜松抹了一把脸,他想他的神情或许有些怪异。武胜松在抹脸的一瞬,使自己平静了,然后他进了电话亭。

电话顺利地通了。天色还早,武胜松想,冯玉敏这时应该还没有起来。有人接听了电话,是冯玉敏懒懒的声音,远远的,有些困倦有些慵常又有些娇嗔。这声音蛇一样顺着电话线爬过来,从武胜松的耳朵爬进了他的心里,一圈又一圈地在武胜松的心头缠绕,绕得他气都透不过来。天虽然还冷着,大汗却从武胜松的额头一直淌到脸上。冯玉敏说,魏志强吗?干吗那么早呀?冯玉敏有些嗲。是武胜松熟悉不过的嗲声。冯玉敏平常跟武胜松说话时声音总是硬硬朗朗的,可武胜松与冯玉敏一亲热,冯玉敏小女子式的嗲声便不由自主地冒了出来。武胜松喜欢她这样的声音。然而，这一次，武胜松在电话里听到这声音却如遭雷击。武胜松拿着电话呆住了。冯玉敏的嗲声不是为他而发。却是为了一个叫魏志强的人。这是武胜松从未听到过的名字，这也是武胜松从来也没有想到过的事情。武胜松只想过冯玉敏会因为他的出走而生气而痛苦，却没想过冯玉敏在他走后身边也会有别的男人。

武胜松手上的电话因武胜松手掌的无力而脱落了。话筒在武胜松大腿边摆来摆去。里面传出冯玉敏"喂喂"的声音。这声音已经剔出了适才的懒散，显得急促而响亮。武胜松低着头，眼睛盯着电话，仿佛觉得发出那响亮声音的人会从电话那头走出来。冯玉敏"喂"了几声后，突然有了片刻的沉默。武胜松抓起摆荡着的电话，正欲将它放回去。话筒里的声音又响了起来。依然是冯玉敏。冯玉敏说，是武胜松吗？是不是？你说话呀？武胜松拿着话筒，放它在了耳边。他的眼泪悄然地淌到了脸上。武胜松没有说话，他不知道应该说些什么。冯玉敏冷笑了一声，说武胜松，你少装神弄鬼的。你不说话我也知道是你。你以为你多了不起。你以为你把家里所有的钱都带走我就活不下去了？你怎么不把家搬空呢？你怎么没有想到卖了你的车我比以前的钱还要多呢？我告诉你，武胜松，幸亏你跟着百合那个婊子跑了，要不，我冯玉敏跟你这样的小男人生活一辈子岂不是丢我八辈子的脸？我还要告诉你，我现在比以前过得还要好。我有我喜欢的男人，他凭长相凭能力凭财产都比你强一百倍。他疼我爱我照顾我理解我，也比你强一百倍。武胜松，替我谢谢百合，没有她，我哪有今天的幸福？我哪里知道什么才是幸福？

武胜松一直没有说话。他只是听着。从电话线那边爬过来的蛇就这么一口一口地咬着他的心。冯玉敏说，只是，武胜松，扪着自己的心问问,你过得好吗?

武胜松觉出那蛇已然把他的心咬得支离破碎,鲜血淋漓了,现在它又钻进他的血管里撕咬了起来。武胜松忍着,不说话。武胜松觉得他想说的所有的话,都被那条蛇分解得七零八落。

冯玉敏说,你不敢说话?你比我想象得还要窝囊。你这个小男人,我今生今世都瞧不起你。冯玉敏说完这句话就挂断了电话。冯玉敏挂电话的动作十分有力,武胜松只听得凶猛的一声“叭”,这声音着实让他的心猛然地一惊。

走出电话亭,太阳已经升高了。阳光很妩媚,把车站四周的广告牌照得灿烂无比。小商贩的叫卖声便在这灿烂下到处流窜。有一只小手扯了一下武胜松的衣摆。武胜松一低头,发现竟是一个衣衫褴褛的小姑娘。小姑娘说,先生,给点钱吧。武胜松说,丫头,你妈呢?小姑娘说,我妈不要我了。武胜松说,那谁养你?小姑娘说,我师傅。先生,给点钱吧。武胜松脑子里划过武茉莉的哑哑的话音:就只当没生过吧,就只当死了吧。每一字都如一把小刀,一撇一捺地割着他。武胜松从口袋里掏出一把钱,看也没看,就甩给了那小姑娘。小姑娘有些惊喜,又有些慌乱。想说什么,又没说出来。武胜松也没有说话,他甩下钱,便走进另一片阳光中。

在阳光下无目的无规则无心情行走着的武胜松想,现在,我要到哪里去呢?

十七

武胜松一生从来没有为自己做过决定。武胜松每一次改变生活的行动,都是别人推动的。别人把他朝什么地方推,武胜松就漫不经心地朝着那个地方去。他甚至随和得连反抗的经历都没有。武胜松心道只要你们说好就是好，我怎么样都无所谓。武胜松的做派让人觉得仿佛他所有的日子都与他本人无关，那全是他身边人的事情。有人推对了地方，有人却推错了。对的时候，武胜松心里会想多么好啊。错的时候呢？比方现在，武胜松却只有束手无策的感觉。

现在武胜松决定为自己来做一次决定了。他决定自己死掉。他做出这个决定后，想起春节时他在那个山谷里看到过的那个刻字的男人，也想起留在山壁上的七个令人费解的字："此去与风月无关"。武胜松觉得现在他有些理解那个男人，也有些理解这一行字了。

武胜松回到了他老家的小旅馆。老板娘说，怎么才走又回来了。武胜松说，事情办完了。

武胜松进到了房间，他开始策划自己用什么样的方式死更合适。武胜松是一个很害怕死亡的人，他尤其害怕自己没有死成却又变得半生不死。他的第一方案是让自己煤气中毒而死。武胜松到街上买了一罐煤气，用麻袋包着扛进了房间。晚上，洗过澡，打开了煤气，一股强烈的气味扑鼻而来，难闻得令武胜松作呕。武胜松捏着鼻子一伸手就关上了阀门。武胜松想，一个人好不容易死一回，闻着这样的气味去死，未免有些恶心。于是，武胜松又想出第二方案，吃安眠药。第二天他便上街买了一瓶安眠药。武胜松打算吃过中饭后，就吃药，然后上床睡觉。在睡梦中悄然而去，可能比较舒服。可是武胜松吃过中饭后，阳光正暖暖地照在床上。武胜松坐在床边，准备吞药，一只鸟飞来窗口，黑溜溜的眼睛望着他。武胜松又觉得好不甘心，心想自己如果把这药吃下，一旦睡着，就再也醒不过来，这实在是一件很可怕的事情啊。这么一想过，武胜松就又把药放下了。武胜松药没有吃，却还是按计划睡了午觉。武胜松这一觉睡到下午四点半。醒来时，阳光都已经斜了。武胜松心里有几分高兴，武胜松想，呀，我醒过来了，我还没有死。第三个方案是割腕。这是很多人用过的死法。既然人们喜欢用这种方式，就一定有它的道理。武胜松心想随大溜走，终归不错。因怕水果刀不利索，武胜松专门上街买了一把手术刀。当武胜松拿着手术刀在自己的腕上比画时，闪着乌光的刀锋令他心惊肉跳，想起一会儿鲜血四溅的场景，武胜松还没来得及让刀触着的皮肤，拿刀的手便软了，手术刀叮当地落在地上。那清脆的声音，让武胜松心头一松。

武胜松在自己决定的死亡前一步步后退。三天了，他还没有死成。武胜松于是有些绝望。他抱着自己的脑袋想，既然我活不下去，难道我也死不成么？

夜半时刻，武胜松醒来。屋里凄清得很。母亲武茉莉和老婆冯玉敏的样子都在天花板上浮着。百合在她们两个人之间晃晃悠悠的，脸上还带着鄙夷的笑意。三个女人的眼睛都不看武胜松，那神态令武胜松觉得自己早已经被她们所抛弃。武胜松望着她们，低声地说，别这样嘛，我去死还不行吗？

话说过后，武胜松无论如何也睡不着了。天还没亮，武胜松披衣起来。他想来想去还是决定今天一定死掉。武胜松拼命地给自己鼓气。武胜松想，那么多的人死得，难道我就死不得？那么多的人都不怕死，难道我就该怕死。这么想过后，武胜松便有了莫大的勇气。武胜松自语道，我这回铁定动手了。我一定要让我自己死个痛快彻底。

武胜松决定三套方案同时进行。他打开煤气罐，煤气的怪味，依然呛鼻，武胜松说，让你呛好了；他又用水吞安眠药，吞前说醒不过来就醒不过来吧。最后他咬着牙闭着眼睛把手术刀对着自己的手腕，说鲜血四溅又有什么关系，反正我也看不到，然后朝着自己的手腕划了一刀。武胜松瞬间就感到了痛，感到了血正朝外流，感到了难闻的气息正从他的鼻子逶逶迤迤地钻入他的身体，感到了睡意像浓雾一样扑裹在他的身上。武胜松的身体开始飘了起来。然后武胜松就什么都不知道了。

其实也不知道过了多久，武胜松突然听到了嘈杂的声音，有人在他的耳边哭叫，有人说话，有人在呵斥着什么。武胜松心道，我这是在哪里？问罢自己，他想起了煤气、安眠药和手术刀。武胜松想我不是死了吗？难道这里是死人的世界么？为什么那些杂乱的声音跟活人的世界一样，令他一点都不感到陌生？

武胜松努力要打开自己的眼睛。他想看看另外的世界究竟是什么样子。在这一个他一无所知的世界里，他将怎么样开始自己的生活。风景区见过的那个男人和"此去与风月无关"的字又浮在他的心间。武胜松想，我会不会再一次碰到他呢？

终于，在武胜松把自己最后一丝力气用尽时，他的眼睛打开了。突然间，他的四周呈现出片刻的寂静。然后，哭叫的人笑了，说话的人闭上了嘴，呵斥的声音变成了惊叫。好多好多的人在武胜松的眼边晃着。有一张苍老的面孔离他最近，那面孔吐出来的声音是哑哑的。哑哑的声音像清泉一样，从武胜松的七窍中渗向全身。武胜松飘忽不定的身体开始变沉，他觉得自己在往下落，落着落着，便着陆了，好安全。武胜松发出了他的声音。武胜松说，妈，你怎么也来了？那哑哑的声音答应着，哎，宝贝儿，我的儿子，你醒了。你怎么光干傻事呢？

武胜松回家的那天，他家门口的桃树开了第一朵花。家里静静的，只有蒋小宏在自己的房间里敲打电脑的声音。蒋小宏见武胜松的第一句话是，哥，你可真行啊。我没想到你也能把平凡的人生变成传奇哩。武胜松没有听出蒋小宏是佩服他还是讽刺他。武胜松也无所谓蒋小宏的话意为何。他心里只有一个念头，我终于到家了。就仿佛他离开这个家之后，走了很远很远的路，艰难曲折，崎岖颠簸，遭风雨冲打，被霜雪浸淫，千百遍的苦吃过了，万亿茬的罪受过了，然后他又回到了这个家。武胜松想，原来我离家的目的就是为了回家啊。这事真是有点意思。

武胜松的母亲武茉莉偕同继父和姐姐到街口的餐馆摆酒席去了。他们要宴请旅馆的老板娘和邻居张满春。武茉莉告诉武胜松她们两个是他的救命恩人。张满春吃的是卖身的饭，那天正在旅馆陪客，怕人瞧见，天不见亮离开。路过武胜松住的房间，闻到浓烈的煤气味，觉得有问题，赶紧捶开了老板娘的门。老板娘听得张满春叫，记起那个房间住着一个叫武胜松的男人。老板娘自第一眼见到武胜松起，就觉得这个人不太对劲。于是她连棉衣都没有顾得上穿，单衣冲出，立即砸门。开门便看到已然昏迷的武胜松。老板娘以前当过护士，经验丰富，她指挥张满春打电话叫救护车，自己则开窗关煤气阀以及止血。因为救护及时和方法得当，想要去死的武胜松死了三天没有死成，却在历经半个月的医院治疗后，回到他温暖的家中。这样，武胜松又躺在了他松软的有着无比熟悉和无比亲切气味的床上。

这时间也是一个下午。和武胜松认识百合的那个下午一样，有着温暖和明媚的阳光。武胜松懒懒地靠在床上，他不想起来。他不知道自己起来做什么。自己的家里是多么好呀，一个人一辈子哪里找得到这么好的地方呢？武胜松想，人生如果就这么在家里躺着，其实也是一件很惬意的事哩。

武茉莉和继父在武胜松愉快的漫想中进了屋。武茉莉打着饱嗝，有酒气从空气中钻入了武胜松的鼻子。武胜松不太想说话，便假装睡着地闭着眼睛。继父有些不悦，说都什么时候了，还在睡。天大亮的，怎么睡得着呢？武茉莉说，有什么睡不得？闭上眼睛不就是天黑么？继父说，你这样宠他，他这辈子怎么长得大，怎么能为人夫为人父呢？武茉莉说，只要他愿意，就让当他一辈子的儿子有什么不好？有我在，他就是儿子。继父说，你如果死了呢？武茉莉说，我要是死了，他要死要活还不由他？继父说，哪个男人能这样活？武茉莉说，男人为什么就不能这么活？你以为你们男人比我们女人强么？

武茉莉和继父说话间进到他们自己的房间。武胜松再听不清他们又说了什么。武胜松紧闭着眼睛，所有的烦恼渐渐远去，远到了天边他完全看不见的地方。现在他的世界里，很纯净很安全很平和也很从容。这是武胜松一向喜欢的世界。

武胜松想，妈妈说得真好啊，闭上眼睛就是天黑哩。

我见到武胜松时，武胜松正坐在茶馆里。他的面孔清秀，说话不急不躁，慢条斯理。这一年武胜松刚满二十五岁。我问武胜松，难道这辈子就打算这么过下去？武胜松有些不解地望着我，说这样过有什么不好？人应该怎么过又才是最好呢？

我发现我回答不了武胜松的问题。因为我也不知道人应该怎么过才是最好。我只好把武胜松的故事写了出来。我先用的标题是《武胜松的私奔》，后来，我又改用《此去与风月无关》，写完最后一行字，我耳边不知道为什么老是响着武胜松反复过几次的话，闭上眼睛就是天黑。于是，我就用他的这句话作了这篇小说的题目。

我在明亮的阳光下，把眼睛闭了起来，觉得天果然已经黑了。我仿佛帮助自己从满天下的喧嚣中逃离到了这个静谧的黑天里。世间所有的一切，在此时此刻全都与我无关。

2003年春写于武汉

水随天去

一

少年水下骑着自行车在江堤上疯一样地往前冲。

太阳火辣辣地照在水下的头顶。水下的头皮滚烫滚烫的。脸也因了这烫变得赤红。水下身上的红背心已经湿透，原本白白的皮肤被暴晒成铜色。水下退学以后，连续几个月出体力，他的胳膊已经隆出肌肉。水下的脸上没有笑容，酷酷的样子。他的两条腿急剧地蹬车，像电动操纵似的，节奏均匀快捷。

水下一路带风地从修堤人的眼边晃过。

有人喊着，水下，这么急吼吼的，去赶死呀！也有人叫道，水下，莫忙得那么狠，过来跟你讲几句话。少年水下谁也不睬。水下的耳边只有自己卷带而起的风声。叫喊声夹在风里，没有入耳，便被刮到了脑后。

洪水已经涨到了堤边。水面阔大得像海。涌浪扑着堤角，仿佛随时都可以漫到堤外。护堤的树几乎全被淹没，从洪水中伸出一点树尖尖，像是水田里的青苗。上游簰洲湾的堤破了，死了好多人。沿江村垸的劳动力就都上了堤，日里夜里轮流守望。水下的爹病了，手足无力。水下就顶了他爹的名额。水下在堤上已经守了一个多月。

堤路有些坑洼不平。水下的自行车很破，哗啦啦地一路带响。水下的身子被堤路颠簸着，不由自主地弹跳。因了这种颠簸，使得风一样从堤上驶过的水下浑身都放射出一种兴奋。

少年水下真的是在兴奋着。

其实他自己也不知道自己的兴奋由何而来。中午，水下的妹子水红送饭到堤上。水红告诉水下，二舅妈帮水下在镇上收购站找了一份工作。让水下赶紧回家一趟，水红上堤来替他。水下不想工作。水下觉得一旦工作就得天天守在一个地方，哪儿都去不了，憋得死人。水下觉得当农民就好，自由自在。水下一口就拒绝了。水红说，你下午如果不去，收购站就会找别人的。水下说，他爱找哪个就找哪个，关我屁事。水下不在乎镇上的什么收购站。水下想，我真想要赚钱，我还犯得着在这个破镇上？我当然走得远远的。我去南方打工，钱赚得不比你这多？水下就是这么想着，所以水下对镇上的收购站不屑一顾。

水下是个有自己主意的人。水下话不多，话都是想好了才说出来。水红无奈。水红说，你自己的事，我懒得管。水下心想，我的事什么时候让你管过？水下闷头吃着饭。水红无事，跟送饭的一个婆娘一说一答着。婆娘问，那个收购站是不是鱼头垸周三霸家的？水红说是呀。婆娘说，三霸是你家的亲戚吧？水红说，是我二舅妈的妹丈哩。婆娘说，听说三霸在城里包了小老婆，你二舅妈晓得不？水红说，莫瞎说。婆娘又说，你二舅妈的妹子是叫天美吧？她真是苦呀。苦得有口难言。水红叫了起来，叫你莫瞎说，听到没有！

水下没有听她们说话，可是话声却自动钻进了他的耳朵。水下心里惊了惊，问水红，收购站就是天美姨在的那个？水红说，是呀。

水下立即跳了起来。水下望着黄水浩浩的江面，恍然中，一个红衣女人的影子在上面晃动。女人的脸红红的，身上散发着小小的水下从来也没有闻到过的香气。水下想，哦哦，原来是天美姨呀。水下三两下便扒净了碗里的饭，嘴都没揩，便蹬着自行车风一样地奔在江堤上。

少年水下想，天美姨的事，我当然是要帮的。

阳光明晃晃地照着，铺天盖地。这种明亮已经不知道用什么样的词来形容。落在身上的阳光，便如成片成片细密的刺，扎得哪儿都疼。身边的一切都发烫着，一盆水泼下，光见一阵白汽冒过，没见土湿，立马就干掉了。前些日子下多了雨，从镇上通往乡下的土路烂成一片泥浆，现在又被太阳晒得硬硬邦邦，锉刀一样。早上过来送废品的人们都发牢骚说，这路还能走么？卖废品的钱还不够补胎哩。

天美说，我还管得了你这？

天美将早上送来的废品一一理顺。天美戴着草帽，手上笼了双破手套，身上的汗衫已经烂了衣边，一条发黄的毛巾搭在她的肩上。天美不停地擦汗，可擦了也是白擦，汗水早就湿透了她的汗衫，内衣的轮廓透过紧贴的衣服显现了出来。

收购站外便是通往乡下的路，路两边长着青苗，碧绿着，一直延向天边。土黄色的路，如一条布带，仿佛不经意间，被甩得老远老远，远得一直看不到头在何处。

一个红色的小点在布带的尽头出现。在铺天的绿色相衬之下，它好是醒目。天美搭起眼罩，眺望着。小红点越来越大，一直朝着天美冲去。天美看清了，这是一个穿红色背心的少年。少年骑着一辆破旧的自行车，车子发出哗啦啦的声音，链条似乎随时都可以脱落下来。天美就站在那里了，看着，像是在等待链条脱落。

红背心的少年水下一直冲到了天美跟前，才来了一个紧急刹车。辣辣的阳光把他的脸照得通红，他的汗水在脸上淌成了河。他的眼睛光彩四溢。他的嘴角上挂着笑意。他俊美漂亮，而且满脸快乐。

天美说，你是哪家的孩子？怎么有点面熟？少年水下叫了起来，天美姨，是我呀。我是水下。天美惊异地说，水下？哪个水下？水下说，我二舅妈天香是你姐哩。以前我见过你。

天美一下子就想起了这个水下，想起了他，就想起了有趣的事情。天美忍不住就笑了起来。少年水下知道她想起了什么，脸更红了，他也笑了起来。笑时想，天美姨怎么一点都没有变呢？连笑声都没变哩。

一晃有十年了。那年水下去二舅家玩耍，二舅妈的妹子天美刚刚结婚，正好在她姐姐也就是水下的二舅妈家。二舅妈拉着水下看新娘子。水下蹑手蹑脚地走近天美。突然他吓得退了一步。是天美的身上的香气袭击了水下。水下从来都没有闻过这样的香味，脑子有些晕。水下说，姨好香呀。于是大家都笑了起来。天美的丈夫三霸笑时还亲了天美一下，然后说，当然啦，我老婆不香谁香呢？水下见三霸亲天美，便说，我可不可以亲姨的脸。大家就又都笑了起来。三霸大声道，别人是不可以的，可是水下你这个小王八蛋可以。在大人的起哄中，水下果真亲了一下。天美脸上的香气更加浓烈，扑了水下一鼻子。水下喷嚏连连，鼻涕都流了出来。三霸大笑着，说，小子，记住，亲别人的女人会伤风。

阳光还是这么明亮地照着。天美和水下在阳光下同时想起了当年的一切。水下有点不好意思。天美笑了，天美说，啊呀水下，你长这么大了，成一个小帅哥了。水下想说天美姨还是跟以前一样年轻好看，可是话到嘴边，水下却说不出来。水下说，二舅妈让我帮你哩。天美说，姐替我找的帮手就是你么？水下说，二舅妈让我帮你。天美说,可你还是小孩子呀。水下说,不小了,我就要进十八了。

少年水下说着仰起脸,阳光便落满在他的面颊,所有的缝隙都被照耀着,明明朗朗的,细细的茸毛也清晰可见。天美突然就看到了一个好透明可爱的大男孩,心里生出愉悦。天美说,好吧,你明天就来上班吧。

天美领着水下进了小杂屋。屋墙角上摆着一张小床,床上铺着蓝布单,干干净净的。天美说原先这里有个老头给她当帮手。前些日子,雨好大,老头着了凉,一直咳嗽,又不肯上医院看,结果三天前死掉了。天美说,你莫怕,他没死这床上,在医院里死的。水下说,我不怕,我火旺着哩。

然后天美又说收购站就他们两人,事情好多,早上要收废品,隔三岔五的要把废品分门别类送到县里。县里是总站,三霸是那边的老板,那边的人多,所以三霸其实也没管什么。送货回来,还要兼做天美屋里的杂活,烧火做饭打扫卫生以及洗碗。因为三霸要求天美每天记账,每一样都得记清楚。三霸对钱看得紧,斤斤两两都要一清二楚。所以物件多时,她根本就忙不过来。水下忙说,姨,我来了,你就不会那么累的。我爹妈都说我勤快着哩。天美笑了起来,说,那就好,那我就省心了。

天美的房子在小杂屋的对面,中间隔着堆满废品的场子。场子中间有一条窄窄的路,就几米远,走过去,拐一小弯,就见到天美的房门。天美屋的房门是绿色的,门框也是绿的,门上贴着年画,红底黑人,线条粗粗的。左边一个是秦琼,右边一个是敬德。水下觉得不应该是这两人贴在一起,但他也想不起应该贴哪两个更好。天美见水下站在门边看画儿,就说,这是三霸贴的。三霸说要派俩英雄来看着我。天美说时,脸上浮出几丝冷笑。这几丝笑意落在水下的眼里。水下想,派两个英雄看着天美姨？这是什么意思？

水下跟着天美进了厨房。厨房小小的，里面黑咕隆咚。天美打开了灯。灯有些昏黄，低低的，快要贴到了天美的头顶。天美说，这屋没窗，有个抽油烟机，可还是热得很。水下说，不热，比外面强。天美说，会做饭不？水下说，会。我在我叔家的餐馆帮过忙。天美说，那就太好了。想不到你年龄小小，倒有几分能耐。水下听到天美的夸奖，脸上便露了笑。天美也笑了，望着水下说，真是个俊小子，笑起来还要俊哩。

睡在小杂屋里的水下当夜就做了梦。水下梦见洪水冲垮了堤坝。天美落了水，在水里挣扎着叫唤。三霸站在岸上，挥着手，要敬德和秦琼去救天美。敬德和秦琼都说不会游水，两人推辞着。天美在他们的推辞中，快被水淹没了。水下心想，姨你不能死啊。水下就跳了下去。水下跟洪水打着架。打胜了，便拖着天美上了岸。三霸对着他大声吼叫着。水下吓了一跳，不知他为何吼叫。水下朝天美望去。天美的衣服是干的，她迎风站在堤上，衣袂都飘了起来。她在风中掩口而笑。

水下在天美的笑意中醒了。小杂屋里闷不透气，电扇吹着小小的风，一点也解不了暑热。水下想这是一个什么梦呢？

天还没大亮。从窗外望过去，目光透过废品场子的围栏，能看到远远的天边泛出了一点点红。外面还静着。水下就坐在窗边，看着那一点点红染色一样，越来越大。水下想，他好喜欢这个地方。

二

少年水下开着手扶拖拉机，把清理出的废品拖到了县里。

废品收购总站有一个大大的院子。水下在院里的树荫下看到了正在喝茶歇凉的三霸。三霸光着膀子，身上的白肉很厚，有点往下坠着。和十年前水下见过的三霸不太一样了。但水下还是一眼认出了他。三霸的眼睛有些吊吊的，像舞台上的戏子。水下觉得三霸有这样的眼睛就是一百年不见面，他也认得出来。水下叫了一声，三霸叔。

三霸愣了愣，他望着水下，眼睛更加吊得厉害。三霸说，你是哪个？水下说，我是水下。天美姨的姐天香是我的二舅妈，她说你让我来帮天美姨的。三霸醒了一样，眼睛放了下来。三霸说，哦哦，是你呀，水下。我想起你这个小王八蛋了，我想起来了，当年我结婚时，你死活要亲我老婆，我是让了你一马的。三霸说着哈哈大笑。三霸的笑声很洪亮，它们在明亮的阳光兀自地撞来撞去。水下能觉出四下里响起的当当之声，这声音把他的心敲击得怦怦跳动。

三霸说，好好好，跟着我干，照顾好你姨，我会让你发财的。你看，我的生意火着哩。水下没有作声，只低头帮着卸物。水下对发财兴趣不大。三霸说，来来来，水下，来陪你叔喝一杯，货让他们那帮杂种卸去。水下说，我不会喝哩。三霸说，不会？男人不会喝酒还不白活？我教你。水下说，我爹不让我学。三霸瞥了水下一眼说，都人高马大了，你爹的话还是个话？那你妈让你夹尿片你也夹着？

旁的人就都笑了起来。水下只好坐到了三霸跟前。三霸给水下倒酒，倒完后嘎嘎笑着说，我老婆除了我以外，还就被你这个小男人亲过。旁的人不解，说他亲了你老婆，你怎么不生气，还和他一起喝酒？三霸又笑，笑时跟水下碰了一下杯。三霸说，十年前哩，这小王八蛋还穿开裆裤。他闻见他姨香，想要亲他姨，你说我能不让？听者便全都笑了起来。有人说，是这样啊。那不光可以亲得，还可以睡得哩。

水下被大家笑得实在不好意思，只好低着头闷闷地喝。三霸说，嗨嗨嗨，嘴巴都给我放个岗。人家还是小毛孩，听不得你们这些话。三霸说着，又与水下喝酒。三霸说，水下，有你去搭帮做事，我就放心了。说完，三霸又压低了嗓子。三霸说，托你个事。替我把眼睛放亮点，看好你天美姨。要有男人想勾引你姨，你不要放过他。盯死。水下说，三霸叔要不放心，就和姨住到一起去呀。三霸说，我这么大的生意，哪顾得了她？要不叔怎么来托你呢？水下说，好吧。盯死了又怎么样？三霸说，回头告诉我，我饶不了他们的。水下说，行。我保证不让人欺负我姨。三霸眼睛又吊了起来。三霸说，真话？水下说，真话。三霸便将两个人杯子都倒满了。三霸说，那叔今天非得跟你干一杯不可。两人就真格地碰了杯，而且都干了。

少年水下从来就没有喝过这么多的酒，一下子就晕乎起来。水下站起来时身子晃晃的，走路也不晓得了南北。三霸大笑道，真是只嫩鸡子，这一点黄汤就能醉？然后就叫人把水下扶到一间屋里躺下了。

水下一觉睡得人事不知。醒来时，天已经黑掉了。水下拉开灯，看到的是一间完全陌生的屋子，吓了一跳。好想了一阵，才醒过神来，想起与三霸喝酒的事。料不到自己竟然醉倒，竟然大睡，竟然错过了给天美做饭的时间。水下想着，便有些慌乱，忙忙地爬起来，拉了门就往外跑。

院子有点大，水下竟一时不知大门朝哪边开。下午来时，什么都没能看清，人就醉倒。水下觉得自己真也糊涂得可以。

院里已经没人了，当然都下了班，但院里并不静，热闹的声音虽然在街上，可全都翻过墙头掉了进来。水下叫了一声，从哪出去？没人应。

有一间屋的灯亮着，门敞得老大。水下便撞了进去。水下说，里面有人吗？水下的声音和身体同步进到房间。话音落下，没等回答，水下便已经看见了人。那是三霸叔和另一个女人。三霸叔搂着那女人坐在沙发上。那女人脸上抹着厚厚的粉，却不是天美姨。水下一时就愣了。

三霸见水下站到了屋里也没当个事，依然搂着那女人没松手。三霸说，水下，酒醒了。水下闷闷地“嗯”了一声。三霸说，现在回么？水下又“嗯”了一声。三霸怀里的女人笑了起来。女人说，这孩子不会说话？水下看了那女人一眼，心道，放屁。你凭什么坐在三霸的怀里，那是我姨的位置哩。三霸说，从我这屋墙角拐过去就是大门。水下听罢掉头就走。人刚出门，就听着三霸在身后叮了一句，回去在你姨跟前少说一句就行。水下想，管你。你在外面惹女人，倒让我看好天美姨。

回去的一路，水下心里都在为天美抱打不平。又觉得三霸真没眼光，天美姨这么好的人儿不好好珍惜，倒跟一个裹着厚粉的二百五女人黏糊。水下想着，心里就生气。一生气就瞎使劲，把小拖开得突突突的，有几回险些把自己从座位上颠下来。

堤上的灯隔不多远便亮着一盏，不时地有人喧嚣。一队军人往堤上跑，脚步把地踏得嘣嘣响。水下知道，堤上有情况了。天没下雨，水没再涨，这情况就是水浸的时间太长，堤土不经久泡，松软了，土就要往下泄了。水下在堤上时，这事出过好几起，只要发现早，也不会有大事发生。水下在堤上待了一个月，对水情已经知根知底。水下对超过他的队伍叫道，不用这么急啦，堤没那么快垮下来。军人们不听他的，按照命令，一往直前地跑着。

到镇上时，天更黑得透了。镇边上稀疏的灯火在水下的眼里明明灭灭着。收购站就在进镇子的路口上。水下想，这时候天美姨一定睡了。天美姨的床上铺着淡绿的单人睡草席，墙角堆着被子。被子是淡紫色缎面的，被子下露出小碎花的床单。天美姨说这还是她结婚时，水下的妈送的礼。水下觉得那淡紫的缎面和小碎花的床单很配天美，心里便觉得自己的妈很有眼光。水下想，天美睡在小碎花的床上，盖着这淡紫缎面的被子，眼睛闭着，脸会是红红的，样子一定很美。水下的心里情不自禁地出现了他想象中的画面。那画面果然是很美的。

少年水下带着一点胡思乱想拐入一个弯道。远远地亮着一盏灯，像是挂在半空中。水下认出这是收购站大门吊着的灯。每天晚上，天美都是早早熄掉的。天美说，反正晚上也没什么照头，能省电就省一点。现在这灯却亮着。水下知道，这是天美为他亮的。想过后，心里就有些暖洋洋的。

水下停下小拖，还没来得及进院门，就听到天美的声音从院墙那边飘了过来。天美说，怎么回得这么晚？是不是路上出什么事了？水下在吱呀的门响中走进了院子。门是天美从里面拉开的。天美身着下午水下进城前一样的衣服。天美没有睡觉，甚至连澡都没有洗。天美说，我一直在等哩。水下心里莫名地就热了一下。水下说，三霸叔让我陪他喝酒，我喝醉了。天美说，你小小一个人儿，喝什么酒？他让你喝你就喝？你跟他这个酒鬼学什么？天美的声音大大的，显得有些生气。

水下心里好紧张，他不喜欢天美姨生气。如果天美姨生了他的气，他会感到不安。水下说，姨，你别生气，我下回再不了。天美说，我不是生你的气，我是生那个王八蛋的气。他自己喝坏了心肝也就算了，可你还小，怎么能让你喝酒，还灌醉你？水下忙说，姨，不是三霸叔灌醉了我，是我不会喝酒，喝一点就醉了。天美说，你别替他说话，那王八蛋是个什么货色，我比你清楚。

水下默然，他能察觉到天美的怨气。那是对三霸的怨气。水下想，姨为什么这样骂三霸叔呢？姨不喜欢三霸叔了么？想过后水下又转念，他妈也常是朝着他爸骂骂咧咧的。骂是骂了，可是他妈心里还是只有他爸一个人。水下不太搞得懂既爱却又要骂的道理。

这天夜里，水下睡得很不安稳，他又做了梦。梦好乱，老有一盏灯挂那里，灯下吱呀吱呀的门声又一直响着。有一个人在骂人，但人面模糊。水下怎么也看不清他的脸。水下想问你是谁，却又出不了声。然后水下又觉得有人走到了他的床边。很鬼鬼祟祟的样子。水下心知自己是睡着了的，便使劲想让自己醒来。于是水下在床上挣扎。他甚至觉得自己在掐捏自己，自己在拍打自己，自己在叫唤自己。好一阵折腾，水下终于醒了。

外面的月光很亮，软软的光照从小杂屋的窗口涌进屋里。所有的一切都清晰可见。床边空空的，根本无人。墙角有老鼠啃木头的声音。只是一个梦而已。

三

水下的心里做贼似的虚。天美在他的面前走来走去时，她的背后总有一个抹着厚粉的女人也在水下的眼边晃。水下想想就觉得恨，觉得那女人脏了他的眼睛，觉得他的天美姨正在被人欺负，觉得自己知道了根底却帮不上忙。于是水下也很是恨自己。

水下想告诉天美，三霸在外面有了女人，可他不敢。他不是怕三霸，因为三霸对于水下来说又算得了什么？不是因为他是天美的丈夫，他水下这辈子恐怕都不会认得这个人。水下怕的是天美。万一天美无法接受这一事实呢？万一天美伤心起来哭得你死我活的呢？万一天美想不开要去寻死呢？水下想到这些，手脚就软软的，话到嘴边又跟着吐沫一起吞回去了。可是水下又不甘心天美这样被骗。水下总想暗示天美一点什么。

水下在帮天美做晚饭时，总是说，姨，你得叫三霸叔晚上过这边来吃饭。我做的菜好吃。天美说，他哪里肯？这里是乡下，他想当城里人哩。水下说，他把你一个人放在这里又怎么行呢？天美说，又怎么不行？没他在我耳根还清静哩。水下又说，可是我妈说爹娘不在一间屋里住就不像一个家。天美却说，谁稀罕跟他像个家。水下就没法往下说了。水下想，难不成天美姨知道那个抹厚粉的女人？天美说，你就不要操这心了，有你跟姨搭伴，比那个王八蛋要强一百倍哩。下月我就叫他给你涨薪。

天美的话很让水下心里受用，水下身上的血都流得快了。水下在厨房旋转一样的做事。天美似乎看透了水下。水下一做事，她就把这种让水下受用的话挂上了嘴。水下做事就更加麻利。原先堆压在天美身上的活儿，只几天工夫，就都叫水下包了下来。天美的眼睛都笑眯了缝，衣服也开始往好看的换，被太阳晒得发黑的脸，渐渐地在转白。有风吹过时，水下还能闻到他小时候闻过的香味儿。

天美说，水下你真了不得哩，又俊又能干，哪家妹子嫁给你就享服了。水下的脸立马就红。水下还没有跟女伢子有过什么往来。水下在中学时根本都不看女伢子。水下光知道跟一帮半锉子男伢爬树游水，然后扎成帮到外村去打架惹祸。那是水下其乐无穷的生活。水下从来就没有意识到女伢子对他有什么用。

每回水下红脸时，天美就会笑，声音咯咯的，像是家里叫醒的小闹钟，又清脆又入耳。笑完天美就会叹说，也是呀，刚脱下开裆裤的男伢子，还不晓得女人的好处，心里头还黑着哩。水下不懂天美的意思，便问为什么心里头黑。天美说，女人是灯哩，装进了心里，你心里头才会亮。水下还是一脸的疑惑。水下说，女人怎么会是灯呢？

天美见他如此这般，便更是笑，笑得人弯下了腰，直起来时还喘气。这回天美的笑声如风，索索地一直钻进水下的心里。像吹掉灰尘似的，吹走了存在水下心里的疑惑。水下觉得自己的心里果然好像比以往亮了，有种异样的光在里面照着。水下想，未必我心上也挂上灯了？

水下每天收拾完厨房，也不过晚上七点。天美在水下洗碗时做账。水下手一空，就来帮她。原本天美做账一直要做到九点钟，有了水下的帮忙，八点不到就做完了。这样一来，晚上的时间就闲下了。天美的屋里有吊扇，吊扇的风大。天美的屋里有一架沙发，沙发包着红底黑格子的人造革。天美的屋里还有台单门的冰箱，冰箱里有冰水喝。天美就让水下到她的屋里看电视。两人坐在沙发上一边看电视一边说着碎话。水下总是会去冰箱里拿冰水喝。水下长这么大，从来都没有好好在屋里坐过。水下在家里吃罢饭一抹嘴就出门玩去了。回到屋里人就乏得跟一条刚打完恶架的狗。见床就倒，倒下就能睡着。睡到醒时，天已大亮。起来揩一把脸，吃一碗面，又一抹嘴出门去了。水下自己都不记得除了学校，他在家里什么时候好好地在板凳上坐过。现在他却坐在天美屋里的沙发上跟天美长一句短一句地说些没油盐的话。那些话没一点用处，全是废的。水下想，原来坐在家里说话这么快乐啊。怪不得爹妈都喜欢坐在家里哩。

有天晚上，电视里在演电视剧。一个男人瞒着他老婆在外面有了皮绊。水下看到那男人跟皮绊接吻时，心里咚咚地狂跳。天美则咬牙切齿地骂人。天美说，这种狗男女，死绝了才好。而且死也不让他们好着死，叫雷劈死，叫狗咬死，叫车撞死，叫刀砍死。

天美每骂一句，水下心里就会出现三霸和那个粉脸的样子。

他们在水下的心里按照天美骂出的方式一遍遍地死去。天美骂完,电视播起了奶粉广告。广告里的小婴儿扬着小胖脸咧开着嘴笑得好欢。天美的面色突然阴郁下来。水下没有注意天美的脸色,心里还想着刚才的电视。水下说,姨,你说女人是灯,要是男人心里头有两盏灯该怎么办?天美说,那他的心就会被烤焦。烤焦的心是黑的。天美随口答着,她还沉在自己的心事里,这心事像小蛇一样咬着她。水下说,姨,要是三霸叔心里有了两盏灯呢?

水下的问话像块石头,把天美的心事砸碎了。碎片水珠一样散开了,水下的话冰山一样突现在海面。天美转过脸,没开口,只死死地翻着白眼盯着水下。盯得水下心慌意乱。水下说话的声音都抖了,水下说,姨,你怎么了。天美说,你老实说,你知道了什么?水下说,我没知道什么哩。天美说,你还不跟我老实说。水下嗫嚅道,我我我,我听人说三霸叔在县城里另外有个女人。天美说,就这?水下不敢说出他的亲眼所见。水下说,就这,我在堤上听到的。天美说,堤上听的?不相干的人都晓得这事?水下说,好像吧。天美便狠狠道,三霸这个王八蛋,真是丢尽了我祖宗八代的脸。

水下有些讶异。水下想未必天美晓得一切?水下说,姨,你都晓得?天美说,这样的事,我能不晓得么?水下就有些不明白了,既然晓得了,怎么还能成天笑笑地过日子?水下说,姨,那你怎么忍得下这口气?天美说,我不忍下又怎么办?冲到城里去杀掉奸夫淫妇?水下说,那……姨就任他们这样胡为?天美说,我没办法呀,我只有先忍下再说哩。水下说,我姑家表姐在汉口城里做事,她男人跟别的女人相好,我姑家表姐就把那男人休了。天美说,乡下跟城里哪能一样?你姑家表姐休了她男人,她毫毛都不少一根,照样过得好好的。我要跟三霸离了,就什么都没了。就收购站这块地头,他也得要回去。三霸少说也有上百万家产，我把位置让出来给那个妖精，还不好死他们了？做梦都笑得醒哩。你说我能这么便宜了他们？

水下想想，觉得确实不能。可是？水下心里好替天美抱屈。水下说，这样忍着，不也便宜了他们？天美长叹了一口气说，你还是小孩子，不懂呀。你以为姨真咽得下这口气？你以为姨真忍得了心里头的火？你以为姨不想一脚踢掉三霸去他个屎？可是没办法呀。我一个女人，离了夫家，去哪？回娘家么？女人嫁出了门，娘家就不是自己的家。我若吃住都在那里，娘家人还不烦得眼睛冒血？我既没地头可去，还不只有忍忍忍？

天美的话说得好凄然，脸上也满是哀苦。水下心里当即就有些酸酸的。他觉得老天好不公道，像天美姨这样的人，怎么会有这样的苦楚？

水下不知道自己应该说什么好了。天美一肚子的苦水都漫进了心里，顿时也无话想说了。天美说，水下，睡去吧，明天还要干活哩。

水下乖乖地出了门。门外的月亮依然很亮，星星不知人间愁苦地挂满了天。夜空很热闹，璀璨得像是有喜庆，而天美的屋里却充满着忧伤。

水下还没来得及走进他的小杂屋，那扇洞开的窗口便传出天美嘤嘤的哭声。电视机还响着，里面有人在唱"妹妹你坐船头，哥哥在岸上走"。水下心里一阵阵地难过，仿佛被什么东西揪扯着。水下这辈子还没有这么难过过。

四

三霸到废品收购站来的那天，水下刚把早上收到的货堆上小拖。太阳辣得厉害，水下的衣服全都湿透。水下叫道，姨，有冰水没有？便是这时他看到了三霸。

三霸开着一辆卡车突突突地歇在了门口。三霸没进门就惊惊乍乍地喊，天美，你个骚婆娘怎么做事的？大白天里怎么一点人气都没呢？水下就站下了，有点愣愣地看着三霸。三霸说，发什么呆呀？我又不是美人，没得看头。你姨呢？

天美从屋里出来。她穿着一条蓝花的连衣裙，头发挽得高高的。天美说，喊什么喊？五里外就能听到你的喉咙。有人气时你看到过么？三霸见到天美，立即忽略了他刚才的话，也不再问，只是打量着天美。天美说，怎么，住进了城里，连老婆都不认识了？三霸说，你就这样打扮着干活儿？把自己当饵，打算勾人？天美说，放你妈的狗屁！还不知道谁成天在勾人哩。三霸说，好好好，我今天不想跟你吵。

三霸说着扯着天美的衣服进了屋。水下就一直呆望他们，一直望着他们进屋，也忘了自己要喝水。其实三霸扯着天美进天美的屋子是件再正常不过的事，可是水下心里不知道为什么就觉得不是滋味。因为那小屋是他和天美的小屋，是他们俩人每晚上坐在沙发上喝冰水、看电视以及闲聊的小屋。现在三霸却洋洋乎乎地拉着天美就进去了。水下心里有些愤愤的。

天美从窗口伸出头来，她朝水下招了一招手。水下忙跑到窗边。水下说，姨，什么事？天美说，你叔说今天下午的货改明天再送。你去街上买点菜，叔要在这里吃夜饭。水下心里立即有几分索然。天美说，弄几个拿手菜，好好露一手给你叔看。水下点点头，一句话没说，掉头而去。

水下在街上走了一圈，却没有买菜。他有些恹恹的，提不起精神来。水下想，怕是今天太热了吧，怕是今天活干得太多了吧，怕是今天自己肚子不饿吧。水下闲想着，就这么在街上空着手干走路。

眼见得天有昏色了，水下才三下两下在快要收摊的农民手上买下几样小菜。还没走到废品收购站门口，就听见三霸咆哮一样的声音，哭哭哭，哭了去死呀。动不动就哭，你以为我怕你哭？水下仿佛被人推了一把，抬脚就跑了起来。进门他就呆了。水下果然听到了天美的哭声。天美哭得撕心裂肺的。水下觉得自己的心肺也被撕裂了。

三霸从屋里出来，见水下手上拿着菜，朝他挥挥手，做快点，我吃了好走。水下一低头便进了厨房。天美的哀哭长一声短一声的，从所有的角落往水下心里钻。水下心里便好悲。水下想，姨，你怎么啦？你为什么这么伤心呢？

吃饭时，天美坐到了桌前，她的眼睛红肿着。水下看了一眼，心里头像被咬了一口，隐隐有些痛。水下想说句什么，终是没说。水下把菜搁好，犹豫了一下，他觉得自己不应该上桌，便走了出去。三霸像什么事都没发生一样，满脸的快意。三霸说，水下，走什么走？来陪叔喝杯酒。水下说，我再不喝了，上回喝醉了，头疼好几天哩。三霸说，一个大男人，怎么这么没出息？将来还想成大事不？来来来，坐下来。你叔今天心情不好，要人陪喝。

天美不说话，她只是呼地一下站起来，进到厨房盛上一大碗饭，又取一盘，将各样菜都夹了几筷，然后递给水下。天美说，水下，你上外边吃去。水下应了一声，接过饭菜，默然转身而去。天美在他的身后关上了门。

水下坐在院里一块废弃的铁砣上，悄没声息地吃他的晚餐。知了在院角的一棵杨树上使起劲来叫，叫得水下心里凄凄惶惶的。水下想要听听三霸跟天美吃饭时说些什么，却因了这知了的聒噪，什么也听不见。水下心里烦得慌，他骂知了，你这狗日的，闹毛病呀。水下不知道自己为什么心里麻乱乱的，也不知道烦些什么，怎么样才能治掉这烦。

水下吃完饭，不想进去找开水喝，便在院里的自来水管上接了一大碗水，依然回到他的铁砣上，百无聊赖的一副神情，一口口润着。

门“吱呀”开了，三霸走了出来，剔着牙，嘴上还哼着什么，不成调。一副意满志得的模样。见水下，笑道，水下你这个小王八蛋，想不到做菜还有两下子嘛。合我的口。水下站起来，想了想方说，那叔就常过来跟姨一起吃吧。三霸说，我哪有这么多空？那边的娘儿们也不好惹呀。三霸的话说得落落大方。他没脸红，水下倒替他脸红了。水下说，那姨怎么办？三霸说，顾不得那些了，你姨这里，你替我担待着点。水下不作声了。水下想，真他妈的不是人话。

三霸说话间便朝外走。天美从屋里跑出来。天美跟到三霸背后，扑通跪下来，双手抱着三霸的腿。三霸的屁股就正好抵着天美的脸。天美说，不要走，在这里陪我过一夜，我保证怀上你的孩子。三霸说，十年了，费了老子那么多劲，你怀上没？你就死了心吧。天美说，你总是把我一个人丢在这边，我哪有机会？我跟谁怀去？三霸说，一个女人生伢要十年么？有的人一天就够了。你呢？天美说，你再留几天，我找算命先生算过的，他说我第十年肯定能怀上。三霸说，屁话，你怀上也没用了，我城里那个，肚子里已经有了。你快点想好，莫等手续没办，那边伢儿已经出来了。我警告你，到那个时候，我就不会像现在这么客气了。

天美呜呜地哭着，她把头抵在三霸的屁股上，使劲撞着。天美说，当初我们也是相好过的，你不能这样对我。我求求你，在这里歇一晚上，我好好侍候你。你会觉得还是我好些，你还会再爱我的。我求求你。三霸说，这年头，哪有什么爱不爱？都是些蠢话。你松开，我得赶紧回，晚了那边不好交待。

天美依然紧抱着三霸的腿不放。天美说，留一晚上，好不好？我好寂寞。你只陪我一夜。你跟她要怎么样都可以。三霸说，真他妈的蠢女人，当初我怎么看上了你。你松开。天美号着，我不，我要你留下来。她把三霸抱得死死的。三霸挣扎着往前走，结果裤子险些被扯脱了下来。三霸长叹道，你敬酒不吃，吃罚酒，你莫怪我不客气了。三霸说着，将腿朝后猛踢了一下。三霸的大脚正踢在天美的胸口，天美惨叫一声，仰着倒了下去。

水下一直呆看着这场景。水下为他的姨心里愤然不平。突然听到了这凄惨的声音，又眼睁睁看着天美倒下，水下觉得自己身上的血都快喷出来了。水下惊叫道，姨呀！——水下扔掉手上的碗，朝天美奔过去。碗砸在铁砣上，叮叮当当响了几下，碎在了地上。三霸看了碗一眼，说，水下，碗能这么扔么？那也是钱哩。你也都看到了，日后别学你叔。找女人千万别找这样的，生不出伢儿，还死缠着男人不放。三霸说着接着往外走，嘴里又开始哼起了什么，依然不成调。

水下生气了。水下说，叔呀，姨都这样了，你怎么还走呢？三霸说，我扶她进了屋，我今晚上还出得了这门？出不了这门，我跟她的事就没个完。该狠心时就得狠，要不就成不了事。老话说长痛不如短痛哩。

说话间，三霸已经走到了门外。只一会儿，就听见汽车发动的声音。轰轰几声过后，车远去了。三霸当然也远去了。

只是躺在地上的天美还在哭泣着。水下使着劲将天美扶起来。水下说，姨，叔已经走了。你想开些。姨，你躺这里要得病的。姨，你回屋里去吧。姨，事情得慢慢来哩。姨，自己的身体最要紧。

水下将天美扶进了屋，又为天美倒了一杯冰水。天美眼睛红肿着。天美说,给我拿条湿毛巾来。水下忙不迭地进到厕所里。他在拿天美毛巾时,看到旁边挂着一条粉红色的月经带。水下脑子"轰"了一下。他情不自禁伸手摸了一摸,却似烫手一样,又缩了回来。

水下把湿毛巾递给天美。天美说,水下,姨在你面前丢丑了。水下说,怎么会。丢丑的是三霸叔哩。天美说,是吗?你是这样想吗?水下说,本来嘛。天美用湿毛巾捂了捂眼睛。然后说,你歇着去吧。水下说,我不累,我陪陪姨。天美说,我想自己一个人想想看。水下只好往外走。走到门口,水下不甘心,又回过身来。水下说,叔想要跟姨离婚么?天美说,是,他不要我了。水下说,凭什么?姨这么好,他凭什么?天美说,他嫌我没有跟他生下伢儿。水下说,没有伢儿就做不成夫妻?天美说,他说不孝有三,无后为大。如果他没有伢儿,就是对他的祖宗不忠不孝,对他自己不仁不义。他挣下钱来也没有意思。水下说,这是什么鬼话?城里人还特地不要伢儿哩。天美说,他在城里的相好,怀上了。说是不离婚,就去打胎。他舍不下自己的骨肉。水下说,那姨怎么办?天美叹道,我也不晓得怎么办呀!所以我要好好想想。水下说,姨,千万不要轻易放过他们。天美说,我说不放过,就能不放过么?水下说,姨,总会有办法的。天美说,你歇下吧。我头好疼,让我静一静。水下说,姨要有什么事,就叫我。天美说,我晓得的。水下说,姨如果想要喝水,要毛巾,就叫好了,我听得见的。天美说,我晓得。

水下走出了门。月光先是落在院子里,现在又落了他一身。院子里的地是褐色的,铁砣子蹲在地上并不打眼,但它旁边白白的碎碗片却好是醒目。水下找来笤帚,把碎碗片扫了起来。水下想,我天美姨嫁给你,是你三辈子修来的福,你凭什么这样欺负她?我姨是月亮,你只不过是这碎碗片。砸了你,扔了你,把你甩进臭粪坑，都不亏你，你竟然反过来弃我姨。水下想想就觉得三霸简直是天下第一混蛋。

水下把碎碗片狠狠地甩到外面的污水沟里。水下觉得他是在把三霸往污水沟里丢弃。

天美房里的灯还亮着。水下走近门边，想听听动静。里面什么声音都没有，也没有哭声。水下想，姨在干什么呢？姨会怎么想呢？

水下想着，就坐在了门边。水下把头靠在门框上，看月亮也看星星。夜空很深远，远得没有边。视线去不到地方，对于水下，全都神秘莫测。

远远的堤上，有人咋呼着。伙计们，平安无事啰，弄得酒来喝。水下听得出，这是他的邻居四狗伯的嗓门。四狗伯的嗓门在他们村出奇的大。

水下想，天美姨如果需要他，一声喊叫，哪怕是轻轻的叫，他也可以立即去到她的身边。

五

天刚蒙蒙亮时，水下被吵醒了。大堤那边人声嘈杂。哨声和叫喊声，在寂静的黎明时分，显得清晰。清晰的声音中没有慌乱和紧张。水下想都不用想，知道堤上又有险情，而且他判断多半是渗漏。水下心知，就算有渗漏，也绝对不会再出现簰洲湾似的破堤。倘是堤真有了缺口，守堤的人那么多，就是用人去堵也是堵得住的。

水下的头发湿漉漉的。是落下的夜雾。天美的屋里仍然亮着灯，里面依然没有一点声音。水下有些怕。他想天美大概不会寻短见吧。水下站了起来，想到窗口边张望一下。玻璃窗是开着的，闭着的纱窗下半截遮盖着窗帘，窗帘把里面和外面分成两个世界。水下就是走到窗边也会什么都看不见。

水下便把院里的铁砣搬到窗下。水下站在铁砣上，踮起脚。他看到了。天美短衣短裤地侧睡在床上。她的圆领衫撩起来了，白白的背皮露在外面。短裤很短很短，水下一直看到了大腿根部。天美均匀地呼吸着，很平静很安逸。看她睡着的样子，根本无法想象她头天晚上曾经遭受过什么打击。水下看着，心里生出感动。水下想，天美姨睡觉的样子好美呀。早知道昨天晚上就该站在这里看她睡的。

天美像平常一样的时间起了床。仿佛什么事都没有发生，她像平常一样接待前来送废品的人。而且边说笑边跟来人打趣，笑声跟平常也一样，朗朗的，不带一点杂质。水下不时望望她。天美说，你看我做什么？水下说，姨你真了不起哩。天美说，你这话比这废品还要废。水下听天美这一说，脸上一下挂了笑。水下想，姨这话说得多好玩呀。水下想着，心里就轻松了起来。

中午的时候，天美的弟弟天富来了。水下是认得天富的，水下管天富叫舅，水下是随他的表哥叫的。天富没搭理水下。天富的神色有些慌慌乱乱，拉了天美便往房里去。水下心想难不成三霸闹到天美娘屋里去了。水下还没想完，就听到天美呜呜地哭。这哭声跟昨天的不一样，虽也是伤心，却没有凄凉。水下跑到门边，叫道，姨，姨呀，出了什么事？

天富这时才看到水下。天富说，能有好事么，我妈病了，医生说是肺癌哩。得住院，得开刀。天美哭道，我的妈呀，你的命怎么这么苦呢？刚刚把儿女都熬出了头，你怎么就得这绝症哩。天美哭得水下怔怔的。

天富说，姐，光哭有什么用？你们女人啦！水下说，姨，你赶紧回吧，这里我看着哩。天美说，水下，你一个人行？水下说，没问题，都乡里乡亲的，真忙不过来，让搭个手还能不帮忙？天美说，真的行么，水下，账可一点不能错。水下说，姨你放心吧，保管你什么都错不了。天美说，水下那我就先谢谢你了。水下说，姨，你还跟我客套什么，快去看婆吧。

天美换了衣服，一身整齐地跟着天富走了。一边走一边抹眼泪擤鼻涕，又把擤鼻涕的手指在鞋帮上拭了一下。天美的动作很好看，但水下看了心里却酸酸的。

生意跟往常一样，不好不坏。时不时有人送来废品，都说，怎么不见天美？水下便说，天美姨有事办去了。水下卖力地招呼着生意，来人便都说，水下在这里真顶事哩，天美有你帮衬，省心多了。往后她可以一心在家当太太了。嫁个有钱的男人，就是有福呀。老婆累了，还可以找小工帮着。水下不作声，只低头做事。心道，你们知道个屁呀。

中午，水下闲下了。天美还没回来，水下等了等，心知她不会回来了，便炒了一碗剩饭，一个人默默地蹲在院里吃。收购站里没有天美的身影，就跟庙里没菩萨一样，空空荡荡着，让人心里跟着发空。空得就跟没有了一样。水下老是在想，天美姨现在怎么样了呢？天美姨是不是见了她妈哭得更狠了呢？天美姨的眼睛会不会哭肿起来呢？哭狠了会不会连饭都不想吃？水下好想帮天美去哭它一大场，他攒着全身的气力想要去替她。可是，他却什么也帮不上。

将近四点，天美回来了。水下忙不迭迎上前。水下说，姨，吃了没有？姨，要不要喝口水？天美说，哪有心思啊。水下心里一急，说，姨，再大的事也得吃饭，要不，你自己的身子出了事怎么个好？天美说，哪能倒霉的事全摊在我头上。水下说，我现在弄给你吃好不好？天美说，没时间了，我还得赶去县里。水下说,现在还去?怎么来得及?天美说,还来得及。你晚上莫锁门,我会赶回来的。水下说,婆要去县里住院?天美说,哪有钱住医院?我得去找三霸要点钱,要不我妈的病就耽搁了。水下说,三霸叔他会给么?天美说,他不给我就死在他的屋里。做人要这么没良心,我做他的老婆都活着没劲。水下说,姨你别急。三霸叔不会不顾你的。天美说,他那点钱都花在那个相好的头上了。我娘病成这样,他要不给还是人吗?我娘死了他会安心吗?水下说,我会看相,婆的面相很好,不会死的。天美说,水下,难为你了,又要管站里事,又要操我的心。水下,你真是个好孩子。水下说,我不是孩子,我是个大男人。天美淡然地笑了笑。天美说,真是好大个男人。水下听出了她的话里嘲笑意味。但水下没有生气。水下想,总有一天,你会晓得我是怎样的一个大男人。

天美又换了一身衣服。这是一条黑底起红花的连衣裙。天美的腰还是细细的,裙子刚好掐在腰上,裙摆很大,从天美的腰间撒开来。天美朝外走,腿间生风,裙摆便甩了起来。水下就一直看着黑底红花的裙摆甩动着,一直到它消失。

黄昏的时候,天下起了雨。雨下得好大,堤那边又传过一阵一阵的喧嚣声。水下就开始着急了。他想天美是没带伞出门的。天美只穿了一条薄薄的裙子。天美脚上蹬着高跟鞋。天美坐汽车从车站到家的这段路满是泥泞。天美身上揣着钱遇到打劫的人怎么办。水下心里麻乱,所有天美可能遇到的事情他都想到了。电视机里正播放着香港的武打片,这是水下平常最爱看的片子。水下眼睛盯着电视,心神却全不在上面。里面出了什么事,为什么打得一塌糊涂以及那个男人和那个女人何故吵架生气,水下只过了眼,而没过心。那些晃来晃去的红男绿女在水下眼里只幻作了一个形象,那就是在大雨中挣扎的他的天美姨。

水下终于耐不住了。他披了件雨衣，套上凉鞋，又夹了把雨伞，冲出门，朝镇政府跑去。水下的同学在镇政府当临时工，看大门，管收发。水下打电话总是上那里，不需要花钱。

同学在值班，很惊异水下冒这么大的雨来打电话。水下说，我姨没回来，我得问问她今天回来不。同学说，她一个老娘们，回来不回来，该操心的是她老公，你多个什么事？水下说，你搞不清，莫瞎说。水下说着便打电话。电话是个女人接的。水下说找三霸叔。女人追问找他干什么。水下只说我是他侄，却没有说找他何事。水下听到那女人尖声叫三霸接电话的声音。声音有些凉飕飕的，直扑水下的耳朵。

三霸说，水下，你姨还没回么？水下说，难不成她已经走了？三霸说，她见我这边的老婆也在当面，没等我把话说明白，就跟她吵。她怀着我的骨肉，我哪能让她受气。我就手给了天美一个巴掌，她就没个完。跳起脚来骂了一通人，就跑掉了。这女人是越来越不像话了。水下说，她有没有说送钱去婆那边？三霸说，钱？我不晓得她身上有没有钱，我反正没钱给她。水下惊道，你没给天美姨钱？那婆的病怎么办？婆是绝症哩。三霸说，我哪管得着？连她娘生病都归我出钱的话，我这日子还过不过呀？她也太不醒事了。这种女人娶回家真是害人。水下说，姨是生气走的吗？三霸说，她喜欢生气，我有什么办法？水下，天美性子有些烈，该不会出什么事吧？水下心里好生气。水下说，我怎么晓得？他是你的老婆哩。三霸说，水下，你替我找找看，如果她没回去，你给我一个电话。叔托你帮忙了，回头我给你涨工资。水下说，再说吧。

水下放下电话，呼呼呼地直喘气。在他喘气间，有一种说不出的恨意在他心里滋长。原先这恨意只是一粒种子，现在却长成了树。树被风刮着,呼啦啦地摇撼着水下的心。

水下的同学说,怎么了?看你的样子,像是有人抢了你的女人似的。水下说,我姨不晓得到哪去了。水下的同学说,她老公都没操心是不是?水下想了想,低声说,是。水下的同学说,我就说了吧?你管呢。来来来,今晚也没什么事,我们再叫两人,打牌怎么样?水下抬起头,用一种坚定的目光望着他的同学。水下说,不行,我必须把我姨找回来。水下话没说完,人就在雨里了。

雨把地面打得啪啪地响。水下的脚底又拍打在落下的雨上,也是啪啪地响着。水下一直跑向汽车站,站牌下空无一人。水下有些茫然,水下想,姨呀,你上哪儿了?

站牌后面有一家小卖部。水下跑过去问,有没有一个穿黑裙的女人在这里下车?小卖部的老板娘说,你是说天美吧?水下激动了。水下鸡啄米似的点着头。水下说,是是是,她是我姨,我给她送伞哩。老板娘说,伞有屁用呀?这雨,下车三步路,全身就湿透。水下说,我姨去哪了?我一路没碰到她呀?老板娘扬手一指,她朝那边去了。水下怔了怔。水下说,哪边?湖边?有没有弄错?那不是回家的路呀。老板娘说,怎么会错?天美穿的黑花裙嘛。刚结婚时,她常穿,说是三霸给买的,三百块钱一条,全镇最贵的裙子。水下心头紧紧的,腿也有些软。老板娘说,天美脸色不好哩,像是揣了心事,我跟她搭话,她都没回腔。

水下一头又扎进了雨里。一路跑,一路嘴上大叫着。姨!——天美姨!——雨声太大,水下叫出的每一个字音仿佛一出口就被水溶掉了。水下急得有些想哭。水下长这么大,还从来没有想哭过,就算十三岁那年跟人打架,腿上被刀拉了一道半尺长的血口,他也没有半点想哭的意思。可是现在他找不到天美姨,眼泪便从他的心里一直涌到了眼眶前。

湖面很阔大,雨线将湖面和天连了起来,黑雾雾中,什么都看不见。恍然间,水下觉得似是湖里的水在朝天上奔跑。水随天去。水下想,天美姨你不会犯傻吧?你你你不会投湖吧?呛水的滋味很难过哩。而且湖水也太凉了。再说这时节不是投湖的好时节哩。雨多水浑。要投也得哪天湖水清亮的时候再投呀。天美姨,这你没我懂哩。

站在湖边,水下来来回回喊叫着。水下叫得自己快要疯狂了。最后,水下决定去给三霸打电话。水下相信天美一定出了问题。水下掉头离湖而去。

水下在转身回跑间,脚下被绊了一下。水下一筋斗栽倒在地,摔在一件软物上面。软物低低地哼了 声,只 声,水下就知道是什么了。水下的眼泪喷射而出,落下的泪水与脸上的雨水混在一起。水下惊叫道:姨呀,姨!——是你吗?姨——

六

水下把天美背回收购站时,雨还没有停。天美趴在水下的背上,沉沉的,一直没有醒过来。水下不能又打伞又背人,便把伞丢掉了。虽然天美全身湿得无一干处,水下还是把穿在自己身上的雨衣披在她的背上。天美软软的胸脯紧贴着水下的背,令水下心跳得厉害。路上滑得不得了,水下却没有摔跤。水下一直在心里对自己说,我不能摔跤,我不能摔跤。果然他就没有摔跤。

进屋里,水下看了看钟,已是半夜十二点过八分。水下本想把天美放在床上,可是一看床上太干净,而天美身上太脏,他便将天美放在沙发上。天美软软地躺倒在沙发上,软得仿佛没有筋骨。水下把她放成什么样子,她就成什么样子。背着天美,走了好长的路,水下太累,放下天美他便一屁股坐在地上,一口一口地喘粗气。

水下的粗气还没变细,天美那头便发出一声轻微的呻吟。水下说,姨,你是不是醒了?没有人回答他的问话。水下伸出手去摇天美。水下说,姨,你得醒过来。水下说完,发现天美的身上滚烫。水下吓得惊跳起来。水下说,姨,你病了?依然没有回声。水下伸手摸了一下天美的额头。头上也是滚烫滚烫的。水下说,姨,你不能病。姨,你赶紧醒过来吧。

束手无策的水下在屋里急得转了几个圈,终于他意识到,他不能就这样让天美全身湿漉地躺在沙发上。这样下去,天美说不定会死的。水下想出去找人来。他跑到门口,见外面漆黑一片,风声雨声一起扑面而来。远处,堤上的声音穿越重重的水线,仿佛被筛子细细地筛了一道,只剩下星星点点的吆喝传到水下的耳边。水下伸出去的脚又缩了回去。

水下重新关上门,进到厨房。水下用大锅放了一锅水,打着了煤气炉。又跑进屋里,从天美的衣柜里找出几件天美的干净衣服。厕所的门后,有一个朱红色的大脚盆。水下把脚盆冲洗干净,端着它到屋里。水下把大脚盆放在沙发前。看着那盆子,他有些发呆。谁来脱掉天美的湿衣服呢?谁来替天美洗干净身子呢?谁来帮天美换上干净的褂子呢?

想着时,水下浑身有些软。水还在烧着。水下冲回自己的小杂屋,匆匆地将自己揩干净,换上干衣。小杂屋没有雨具,水下顶着一个脸盆,回到天美屋里。

水已经开了。水下兑好满满的一盆热水。他走到天美身边,再一次猛烈地推摇着天美。天美不肯醒来,天美的脸通红通红的,嘴里说着胡话。水下不敢再拖延,他只好自己动手。他三下两下把天美的湿裙子拉下。水下的眼睛闭着。水下说,老天爷,你做证,我什么也没有看啊。

水下将天美的泥浆满是的湿衣服扔在了墙角,他搓了一把热乎乎的毛巾,开始替天美擦身子。毛巾经过天美的脸,又经过她的脖子。天美的身上到处都有泥。水下无法闭眼操作。水下像是做小偷一样,睁开了他的眼睛。他最先看到的是天美的乳房。它们很白很饱满地贴在天美的胸前,随着天美的呼吸微微地抖动着。水下头上仿佛被人打了一大棒,"嗡"一下肿胀起来。他不禁退了一步,人没站稳,一屁股坠进了盆里。盆里发出巨大的声响,热水四溅而出,屋里的地顿时湿了一大片。水下慌张地爬起来,他努力地克制着自己什么也不看,可是他有些做不到。他好想好想顺着天美的乳房往下再看过去。那有一处对他来说是天大秘密的地方,他好想仔仔细细地看个痛快看个明白。水下心里拼命地想把自己的目光送过去,但他终于没有。水下明白,这样是不行的。他不能这样对不起天美姨。他若这样看了,老天爷会用雷轰死他,会用电劈死他,会用天火烧焦他,会找个由头把他弄到湖里,让鱼一口一口地吃掉他。

水下离开了沙发,他从天美的柜子里抽出了一条床单。水下把床单浸湿,然后把它裹在天美的身上。他用湿湿的床单将天美的身子擦了一遍。有没有擦干净,水下已经顾不得了。水下把天美连湿床单一起抱到了床上。他将墙角的被子覆盖住天美的身子,然后自己伸手进去,再把湿床单抽了出来。水下最后的事是给天美穿衣服。水下克制着自己。他跪在床边,伸手到被子里。他先把天美的汗衫穿好,然后再给她套裤子。水下在为天美提裤时,左手不小心触到了毛茸茸。水下实在是无法自控了。他用手轻轻地在那里抚了个来回,然后慌乱地替天美扯上裤衩。

水下的全身上下都流着汗，两腿软得快撑不起他的身体了。他跑到了屋外。雨小了一些，但仍然下着，风有一点点凉。水下跑进了雨里，让凉风吹着自己，心里一遍遍地回味适才左手的感觉。水下隐忍不住，抬起右手来来回回地抚摸着自己的左手。

水下不知道自己站了多久。他一直站到自己觉出了冷意。水下再次回到天美的屋里。被子还盖在天美身上，天美满头大汗，头上依然烫着。水下忙掀下被子，将盆里的水倒净。然后他把冰箱的冰水淋在毛巾上，把毛巾叠成长条，放在了天美的额上。当年他妹水红发烧时，他妈就是这样做的。

整个夜晚，水下都忙碌着。他把冷水冻在冰箱里，再用冰冻过的水淋湿毛巾，把冰凉的毛巾敷在天美的额上。水下反反复复地做着这件事。倘有片刻的空闲，他就去到厨房，站在水管边，把天美湿脏的衣服和他揩过泥水的床单一点点地搓洗。水下不能让自己停下来。一停下来，他的眼里就会出现两块白而饱满的圆物。他的心里就会去回味他的左手抚摸的感觉。水下想，天美姨要知道这些，会恨死他。

天开始亮了。水下一夜未眠，却觉得这个夜晚太短。他还想独自守在天美床边。他还想天美不要醒来。他还想为她敷额时好好地看她的脸。他还想在静夜里听她的呼吸，闻她的鼻息。但是，老天爷不帮他，它偏要亮起来。水下想，老天爷从来也没有帮过他。

雨也随着夜色一起退去。天美的身子也不似半夜里那么烫，脸上的赤红也在消退，然后她还发出哼哼的声音。水下知道，天美要醒过来了。水下不想看到醒来的天美。因为醒来的天美比睡着的天美距他遥远千百倍，醒来的天美是他的姨，醒来的天美高高在上，处处要教导和关照水下，醒来的天美说话就跟他妈的口气一样。水下想到这些，心里有些烦烦的。他不喜欢这样。说不出理由，莫名地就不喜欢。所以水下在听到天美第一声哼时，便逃跑一样回到了自己的小杂屋。

湿闷气在小杂屋里一直没有散开过。回到那里，他才想起，自己曾经换过的干衣服，早已再湿，而这湿衣因了他的忽略未换，竟又被自己的体温烘得干干的。

水下坐在自己的床边，打了一个哈欠，又长叹了一口气。

七

天晴了。二舅妈天香来了，她是水下找来的。水下不想找三霸。水下觉得三霸不配照顾天美。二舅妈天香没有问天美是怎么从湖边躺到床上的过程，水下也没有说。因为这个过程是独属水下一个人的，水下须得把它好好地珍藏在心。

天美在屋里足足休息了三天才出门。三霸在这三天中来过，只坐了坐，便走了。天富也来过。天富没拿着钱，叫嚷着骂了三霸一顿，也捎带着骂了天美几句，也走了。水下在院里干活，在他们来时，水下总想听天美说些什么，但是他一直没有听到天美的声音。

水下心里乱乱的，他不知道自己为什么会这样。水下只知道一件事，他身心里的一切都跟天美粘到一起了。水下只想知道天美的事，只想眼睛一眨不眨地望着天美，只想听到天美的声音，只想跟天美说笑，只想做饭做菜给天美吃，只想一个人跟天美在一起，其他人都死绝掉。

天美出门的那天，二舅妈天香走了。走前，二舅妈天香说，水下，好好照顾你姨。水下正闷着头干活，他抬头应了一声。然后便盯着二舅妈天香不离眼，生怕她一个闪念又不走了。二舅妈天香拉着天美的手说话。二舅妈天香又抹眼泪又擤鼻涕。二舅妈天香跟来送货的人打着招呼,然后二舅妈天香才款款地出门。二舅妈的人影彻底消失在院外,一股不知从何而来的欢喜一下就涌满水下全身。水下情不自禁收回几乎快要伸到院外的目光,转过来,他要看天美。

天美站在她屋门口的台阶上,她倚着门框,目光散漫着。当水下的眼光落在她身上时,她的目光也刚收拢来。天美和水下的眼光就撞在了一起。水下心里一阵慌,赶紧低下头来,接着干他的活。天美一步一响地下了台阶,她走到水下面前,轻声说,是你把我背回来的?水下没作声。天美又说,你替我换的衣服?水下还是没作声。天美朝四周望了望,没有人注意她跟水下。天美又说,你把我都看了?水下这时说话了。水下说,没有。天美说,说谎。没有的话,衣服是怎么脱下又怎么穿上的?水下的左手抖动着。那种令他心悸又令他兴奋的触感又回到他的手上。水下说,我是用床单蒙着的。天美说,真的?水下说,真的。天美说,我没怪你。水下说,是真的。天美便笑笑走开了,她溢着笑容的脸上,有了一种与往日不同的东西。水下想,那是什么?

从这天起,水下与天美间突然有了自己的秘密。每天的夜晚,水下回到自己的小杂屋里,就要扒着窗子朝天美屋里张望,一直要望到她的灯关为止。然后水下就在幻想天美这时在干什么,是穿的什么衣服,用一种什么样的姿态躺在床上。想时,他会不停地捏着自己的左手,反复回味他曾经有过的感觉。

汛期终于过去了,洪水一天天地退了回去。水下有一天回家拿衣服,顺便到堤上去看了看。守在堤上的人都撤光了,堤上堤下一片狼藉。下堤时,水下口渴,到堤边的水文站讨水喝。水下以前放牛时也常来这里。水文站的朱站长说,水下,都长这么大了。水下只是笑。朱站长又说,水下,还在家里替你爹放牛?

水下说，没了。在镇上收购站帮忙。朱站长说，水下，我们缺人手，准备聘用几个临时工，你要不要来？水下说，不了，我姨那边也缺人手。朱站长说，这里的饭票不比那里好？干好了，说不定能转正哩。回家跟你爹商量一下。回到家，水下却没把这话跟他爹说。水下晓得，一说他的麻烦就来了。水下除了有天美在的收购站，他哪儿都不想去。全世界没有一个地方，比得上那里。

回到收购站时，天已擦黑。水下便去天美房间，想跟她说关于水文站的事。水下进屋时，天美在里面听到门响，大声问，是水下吗？水下说，是。天美说，你怎么这么早回来了？水下说，我怕天黑了路不好走。天美说，你先看电视吧。水下说，姨，你吃过了吗？天美说，我吃过了。

水下进屋，却没有看到天美。水下转身进厨房，厨房也没人。路过厕所，门虚着一道半尺大的缝。水下听到里面的水声，他知道天美在洗澡。水下定住了。平常他在这里时，天美洗澡总是要关门的，这一次却没有。水下脑子里浮出那一夜他看到的天美的胸脯，又想象着天美白白的身体上缀满了水珠的样子。水下的牙齿打起抖来，他想回到屋里去，想到沙发上坐下来，想喝一杯冰水，然后就看电视。但是这一刻他却无法让自己做这些。他就只是呆呆地站在那里。

天美洗了澡，裹一身清香从厕所里出来。一拉门，便看到呆站在那里的水下。天美怔了怔。水下慌得连话都说不清。水下说，我是去厨房打水。说过觉得不对，又说，我刚想上厕所。说过又觉得不对，嘴也打起结来。我我我的，说不出一个字来。天美牵起他的手，拉着他进到屋里。天美的上衣扣子没有扣严，水下走在她的旁边能看到她衣服里的抖动。水下浑身上下激动得不能自制，裤裆被绷得紧紧的。天美拉着他到沙发边，按他坐在沙发上，眼睛有意无意地朝他的裤裆看了一眼。水下感觉到了天美的目光。水下面红耳赤。水下说，姨，我我我……天美妩媚地笑了笑，说，我们家水下真成了大人，身子晓得想女人了。水下更窘，他下意识用手挡住自己的裆部。水下结巴着说，姨，我我我……天美又笑。这回天美笑出了声。天美说，想女人说明你是一个正常人呀，什么时候，姨教教你。

刚刚洗过澡的天美面色红润美艳。灯光在她的头顶上照着，她的脸上放射着粉色的光。水下好想剥下她的衣服。好想看看她的身子这时是不是也是粉色，好想把她搂进自己的怀里，好想用手把她的全身上上下下里里外外都抚摸一遍。水下好想好想做他此刻心里强烈地想要做的事。可是他知道，他不能。

天美凝视着水下。慢慢地，天美在水下的身边坐了下来。天美把手放在水下的大腿上，手指尖在水下的腿上轻轻地蠕动着。天美说，水下，你在想什么？你把你想的说给姨听听，也许姨能帮你。水下张口结舌，他说不出话来。水下只觉得自己血管在膨胀，觉得自己就要爆炸了。天美的手指尖就是一根火柴，那火柴的火已经要点燃他的引线了。水下"呼"地一下站了起来。水下说，姨，我我我……水下说不出话来。他觉得自己快要垮了，觉得自己支撑不住自己了，觉得自己所有的精气神会在这一下全部泄出。于是，他掉头跑了出去。天美在他的身后追问了一句，水下，你怎么啦？

水下出了天美的屋便朝外跑。他一口气跑到了湖边，歇也没歇，便跳里了湖里。夜晚的湖水有些凉，水下还觉得不够。他把自己浸泡在里面，一遍一遍地回想适才心惊胆战的那一刻。

水下湿漉着全身回到收购站时，天美已经睡了，她屋里的灯也是黑的。水下走进院里，站在月光下。天美屋子的一面墙全被月光照着，就仿佛月光挂在那里。水下望着那墙，心里又有一阵阵的热潮涌着。院里静静的，空无一人。水下觉得他能听到天美躺在床上的呼吸声，水下忍着。那声音越来越撩人，水下还是忍着。撩人的声音渐渐地成了音乐，一缕一缕地钻进水下的心里，水下忍不住了。水下搬起院里铁砣到天美的窗下，然后爬了上去。

月光从窗户一直落到天美的床上。天美什么都没盖，就在月光之下，仰躺着。天美的头发是散开的，有一大绺蒙住了脸。天美的两腿大叉着，一只手放在腿上，一只手甩到了头顶。床上天美的身体充满了欲望。窗外水下的眼睛也充满了欲望。这两份欲望纠缠在一起，如同鞭子，不停地抽打着水下。水下好想进屋去，好想从天美身体的每一处缝隙钻进去，让自己成为天美身上的一个部分。

这夜晚，睡在小杂屋的水下心里突然有一种绞心的痛苦。这痛苦狠狠地折磨着他的身心。他甚至不知道拿自己这个人怎么办才好。他坐下难受，站着也难受，靠在墙根难受，睡在床上更难受。水下用一只手掐着自己的另一只手。指甲把手背的肉掐得很痛。水下想，我不能动。我不能出门。我不能进那边的屋。我不能这么下作。我不能对不住天美姨。我不能比三霸还要坏。我不能让爹妈替我急。我不能犯罪。我不能坐牢。我不能成了一个流氓。

水下醒来时，天已大亮。他从床上坐起，突然看到天美就站在他的门口。水下呆住了。天美穿着一条薄薄的裙子，隔着薄纱能看到里面的乳罩。天美笑吟吟着。水下有些难为情。不知道天美看到了自己的什么。天美说，水下，昨晚上跑哪去了？水下说，没去哪。天美说，你为什么那么慌张？怕我吃了你？水下说，哪里。天美说，那为什么？水下说，我不敢说。天美说，有什么不敢的？你说吧。水下说，我不敢。天美笑道，一个大男人，有话都不敢说？你说吧。你说什么姨都会听。水下说，我还是不敢。天美说，怎么这么没出息？你还是不是个男人呀？说呀。我今天非让你说出来不可。我就是想听听你当时想些什么。你说了，我能帮你的就帮你。

水下窘在那里。天美走了进来，她坐在了水下的床边。水下突然又闻到了她身上的香味。那是他在十年前闻到过的味道。那味道深深地刺激着水下。水下记起了他曾经对天美的亲吻。突然间，他又想要好好地亲吻天美。

天美说，水下，你怎么经常突然就呆掉了？把你的话说出来嘛，我想听哩。水下心里突突着，他想说我就只想抱着你，还想说我想要亲你，最想说我想晚上跟你睡在一起。可是话到了嘴边，水下醒了醒，他知道这些都不能说。水下说，我想跟姨说，水文站要招我去他们那里做事，我怕姨会不高兴。

天美脸上掠过几丝失望，但她一下子恢复了满脸的笑意。天美说，怎么会？那边当然好，吃国家的粮，比我这里有前程。我还会替你高兴哩。水下说，姨你同意？天美说，当然同意，你不如今天就走吧。早些去，免得被别人抢了名额。天美说完，嫣然一笑，身体一扭就出了门。

出了门的天美大声地唱了一句歌：东边我的美人呀，西边黄河流。就只唱了一句，然后便没出声了。水下从窗子朝院里望去。天美也正朝着他的小杂屋望着，脸上和眼睛里都满是忧郁。这忧郁让水下有点心疼，但水下知道自己是真的不能这么着在这里待下去了。

八

水文站招了两个人，其中一个是水下。水文站的朱站长当年刚去水文站上班时，单身汉一个，常去水下家。水下的妈帮他洗一下衣被炒几个小菜，水下的爸则陪着他喝两口小酒。这样，朱站长心里对水下家总有一份感激存着。这回招人，想去的人很多，朱站长没有半点犹豫，在几十个人中挑了水下。

水下从第一天上班起就心神不宁。水下知道他的心不在这里，并且永远也不会在这里。水下的心就放在那个小小镇上的小小收购站。在这里晃来晃去的只是他空空的一个躯壳。朱站长带着水下沿江而行，教水下怎么样看水位，怎么样做记录。事情很简单，只是水下没心思。一没心思，脑子就显得笨。朱站长提示几次后便不解了。朱站长说，水下，你怎么成天都跟丢了魂似的？水下想，哪里丢了？是根本没带上身哩。

晚上总站派老师来上课，水下总也听不进去。水下脑子里不停地浮出他和天美一起坐在天美的小屋里看电视的情景。他端着一杯冰水，一边喝，一边听天美说着什么。水下望着老师的眼睛是空洞洞的，连老师都看出了这点。老师说你这小小年龄怎么总是一脸茫然的样子？

不管怎么样，水下还是在水文站待了一个月。这一个月有如百年。水下觉得自己好闷。晚上睡不着觉的时候，便到江边去。坐在江滩上，看江水闷声闷气地流下去。四下里黑灯瞎火着，对岸也看不到一点灯光。偶尔有船过，叫一两声，听上去也是闷闷的声音。黑暗中，水下的眼边晃来晃去的还是天美的影子。水下觉得自己再不去看一眼天美说不定会死掉。可是水下找不到去看天美的理由。水下知道自己脑子里成天只想这一件事很是羞耻。他好想抛开来不去想它，就像自己从来没有去过收购站，从来也没有看到过天美一样。可是他却无论如何排遣不开，就仿佛他在收购站的每一天日子都如丝一样，全部绞在了一起，然后又紧紧地扎在他的心上，成了一个大结。除非一把火，烧掉那结，才能解开。可是那结若被火烧掉，他的心岂不是也会一起烧焦掉么。水下好想找个地方倾诉自己，他想如果他说出来了，心里可能会松快许多。可是这样的事又怎么能跟人说呢？这只能是水下自己的隐秘。水下自己在心里千转百绕着，绞尽脑汁着，可水下还是没办法把自己从自己的隐秘中拯救出来。

发工资了。这是水下第一次拿到自己的工资。工资装在一个小红包里。朱站长看着水下笑，问水下高兴不。水下说，高兴。朱站长便说，头一回拿钱，去给爹妈买点东西孝敬，要是有自己喜欢的人，也可以去买份礼物。水下把后面一句话听进去了，心里振了振。

水下有理由了。他要买点什么送给天美。他是一个赚公家钱的人了。他应该回报天美曾经对他有过的关照。这是世界上最好的一个理由，这理由好得任何人都无话可说。

星期天的时候，水下揣着钱，骑着那辆破得叮当响的自行车又一次沿堤飞奔。阳光没那么强了，可是水下的脸上依然被照得通红，汗水依然从他的额一直流到脖子，流进他的胸脯。

水下在县里最大的商场里徘徊了两三个小时。水下为天美挑了一个蓝色的发圈。水下一直觉得天美把头发扎成发髻显老。如果天美散披着头发就不像一个满了三十岁的人。水下还为天美买了一条珍珠项链。项链当然不是真珍珠做的，但很漂亮。水下觉得漂亮就好。卖项链的小姐打量着水下说，给谁买？水下大声说，给我的女人买。水下心里充满着自信，因此他的话也说得十分自豪。

下午三点多，水下到了镇上天美的收购站。这时间去送废品的人已经很少了，天美会闲一些。水下看到收购站的门框就开始激动。没有进门，水下就叫了起来，姨！姨！水下的声音有些失态。

院子里的废品堆放得乱七八糟。天美穿了件打着补丁的衬衣，脖子上搭着毛巾。因为揩汗多的缘故，毛巾已经黑掉了。天美嘴上正在骂着，没见过你这么懒的人，真是懒得抽筋剥皮，就你这样的五个加起来，也顶不了人家水下一个。水下是人，你怎么就不是？我有你搭帮比没你还累。你懒了去死呀！你最好明天就给我滚你妈的蛋！

水下站在了院子门口。天美黑了也瘦了，满脸憔悴。衣服脏兮兮的，一看就晓得她这一天都没歇在屋里。秋天的太阳还很毒，天美这一个月就一直在这毒毒的太阳下干活么。水下听天美不停嘴地骂着，心里一阵阵难过。不是他抛下天美去水文站，天美怎么会这样呢？

小杂屋里出来个男人，腿有些瘸，脸上有股巫气。男人高声道，走就走。天天听你骂人，一点好处也没给沾着，爷早就不耐烦了。男人说着朝外走。走到门口看到了水下。男人说，两口子吵架也看？男人说时便已走到了水下的身边。水下看也没看他，扬手就挥了过去。水下说，你跟你妈是两口子。男人没提防，身体一歪，没了平衡，就摔了下去。天美这时看到了水下。天美在看到水下的同时也看到男人摔倒在地。天美忍不住笑了起来，笑得咯咯的。水下本来正一肚子火，这笑如一股清泉从天美那边一直流进了水下的心里。火在瞬间就被浇灭了。男人不明白自己怎么得罪了水下，正骂骂咧咧地爬起来。水下说，你再想占我姨的便宜，我就割了你的头。男人忙不迭地哈着腰，小爷，我哪敢呀，你姨她是我祖宗哩，我供她都来不及，还敢占便宜？水下说，你滚吧，滚得越远越好，从此不准你进这院里半步。男人赶紧往外走，且走且说，莫说半步，离半里路，我都会绕。说话间，男人出了门。人影都看不见了，天美却还在笑。水下被天美笑得隐忍不住,也跟着笑了起来。

水下再一次进了天美的屋里。只一个月没进来,水下竟有点儿百感交集。一切都那么熟悉和亲切。天美给水下倒了一杯冰水。天美说,今天怎么来这了?来看姨?水下说,站上发钱了,给姨买了点礼物。水下说着,心有些慌,两只手也有些忙忙乱乱。水下好容易把礼物拿出来,递它们在天美的手上。天美的脸上显示出惊讶,她望着水下。水下被她望得有些怕,忙说,是谢姨前些日子的关照哩。

天美拿过礼物细细地看着,然后竟是忍不住地哭了起来。水下更慌了。水下说,姨,你要是嫌不好,你就扔了它。我不会买东西。我是第一回买这些。天美抹着眼泪说,我怎么会嫌不好呢?今天刚好是我的生日哩。我中午还想着恐怕没人会记得我这一天。这些我要当生日礼物来收哩。天美说着,又有些感伤,眼泪就又哗哗地流在脸上,呜咽声也起来了。

水下怔着,他望着天美,天美说出的话令他意外。水下在天美的呜咽声中也伤感了起来。水下想老天对天美姨如此不公。过生日没人理,还要顶着太阳穿着破衣干重体力的活儿。想着,水下便隐忍不住心里的愤怒,这愤怒还是对三霸的。水下不忍看天美落泪。水下说,姨,我来做菜。我来替你庆生。说罢,水下便踅身进到厨房。

水下麻利地淘米点火,看看地上还有些菜,便蹲下身来理菜。只一会儿,天美就进来了。天美说,水下你走了一个月,我一顿上口的菜都没吃着哩。吃惯了你做的,吃别人的怎么都不好吃。水下低头理着菜,说,我还回来做就是了。天美说,那怎么行?不能误了你的前程哩。水下本来只是顺口一说的。说完想想,他若在此,天美姨还会辛苦么?天美姨还会受半点的罪么?天美姨还会没人保护没人疼爱么?只要他在这里,天美姨这辈子就不会再操劳了。为了这个,他为什么不能留在这里。这想法只在水下脑子里闪现了一分钟。水下便做出了自己的决定。水下说,姨,我明天就回这边来。天美说,水下,你疯了。姨可不同意你这样。你得为自己前程想。水下站了起来。水下就站在了天美的对面。水下满脸都是天美的鼻息。水下激动得泪水涌入眼眶。水下说,我不管,我要为了姨,我不能让姨吃丁点儿苦。我就要跟姨在一起,我要照顾姨。水下的话又急促又热烈。天美仿佛听呆了,一动不动,只是望着水下不转眼珠。

于是厨房里就只剩下沉默。天美蹲下身来理菜。水下也蹲下身来理菜。天美理好菜猫下腰去洗菜。水下也跟着,猫下腰与她一起洗。菜是水下炒的。天美在屋里抹桌子。抹完就站在窗口,望着院子。院子里面有铁砣,铁砣在小杂屋的窗下。天美什么都知道。

这一顿饭也是在沉默中吃完的,吃过饭天美去厨房洗碗,水下也去了。水下拉开天美,自己抢过去把碗洗净。水下洗完碗,上厕所。见厕所的脚盆里放着天美的脏衣服,水下就没出来,蹲在厕所里又把衣服洗净。水下端着盆去院里晾衣服。天已经黑了,星星缀满了天空。明天是晴天。水下做着这些,心里好愉快,情不自禁就哼了歌子。

天美就站在窗边,看着水下,天美突然就有了饱满的幸福感。这感觉在十年前与二霸结婚时曾强烈地感受到过。时间一天一天地走过,幸福也跟着时间一天一天地远去。越来越远后,她就成了一个孤独的人。孤独地守着她丈夫交给她的小小废品收购站。而现在,少年水下出现了。少年水下竟让她远去的幸福回过头来重新泊在她的心里。水下的目光,水下的气息,水下的声音,水下的表情,溶在一起,成了她现在的幸福。天美就像决堤后的溺水人,突然看到了救命的东西。或许它是船,或许它只是块木板，更或许它只是一根比她更轻的稻草。但对于几乎快要窒息的天美来说，它们都能救生。

水下回到天美的房间，水下说，姨，我要回去了。我要去跟朱站长说一声，我明天早上再来这里。天美说，水下，你要想好，不要这么轻易决定。水下说，姨，我不是轻易的，我早就想过了，我不要姨过得这么苦，我要姨幸福。天美轻叹一声。天美说，你晓得幸福是什么吗？水下说，我不晓得。我只晓得姨不能吃苦，姨的苦得由我来替姨吃。水下说得倔倔的。

天美走近水下。她伸出手来，在水下的脸上抚了一抚。天美说，水下，可惜你还是个孩子。水下一把抓住了天美的手。水下急切地说，姨，我不是孩子了。我是大人。姨，我是大人！天美被水下冷不防这一抓，腿便一软。水下感觉到天美的软倒，便又伸出另一只手，把天美抱住。

三霸已经好久没有来这边住了。天美已经记不得自己有多久没有碰过男人。水下身上浓烈的男人气息熏着了她。那气息一点也不比一个成熟的男人弱。那是天美所需要的气息。它一点一点地在勾引天美的渴望。天美便身不由己。天美想，有罪就有罪吧。就算有罪也心甘呵。天美想着便倒在了水下的怀里。水下有些不知所措。水下觉得自己发晕了。他曾经朝思暮想的天美姨，现在就真真实实地在他的怀里。天美呻吟一般地叫着，水下，水下，我的好人。水下听到这声音，泪水就流了出来，它滴在天美的脸上。水下腾不出手来揩干滴在天美脸上的泪。水下便低下了头。水下动用了他薄薄的唇。水下的嘴唇刚刚触着天美的脸，便很快跟天美的嘴唇相遇。两个人就吸在了一起。

这天夜里，水下没有回水文站，水下也没有进他的小杂屋，水下在天美的床上度过了他一生中最激动最难忘的夜晚。天美手把手地教着他。水下忙乎了一夜。水下这时候才知道男人原来是这么做的。男人的生活中不光只有干活，不光只有赚钱，还有这样的快乐可以享用。男人离不开女人原来是为了这个。水下在极度的兴奋中，搂着天美说，姨，我怎么都不会离开你的，除非去死。天美拍打了他一下说，说这些蠢话做什么？水下说，姨，我要跟你结婚。天美说，水下，莫说傻话。我有男人哩，你我两个现在是偷情，千万不要让外人晓得，要是被晓得了，会不得了的。水下说，我晓得，我都晓得。

天快亮时，水下睡着了。天美搂着水下，用她寂寞得快枯干掉的手，细细地抚摸着他。水下梦里还在笑着，笑得很是灿烂。天美望着他年轻的面孔，心想，天啦，我在做什么呢？老天爷呀，万万莫惩罚我。我是荒得太久了。我守不住了啊。

九

水下一早去到水文站。他跟朱站长说，他太笨，学不会水文站的活儿，他决定离开。朱站长气得臭骂了水下一顿。水下默默地听他骂。水下想，朱站长骂得对。朱站长骂完，便说你走吧，以后后悔也莫再来。水下便走了。走时水下想，我怎么会后悔呢？我只要守着天美就是天下最幸福的男人。我后悔个什么？

水下重新住进了小杂屋。当然这是住给别人看的。天一黑下，水下便锁上院子的大门。大门里，只有他和天美两个人。这是他们的世界。静静的，没有任何人干扰。他们坐在沙发上一边看电视，一边相互逗乐和亲昵。水下背着人时，不再管天美叫姨。他也不想直呼天美。有一天，他突然叫了一声美美。天美答应了。以后水下就管天美叫美美。天美很喜欢这声叫。天美说听到这声叫，就觉得自己真的是美上加美。水下笑着没说什么，心里却道，难道你不是美上加美么？我给你加一百个美你都值哩。天美就管水下叫小下子。天美笑道，我没天了，你没水了。水下便说，水随天去了。你剩下美，我只剩了个下。你是我的美人，我是你的下人。天美听水下说这些，立即笑得仰倒在沙发上。水下便扑过去，搂着天美与她一起笑。水下觉得今生今世他的笑只能和天美溶在一起。

水下每个星期要拖两三次废品到县里的总站去。多时他见不到三霸，偶尔见了，水下也懒得跟他搭腔。三霸眼里没有水下。水下不过一个少年郎而已，所以三霸也从不把眼光落在水下身上。三霸的二奶时常大大方方地从三霸屋里晃进晃出。她已经出腹了。有阳光的时候，她总站在阳光下抚着自己的肚皮。抚得一脸的快意。水下看到她时，已无一点厌恶感。私底下水下心里还生出点侥幸。水下想，得亏你把三霸占住了，空出天美给了我。水下这样想过，心情便很好。倘离那二奶近了，还会递一个笑脸过去。总站看门的黄驼背告诉水下，二奶入冬就要生了。这些日子天天跟三霸吵闹，要三霸赶紧离婚。三霸也急，想把糟糠妻甩掉，可是老板娘天美就是不肯离。

回到镇上，水下也把看到和听来的跟天美说。水下说，美美，你怎么不肯离呢？天美说，我凭什么要离？我一离就等于把上百万的家产送给那个小妖精。她抢了我的男人，难道我还特意把我的家产也送给他？水下说，可是你这样过，家产也没有享受到呀。天美说，没享受到没关系，所有权是我的，当是我借给她。水下说，可是你不幸福呀。天美说，以前我是不幸福，可是现在有了你。我这样也很幸福呀。他可以有别的女人，我也可以有别的男人，我跟他扯平了。水下说，可是，我们就不能结婚呀。美美，我要跟你结婚哩。天美说，小下子，你莫说这种蠢话。

就算我离了,你能跟我结婚?我大你十五岁,是你的姨。我们两个要是成一家子,不被人骂死,也会被村里人的吐沫淹死哩。

水下听天美说过后,便在脑子里把他村里的几十户人家过了一遍,又把天美的村子由村头到村尾在脑子里过了一遍。水下知道天美说得不错。

可是水下也不甘心就这样。水下只想大摇大摆地做天美的男人。水下一心想向全世界的男人炫耀,天下最美最好的女人天美被他娶到手了。水下没有这样的机会总觉得好遗憾。水下说,那……我们私奔?到南方去。我主外,你主内,我们肯定能过好日子。你生不下孩子,我们就抱养一个。天美说,这里呢?我这里的家产呢?我这一走,还不是一丁点都没有了?这正遂了三霸和那个妖精的愿。我不甘心。家产是我跟三霸两个人打拼出来的。它们不攥在我手上我死都不甘心。水下又把天美的这番话想了又想。水下还是觉得天美说得对。这时的水下便无话可说了。

好长时间里,水下都为一件事困扰。水下想,怎么样既能让家产攥在天美的手上,又能让他们俩结婚呢?水下想过许多的可能。在心里水下把那些可能都变成一条一条的路。水下试着在每一条路上走过。走得那些路都纵横交错,成为迷径,可是没有一条路让他走通。所有的可能都只能是不可能。

有一天,水下被几个中学同学邀了出去喝酒。水下酒量不行,几口入肚,就有些醉意。同学们就都笑水下没用,毕业这么久了,怎么还没学会喝酒。水下光笑不言。心道有些事毕业一辈子也不一定能学会。喝了酒的同学一边碰杯一边闲扯。然后就扯到了当年学校的美人张翠翠。说是张翠翠结婚后,跟她厂里的一个业务员相好。业务员有钱。可是张的丈夫宁肯戴绿帽也不肯离婚。业务员下了最后通牒,说是张翠翠再不离婚,两人就拉倒。张翠翠急了,竟在她丈夫碗里下砒霜。她丈夫是死了,可她自己也完了。张翠翠临死还说她不后悔,因为她离不了婚,过的日子也跟死人没什么两样。她这么做,只不过是想赌一把。现在她赌输了。愿赌服输,所以她不悔。

水下歪躺在一边,本来是闲听着。听着听着,他的神经动了一动,仿佛被根针拨了一下。同学的话题拐了弯,水下还在想着张翠翠这个人。水下慢慢地回忆她的样子。她似乎长得俏俏的,眼睛很大,话没开口,笑意便浮上了脸。她走过时,男生们的眼光都会瞟过去。水下想出了她的样子,便觉得张翠翠好了不起。

晚上回去,酒醒了。便搂着天美说起了张翠翠。天美说她知道这个女伢。又说她跟她丈夫是换亲成婚的。她的哥哥娶了她丈夫的妹子。她丈夫没有半点本事,怕是睡女人都不会睡。她有外心也是当然的。天美说着叹息道,好可惜。要说这也是她的命不好。水下说,我好佩服她。我也想把三霸杀了。天美吓了一跳。天美在他的脸上拍打了几下说,你疯了。我可不想三霸死。水下说,三霸叔死了,财产不就都是你的了?他要不死,就算有你的份,你又怎么拿得到。你享用不到,就算是你的又有什么用?水下一番话,说得天美半天作不得声。

夜里,天美突然就醒了,醒了就睡不着。她摇醒水下。天美把脸贴在水下的脸上。天美说,小下子,你说得有道理啊。只有三霸死了,我才能出头。可是我不准你干蠢事啊。三霸若死了,你也得死。你死了,我怎么办啊。天美说话间眼泪就流了出来。流出来的眼泪沾得水下满脸都是。滑进水下嘴里,咸咸的。水下心里万分感动。水下晓得天美是舍不得他的。水下伸出手,抚着天美的脸,一点一点的把她脸上的泪擦干。水下说,我的姨呀,我的小美美,我为你什么事情都是肯做的。我只要你过得好。天美说,你再不要瞎想了。你就这样守着我就好。水下说,我听你的。不管你说什么,我都听你的。三霸是死是活,也都在你一句话哩。天美便伸手到水下的脖子下,把水下搂得紧紧的。天美说,天底下没有人比你对我更好了。我一辈子都会放你在心上。

这一夜水下觉得他和天美好缠绵。水下想,人活一世,倘没有过这样的缠绵,就真是白活。那张翠翠一定是明白了这一点。水下突然觉得他的心跟张翠翠的心是相通的。

十

树开始落叶了。因为没有钱,天美的妈始终没去住医院。有一天着了凉,发起了高烧,送进医院,没几天就过世了。天美因为这个哭得在地上打着滚儿。心里觉得是自己害得妈早死。嘴里也不停地骂三霸。三霸有万贯家财,却不肯拿出一点来救她的妈。人死哭不回来。天美只是把自己的心哭得平衡了一些,哭得内疚感少了一些。丧事办完后,天美人也瘦下许多。瘦得更加年轻和漂亮。

江水落得很快,转眼又是枯水季。被夏日里洪水泡得松软的大堤开始加固整修。堤上又回到了夏天般热闹上。水下的好多同学都上了堤。都说这回国家拿了大把的钱,把堤一修好,往后水再大也不消怕了。同学都让水下也上堤来,活虽然累点,可人多好玩。晚上大家在工棚里打牌喝酒,很是开心。水下笑听着,没有答应。再好玩也没有他跟天美在一起好玩。

天凉起来速度很快,厚衣服立马就穿上了身。天美的毛衣袖口已经毛了边。天美没在意,水下却看到了。水下看到了却并没有作声。这天进县城送完废品后,水下到商场给天美买了一件。毛衣是大红色的,有高高的领子。水下觉得天美穿红衣服最漂亮。红色能把天美的脸照得亮亮的,红色能让天美一下子年轻好几岁。

水下回来时,刚停好小拖,人没进院,就听到三霸的声音。三霸在天美的屋里大声吼着什么。天美正跟他吵。水下听到三霸的呵斥,心里就发疼。水下暗骂着,你凭什么吼我的女人。水下好想冲进去跟三霸较个真。可是走到门口,水下还是收住了脚。水下明白,天美是三霸的老婆,不是他水下的。他哪有资格在这个时候冲进人家的屋子。水下想着心里有些悲哀,他怀着这份悲哀回到他的小杂屋。

水下打开窗子,让那边的声音尽可能地传过来。水下有些躁,坐也不是,站也不是。他天天伺候天美,取悦天美,为天美做他所有能做的事。他只想看到天美笑,看到天美快乐,看到天美平静而温和地做他的女人。可是现在,天美却因为三霸在生气在发怒在孤独而顽强地保护自己。天美尖锐的声音从那边的窗内传进了这边的窗里。天美的每一个字都是一粒钉子。天美的每一粒钉子都扎着水下的心。水下心里怒吼着,三霸你这个王八蛋!三霸你竟敢让我的女人生气!三霸你害我的女人不开心!三霸我绝对不会饶你!

水下的声音,除了水下自己的心,没有人听得到。水下知道,这才是他最大的悲痛。他这一生,所有的幸福和快乐,所有的痛苦和哀愁,都只能独属他自己。只要有一个外人在,他就得神情淡淡的。他就得距天美远远的。他就得管天美叫姨。或许他为了自己的爱,这些都能不介意。可是,有人欺负了天美呢?有人想要占天美的便宜呢?有人让天美受了委屈呢?难道他也能不介意?难道他的愤怒也只能沤在心里让它烂掉?

水下一屁股坐在了墙根下。天已经黑了,水下也没有开灯。

在黑地里，能更加清楚地看到天美屋里的灯光。水下的心里好麻乱好空洞。天美在那边的屋里突然发出惨烈的叫声。水下再也忍不下去了。水下跳起来，冲出小杂屋。

水下在院子里碰到从天美屋里出来的三霸。水下定住了脚。水下说，我姨怎么了？三霸说，她犯贱。这些臭婆娘，三天不揍就上房，抛砖揭瓦还扔石头，也不晓得哪来的胆子。水下说，你打了我姨？三霸斜着眼打量着斗鸡一样的水下。三霸说，她又不是你什么亲姨，水下你当什么真？老公打老婆，天经地义的事情。你长大就晓得了，老婆不打就不跟你亲。水下说，你真打了？三霸说，你也晓得，我在那边有女人。我那边的女人要生了，可是你姨就是不肯离婚。而今新社会了，婚姻自主，哪能一头赖在我身上。水下说，姨可以离婚，可是家产得归她。三霸说，放她妈的屁！这是她平常跟你说的？

天美从屋里冲了出来。她披头散发，眼睛红肿着。天美扑到三霸跟前，一把搂着他的腰，哀求道，三霸，不要丢下我。我跟你做牛做马都行，你在外面有女人也行，只要不丢下我。三霸说，我不是丢。两人没感情了，何必硬凑在一起。天美说，怎么会没感情？当初你追求我的时候，我们俩是什么样的感情？分开一分钟都要想啊。三霸说，那是什么时候？这是什么时候？我也守了你这些年，你生不出伢儿，我又怎么能要你？我家祖宗几代，讲的就是一个孝。你害我成不孝儿，我跟你还有什么感情？跟你说了这些，你怎么也不听呢？天美说，我不听，我就要跟你。你是我的男人，我不准别人把你抢走。只要你天天歇在我的床上，我们好好做，我保证跟你生个伢儿。三霸说，你看看你看看，水下在这儿哩。你这样赖着跟我，还讲这样一些话，你要不要一点脸面？天美说，我不在乎脸面。只要你不丢下我就好。

水下呆呆地看着这一幕。他心里好难过。他不是为自己难过，而是为天美难过。他觉得天美这么美丽这么贤惠这么善良这么温柔可爱的女人，是人人都高不可攀的。是站在高山的顶上坐在月球之上的。是世间人应该仰望的。是被所有男人所疯狂追逐，所有女人所疯狂嫉妒的。而三霸算什么？三霸是应该待在阴沟里的。是应该扔在茅厕里的。是应该让所有的男人都瞧他不起，所有的女人都朝他身上吐唾沫的。三霸哪有半点的资格让天美来求他？

三霸强行掰开天美紧紧搂着他的手。将天美推得远远的。然后厉声道，天美，我警告你，我再给你十天的时间，如果你不签字，我就对你不客气了。你不要害我等儿子生出来后，才和他妈结婚。你不要怪我，要怪就怪你自己的肚子不争气。

三霸说完，也不等天美反应，便扬长而去。天美没有追出门，她蹲下身子，嘤嘤地哭着。

水下却追到门口。水下到了门边就站住了。水下看着三霸开着卡车突突地往路上开，一直看到它消失在夜色中。水下转身进门，把院子的大门闩上。这里又只剩了他和天美两个人。

天美的哭泣已经止住了。水下说，美美，你怎么会这样呢？天美说，我不这样，万一他怀疑你和我呢？水下说，是这样啊。水下心里又感动起来。水下想，天美不惜委屈自己，不惜放下自己的身份，不惜弃自尊不顾，原是为了保护他们两人的这个小天地啊。天美是在演戏哩。

水下想着，默默地替天美脱下那袖口已经毛了边的旧衣服，又默默地拿出他买回的红毛衣给天美穿上。穿上新毛衣的天美光彩照人。水下好激动，他紧紧地抱住了天美。水下说，美美，你好漂亮。天美说，是好漂亮，是你让我漂亮的。水下说，我不想要你哭，不想要你这么求三霸。天美说，小下子，我又在你面前丢脸了。水下说，哪里呀哪里呀，我只担心委屈了我的美美哩。三霸他不配你这样。就算是演戏，他也不配哩。

水下扳着天美的脸，痴痴地看着她，痴痴地说这番话。天美的泪一下子又流得满脸。天美呜咽道，要是三霸也像你这样想就好了啊。

水下这天晚上做了梦。梦见自己一直跟在三霸的身后。梦见自己不停地说，你怎么配，你怎么配。又梦见天美坐在湖边哭。天美哭道，我死也不离婚。我喂给鱼吃也不离。

水下醒来时，天美还没醒。天美的一只胳膊搭在他的胸前。水下抚着这胳膊一直在想他的梦。想过后，心里有些闷闷的。

下午，水下把废品送到县里总站后，看时间还早，便去找了同学聊天。同学开了家洗脚的店。见水下便拉着他让他洗脚。说是老同学洗一分钱不收。水下便没客气。店里没什么客人，同学便陪他聊天。水下说生意这样清淡，怎么赚钱。同学说到了晚间客人就多起来了。两人东一句西一句地拉扯着。同学看出水下情绪不是太高，便问水下是不是遇到了什么事。水下就说了天美的故事。水下当然没有把自己扯进去。只说是自家亲戚遇到的事。同学说，这事呀，有什么难的。那男人犯了重婚罪，一告就让他坐大牢。二奶没有半点权利，家产全归你亲戚得，简单得很。

水下一听脸色就亮了。水下说，真的？真的可以这样？同学说，是不是真的，你让你亲戚试试看嘛。水下说，怎么个告法呢？同学说，我也不懂。对了，县里律师事务所有个律师常来我这里洗脚，我介绍你认识他，人家是专门搞这个的。

水下立即就看到方向了。水下对同学说，就这样，事情办成了，我请你喝酒。同学笑，就你那酒量还敢陪我？水下也笑了起来。笑过后，心里好轻松。

十一

水下拿着同学的条子去找律师时，律师不在。水下快快地往回走。走时路过另一家废品收购站。水下知道这家收购站一直在跟三霸竞争。水下突然想看看他们的情况怎么样，想过便走了进去。

收购站的老板正在骂手下人懒。见水下，便瞪着眼问什么事，找什么人。水下说，你们站的生意好像不如三霸那边呀。那老板眼睛便瞪得更凶了。说三霸的关系多，我哪比得上。话语间冷冷的，很是不服。水下说，就不想赢他？那老板说，怎么不想赢，做梦都想哩。水下脑子立即就浮出一个主意。一瞬间水下的心跳动得厉害起来，手心也出汗了。水下说，三霸生意做得这么大，还明目张胆包个二奶，伢子都快生了，真是要钱不要命呀。水下说时长叹一口气。那老板说，生个伢子就要命？这话怎么讲？水下说，这是犯法的事呀。法律讲这是重婚罪哩。告到法院，少说他也得坐五年十年的大牢。一个人把牢饭一吃，这辈子还有什么戏？那老板说，有这样的事？水下说，我不晓得，听城关律师说的。那老板似是附和水下又似是自语，说要是这样，他也太胆大了。

水下笑了笑，很随意的样子，然后便朝外走。走时他瞥了那老板一眼。老板仿佛想着心思，脸上闪着诡谲的笑意。水下晓得，他不必再找律师。

只几天，三霸又来找天美。天霸是早上来的。这正是收购站最忙的时候。水下在过磅，天美忙着跟送货的人算账。三霸进门便笑叫着，哎呀呀，我来得正是时候，刚赶上可以帮忙哩。三霸的手上提着水果，有个袋子还装着新衣服。天美惊讶地盯着他手上的东西，然后脸上露出一点欣喜。三霸从屋里拿出一张板凳，把天美按在板凳上。三霸说，既然我来了，老婆就应该歇着。天美不解其意，但还是笑道，你抽什么羊痫疯呀。

水下心里发怵，不知道三霸肚子里卖的是什么药，也不明白他的意图是什么。水下不停地用眼光瞟天美。有几回，都跟天美瞟他的眼光撞了个正着。

天美从板凳上起来，朝水下走过去。天美掏出一张十块钱，递给水下。天美说，水下，我来过磅，你去买点菜，做几个小炒，让你三霸叔中午喝点酒。水下没作声，他望着天美，伸手接过钱。接钱时，他用手在天美的手上紧紧捏了捏。水下不知道自己想要传达什么样的信息给天美。他只觉得他这样触着了天美的手，他的心里就踏实好多。

水下做了中饭，给自己盛了一碗。天美叫他回他的小杂屋去吃。水下端着碗在离开厨房那一刹，哀求一般对天美说，不要跟那混蛋上床啊。天美低声道，他是我男人哩。他要怎么样，我能不听？水下喉咙管里动了几动，没说什么，便自己过去了。

水下毫无食欲。他不知道三霸会跟天美说什么和做什么。水下想要伏在那边的窗下听里面说，院子大门却敞着，人来人往，叫人撞见没法说清。想要不听，心里却猫抓一般蛇咬一般，说不出是什么样的难受滋味。水下烦，索性三两口扒净了饭，蹬着自行车上堤找同学玩去了。玩也玩得不畅快，水下的神情总是怏怏的。水下的同学说，你怎么了？妖精附体了？水下说，我也不晓得。

下午水下回时，三霸已经走了。天美脸上红光四溢。见水下，笑盈盈道，水下，三霸这狗头来求我了。他总算有这一天！水下说，求你什么？天美说，也不晓得哪个挨千刀的，要告他重婚罪。想让他去吃几年牢饭。水下说，那还不好？你不正想出气么？天美说，好是好，可他到底是我男人呀。水下说，那你要怎么样？天美说，他来求我去跟公家说，没这事，是人家陷害他。他求我帮他哩。水下说，你答应了？天美说，我是他女人，我不帮他哪个帮？再怎么我也不能让他坐牢呀。水下说，美美，你想好了没有？这是你的机会哩。他去吃牢饭，家产不就都归你了？他那个野女人没了着落，立马就会嫁人哩。天美说，是呀，这是我的机会。他有难了，心里头一个想的就是只有我能帮他。等我帮他渡过难关，他也晓得我在这个家的位置是铁定不能动的。水下说，他哪里会这样想？天美说，他跟我拍了胸发了誓，说是这事一完，就接我去县里住。等那个妖精生完伢子，我们给她一笔钱，让她走人。伢子是三霸的骨肉，三霸就交给我养。水下说，你信？天美说，我怎么不信？男人嘛，花一点是应该的。我终归是大老婆呀，我是正房呀，我的位置不能动就好。三霸这回总算是醒过神来了。

水下默然，心里却叫苦不迭。天美拉了水下一把。水下会意，跟着天美到她屋里。天美一进门，伸手便搂住了水下。天美说，还有好消息要告诉你哩。中午三霸上我床了。他两三年都没沾我。说不定我能怀上。水下说，这是什么好消息？他睡我的女人，这还是好消息？天美在水下脸上揪了一把。笑道，你有没有搞错，小下子，是你睡他的女人。告诉你，我就是到了县里，也不得跟你分手的，我还要跟你皮绊。三霸现在不如你哩。水下说，可我不想你走。就留在这里，我们俩过好不好？天美说，莫讲傻话，往后你还不得要结婚生伢？水下说，我不结。天美说，那怎么行？等我跟你介绍一个老实听话的女人。这样，我俩私底下来往就会方便好多。水下说，我不想要别的女人，我只想要美美。天美说，你这辈子未必不娶？不想要伢子接后？水下说，我不要，我只要你，别的人我一个都不要。天美便拍着他的脸快意地笑开了。天美说，这样呀？你都想好了？水下说，早想好了。反正我把心和身子都给你了，你也莫想退还给我。天美说，好好好，我存银行里就是了，存定期。

天美的话说得让水下笑了起来。水下说，你的心和身子也锁在我这里，你也莫想收回去。天美嘴一撇说，还没嫁给你，你就要锁我？你比三霸还霸么？跟你讲，我的心和我的身子都只属于我自己。水下怕天美不高兴，忙又补充说，属于我们两个，可以了吧？天美说，不行，只属于我自己。水下说，好好好，我不跟你争。只要你不属于三霸就好。天美淡淡地笑了一笑说，这些年我都看透了。我的心和我的身子今生今世都只属于我自己，只这样我才能过得好。水下说，你过得好了，我心里就舒服。

这大晚上，天美因要到县里帮三霸说情，便去到镇上发廊做头发。水下一个人坐在院里。天上没有星星，云层厚厚的，月亮在云后面挣扎，却怎么也挣不出来。水下觉得那月亮就好像他自己。想过后，心里便很忧郁。

三霸有个表哥在公安局做事，能耐很大。三霸的表哥告诉三霸是有人写匿名信到县妇联，县妇联正好要抓这方面的典型，三霸就刚好撞在枪口上了。三霸要天美去了县妇联。天美就在那里跟人大吵大闹。天美说她男人有没有二奶她最清楚。她男人一向疼她，天天同她一起过夜，根本就不可能在外面有人。定是别人陷害三霸。天美说陷害三霸的人手还不毒，他还可以说三霸有三奶四奶五奶，未必你们都信？天美吵闹得鼻涕眼泪一大把，鞋帮上挂满了鼻涕的印痕。参与调查和处理的人都觉得甚是无趣。如果三霸有二奶，天美当是最大的受害者。现在连她都觉得三霸冤得很，她都来证明三霸的无辜，他们这些人还有什么话好说？负责调查这件事的一个县妇联干部被天美吵得头大，板起面孔叫天美回去，这事她们不管了。且说如果你自己都不想帮自己,我们也没办法。往后你吃了亏,哭死也没有得用了。还有两个县报的记者,本来以为可以抓一个满街传诵的社会新闻,也被天美这一顿闹吓住了。万一打起名誉官司,他们也吃不消,为此也都各个训了天美几句,说她不知好歹,被人卖了,还要帮人数钱。如此之类。然后也都甩手而去。

三霸中午请天美在餐馆吃了一顿饭。三霸吃饭时不停地给天美搛菜。三霸的举动让天美的心一下子就回到当年恋爱的时候。天美觉得她做这事能够挽回她和三霸的婚姻真是太值得了。三霸信誓旦旦表示等他找定可靠的人去管镇上的收购站,然后就接天美回县里。

天美回来跟水下说得眉飞色舞。天美觉得上天还是惠顾自己的,给了自己这样一个机会来把三霸降服了。水下听天美说着这些时,他因为天美的高兴而满脸堆笑,可是自己的心情却如同落进了冰洞。

天美说着说着,便有些亢奋,立马就翻箱倒柜要把自己的衣服找出来打包。水下在她的指示下,搬这搬那。水下说,你信三霸的?他说的话你都信?天美说,我怎么不信?终归跟他打了结婚证的人是我呀。他不回到我身边能回哪里?水下说,要是他哄你呢?天美说,他在外面找了野女人,我不计较他;他有了牢狱之灾,我不落井下石,还帮了他;我在人家公家人的面前,把自己的脸皮都踩脚底下了。我为他做这么多,就是盼他个回头。他要还哄我,那就太没良心了。水下说,你以为他有良心?良心这东西有几斤几两?天美说,做人哪能这样?三霸还没坏到这一步。不过真要有你说的那天,我也不会客气。水下说,你还不只有躲在这边一个人哭。天美说,他只莫把我惹烦,要真彻底惹烦了我,我还哭么?我杀他都杀得!

水下吓了一跳,他看见天美的眉眼里挂出冷意。水下说,你莫说蠢话。你杀了他，你也没命，我怎么办？天美说，到那时候我还顾得了你？真有那时，还不飞鸟各投林。水下说，你不顾我，可我要顾你。哪天三霸真对不住你了，我不要你杀他，让我来替你杀。这回轮着天美吓了一跳。天美厉声道，小下子，我只不过说说，哪能真杀他？这不关你的事。你千万莫想歪了。水下说，反正我不准他欺负你，反正我只想让你过开心。

十二

下雪了，收购站里很清冷。水下在天美的屋里烧起火盆。没人来时，他便跟天美俩人坐在火盆边，一边烤火一边扯闲话。电视机开着，可白天里的电视也不太好看，倒更像是旁边另外有人自言自语，水下和天美很少瞟它几眼。有一天，电视里播放一个有关禁毒的片子。几个吸毒人员因没有毒品痛苦万般的神情以及为了毒品不顾一切的贪婪样子，很是刺激人眼。水下和天美把这个片子看完了。看完后，水下说，我就是一个吸毒的人。天美吃了一惊。水下又接着说，你就是我的毒品，没了你这个毒品我也就没得活头。天美笑了，指着电视说，小心我送你到里面戒毒去。水下也笑。水下说，你想我戒么？

三霸一直没来。下雪的头天，天美去县里找过三霸一趟。刚好撞上三霸县里的相好生了。是个女儿，乌溜溜的眼睛，煞是好看。三霸并不重男轻女。三霸说养个美人儿将来比儿子还能挣钱。为了这个女儿，三霸忙得个屁颠屁颠。

天美一直找到了医院。天美想，看看孩子也无妨。将来这孩子还是要交给她来养交给她来教的。三霸说，你倒会赶时候，我现在哪能顾你？我接你来这里住，也得等孩子满月吧？我再怎么狠心，也不能把一个月母子赶出门对不对？天美无言以对。

三霸自有他说的道理。

但天美心里却怏怏不乐。搭车回来时,雪已经结成了冰,车轮打滑,司机不敢朝前开。停下车来,让乘客们自己走回去。天美无奈,只得踩着雪往家走。冰天雪地里,听着自己孤独的踩雪声,想着三霸和他的相好,在温暖的屋里,抱着小花布裹着的宝宝,听咿咿呀呀的哭声,两人都笑声朗朗,快乐无比,便更加气闷。

天美走到镇上,天已黑尽。鞋被雪一浸,里外湿透,脚也冻得僵硬,不像是自己的脚。水下在镇口几百米处迎到了天美。水下满脸都是焦急。看到夜色里蹒跚而来的天美,水下几乎是扑了过去。水下说,天这么冷,怎么回得这样晚?吃了饭没有?天美一句话也不想说,闷着头往家里走。水下说,怎么了,你怎么不讲话。天美说,我不想讲又怎么样?天美心里不快,便没好气。水下说,他欺负你了是不是?天美说,未必我不想讲话就是有人欺负了我?天美的话硬邦邦的,一直顶到水下的胸口上。顶得水下说不出个话来。水下心里便骂三霸。水下知道一定是三霸让天美如此不快。

天美屋里的火盆早已生好了火。火盆把屋里烘得暖洋洋的。天美进屋便被这暖流包围。只一会儿,天美冻得发紫的脸便转成了粉红。天美倒在沙发上,一动也不想动。水下端上一碗热粥,叫天美喝下暖身子。水下又脱下了她的鞋,摸着她的脚冰冰凉,心里不忍,便把她的脚搂在自己的怀里暖和着。天美打不起精神,由着他伺候。这一夜,天美都没怎么说话。

第二天,水下再次询问天美跟三霸怎么交涉的。天美说,懒得讲。他顾不了我。水下说,为什么他顾不了你?天美说,那个小妖精生了。天美说时,眼眶里噙着泪。天美想,自己生不下孩子,可不得什么样的委屈都忍着?水下对三霸公然失信于天美很替天美愤然，可是一想到这样就能让自己继续跟天美在一起，心里反暗暗高兴。水下说，这样讲，过年他也不顾你了？天美没作声。水下说，没关系，我陪你过年。我正担心一个人过年没劲哩。天美说，谁让你陪？陪你爹陪你妈陪你妹子去吧。过年守在我这里，你家里人怎么讲？水下说，过年我一向都不陪他们的。我都是自己在外面跟同学玩。我只当你也是我的一个同学好了。天美不禁扑哧一笑。天美说，我是你的同学？我是你同学的妈差不多。水下说，是我床上的同学嘛。我俩天天晚上在一起做功课哩。天美又笑了。天美说，同你个屁呀！你睡了个把女人，也会说邪话了。水下见天美笑了，马上就跟着喜笑颜开。

年三十，雪停了，可是刮起了大风。接连几天，都没有收荒货的人来卖废品。收购站里成天都安安静静的。天美要水下无论如何回家去吃年夜饭。水下不肯。水下说，我跟家里说了，这里要人值班。天美说，这里又没个金银财宝，有什么班好值头。水下说，我走了，你一个人在这里，我放心不下。天美说，我自有去处。你若不回去吃这顿饭，你家里会说我不懂事。水下想了想，觉得天美说的也是。水下不愿意自己家里人对天美有什么不好的印象。因为水下认定自己迟早要娶天美回家的。水下说，那我要晓得你到哪里去。天美说，我去哪？还不是去三霸那里。我是他正经的老婆。大年三十了，他总不能弃我不顾吧？水下说，要是那个女人也在怎么办？天美说，我当然要赶她回去。三霸的老婆是我又不是她。再说她在县城里有娘家。我去了，她还好意思赖在那里。水下想想，觉得天美说的是，便同意了。天美说，你也累了这么久，过年在家里好好玩几天，我起码要过完元宵才回哩。水下说，那怎么行？你也晓得，吸毒的人一天不吸就扛不住日子。天美说，那我最早也得到初八。水下说，我上县里去看你。我熬不了那么久。天美说，你大男人一个，黏糊糊的做什么？

水下叫天美说得有些不好意思。可是水下觉得自己要是隔这么久见不到天美会怎么办呢？难道他还能吃得下饭睡得着觉？他还能把这个年过完？水下心里没底。水下把天美送到车站，看着汽车缓缓离站，也看着天美在窗口对他挥着手，水下心里有些惶惶的。汽车一忽儿就走得没了影。水下的心也突然一下空掉了。

水下沿着堤回家，还是蹬着他那辆破车。堤上已经没了人。堤修了一大半，已经看得到厚厚实实的规模。水下想，来年再大的水也不用他们操心了，而且地里的庄稼也不用怕洪水涝。明年他家的光景肯定会好得多了。

下了堤，临近村子，听到人声闹得厉害。水下把车蹬得飞快。近了才发现是有人娶亲。水下把车倚在一棵树上，挤上前看热闹。看时方发现娶亲的人是他的堂兄。水下叫道，五哥，你不是在南方打工么？水下的妹子水红看到水下，忙上前搭腔。水红说，哥，你回了？妈正让我去镇上叫你回哩。水下说，五哥这是怎么回事？水红说，五哥今天刚回。带回个媳妇。五哥说他在那边结了婚才回的。可村里人不依，叫再结一遍。五哥只好又结。水下大笑。水下的五哥见到水下笑，忙解嘲道，莫笑了，兄弟。大家图个热闹，我也不能扫兴呀。

水下村里结亲的规矩有些丑。花轿走到村口得停下，新娘子必得从花轿上下来，由公公背进村。倘村口离新房路还远，而公公又背不动的话，家里的兄弟们就得上前帮忙。村里的年轻人正笑闹着逼水下的二伯背新娘。水下见他二伯已经被整得够呛了。胸前挂着扒灰的耙子，脸上还被画了油彩。迎亲队围着他把锣鼓敲得震天响。水下的二伯一脸的尴尬。水下的另几个堂兄堂弟叫着水下，来呀，来帮一把。水下便跑了过去。水下说，二伯，做个样子，走几步，我们兄弟几个来帮你。水下的二伯拗不过众人的闹腾，只好在村里人的哄笑声中，背起了自己的儿媳妇。水下和他的几个堂兄弟在前面十来米的地方，从水下二伯背上接过新娘，抬着她进了新房。村里老人便都说，兄弟多了就是好，公公背媳妇都少吃好些亏。

年夜饭便是一大家子一起吃的。饭间，水下的二伯对水下的爹说，也该跟水下说门亲了。水下忙说，我不要。水下的妈打了他一巴掌说，你转年就该算十九了，把亲事定下来，心也安。水下说，我还要玩十年再说。水下的妈说，瞎讲，我想抱孙子哩。水下说，我要先谈他十个八个女朋友，才讲结婚的事，要不活一生也划不来。说得满桌人都笑。水下的二伯说，原来水下是个花肠子呀。水下说，是呀是呀，就跟我家圈里的那头花猪一样花哩。水下的话让一屋人都笑呛倒了。

晚间时，水下本欲去村头放炮仗。他的几个堂兄弟拉他去听房。水下觉得稀奇，就跟去了。新房里窸窸窣窣的声音和呢呢喃喃的讲话，引得他们在窗外掩嘴偷笑。笑时，水下想起了自己和天美在一起的光景。想起这个，水下突然心生落寞，一个人就走开了。走到村头，村里的小孩子们正在放鞭。炮仗一声跟着一声，不停顿地响。热闹越重，水下心里的落寞倒越深。

水下想，不晓得天美这时候怎么样了。三霸是不是跟她在一起吃年饭。三霸的那个相好也不晓得是不是老老实实回了娘家。如果她不回，天美肯跟她坐在一个屋里头过年么？万一那女人死活不走，天美也不愿委屈自己而进三霸的屋，更或三霸根本就不让天美进门，那那那，天美会怎么样呢？水下想着心里便乱了。正乱时，耳边一声巨雷似的轰响，有孩子放了一个大炮，纸屑炸得四处散乱飞舞。水下觉得仿佛是自己的心被炸碎了，碎得也如这散乱飞舞的鞭炮纸屑。

水下跑回屋，推了他的自行车就走。水下的妈跟在后面叫着，深更半夜，又是过年，天还冷得慌，你到哪去。水下说，找同学玩去。水下话说完，人已经蹬车上了路。

水下顶着冷风，重新上了堤。整个堤上，只有水下一个人。水下什么也不为，就为了自己的心，拼了命地奔着。堤上风大，仿佛夹带着细细的针，几乎要把水下的耳朵给吹掉。

水下一口气跑到了镇上的收购站。里面没有灯光，一丝也没有。水下一直紧张着的身体松软了下来。看来天美在县里住下了。水下想想，又还有些放心不下。便去到镇政府。同学还在那里值班。同学见到他，奇怪得不行。同学说，我是没法子回家过年，你怎么也一个人荡在外面？水下说，我要给我叔打个电话哩。水下说了谎。同学说，打吧打吧。谁让今天是三十呢？你打一通宵我也不管。

水下拨通了三霸家的电话。电话无人接。水下不解大年三十晚上，家里何故无人。水下问同学，你说大年三十家里没人会是什么缘故？同学笑道，死绝了呗。水下脸色一下就变了。同学发现了变化，拍着他的肩笑道，开你玩笑哩，还当真？水下想了想，决定试试收购总站里还有没有人。水下便又重新拨了一个电话。果然有人接听了。水下听出是看门人黄驼背。水下说，黄伯，我是水下。我三霸叔家里怎么没人呀？黄驼背说，老板年前几天就搬了新屋，电话还没转过去哩。水下说，我天美姨下午过来了，她找到三霸叔的新屋吗？黄驼背说，没哩。连我们都不晓得他搬到了哪里，听讲豪华得很，老板花了大几十万哩。水下急了，几乎喊了起来。水下说，那我姨呢？黄驼背说，她好可怜。大年三十，连自己的男人都找不见，也回不了家，在这里哭了好半天。现在恐怕回镇上去了。水下丢下电话，连跟同学一声谢都没讲，便跑掉了。

水下再次回到他的收购站。他打开院子的门。里面仍然黑灯瞎火。水下一路高叫着，姨，天美，美美，你在不在？

水下一直跑到天美门口，才听到里面有低低的哭声。水下的眼泪哗哗地就流了出来。水下撞开门，屋里冷冷的，火盆下午熄了火，一点热气都没有了。天美就在这清冷无比的屋里，一个人偎在床角哭泣。水下的心已经痛得四处迸出血来。水下跑过去，爬上床，猛烈地把天美拉扯到自己怀里。水下紧紧地搂着天美。脸上的泪和天美的泪一下子就溶在了一起。水下说，美美，莫哭啊。我来了，我陪你过年。

| 二

初一一大清早，水下便陪天美进到县城。天美哭了一夜，眼睛红肿着。人人都喜气洋洋地过年，天美却满心凄凉。天美无论如何都想不到，三霸买了新房搬进新家，却连告都不告诉她一声。三霸把她这个名正言顺的老婆又放在了哪里？一想到三霸跟他的相好带着孩子住着新房暖融融地过年，天美便觉得自己的心被刀扎成了窟窿。天美说那妖精凭什么？她跟三霸结婚这么多年，一起创业打拼，她一直都住着旧房子。那妖精抄着两只手不做事，花枝招展地把她的男人弄到手，而且还住新屋。天下哪有这样的道理？天下的道理如果能容那妖精所为，天下还是个天下么？天美一定要找到三霸问个清楚。天美说她过不好这个年，也不能让三霸过好了。天美说这话时咬牙切齿着。

水下劝天美不如过完年再去。因为年得自己过，自己过不好年，接下来一年的日子都轻松不得。天美说，你以为我不找到他，我就能轻松过年？你以为我跟你两个守在这里过小日子，我心里就会快活？我要是不快乐，你能快活得起来？水下默然。天美说的是。如果她不快乐的话，水下又怎能有半点的快活？

整个初一，水下和天美在别人的爆竹声和欢笑声中，没头苍蝇一样四处寻找三霸。天美把三霸的朋友找了个遍。对方竟都一口回答说不知道。水下知道这些人一定是得了三霸的嘱托。天美一直哭着，眼泪都冰在了脸颊上。水下看了心疼，可人在外面，众人眼光很毒。水下无法去温暖天美的脸，去化掉她脸上的冰。中饭水下和天美是在餐馆里吃的。晚饭时，天美领着水下找到了三霸的表哥。三霸的那个相好，便是这个表哥老婆的亲戚。天美最恨这家的表哥表嫂。她不明白他们自己也是两口子，怎么就能怂恿别人来拆散三霸和她这两口子。将心比心，也不应当这样啊。天美原不想找他们，可是走投无路，心想只有他们才会知道三霸的下落，天美只好还是上了他家的门。

三霸的表哥表嫂很热情的样子，把家里小孩子赶开来，留天美和水下吃了晚饭。菜很丰盛，有鱼有肉，有鸡有鸭，有煎有炸，有煮有烧，汤汤水水，咸咸甜甜，很是齐全。过年过到这个份上，气氛也是足得很了。只是天美心里堵，吃不畅快。一边吃着一边落泪。所有的东西都带着泪水的味道。水下不忍，帮着天美说，表叔，我三霸叔搬哪去了，你告诉我姨吧。你看我姨难过得！三霸的表哥叹说道，天美呀，我要说我不知道三霸搬哪，那也是屁话。我当然是知道的。可是三霸交待过，不让跟你说，我也没办法。三霸的脾气你也晓得，你都不敢惹他，我哪敢呢？水下说，可我姨是三霸叔明媒正娶的女人，怎么能过年都不让她进家呢？世上哪有这样的理？走遍天下，都说不过去哩。三霸的表哥说，你以为这世上还讲理?！跟人说话万莫提这个理字。而今就是个不讲理的时候。要是讲理，世界会是这样子。水下没弄懂三霸表哥的话意。天美说，我只想见三霸一面，我要跟他把话说清楚。三霸的表嫂说，妹子呀，不是我劝你，现在是什么时代了？三霸跟你早就没感情了，你又何必缠着他呢？他跟这边的女人，过也过了两三年，伢也生了，他要是回头，伢和她妈又怎么办？当牺牲品呀？天美说，是她勾引了我男人，这个后果她当然得自己承担。三霸的表嫂说，妹子你这话说得好无情。要是先前，我也觉得你说得不错。可她要是承担后果，那新生的伢子不成了没爹的种？我看你也是个通情达理的人，你就让了吧。再说，三霸也不是故意不要你，这么多年，你连个伢子都生不出，你叫三霸怎么想？你若贤惠，若真替三霸想，不如就退让一步。水下有些生气。水下想这是哪门子的理，可是他刚才说了一个理字，叫三霸的表哥顶了回来，他这回也不敢说了。水下只说，凡是也有个先来后到。我姨跟三霸叔成亲这么多年了，哪能就这样把自己男人让给别人？你怎么不把你男人让给别人？三霸的表嫂说，哟哟哟，水下你是晚辈，跟长辈说话小心点。三霸的表哥说，水下你这话才真叫没理。我又不喜欢外面的女人，我老婆想让也没法让。三霸是另有所爱。书上也说过，没有爱情的婚姻是死亡的婚姻。三霸的婚姻已经死了，天美还抱着这个死婚姻不放做什么？水下说不出话来，他倒觉得三霸的表哥说得在理。可是他又觉得就算在理，他们这么做，也太霸道，太不把天美当人看。天美也说不出个所以然，只是鼻涕眼泪一把地哭着。天美只要求见三霸一面。天美相信，只要她见到了三霸，三霸就不会对她绝情。

三霸的表哥和表嫂叫天美哭得有些心烦了。过年不讲究哭。眼泪会为家里带去不吉。三霸的表嫂使劲地给三霸的表哥递眼色，又不停在他的衣摆上扯几扯。三霸的表哥便到屋角打了一个电话。天美和水下都听出他是给三霸打的电话，也听出三霸不愿意见天美。天美走过去说，让我跟三霸讲。三霸的表哥说，你别害我。说罢赶忙把电话挂断。天美怒道，你得了他什么好，这样护着他？三霸的表哥说，天美你还是先回镇上。我保证说服三霸，让他无论如何见你一面。天美说，我只要你告诉我他住在哪。三霸的表哥说，我说不得呀。我也为难哩。三霸的表嫂说，妹子，你这又是何必？你莫逼我们，能说的我们就会说。不能说的，你逼我们也没得用。我们做人也要讲个义字。天美抹着泪，恨恨地说，义你个屁呀！有什么说不得？说了你家就被火烧被强盗抢了不成？说了你家男人去嫖女人被奸了不成？说了你家今年一个一个地死人不成？

三霸的表嫂一听天美的话，立马就跳了起来。三霸的表嫂说，大过年的，你说什么话？你怎么这样毒？难怪三霸不要你。三霸的表哥也垮下了脸。三霸的表哥说，年初一的，我见你可怜，留你吃顿年饭。你倒上我家来骂街了，你犯贱啦？水下一看这阵式，赶紧拉了天美往外走。天美说，我从今天开始，天天咒你家三遍，非咒得你家男人在外面有淫妇，你家女人在外面有奸夫。三霸的表嫂拿起扫帚对着天美走过的地方扫秽气。天美说，你莫扫。你越扫我就越毒。我天美只要活着，一定要把你家整垮。把你的男人整成别人家的男人。你不信，天天夜里想着我的话。

三霸的表嫂哭喊着她男人，你还不上去撕烂她的嘴。你听她说些什么污话呀。水下怕天美吃亏，连拖带拉把天美弄出了门。出门又怕三霸的表哥势力大，真弄些人来打他们，便又不让天美停脚，拖着天美往城关跑。一直跑到了县城的灯火稀了下去，这才停步。

这时已经在原野上了。辽阔的地里，铺天盖地是雪。虽然无灯，天色倒也不让人觉得阴暗。四下里无人，亦无车行。全都猫在家过年，路上便有些清清冷冷。风在耳边打着哆嗦，说它是哭便是哭，说它是唱便是唱。远远地，村落里的炮仗在响，时断时续，随风而至。天美跑得累了，闷头蹲在地边，一声不作。水下不知她想什么。水下只想让她说话。不管说什么，只要说了，闷在心里头的气就会释放出来。

水下也蹲了下来。水下说，今天是初一哩。今天一天，就你离开三霸表哥家说的话，最精彩，最像过年的话。水下说着，学着天美腔调，把那番话复述了一遍。说了你家就被火烧被强盗抢了不成？说了你家男人去嫖女人被奸了不成？说了你家今年一个一个地死人不成？水下说，亏你那一刻想得出哩。你把那两个狗男女的鼻子气歪眼睛气红哩。

天美突然纵声笑了起来，笑得就势软坐在地上。水下拉她。水下说，起来，地下湿哩，莫湿了身体，闹出病来。水下拉不动天美，倒是被天美的笑声感染，自己也笑得无力，结果反被天美拖累得也坐在了地上。天美说，他们只莫惹烦我，惹烦了我，什么不敢说?！我什么不敢做?！我往后再就要说了，再就要做了。我要他们晓得我是什么人！

天美的话出口很硬冷，比这晚上刮的风还要硬冷，比地下的雪还要硬冷，比小路上结成的冰碴还要硬冷。水下心里蓦地生出不祥。这不祥又带给他恐惧。水下突然就觉得天美从此不再是他的天美，天美从此将会离他而去。冷不丁地，水下一把抱住天美。抱着天美的水下在发抖。被拥在水下怀里的天美也在发抖。

如泣如诉的风和远远传来的炮竹声，依然如故地从他们的头顶，从他们的身边拂了过去。

十四

初八的时候，三霸开着一辆卡车来了。三霸敲门时，水下与天美正缠绵着。听到三霸在外面叫喊，两人魂都吓掉了。水下忙忙地顾不得穿衣，抓起来自己所有的衣物，光着身，穿过院子，匆匆跑进小杂屋。手忙脚乱中，衣服穿得颠三倒四。水下和天美交往这么久，从来还没有被人撞上过。

三霸就一直在院子外面叫门。天美出来打开门，未及讲话，三霸便说，这么久才开门，有野男人了吧？天美说，除了你这个野男人，我还有哪个？三霸的眼睛扫着院子，天美说，外面冷，进屋说话吧。便推着三霸进了屋。

三霸一进屋，天美便把他推到床上。三霸的相好生孩子坐月子，一养几个月，没让三霸近过身，三霸也有些架不住。见天美贴着身子来亲热，便也忘了对县里相好再三再四的承诺。三霸想，我是个男人呀，是男人就天生会犯男人当犯的错，我又没那么坚强哩。

三霸想过，便三下两下脱了自己的衣服，又三下两下扒去了天美的衣服。脱时想起两人新婚里的甜蜜时光，又想到自己这次所来为何，心里便也有些酸酸的。

两人一躺就是好几个小时。做了事也说了话。闷在小杂屋里的水下毛焦火辣。水下从窗口看去，那边静静的，很诡谲很神秘。水下耐不住，悄然摸到窗下。贴着耳朵听里面的声气。水下听出他们在床上，床吱吱的声音，是他所熟悉的。

水下心里的火烧了起来。水下的拳头也握了起来。水下好想喊叫出来，三霸你这个王八蛋，你在县里有了女人，为什么还来霸占我的女人！水下喊不出。转身回到自己冰冷冷的小杂屋里，把脑袋埋在枕头上。枕上的水下越想越委屈，越想越觉得心里不是滋味。吱吱的床响折磨得他好厉害。水下的枕头很快就湿了。

三霸走的时候，天色已昏。水下一直躲在小杂屋里没出去。水下不知道天美和三霸会谈些什么，但是谈什么都不重要了，重要的是，无论三霸对天美怎么狠，也无论水下对天美怎么好，只要三霸一出现，天美眼里就根本没有他水下。这是水下最痛苦的事。

天美进到小杂屋时，水下正被自己内心的痛苦折磨着。天美坐在了他的床边。水下没有起身。天美一伸手，摸到他的枕头，手上满是湿感。天美说，哭了？为我跟三霸上床？水下没作声。天美笑道，真是个小男人，动不动就流些猫尿。水下说，三霸是大男人。大男人又能做出什么了不得的事？天美说，大男人不会动不动就跟女人一样哭呀。水下哽咽道，我从来就不爱哭的，要哭也只为你。你是我的女人，我不想你跟他。天美说，好了好了，再忍忍吧，要不多久了。水下说，什么意思？天美说，你未必不晓得三霸今天来是专门来跟我谈离婚的。水下呼地坐了起来。水下说，你答应了？天美说，我觉得这样跟他，也没什么意思。水下说，那他的财产呢？你不要了？天美冷声一笑道，想要也要不到呀。既然命不好，就按不好的命来过。人生就这么回事，谁能有办法改变它呢？

水下一扫心里的阴暗，跳下床来，抱着天美打了一个转。水下说，太好了。你跟他离，离了就跟我结婚。天美叫着，挣扎着，两脚落下地，扯着自己的衣服说，你结婚年龄都没到，结什么结呀。水下说，那你等我。我们先这样过着。等我满年龄，好不好？求求你，好不好？天美说，再说吧。不过，我要告诉你，元宵过后，三霸要在这里住十天。

水下大惊。水下不明白既然离婚，为什么又要住到一起来。水下说，为什么？不是离婚么？天美说，这是我的离婚条件。水下说，怎么提这条件？天美说，我跟他夫妻一场，也是一种缘分。最后在一起过十天夫妻日子，大家好说好散，就当作个纪念。完了就去签字离婚。水下说，三霸同意了。天美说，他先不同意，后来说如果他来这住十天，我就得放弃全部家财。水下说，这怎么行？天美说，我同意了。我用我应该得的家财，换他在这里住十天。水下说，你怎么能这样呢？你你你？这这这？我怎么办？

天美淡然一笑，她伸手抚了抚水下变得煞白的面孔，心口有点痛。但嘴上还是说，不就十天吗？你还照样干你的活，做你的饭，炒你的菜，夜里自己住在这里，跟往常没两样呀。水下说，不行，我得请假回去。我看不得你们两个亲热。今天这一回，我都恨不得撞墙了。天美说，你哪能回去？你一走，就反常了。三霸立马就会怀疑我俩之间有事。水下叫了起来。水下说，美美，美美，你这不是想要我死么？天美的脸上收回了笑容，她凝望着水下，眼睛一眨不眨。好半天，方说，我怎么会想要你死呢？我还要跟你两个好好过后面的日子哩。我想让他死还差不多。水下心里原本因三霸的即将到来，阴冷到了极点，黑暗得有些绝望。现在仿佛被拨了一下，突然就暖和了过来，心空也瞬间透亮。

元宵一过，三霸如约前来。三霸做事倒是一把好手。他一来，左邻一声喊，右舍一声叫。不时步到院外，跟路边人套近乎，哈哈打得震天响。生意似乎一下就旺了许多。院子里的人声也嘈杂了，笑语也高了。往来的小拖和板车，一停就老远。水下过磅、记账忙得团团转。做饭的事就交给了天美。

只是到了晚上，人声消失，院子里只剩下他们三个人。一吃过饭，水下把碗洗净，把厨房收拾好，天美便说，水下，累了一天，你也早些歇吧。水下便只能回到自己的小杂屋里。水下倚在这边的窗，看着那边的窗，一直看到灯关掉。院子里静谧无声。天寒地冻，人声与笑语都被封在各家的窗内。外边便比往日什么时候都静，静得风穿过了树杈还是没有穿过都听得出来，静得树叶落下与地面相碰的那一刹都听得出来，静得鸟睡着了梦里的呼吸都听得出来。但是在水下的耳里，所有自然的声音，风的声音树的声音鸟的声音，都变成了一种。那就是天美屋里床架的吱吱声。水下被这声音折磨得彻夜不能入睡。三天下来，水下的脸都灰掉了。人也摇摇晃晃的一副撑不起骨架的样子。三霸白天见了他如此无精打采，绕着他走了一个圈。走完，三霸说，水下，你是不是吸毒？水下没作声，似是默认。水下想起自己以前跟天美说过的话。水下说天美就是他的毒品。三霸说，你小小年龄，正道不走走这邪路做什么？那玩意儿一沾上，你还有什么活路？水下说，我也没办法呀。我也不想这样呀。水下的声音带着深深的绝望，就仿佛他真是吸毒真是病入膏肓了。三霸便连连地摇着头叹息着。三霸说，这个人废了。这个人没有多久的活头了。我看人一向看得有准头的。水下盯着三霸，心道，还不知道谁先废哩。还不知道谁没有多久活头哩。你怎么不替自己看看？

三霸住过来第五天的时候。水下开着小拖送废品去县里。走前，水下在小杂屋里换衣服。天美走了进来，一头钻进他的怀里，一言不发。水下抱着天美，激动得难以自制，但水下即刻就得出发。

出门时，天美送水下到院门口。天美望着他，眼波流转。水下看到那里面流露出万般的依恋。水下轻声说，美美，等我晚上回来。

到县里后，卸下货，水下跟看门的黄驼背聊天。黄驼背问水下，老板不是要离婚么？怎么又回心转意，住到老板娘那边去了？水下说，不晓得。黄驼背又说，老板的家财起码上了百万，叫老板娘盯紧了。水下说，天美姨隔这么远，怎么管？黄驼背说，回去告诉老板娘，如果老板要提离婚，起码找他要五十万。水下说，老板一分钱也不会给的。黄驼背说，那怎么行？卖了上十年的命，弄得人财两空。做人哪能做这么蠢？看人家那小妖精，天天涂脂抹粉，吃香喝辣，屁事不干，得了人还落下了财。回去跟老板娘说，万不可以这样。水下说，三霸叔有几厉害，你又不是不晓得？黄驼背便叹道，是呀，老板娘连那个小妖精都斗不过，当然也是斗不过老板的。水下说，斗不过？这世上哪个斗不过哪个？只看想不想斗。黄驼背笑道，到底年幼轻狂，不醒事。弱人当然斗不过强梁。几千年都是这么过来的。水下说，斗他不过，找个由头杀了他，不就斗过了。黄驼背说，那也没有赢呀？死一个，那个还不得毙？水下说，比方有旁人帮我姨杀掉三霸叔，我姨不就赢了？黄驼背又笑，说这世上哪有这么蠢的旁人？不关自己的事，为让别人赢，丢自己的命？水下说，说不定就有哩。黄驼背说，莫说蠢话，人都是为自己活为自己死，不是为别人活为别人死。为别人活为别人死的人，一百年前没生出来，一百年后也生不出来。水下说，十八年前就生出来了，是你没看到哩。黄驼背说，越说越疯话了。小孩子，什么都不懂。天快黑了，快回吧。黄驼背说着开始赶水下。水下边往外走边笑着说，说不定你还认得那个人哩。

水下发动起小拖，刚要上路。黄驼背追出来。黄驼背说，水下，慢点，有你的电话。水下熄了火，跳下小拖。水下说，有我的电话？哪个打来的？黄驼背说，好像是老板娘。水下听罢忙不迭地跑进屋。水下抓起电话说，喂，我是水下。对方说话了，果然是天美的声音。水下心里好高兴。天美先问他累不累，又问他几时回。水下说，正准备回。听到有电话，又跑回来接电话了。天美说，好险，差点错过了。水下见黄驼背一边站着听，便说，姨你有什么事？天美说，我在我娘家弟弟这里，一时回不去。三霸下午喝了不少酒，醉了。躺在屋里，死活不醒。你回去后照顾他一下。水下说，好的。天美又说，这几天我也被他折磨狠了。我今晚上都不想回来。我看见床都怕。水下这几天你也不舒坦吧？水下没作声。天美说，我恨死他了，我好想他死。算了，不说了，反正过几天就跟他离了。离过后，我就是一个既没钱也没色的女人了，想想心里也觉得好惨。小下子，往后我要不开心，你也莫嫌我啊。水下唔了一声。水下说，我晓得了。我挂了。我这就回去。天美说，你莫担心我。黑了我会叫我弟送我回来。水下说，我挂了。天美说，小下子，你要小心啊。

水下挂了电话，站着呆想了一会儿。黄驼背说，老板娘跟你说半天什么？水下说，她说她回娘家了。三霸叔喝醉了，在屋里睡觉。她要我照顾一下三霸叔。黄驼背说，那就快回吧。唉，多好的女人。被男人甩了，还一心挂着他照顾他。老板也真是没良心呀。这种人死一百回也该。

太阳光弱弱的，在寒冷的风中，毫无光彩。还没有落下，四下里便已呈昏色。雪在慢慢地化着，路上泥浆满是。水下的小拖在泥泞的路上突突地狂奔。稀泥飞溅而起，路上有几个挑空担返家的人，一边避让，一边破口骂着，颠得这么快，赶着去死呀。

水下全然不理路边的一切。小拖颠簸得好疯，水下觉得自己的心比小拖颠簸得更加疯狂。路边的树从水下的耳边闪过了。树下的田野从水下的耳边闪过了。田野外的村庄从水下的耳边闪过了。村庄边的水塘从水下的耳边闪过了。水塘对面的果园从水下的耳边闪过了。果园后面的大堤从水下耳边闪过了。这一切，水下根本都不用眼看，它们全在他的心里。他闻着气味就知道自己走到了哪里。他触着风就知道自己走到了哪里。他听到路边人的说话就知道自己走到了哪里。他感觉着座下的颠簸就知道自己走到了哪里。

大堤上好安静。年过完了，筑堤的人还没来开工。敷满堤坡的雪一点也没有化，白白净净的，连个脚印都没有。天还没黑尽，延伸得那么长的大堤，竟是一个人也不见。水下想起夏天他在这里守堤时的场面，想起他们成天神经紧张地看着水位上涨，然后不分昼夜地拼命把这堤加高加固。灯光把堤上堤下照得雪亮。蚊虫在灯光下执着而热烈地飞舞。堤边的水浪声有节奏地拍打着他们偶尔的梦。不时地有哨音响起，哨声尖锐，让人心头一荡一荡的。这是水下经历过的最热火朝天的场景。人生有了这样的场景，就好像小说里有了很曲折的故事，电影里有了很丰富的画面，歌曲里有了很跳荡的声音。水下喜欢这样的曲折、丰富和跳荡。人活着，不在于时间的长短，而在于你是怎么活过的，而在于你活着时做过什么，而在于你做过的事情对自己和对自己所爱的人有没有意义。然而此刻的大堤，干巴巴冷清清，一派索然无趣。如果人一生像这样干巴巴冷清清，活一辈子跟活一天一样，便也如大堤这一刻一样无趣了。既然无趣，活也白活。

水下终于看到了自己收购站的大门。门口的那盏灯没亮。水下知道，那是没有人开过的缘故。里面的人正醉着。醉着的人一醉便不知生死，不知道迫近自己的是快乐还是危险，不知道自己曾经做过什么和将做什么，不知道自己的昨天、今天和明天有什么样的不同，不知道自己有时候伤害了一个人就等于伤害了全世界，不知道自己抛弃一个人却不小心把自己也抛弃了，不知道自己胜利在望时杀身之祸却提前一步来临，不知道自己在把所有的好处都捞在自己手上时却忽略了命，不知道命没了所有的一切也就都没了。

但水下却清醒着。醉着的人不知道的一切，水下都知道。

水下进门时，并没有轻手轻脚。水下像往常一样，把小拖开进院里。轰轰的声音足可以把任何一个没有醉着只是睡着的人吵醒。水下歇好小拖，回到小杂屋，换了鞋子。鞋上都是泥，走在哪儿都是脚印。水下不想让自己的脚印到处留下。然后水下又从水瓶里给自己倒了一杯热水。天冷,水瓶的质量差,水是温的。温的更好,水下咕嘟咕嘟几口就喝干了。水下用衣袖抹了一下嘴,然后重新走到了院里。

这时的天已经黑了,天美的屋里也黑着灯。水下在院子里站了片刻,然后朝天美屋里走去。水下推开天美屋子的门,叫了一声:三霸叔。

没人应声,却有轻轻的鼾声传来。水下打开了灯,屋里立即通亮。水下走到床边,三霸正睡在被窝里,咧着嘴,一副丑陋不堪的样子。水下掀开他的被子,发现他竟是一丝不挂。三霸的身子这些年发福得厉害,站起来肉挂在身上,睡下去肉便垮在床上。水下看着,便觉恶心。想到三霸用这样的身体天天折磨天美,水下一口恶气立即堵上心头。水下转身走到院里,他四下看了看,便看到了一截三角铁。这是早上刚送来的。水下拿着那截三角铁,折回天美的屋里。

水下这回径直走到床边,连想都没有想,掀开被子,举起三角铁便朝三霸的头上砸去。只一下,血便溅了出来。三霸哼了一声,想要动。水下便接连地砸着,一直砸得三霸没有一点动静,水下才停下了手。水下伸手在三霸的鼻息上试了一试。水下能觉出三霸没气了。水下方将被子重新给他拉上,然后重新走进院子。

院里的水下站在淡淡的月光中。从他走进天美的屋里,到他出来,只不过五分钟时间。所有的一切都没有变,风还刮着,云还游走着,树仍然沐浴着月光,在云下,在风里,在月色笼罩中,浅唱低吟。只是一个醉了的人在这五分钟里变成一个死去的人。只是这五分钟已然改变了许多人的命运。

披满月光的水下满身被溅着血迹,他手上拎着的那截三角铁也全是血。水下想要扔掉,忽又觉得不妥。便进到厨房,打开水管,将三角铁冲洗得干干净净。同时也将自己的手清洗得干干净净。水下把那截三角铁还是丢在了原处,然后打开院门。开院门时,他发现门上的那盏灯还没有开,又伸手打开了它。水下想,天美回来,有这盏灯照着,心里就会踏实。

水下推着他那辆自行车,独自走出。

少年水下的自行车依然叮里哐当地响着。水下急速地踩着踏板,朝着大堤飞速骑去。水下想,这世上的事,该来的迟早会来,该去的迟早会去。事情就这么简单。人生也就这么简单。

十五

天美到家时,几近十点。天美的弟弟天富骑自行车送她回的。远远的,天美看到大门的灯,心里惊悚了一下。走到门口,天富要回转。天富说,不早了,我还得赶回哩。天美说,反正骑车,晚一点有什么关系。走都走到这里了,家里去喝口水吧。也好跟你姐夫打个招呼。天富一想,姐夫在这里,不去说一声也不好。便应了声,跟着天美进了屋。

天美打开屋里的灯,亮着嗓子叫道,三霸,三霸,酒醒了没有?天富来了。天富说,姐夫睡了?天美说,喝多了。不过这时候也该醒了。天美说着,走到床边。床边弥漫着浓浓的气味。天富说,什么味道?天美闻出那是一股血腥气。天美的心嗵嗵地跳得厉害,两脚也浮浮的,撑不住身子。天美心知家里有事发生了。但这时候她必须坚持住,她不能软倒在地。她如果一软下来,说不定她从此就再也起不来了。天美伸出她僵硬着手,轻轻掀开盖在三霸身上的被子,嘴里说你睡死啦。话音落下,却看到满头满脸都是血的三霸正瞪着眼睛望着她。天美手一松,惨叫一声，仰身倒在地上。

天富忙道，姐，怎么啦。天富说话间便看到了床上的血。天富浑身筛一样抖。他小心地拉了一下三霸的被子。三霸的眼睛睁着。嘴里还哼了一声。血已经凝固在他大半的脸上。天富顿时魂飞魄散，拔起腿便往外奔。一边奔一边狂喊。来人啦！杀人啦！

天富的声音在这个寒冷的夜晚，生冷尖硬，一下子便穿透夜空，传遍全镇。

县局警察赶来时，已是半夜两点。天美和天富早把三霸送到了医院。天美发现三霸还有气，便赶紧让天富开着小拖，拉三霸到镇上医院急救。三霸在医院里一直没醒，只是喉咙里咕噜了几下。在县局警察从收购站赶到这边时，他在十分钟前，死了。

天美没有号啕大哭。天美也没有去看三霸最后一眼。天美只是静坐在医院走廊的椅子上。她脸色木然，眼泪无声地流着。一滴滴，都落在了胸前。

一个警察走过来对天美说，请过来一下，我们想要问你一点情况。天美站了起来。天美知道他们要问些什么。天美机械地跟着他走进一个房间。

房间里还坐着另几个警察。其中一个说，我们已经去过了现场。现在还想了解一下情况。刚才你弟弟已经说了。他说你什么都不知道。你整个下午都在娘家，是他送你回家的。不过我们还是要问问你。天美没作声，只是落泪。警察说，你晓不晓得谁跟你丈夫有仇？平常还有谁跟你们住在一起？他叫什么？跟你是什么关系？

警察问话像鞭子，一鞭就抽在筋骨上。天美浑身都麻了。天美明白什么都包不住的，像纸包不住火，布包不住风，棉被包不住血水一样。就算皇帝的密诏放在铁盒子里，加上锁，藏在“正大光明”的匾后，也会让人发现。天美说，等我办完丧事，我什么都告诉你。警察有些诧异，说你知道怎么回事？知道是谁杀的？天美说，我想我应该知道。等我办完他的丧事，我会把所有的事都告诉你们。警察说，这是命案，我们不能等。天美说，那你们就自己查好了。我现在没心思说。另一个警察说，有一个叫水下的男孩子，跟你打工，一直住在你们院子里。是不是他？天美没作声。警察说，你不作声，就是默认了？天美说，我不知道是不是他。这事我有责任。一个当官模样的警察跟另两人低语了几句。那两人要朝外走。天美说，你们是不是要去抓他？警察说，我们抓谁和不抓谁都不是你管得着的。天美叫了起来。她有些声嘶力竭。天美说，我办完丧事，都告诉你们还不成吗?！警察说，你告诉不告诉我们，我们都能抓到凶手。可是，对你来说，就关系大啦。包庇罪也是要坐牢的。天美说，不关我的事。只不过……只不过……警察说，只不过什么？天美的声音从大到小，慢慢像蚊子一样嗡嗡着。天美说，只不过我也有责任。警察说，大点声。天美把声音放大了。天美想，已经到了这一步，还有什么可犹豫？还有什么回头路可走？还有什么狠心不敢下？还有什么东西舍弃不掉？天美大声说，只不过我也有些责任。

警察夜半扑进了水下的村子。水下正在家里睡觉。在这样的一个夜晚，水下竟然也睡着了。警察没有敲门，翻墙而入。闯进屋里，把水下的爹妈都吓傻了。警察说，水下在哪？水下的爹说，睡了哩。怎么不敲门？警察说，哪间屋？水下的爹便用手指了指。警察没等他反应过来，就已经冲了进去。

水下尚在梦里。水下梦见自己踩着血水。梦见三霸一个无头的身体。梦见天美一身白衣裙，发上缀着金钗。梦见美艳无比的天美对着他微笑。梦见自己西装革履，像电视里的人一样，很英俊的与天美一起拍结婚照。镁光灯嚓嚓地响着，然后……

然后水下觉得照相的架子倒了，压在他的身上，很重很重，压得他喘不上气。水下担心天美被压着，便叫着，美美！美美！水下突然就醒了过来。压在他身上的是两个警察。水下知道，他的梦彻底结束了。

天还黑得厉害，离天亮还远着。水下就在黑地里，在他爹妈呼天抢地的哭叫中，走出了他生活过十八年的村庄。这一走，便是永远。

这是一个重大的命案，也是一个简单的命案，但警察几乎没费力，就破了案。现场所有的一切，都说明是水下干的。天美也说大概是他。水下自己更是毫不犹豫地承认了一切。一点侦破的起伏波澜、迂回曲折都没有。倒叫警察们觉得这个案子的无趣。凶手水下关在了看守所里，等待宣判。

冬天的看守所里，寒意逼人。水下却没有觉得冷。水下内心里自存神圣。这神圣是火，将他通体都烧得热烘烘的。从看守所的窗口能看到外面苍白的天空。水下常常仰着头，没有飞鸟掠过，也不见云彩流动，更没有树叶飘零。天空果然就是空空的，空寂得仿佛世界消失。

水下很清楚自己等待的结果是什么。但水下毫无悔意。水下觉得他的人生只能是这样的一个结局。这个结局虽然不是那么完美，但也不错。因为水下的这个结局是为了天美。因为天美从此摆脱三霸的折磨。因为天美有了财产可以过上等人的日子。水下觉得自己活过的十八年中，前十七年都只是给他的命垫个底，只有这最后的半年才活得有意义。有天美才有他的人生。这大半年足以抵了许多人的一辈子。所以当一个警察听完他的杀人动机后，敲着桌子，用一种痛心疾首的声音说，你值不值啊！你这样为她！水下对他微微一笑。水下说，你不懂。

水下一直关到了初夏。水下最痛苦的事是他再也见不着天美了，而且从那天天美站在院子门口，柔情万般地送他走后，水下就再也没有见着她。一种刻骨的思念使水下备受折磨。水下的耳边永远都留着天美的最后一句话。天美说，小下子，你要小心啊。每每想到这个，望着窗外的水下，就会情不自禁地满脸是泪。水下给天美写了一封信。水下请警察无论如何都要转给天美。水下的信只有这一行字：美美，我死后，你要再找个好人。不准他欺负你。要不我还会从阴间出来杀了他。

天美看到信的时候，夏季未完。天正下着大雨。新堤牢牢靠靠地守在江岸。没有人去上堤。堤上很安静，只有雨水拍打堤坡的声音。水文站的人一天几次地查看着水位。朱站长几次都对顶替水下的人叹说，这个水下，是鬼魂附体了。说多了，让水文站一站的人都心生恐怖。

天美在春天里就搬进了县城。她住在三霸新买的房子里。四房两厅，天顶上吊着彩灯，窗帘是纱的，厕所里有浴缸。天美第一次看到浴缸时，首先就想到，如果水下在这里，他们两个一定会一起在这个浴缸里洗澡。因为这个念头，天美伤感了一天。

天美让她的弟弟天富管理着镇上的收购站，又让她的二姐天香搬来和她住在一起，替她管家。天美很能干，也很会做生意。县里收购总站的生意依然十分兴旺。

天美拿着信站在明亮的灯光下。外面的雨依然哗哗地下着。信上的字歪歪倒倒着，每一笔画，都像水下随意地站在那里。恍然间天美看到一个少年骑着一辆破自行车，猛然地刹在她的面前。他身上的红色背心已然湿透。他的脸上的红光透过汗水放射了出来。他微笑时，嘴角向上挑着。满脸的稚气和纯真。天美的眼泪流了出来，湿透了手上的信纸。天香说，你怎么啦？天美说，没什么。天美说着跑进厕所。她坐在浴缸里好好地哭了一场。

透过泪光，天美还是能看到自己未来的日子。那是她梦想了多年的日子。那些日子曾经在天美的心中被勾画得何等美好。美好得能把所有的屈辱所有的痛苦所有的血光都遮盖住。没有人会看到它背后的一切。

只是天美不知道那里面还有没有她想要的幸福。还有没有像水下一样纯真热烈的爱情。还有没有人会用一种温暖而洁净的声音叫她一声美美。

这是天美最后一次为水下哭泣。水下已经结束了旧的水下；天美也结束了旧的天美。

几年后的一个夜晚。天美孤独地躺在床上。往事像现在的寂寞一样，簌簌地朝她身上的每一个汗毛孔里深钻。天美好想闻到水下的鼻息，好想听到他说话的声音，好想看到他青春的面容，好想被他有力的胳膊环绕。天美凝望垂着吊灯的天花板，心想，其实从头到尾，水下都没有对她说过一个爱字哩。

2003 年写于武汉

树树皆秋色

一

华蓉新家的窗口正对着一片山。

山景常常是很美的。夏天绿得如墨,秋天却带着彩。人往窗前一站,立即就觉得赏心悦目。华蓉当上博导没几天,就搬进了这幢宿舍楼。分房时,华蓉名次排得很靠前,所以,她可以尽兴地在这幢楼里挑好的楼层。

但华蓉却挑了顶楼,连一点犹豫都没有。

华蓉的同事们很讶异。都说武汉这鬼地方热天热土,顶楼的房间,被夏天的烈日一曝晒,又该怎么过?华蓉笑笑没说什么。

华蓉有自己的主意。华蓉不喜欢有楼上的响声。原先华蓉住二楼时,三楼人家有对双胞胎姐妹,活泼可爱,每天早早晚晚的脚步跳动声和叮叮当当掉东西的声音几乎害得华蓉神经衰弱。华蓉常常想上去提意见,可都是学校老师,熟人熟事,没办法开口。开不了口,就只有忍受。华蓉这一忍几近八年,想想连日本人都打走了。所以华蓉再挑房时,早早就想好了一定要选顶楼。天热天冷有什么关系,现在都装有空调,多花点电费,什么都能解决。华蓉也不在乎那点钱。

当然,促使华蓉挑顶楼的原因还有一个,就是从顶楼看山景效果最佳。闲时，上到楼顶的平台，还能越过山头看到远处的东湖。如果是白天，太阳又照着，东湖的水便有波光，软缎一样随风变着色彩；至于晚上，湖四边的灯光就像是一粒一粒的小眼睛，鬼头鬼脑的，四处探看，煞是有趣。华蓉想，不住在顶楼，哪里能明白风景就在你的窗下。

华蓉的房子四室两厅，很大，很适用。华蓉喜欢简单，所以，她没有像同事们那样大肆装修。她对装修公司的要求就是简洁适用。搬到华蓉楼下的梅芫每次过来看她的装修就要苦口婆心地对华蓉说，要装就装好，一次到位嘛，何必省这笔钱。你又不是没有钱。你又不是家庭负担重。你一个人把钱留着做什么？我要是你，一定要把家里布置得高雅而有格调。

梅芫是华蓉的大学同班。她的丈夫王志强也是。华蓉不太看得起梅芫。心里也就暗笑梅芫所说的格调。梅芫成天一身名牌，刻刻意意地把自己弄得十分精致，说话也作轻言细语的优雅姿态。梅芫还喜欢教导学生如何过高雅的生活，常说自己喝茶要加放红玫瑰，睡前一杯红葡萄酒必须有冰块才能喝下去，而床头窗前的百合则一定是要带水珠的。好多刚入校的学生为了尽快弄掉身上的土气，首先就是跟梅芫学。女生们还提了一个口号：近学梅教授，远学赵雅芝。赵雅芝是香港的一个明星，在电视剧里演过好多女一号。刚也刚得，柔也柔得，连跟人武打都满带十足的女人优雅，让人煞是喜爱。梅芫是知道赵雅芝的，心里也曾崇拜过，听到学生们拿自己跟赵雅芝比，竟是有些美滋滋的。小男生们也都在背后议论，说梅老师举手投足都给人以东方女性美的味道。

只有华蓉了解梅芫。梅芫穿一件圆领衫，用扁担挑着行李到学校的样子华蓉总是记得。那时候梅芫叫梅秀莲，寝室的窗口总是挂着她的大花裤衩，裤衩上有个粗针大线缝的口袋，那是当年的梅秀莲用来装钱的。凡是十块以上的钱，就得放在这里面。不过，当梅秀莲改成梅芜后，一切就都变了。华蓉每次看到梅芜作优雅状时心里总想笑，觉得人活到梅芜这一步，其实骨头里业已俗透，哪里会知道格调是些什么？这种做派只能哄一些傻瓜男人，女人却是一眼看得透的，华蓉想。

二

华蓉的确是一个人生活，多少年来都是一个人。华蓉好像也习惯了这种一个人的清静。当然，华蓉觉得春秋两季时可用清静一词，夏天的时候用清凉比较好。到了冬天，便只能用清冷二字了，甚至有时会觉得清冷得肃杀。但是没办法，就是肃杀得屋里没一丁细菌，华蓉也只能是一个人。

旁的人不知道是怎么回事，搞不懂华蓉为什么只能一个人生活。华蓉自己也不知道是怎么回事，她也没搞懂为什么自己会是一个人生活。

华蓉相貌中等甚至偏上，学问高到了博士。家里的父母也都是教授。论哪样条件，都是不错的。可华蓉偏就没找到男朋友。梅芜一毕业就跟同学王志强结了婚。婚后的梅芜便特别喜欢怜惜华蓉。每次见了华蓉都幽幽地叹说可惜这世上的罗彻斯特太少了。华蓉便笑，说要是罗彻斯特多了，这世上就不会有简·爱。

说起华蓉的毛病，也真是毛病。华蓉与人交往从来都不曾主动出击过。这也是没办法的事。华蓉生长的时代就是一个女人矜持的时代。华蓉一直等着人来追求她，却一直没能等到。当然，凭良心说，也不是没有人追求过华蓉。至少有三个以上的男人明明暗暗都对华蓉表示过爱意，然而他们都不是华蓉所喜欢的一类。有一个人举止有些猥琐，跟华蓉说话结结巴巴的，令华蓉心烦。还有一个人喜欢吹牛，总说他认识谁谁谁某某某，这些谁谁谁某某某们当然都非富即贵，华蓉觉得自己跟这样的人交往，会被他的俗气熏得鼻子流血，也懒得搭理。最后的一个却不知道摆的哪门子谱。追华蓉时劲头很大，华蓉走到哪里，他的关心就会跟到哪里。追得华蓉对他生出一点好感时，他又立即退了回去，天天等着华蓉来拍他的马屁，好让他在寝室里跟人夸耀。华蓉见他退了，自己也就撤。可他偏偏一见华蓉撤退，立马又紧紧地追上来。待华蓉又被感动，再次主动迎上时，那老兄竟又退守回去。这么进攻和防守了几回，华蓉也不耐烦了，觉得这人太不真诚，视感情为游戏。偶尔在清冷的夜晚，华蓉还会怀疑对方是否想要玩弄自己。这种警惕性一滋生，所有的交往都败了胃口。所以华蓉索性就全面撤退，任凭对方再一次发起进攻，攻势猛烈得几乎把华蓉这座碉堡炸翻，可华蓉还是懒得一睬。华蓉想，我一出来，你便拖刀而逃，这算什么？这一懒一想，就把华蓉全部的爱情渴望灭掉了。然后华蓉就一直在等待。

华蓉觉得这世上总有一个人会被自己等到。但生活常常比想象的残酷，这个人竟是始终没来。华蓉等了很久很久，等得心和脸都憔悴不堪，却连个影子都没看见。等久了的华蓉心里就生出厌倦。厌倦过后，连等的感觉都找它不到。春去秋来，夏退冬进，一次又一次。皱纹爬上眉头，白发混入青丝，冰霜压在心头再不融化。然后华蓉就觉得自己一个人生活也没什么不好。

华蓉就是这样一个人生活了许多年。从博士毕业后，一个人走过了助教、讲师、副教授，一直到教授的全部过程。每一次升级，华蓉都会精心为自己庆祝一番。华蓉的庆祝就是穿上自己喜欢的衣服和鞋，把自己带到学校后面的山上。口袋里装着CD机，耳机塞进耳朵里，然后在音乐和树丛里自由自在地行走。音乐无主题，是用来为华蓉的思绪伴奏的，是思想的背景乐。树很密集，在错落有致间，各自生长，彼此独立着分享阳光和空气。有时走得久了，华蓉会有点恍惚，觉得自己也就是树中之一棵。像它们一样，很独立，永不被拥抱。差异也只不过自己是活动着的而已。通常的时候，山上没人。华蓉还会大声地喊上几嗓：我要坚强啊，我要好好地生活啊。然后下山回家。这差不多成了华蓉自己的仪式。这仪式每进行一次，都能让华蓉开始虚虚的内心重新踏实。

有一次梅芜知道华蓉总是独自在山上走来走去，怜惜之情又挂得满脸。华蓉批了博导，梅芜便和丈夫王志强一起去看华蓉，说是要陪着华蓉一道去山上走。王志强也是华蓉的同学，像梅芜一样跟华蓉熟。华蓉没有同意。刚好那天下了雨。华蓉说下雨路不好走，山上小路泥厚。王志强穿了双鳄鱼牌的皮鞋，一想鞋上若粘满了泥，也煞风景，便立即附和了华蓉。其实华蓉是根本不在乎下不下雨的。华蓉不愿去，是因为那地方是她一个人的。就仿佛那里是她的爱情禁区。她不想被人突破。

华蓉便在学校的餐馆请梅芜和王志强吃了一顿饭，以示答谢他们的关心。饭间梅芜说华蓉是事业得意，情场失意。王志强却笑说华蓉她其实连真正的情场就没有上去过。

华蓉想想觉得王志强说得是。虽然有三个人追求过她，可是她同他们中的任何一个连拉一次手的事都没做过，连一场电影都没有一起看过，连一次倾心的交谈都没有过，连一回放纵的欢笑都没有发出过。华蓉便有些惭愧，觉得自己多少还是有些不值。

渐渐地，华蓉觉得自己已经不会爱了，而且也不喜欢爱了。觉得爱也是一种俗事。觉得不爱虽没有意思，可爱也没有意思；觉得不爱虽然厌倦，可爱也是厌倦的；觉得不爱有些心累，而爱同样心也累着。不爱所有的坏处,爱也都有;反过来爱所有的好处,不爱也有。这样想过,华蓉的心便更是静得不起波澜。连夜深的时候都不起。喧哗的日子就只有擦着华蓉安静的生活边缘往前走。像是风,遇到华蓉就从她两边绕过去了。

三

现在华蓉搬到了山边。

华蓉住进去的第一天,推开窗户,看到所有的树都站在自己的眼前,那么挺拔那么俊逸那么舒展,比之以前她在树底下看到的它们,竟是完全不同的姿态。风吹时,满耳沙沙的声音清晰而温柔。华蓉惊愕了一秒,便兴奋起来。那种快感就好像自己的所爱正在大声地对自己表白情意。

以后华蓉每天早上起来,便拉开窗帘,推开窗子,对着眼前绿意浓郁的山深呼吸。鸟的叫声像鸟一样,飞进华蓉的屋里。花开的声音和树尖发芽的声音还有叶片上露珠滚动的声音,华蓉都能听得到。听熟了以后,方晓得季节不同,这些声音的波动就会不同。倘放进电脑里处理,波段起伏的幅度和节奏是完全不一样的。到了晚上,华蓉去拉闭窗帘,她也会站在窗前,用片刻的时间凝视与夜色融成一体的山树。只有华蓉能看到山的轮廓线从哪里起,从哪里止,从哪里跌下去,从哪里涨起来。夜里的山是睡着的。他的睡意是深是浅,有没有梦幻,华蓉觉得她全都能感觉得到。

有一天,华蓉去给电大讲课,课间一个学员问她丈夫是不是也与她在同一所大学。华蓉想了想,说了个谎。华蓉说是。回来后,华蓉开窗透气,心里想着那个学员的话。想完突然觉得自己的回答也没有错。她正是同窗前的这片山在一起生活哩。它就如她的丈夫,每天守着她,送她出门,迎她归家。定季节地为她变幻色彩。春天的红粉,夏天的绿翠,秋天的金黄,有雪的冬天白成一派。它定时定期地为她调节声音,风声雨声鸟声,加上树枝与风的合响。它知她疼她包容她,让她安静让她平和。节假日的时候,由着她走进山上的小路,让她享受着山间的绿荫和清新。华蓉在山里听鸟叫,听叶落,听风唱,然后就感觉自己是被爱人拥抱着。华蓉这样想过后,情不自禁热泪盈盈,一股幸福的感觉油然从心底升出。

天气晴朗的时候,华蓉还会翻过山到湖边去。湖在山那一边的脚下。水面阔大,湖水碧绿。有木船泊在湖上,渔民拦鱼的栅木一排挨着一排。水景美得让华蓉心醉。在水边,华蓉会觉得自己也是与这片水一起生活着。因为不常见不常来,所以华蓉想和朝夕相处的山比,这水应该算是情人了。

这样,华蓉就有了丈夫,也有了情人。

华蓉有时候在电脑前为自己的项目忙得昏天黑地时,会突然想到她的丈夫和情人,想过后,便自己笑笑自己。华蓉想这样很好玩呀。

四

这天是黄昏,一个晴朗日子的黄昏。

山上的树尖正合力地撑着西天一大片落霞,努力地阻止它的快速滑落。山顶上像是要燃烧起来的样子。

华蓉很喜欢看这样的晚霞,很绚烂很明亮。华蓉想,这孤独黯然的黄昏有它的照耀也会变得亮起来。

华蓉心情很好,她为自己做了三样小菜:一碟牛肉丝,一碟豆腐,一碟菠菜。华蓉就坐在窗边,披着落霞的光彩悠然地吃自己的晚餐。桌上有几张报,她吃的时候便信手翻阅着。华蓉是读报爱好者。订了许多报刊,每天晚餐从吃第一口饭开始,她就开始翻阅报纸,就仿佛它们也是一道菜。华蓉的一顿饭从头到尾几乎要用掉一个小时,其实她的大部分时间都是在看报。所以华蓉的饭吃到最后,都是凉的。好在华蓉有热汤。用热汤泡上凉饭,是华蓉晚餐最后的节目。

华蓉洗碗时,电话铃响起来了。华蓉的电话很少,如果有的话,不是学生打来的就是教研室的人所打。华蓉从容地拿起话筒,未及开口,里面便炸起一阵噼里啪啦的声音。这是一个男人的声音。

那声音说:老六,你是怎么回事。叫你拿酒,怎么拿到现都没来呢？这么长时间,就算从头酿酒也酿好了呀！就算是去种麦子也长好了呀！你是不是自己一个人先在家喝醉了？我告诉你,那酒虽然是你的,可它是我替你从四川背回来的。我是出了力流了汗付出了心血的。我起码有百分之四十九的股份。你要背着我这个大股东偷酒,瓶子里只要少了一滴,明天早上你起来仔细看你的脑袋还在不在你肩膀上！还要看看你的肠子是不是挂在山脚下的树枝上。

声音又大速度又快,华蓉几乎没有打断的机会。华蓉只能硬着头皮听下去,听到这一句时,华蓉觉得很好笑。脑袋既然不在肩膀上,又怎么能仔细看呢？华蓉隐忍不住,便笑出了声。对方的声音戛然而止。只几秒,便问:你谁呀？老六的女朋友？怪不得老六不来哩,你扯他后腿了？跟你讲,老六做爱平均用要一个小时,你赶紧打个对折,要不我们"光协"通不过你。

华蓉怕他说出的内容更加不堪,便强行打断了他的话。华蓉说,对不起,你打错电话了。对方大惊,说这怎么可能？这电话我一天要打好几十通,怎么会错。华蓉说,对不起,你的确错了。然后华蓉就挂断了。

放下电话的华蓉，耳边却一直响着那个声音。华蓉想这个人说话好有趣。

华蓉的心情因为这个黄昏和这通有趣的电话，便变得很爽。她晚上的工作效率也特别高。华蓉正为公安局研究一种更高层次的防火墙。华蓉做过许多高科技的尖端项目。是行内的顶尖高手之一。华蓉心静而无杂务，又有大量的时间。她不做研究就不知道自己做什么好。所以，每一个项目到华蓉手上，她都能从从容容地做好并且尽可能使之完美。华蓉有一年还成为全国三八红旗手的候选人。只是在最后定评时，华蓉输在了一个商场营业员手上。梅芜为此而大松了一口气。梅芜说，你根本就是一个问题女人，你要是也当三八红旗手，全世界男人都要气疯。华蓉知道梅芜说话喜欢夸大其词，便笑说真能有这种效果，我倒想试试。华蓉对当不当三八红旗手毫不在意，因为华蓉觉得自己不靠这种额外的东西吃饭。

每天的十点钟，是华蓉冲澡的时间。华蓉是要在这个时间里洗去疲倦。因为她习惯工作到十二点钟以后。华蓉洗净身体，披上浴巾，还没有来得及穿睡衣，电话铃响了。华蓉心里有些奇怪。因为晚上华蓉家的电话一般都是不响的。这个世界上，很少有人牵挂华蓉，因此也很少有人需要用晚上的时间与华蓉聊点什么。

华蓉便裹着浴巾，倚在沙发上接电话。

又是一个男人的电话。华蓉听出来这是早上打错电话的那个男人。只是他的声音不再那么放肆，说话的节奏也不快了。倒是显得很有礼貌也很小心谨慎的样子。

男人说，您好，是华教授吗？华蓉说是。男人说对不起啊，先前我拨错号了。您的电话跟我朋友老六的电话只差一个数字。华蓉说没关系。男人说我乱七八糟地说了一大通，真的是太不好意思。幸亏你不认识我，要不然，我就会没脸进学校大门的。华蓉笑了起来，说哪有这么严重。电话那边的男人也笑了起来，说我跟老六太熟了，所以讲起话来就没边没沿。想到哪扯到哪，什么都敢胡说。华蓉说，你说话很有趣呀。男人说，是吗？谢谢您。我后来查了下学校的电话号码本，发现我是把电话打到您家去了。我见过您，我知道您住在山前面那幢新宿舍里。所以，忍不住打过来道歉。华蓉说，你也是我们学校的？男人说，是。我住在你们后面的教工宿舍楼。不过我们那房子跟你们的没办法比。华蓉便哦了一声。男人说，知道您没生气，我很高兴。华蓉说没关系，每个人都有可能出现这样的错误。男人便再歉意了一声，挂了电话。

华蓉放下电话，突然发现自己竟赤裸着身体跟一个陌生男人说着话。她的脸不禁红了，仿佛有人追赶似的，忙跑进卧室，把睡衣套在身上。穿好睡衣重新走进客厅，她的心还怦怦地跳个不停。华蓉有一种犯忌的感觉。

这天晚上的梦中，就老有一个声音跟华蓉说话。语调和语速都像极了打错电话的男人。华蓉早上醒来时，觉得自己这梦有些怪异。

然后十几天就过去了，那个曾经给华蓉带去一点点冲击的声音也很轻易地让华蓉忘掉。

五

华蓉今年被安排招收八个硕士和六个博士。她想少招一点。虽然学生都很可爱，可是华蓉还是不喜欢跟太多的人打交道。华蓉去找系主任王志强。

王志强说他招得还要多。又说考的人太多,录取比例太低了也不好。更何况现在的大学生水平只相当于以前的高中生,而研究生则跟大学生差不多,不多招一些,往后的科研人员就不够用。王志强说了许多理由,每一条都无法抗拒。华蓉只好作罢。

说完华蓉欲走,王志强突然拦下她。王志强说,华蓉,你难道不想解决一下个人问题?华蓉笑了,说你怎么也关心我这一档事了?王志强说有人托我。华蓉觉得奇怪,便问,谁呀?王志强说,人文学院的张宏教授,长得有些像吴宓的那个。华蓉便浮出那颗如同子弹头的脑袋。华蓉有些不悦,说亏得他敢想,也亏得你敢问。王志强说,我原先也觉得不合适,而且对你也不公平。可梅芜说你已经年过四十,还能怎么样呢?张教授肯找你,就已经是很不错的了。虽然他的年龄是大了一些,可是现在的社会风气就是这样。你看咱们学校六十岁的男人都只找四十岁的女人,五十岁的男人要找三十岁的女人,而四十岁的男人要找的是二十岁的女人。梅芜分析得也有道理,她说以你现在的情况,能找到一个六十岁的男人,也算合适。何况张教授虽然今年退休,可身体也蛮不错的。你还是现实一点。

华蓉顿觉满嘴都被苍蝇塞住,一时说不出话来。王志强以为华蓉在考虑,便笑道,你这还是张教授钦点的。那天开会,他跟我说,学校满园风景,就华蓉是一花独秀。我把这话说给梅芜听,她一脸的不高兴。

华蓉终于把苍蝇都吞下了。华蓉说,那你就让梅芜去一枝独秀好了。王志强怔了怔,说什么意思?华蓉没有回答,又接着说,王志强,我想问你一个问题。如果梅芜现在死了,你是不是要去找一个二十来岁的女孩子?你才四十多岁,再青春一回,该多合算呀。华蓉说完笑笑,没等王志强回答,便扬长而去。

华蓉想，这一嘴的苍蝇，不吐出来还给你怎么行？

这天晚上，华蓉便在家里生着闷气。华蓉想原来女人过了四十在别人眼里就跟垃圾一样了。社会上那些小市民这样想倒也罢，可你王志强和梅芜也这样想，岂不是太过分么？华蓉觉得自己简直被王志强和梅芜气得快成痴呆了。王志强说的每一个字，都像是被她的一根根的头发串了起来，然后就吊在她的耳边甩来荡去，害得她所有的事情都做不了，所有的书也看不进。

万般无奈的华蓉只能坐在电脑前，机械地玩上面的蜘蛛纸牌，玩了一遍又一遍，直玩得两眼发花。

便在华蓉连蜘蛛牌都玩不下去的时候，电话铃响了。它把华蓉从痴呆中拯救了出来。华蓉想，啊，这可真是一个救命的电话啊。不管是谁打来的，我都万分感谢你。

华蓉如她以往一样往沙发上一靠，抓起了电话。电话里传来一阵明朗而快乐的声音：您好，请问是华教授吗？

电话里的声音令华蓉觉得又熟悉又陌生。华蓉说，我是。请问你是？对方说，我是前不久打错电话的那个人。华蓉一下子想起关于老六以及酒的话。随之也想起她曾经做过的一个梦，梦中老有一个人在她的耳边说话，那人的声音就跟眼下电话里的一模一样。华蓉说，哦，想起来了。华蓉心里立刻就有笑意浮出。

对方笑了，说，华教授，我知道您一定想得起来。我今天很冒昧打这个电话，因为我实在是有事要找您。华蓉不解，心想他竟然有事找我？想着，华蓉嘴上便说了出来，有事找我？什么事？对方说，我有个朋友想考您的博士，他请我找您打听一下情况。华蓉说，他自己怎么不来问呢？对方仿佛被问住。隔了一会儿，方说，我说了您别生气。昨天喝酒，大家点评学校的女教授谁最有气质。说到了梅教授，也说到了您。我跟他们吹牛，我说我认识您，而且跟您是哥儿们，前几天还通过电话。他们全不相信，还把我一顿死骂。我就跟他们拍了胸脯，说如果我是吹牛出门就被车撞死。哪晓得饭桌上一个朋友刚好要考您的博士生，死活缠着我给您打电话。您看，我也不能让牛皮一下子就破了是不是？只好跟您打电话了。华蓉笑了起来，说，原来是这样呀。说吧，想要知道什么情况？对方一听华蓉这话，声音立即就快乐而明朗了起来：华教授，您可真是我的哥儿们呀！

然后他便就专业提出一些问题，比方用什么教材，范围大概多广，将招收多少人诸如此类。华蓉一一作了解答。华蓉说话时，对方不停地 OK，似乎还用笔在记录。华蓉知道他没有说假话，于是华蓉心里的感觉便很好。

问题问完，华蓉觉得这个电话可以结束了，但对方却意犹未尽。对方说，华教授，你们住博导楼的人本事都很大，我们都想有一天能成为像你们这样的人，也住进你们这样的楼栋里。昨天我们几个朋友一起喝酒，大家都说，想要住进博导楼，就得少打牌少喝酒，用功用到博导楼所有的灯都熄掉。华蓉说，这话不错，付出多少，方得到多少。对方说，你知道吗？你们博导楼左边单元顶楼有一盏灯每天到半夜十二点以后还亮着，全楼差不多都黑了灯，就它还是光芒万丈的样子，天天如此。我们都叫它北斗星。这颗北斗星最刺激我们。现在我们都在跟它打拼，非要拼到它灭掉我们才休息。

华蓉听他说时，先没有在意，说着说着，华蓉便开始想这灯是谁家的。左边单元顶楼。蓦然间，华蓉意识到，这盏灯正是自己的。华蓉不禁开心起来，心想这简直是太意外了。

对方见华蓉并没有继续与他对答，知道该挂机了。他说，我叫马驰。我朋友他们都叫我老五。如果我再打电话麻烦您，您可以直接呼我老五就行。因为马驰这个名字用汉口话一说，就成了马屎。

然后他就戛然挂了电话。这个结束语有些突然，又有些二愣子，华蓉还没有反应过来，耳边就只剩了"呜呜"的长音，华蓉只好也放了电话。

华蓉靠在沙发上，转着神，回想电话的内容。电话的最后两个字是马屎。华蓉想着便自己笑了起来，华蓉想，果然很马屎哩。想着，就觉得适才那朗朗的声音都带着马屎的气息。

六

从这天开始，华蓉隔三岔五都会接到马屎的电话。依然是为他的朋友咨询一些问题。问题都不大，很容易回答。答完后，马屎多少都会跟华蓉聊几句天。开始华蓉叫他马驰，可是那谐音果然与马屎无异。马屎便在电话里求华蓉叫他老五好了。马屎说，你这样叫我，那马屎气会沿着电话线一直进到您家，您难道没闻到臭？华蓉扑哧一笑，以后就改口叫他老五了。

初始华蓉并不喜欢老五经常的电话骚扰。华蓉心想，你这样没完没了，难不成还想把考试题目都从我这儿套去？于是华蓉多少有些不耐烦，华蓉尽可能长话短说。但老五仿佛从来没意识到这一点，他依然喋喋不休。有时是咨询，有时也不是。有一天老五打电话时，一副悲痛万分的样子，声音也有些哑哑的。华蓉心想他家不知道出了什么大事哩。但华蓉也没有问。华蓉对别人的事素无兴趣打听。老五却主动讲了起来。老五悲哀地说，迈克尔·乔丹又要退役了。华蓉不知道迈克尔·乔丹是什么人，刚想问，老五又说，乔丹一走，这 NBA 还有什么看头？NBA 要没看头了，我们怎么活？这时老五的声音充满了痛心疾首。华蓉不知道迈克尔·乔丹，但却知道 NBA 是美国的篮球大赛。华蓉说，就这点小事？老五听华蓉说得这么轻飘，高声叫了起来，什么？这是小事？这起码是世界上第二大的事！华蓉有些好笑，忍不住又追问一句，那世界上第一大的事是什么呢？老五叫得更加厉害：当然是天塌下来，把地球压扁了呀。

华蓉几乎失笑出声，可见老五太认真，终是没笑。她只是长长地哦了一声，说原来是这样。

放下电话，华蓉坐在沙发上想想觉得老五这个人真的很搞笑，而搞笑的人可以给旁人带去许多的欢乐。

七

这天下午，华蓉给研究生上完课，刚走出教室，便遇到了梅芜。

梅芜也刚下课，两个人因住同一栋楼，便一起往回走。梅芜又提起文学院的张宏教授。梅芜抱怨华蓉错失良机。华蓉不解，问什么良机。梅芜说，张宏教授最近出版的一本书得了国家“五个一工程”的大奖，既出名，又得钱，今年还有可能当上省政协委员。这个风头一出，上门提亲的人排起了队。最后还是哲学所的一个女博士手段高明，先跟他上了床，再谈结婚的事。你猜那女博士多少岁？刚满三十哩。我一听这消息，肺都气炸了。回家使劲骂王志强，说他不会办事，明摆着我们华蓉排在前面的，怎么倒让人家给占了先呢？唉，不过想想也没办法，三十岁和四十岁的人摆在一起，换了谁都会挑年轻的。男人呀，不在乎你人好人坏，也不在乎你地位是高是低，更不在乎你是贤惠还是智慧，他们只要两样，一个是美色，一个是娇嫩。要说起来，娇嫩多半还排在美色的前面。华蓉，你就是吃了这个大亏呀。如果连张宏都淘汰你，这样推理下去，你岂不是得找个七十岁的老头？不过，听我一句话，只要身体好，也行。

梅芜一直呱呱地说着，华蓉几乎没有打断她的话的机会。她们走完了学校的林荫路，又走过了露天电影场，满是学生喧闹着的运动场也走过了，梅芜的话就一直没有停。运动场上有几个年轻人在打球，他们望着梅芜和华蓉，仿佛议论着什么。

走到楼栋门口，华蓉觉得再不让梅芜闭嘴她就会难堪了。因为华蓉知道，梅芜进到电梯里，不管有没有其他人，她都还会这么说下去。这就是梅芜。

于是华蓉说，你打住，听我劝你一句话。回去跟你家王志强离婚，赶紧趁张宏教授还没正式注册，把他挖过来。这么优秀的男人，有名又有钱，绝不能让他落在那个无耻的女博手上，要不显得我们这帮博导多么无能。我是不行了，已经遭到了淘汰。可我看了看，整个学校，别人也都不行，只有你有这份实力。以你的东方女性美和高雅格调一举战胜女博士的年轻和娇嫩，断断没问题。所以，你得为我们争口气。

华蓉说这番话时，站在门洞前。底楼人家吊在窗上三角梅，玫红的颜色就在华蓉眼边晃。这色彩有些轻佻，又有些孤单。梅芜听得目瞪口呆，望着华蓉一脸发傻。华蓉便趁着她傻着面孔时，自顾自地进到电梯。华蓉对电梯工人说，一直到顶，我有急事。没等梅芜进来，电梯便启动了。当电梯徐徐缓缓向上升时，华蓉心里才有一点点快感随之而升起。

华蓉进了门，鞋一脱，全身松弛地躺在沙发上。四周很静，华蓉为自己寻找舒服的感觉，以便忘却适才的不快。但是不行，梅芜的话还是一点点从这静中浮了出来，嗡嗡地聒噪个不停。无论华蓉怎么样抵制，它都不歇，就如江水一样不肯断流，华蓉渐渐便有些恼怒。恼怒一层层叠加起来，积累成一胸恶气。恶气膨胀着胸膛，却不知道应该朝谁发火。火发不出去，水便流了出来,不知不觉间,华蓉已经泪流满面。

电话铃恰到好处地响了起来。华蓉连眼泪都没有抹,便拿起了电话。

华蓉连一声“喂”都没有发出,电话那头便惊呼了起来。这是老五的声音,也只有老五有这样的声音。

老五说,华教授,我知道您已经到家了。刚才我们看到您和梅教授两个人一起走回去的。我们光协的几个人都在运动场。我们看你们都看呆了,个个都有惊讶感。你知道为什么吗?老六说,原先单看梅教授时,觉得梅教授有气质。可当梅教授跟华教授走在一起,梅教授的气质那就是个屁了。她那个雅是包装出来的。是自己在做雅。华教授呢,什么都没做,又自然又随意,是个真雅呀。老六的话让我们全体光协成员都醒了似的。大家都盯着梅教授看了又看,那个俗呀,没办法说,也只有跟她相配的王教授可以耐呀。

华蓉的眼泪在老五热烈而急促的话语中悄然返回,先前那些已经流到脸上的也都干掉了。一种说不出的愉悦像水银泻地一样轻滑地溜到华蓉内心的每一条缝隙,华蓉的心一下子就满了,适才的火与水都被水银所遮盖,然后华蓉就觉得自己心里有荧光放射了出来。握着电话,一个字都没有说,笑意便上了华蓉的脸。华蓉一方面明白自己虚荣,另一方面也庆幸这世上终归有人既识梅芜也识她。

但华蓉的教养使华蓉不喜欢背后听人议论他人,就算是说华蓉自己也厌烦的梅芜,她也不习惯。所以华蓉说,打住,老五。你们在背后这么议论老师,好像不对吧?老五似乎是怔了怔,方说,sorry,非常 sorry。我们光协那几个家伙,凑在一起就喜欢议论女人,完全忽略了对方是老师还是同学。当然最主要的是您和梅教授显得年轻,看上去跟我们相差不了多少,于是浑然忘却二位身份。华蓉听他拿腔拿调的话，心下暗笑。华蓉说，光协是什么协会？光电子？还是光纤通讯？还是……

线那头刚刚打住话的老五停下话头还没喘一口气，便以比刚才更加嘹亮的声音大笑了起来。笑时他突然急剧地咳嗽，仿佛是被自己的大笑所呛到。

华蓉有些不解了，华蓉说，这有什么好笑的？老五止了笑，说，光协的全称是光棍协会。

这一下，连华蓉也大笑了起来，笑得哈哈哈的，她身体的抖动连带着沙发颤动，而沙发的动作又引起窗户的共振。窗台上泡了一枝水草的玻璃罐便一圈圈地漾开了波纹。要命的是华蓉笑时也咳嗽起来。华蓉竟跟老五一样被自己的笑所呛到。这是华蓉从来都没有过的经历。华蓉想，怎么这么好玩呢？

华蓉原以为自己今天的心情会不好，什么事都做不出来的。结果没想到，她竟是进入一种格外兴奋的状态。她丝毫不觉得累，只觉得浑身有用不完的精力。键盘的敲击声像一首循环往复的歌，一直在华蓉的书房里回响。这天华蓉的工作做得又快又好。

华蓉上床睡觉时已经是半夜。华蓉望着天花板想，是老五的电话把梅芜带给她的烦乱和阴暗一扫而尽的。

八

第二天，华蓉从复印中心回来时，时间跟昨天到家的差不多。华蓉刚进门，才脱下一只鞋，就听到电话铃响。按华蓉平常的做派，她会从容地换好鞋，然后再去接这个电话。可这天，华蓉突然有点冲动，她的另一只鞋还没有脱下来，便高一脚低一脚地奔到了电话跟前。

电话那头却是一个低沉的声音。这份低沉让华蓉心里倏地掠过一丝失望。

这是王志强的声音。王志强说,我是在办公室给你打电话。然后他就不说话了。华蓉有些奇怪,心道,你在家里和在办公室给我打电话又有什么区别?用得着专门强调?华蓉想到便说,你为什么不能在家里打?王志强说,你昨天跟梅芫说了什么?她一晚上都在生气。

华蓉释然,甚至有点幸灾乐祸。华蓉说,这样啊。那我就要跟你说实话啦。梅芫老跟我夸文学院的张宏教授,她特别崇拜张教授,我就劝她离婚去把张教授抢到手。当然,我也是很想看看你去找一个二十来岁的女孩子会怎么过日子呀。王志强说,华蓉,你在我心目中一直是个雅人,你怎么能说出这么俗的话呢?王志强显然有些生气了。

华蓉想了想,说,是有点俗。其实这就像你们请我吃了一碗红烧肉,我也回请你们一碗红烧肉一样,很正常呀!王志强顿了顿,似乎在琢磨华蓉的话,顿了好几秒,方说,什么意思?

华蓉笑了,说,回家跟梅芫一起研究研究吧,这也是学问。华蓉卖了个关子。华蓉想,我才懒得跟你多说哩。王志强说,华蓉,你怎么回事?我和梅芫都觉得越来越搞不懂你了。华蓉突然大声叫了起来,糟糕,我炉子上的菜煳了,我挂了。

华蓉放下电话,心道,你以为你们搞懂过我?

华蓉这一刻,才开始从容地脱她脚上的另一只鞋。鞋脱完了,华蓉却并不想离开沙发。她的眼睛盯着电话,暗骂道,谁稀罕你这个烂电话,少给我打来才好。骂完了人,她还是呆望着电话。电话纹丝不动,好半天,都没有任何声音。华蓉这时才想,真的该去炒菜了。

这天跟华蓉所有平常的日子都一样。华蓉看着报纸吃完晚餐，便站在窗前。华蓉望着外面山头的红云渐渐地灰下去，她用劲地吐纳几下，置换掉心里的旧气，试图让新气充满心胸，然后甩了几圈胳膊，像是抖擞自己一番，方去坐到电脑桌前。

唯一不同的是，华蓉老觉得还有一件什么事没有做似的。她有一点点的不安。

这天的电话比平常多，不到八点，就已经来了三个。每次华蓉都很欣喜地去抓电话，但这三个电话都让华蓉有一点失望。一个电话是华蓉的爸爸打来的，只是家常聊天；另一个电话是华蓉的一个博士生打来的，说他的论文大纲已经拉出来了，要请导师过目；还有一个电话，是北京长途，说是有一个重要的学术会议将在成都召开，问华蓉能不能参加。

华蓉有时候平均三天也接不到三个电话，这天却集中一起打来。这三个电话都没能冲掉华蓉心里一种若有所失感，反而白白地让华蓉的失望一连三次。

从八点到十点，电话就再也没有响起。

像平常一样，十点钟，华蓉洗了澡，心态平静地倚在沙发上小憩。因为不再希望，所以也就无所谓失望。早先有过的一点点不安也于无形中消失。华蓉想，寄哪一篇论文去参加成都会议比较有分量呢？

偏这时，电话铃又响了起来。电话就在华蓉手边，华蓉伸手接起，刚说一声你好，还没等对方出声，华蓉就知道，是老五的电话来了。此时的华蓉心情已经散淡了下来，就像是盼了许久的东西一直没到，便懒得再要一样。

老五还是那副开心不过的嗓音。老五哈哈着说用功用累了，觉得你可能做学问也会累，所以就打个电话聊聊天。华蓉淡淡地，就这事儿呀。老五说，当然也是想问问你的气顺了没有。华蓉不解，什么气？

老五说，“哎呀，昨天你不是笑呛着了吗？万一你出了什么事，比方呛坏了肺，或者呛出个心肌梗死，我岂不是有责任？警方较真追查起女教授死亡原因，判我一个伤害人才罪，我岂不是又掉得太大？所以今天特地问问情况。退一万步，就算真出事了，我也好准备花圈什么的吧？你帮我挣过不少面子，我多少也要寄托点哀思呀。”

老五一惊一乍的这通话，让华蓉哭笑不得，华蓉散淡下去的精神就又提起来了。华蓉说，我真要有什么事，也轮不上你送花圈呀？老五笑了起来，说，咱没资格公开送，私下里往那块石头跟前放，还不行么？说得花蓉也笑了起来。华蓉说，叫你这一说，像真的一样了，你这是咒我哩。老五说，不敢不敢，要是真的，我哪笑得出来，哭也得哭几天哩。华蓉说，这种话谁信呀。老五说，真的，是真的会哭的。我这人，感情特别脆弱，特别深沉。

华蓉不禁大笑起来。华蓉说从你嘴里说出这话，让我觉得好肉麻。老五也笑，说，我也觉得自己肉麻得厉害。可是女人都爱听肉麻的话，没办法，所以我们光协的人成天都在操练怎么样可以把话说到最肉麻的地步。华蓉笑，练好了，就出门去哄女孩子？老五说，华教授你以为现在的女孩子好哄么？难啦！她们现实得很。不光要肉麻的话，首先要看你有没有钱，其次再看你有没有社会背景，最后再看你有没有前途，你人品怎么样就无所谓了。咱们学校的女孩子，眼睛全都盯着四十岁以上的成功男人，说他们已经完成了原始积累阶段，嫁过去就能过好日子。轮到我们这拨人的，就光剩些被成功人士挑剩的歪瓜裂枣了。华蓉说，不要这么说人家女孩子，你们男的也一样呀。除了现实，而且还俗气。光想挑漂亮的，逊色一点，就说人家歪瓜裂枣。你们好不到哪去。老五笑了，说我这真是找死，在女生面前说女生，这不是照着地雷踩么。华蓉纠正道，你是在女老师面前说女生，我自然是要护她们的。老五道，糟了，又踩了一个雷，而且还响了。讲忘了形，没记得你是教授。不过我得申明一下，你大不了我几岁，表面上看，我比你还显老。华蓉说，这是个无效申明，老师就是老师，无论大小。老五赶紧道，好好好，你是老师，你以后在背上挂个牌子，上面写着，我是老师。免得一不小心，又有学生忘了形。华蓉听了这话，刚想笑，但一转念，又忍住了，华蓉想，不能让学生在自己面前太轻佻了。

这天老五跟华蓉聊了将近半小时才打住。撂了电话，华蓉站到窗前透气。华蓉想，他为什么要说我大不了他几岁，并且比我还显老呢？他说这话是什么意思？他是想要表达什么还是想对我暗示什么？而且，他对我已经不用您而用你了。

暗夜的天空很沉静，只几粒星星漂一样的浮在上面。风有几丝丝凉意，扑面而来，让人觉得分外惬意。华蓉想，真是一个好爽的夜晚啊。

九

此后，老五就总在晚上十点给华蓉打电话。老五总有说不完的闲话。老五的话总是让华蓉笑个不停。华蓉觉得老五的思维方式和说话方式都与她完全不同。他仿佛是来自另一个世界的大脑。

老五说，他以前陪老六去跟人相对象，可每次对方都把他相中了，却从来没有相中老六。现在老六决意找一个有过婚史的女人。老六每次跟人套近乎想请人帮他介绍对象时，总是一开口就问，你们那里有没有人家死了男人？老五学着老六的腔调，华蓉笑坏了。

老五又说，有个富豪要出国，这天正好航班停飞，富豪得办手续转机。人家都排着队，富豪一路挤到前面，想插队。他把机票甩给服务小姐说，我必须坐这班飞机的头等舱。服务小姐说，先生，我很乐意为你服务，但我得按先来后到的次序。富豪很生气，大声说，你知道我是谁吗？服务小姐听他这一问，就拿起麦克风大声广播道：各位旅客请注意，F12 号柜台前有一位先生不知道自己是谁，如果有哪位旅客能帮他识别身份的话，烦请到 F12 号柜台，谢谢！华蓉听到这里，立即笑出了声。老五说，还没完哩。那富豪气得要命，愤怒地瞪着服务小姐，说 fuck you。那服务小姐满脸笑容，从容地说，那您也得先排队才行。华蓉笑得软倒在沙发上。

老五还说，今天他们光协的几个人骑车出去郊游，路过一个名叫“乡巴佬”的村头餐馆，见它挂在外面的菜牌很是有趣，便进去吃饭。他们点了四盘菜，一盘“乱棒打死猪八戒”，一盘“波黑战争”，一盘“一国两制”，还有一盘“走在乡间的小路上”。吃之前，他们怎么也想象不出来这些菜会是些什么。结果等菜上桌后，他们一干人笑得下巴几乎掉下来砸了脚。“乱棒打死猪八戒”就是几十根豆芽上放了几片猪头肉。“波黑战争”就是菠菜炒黑木耳，“一国两制”是炒花生米和煮花生米共放一个盘里。最让人意外的是“走在乡间的小路上”，那是两只猪脚压在几根香菜上。老五说，这是我见到过的最幽默的餐馆老板。华蓉听得目瞪口呆，几乎又一回把自己笑呛着。

老五每天都有层出不穷的笑话，令华蓉觉得每天晚上的十点钟，就仿佛是她一个节日的开始。到那时她总是从头笑到尾，笑完后，放下电话，浑身轻松。华蓉想，自己这一辈子发出的笑声全部加起来，可能都没有老五这一两个月让她笑得多。华蓉因为这些笑声，精神爽了起来，走路也觉身轻如燕。

华蓉因为精神头好，干起活来劲头十足，不知不觉间又把睡觉的时间向后挪了近一个小时。有一天，老五打电话来，一边说话一边呵欠连天。华蓉说，怎么没精神？老五说，睡眠不足呀。你们楼那颗北斗星也不知道发什么疯，这些日子天天都不熄灯。我们发誓要跟它打拼的，眼下有点拼不过了。老六昨天晚上恨不能去砸灯。华蓉一想这些天自己果然是睡晚了许多，不禁哈哈大笑。老五说，你笑什么？华蓉说，我笑你们这帮学生拼不过老师，竟然想去砸人家的灯，真可怜。老五也笑了，说这是老六，不是我。老六说，他打算牺牲自己，以便把大家从睡眠不足中拯救出来。你知道不，他老先生一夜不睡没关系，早上可以补懒觉。可我们不行呀，我们要不去上课，老师嘴上带笑，心里骂娘哩。华蓉说，哦，是这样。

这天晚上，华蓉便早早睡觉了。她躺在床上睡不着，满耳满心都是老五的声音。华蓉想，这个老五，实在是有些意思。

十

在华蓉最愉快的这段日子，她竟遇到了她人生中最倒霉的一件事。华蓉从来没有想到这样的事也会轮到她的头上。

华蓉的一个博士生，叫严俊，写了一篇论文，内容一半以上都是抄别人的。华蓉看过这篇论文，并没有发现是抄袭，但她觉得文章观点有些陈旧，推理亦有些混乱，便直接在上面做了一些批点，让博士生拿回去进行大改。华蓉特别批写道，修改完后，请勿急于发表，待我看后再说。结果博士生急功近利，他把华蓉的名字署为第一作者，寄到学术杂志去了。巧的是学术杂志恰逢一篇稿子出了问题，版面空下，而编辑偏是华蓉的低班同学，一向知道华蓉的认真严谨，于是将那论文给予了发表。

被抄袭者正在英国读博士后，恰在此时回国奔丧，突然就看到了那本杂志。于是愤怒地撰文，贴到各大学的网站上。网上的学术打假者们立即行动起来，他们找出了原文，将抄袭文章一条一款地进行比照。第一作者是华蓉，第一剽窃者的名衔自然也落到了华蓉头上。于是臭骂华蓉的帖子铺天盖地。

华蓉因赶着做公安局的防火墙项目，一连几天都没上网游走，竟是不知自己已经陷入如此绝境。

第一个告诉华蓉这个消息的是老五。老五在半夜把电话打到了华蓉家里。华蓉听此一说，人都僵了。她连夜爬起来上网。华蓉先看了那博士后的论文，又看了批评者对比的文章，立即就有魂飞魄散之感。再看后面的跟帖，各种恶毒的粗痞的谩骂和讽刺，足以让华蓉无颜见人。其中有一个帖子赫赫然大标题为：道是博导缘何年轻，原来全靠剽窃成名。这时的华蓉，人都几乎要垮掉了。

华蓉欲哭无泪，觉得自己的一世名声就败在了这个学生手上。幸而老五的电话及时打来。华蓉向老五讲述事情的过程，讲的时候，华蓉不禁失声而哭。老五很替她着急，一边安慰，一边替她出主意。老五说，你不要急，这没你什么事，你什么都没有做错。你只需要把这件事跟学校说清楚就行了，最好直接找校长说。

第二天华蓉便去了校长办公室。校长请校学术委员立即成立了调查小组进行调查。华蓉便叫了那个博士生一起，让他向学术委员会讲述事情原委。事实是华蓉一则根本没有同意博士生发表此文，那份原稿上有华蓉的批字，二则华蓉从来就不在学生论文上署自己的名字，从来没有过，这次的署名完全是学生在她不知晓的情况下所为，纯属学生的个人行为。

事情的来龙去脉本来也很清楚，调查小组基本上认定剽窃事件与华蓉无关。但因为网上传播得影响太大，名声太恶，校方担心处理得不好，臭了学校的名声，于是学术委员会为了慎重起见，暂不表态，又开始进行第二轮调查。

这件事前前后后花了十天时间。这十天华蓉气急交加，仿佛天天都在油锅上。华蓉完全不敢上网，因为但凡高校的 BBS 上都能看到骂她的帖子。华蓉一想到那些谩骂的文字，便紧张得浑身战栗。

只有老五天天都给华蓉打电话。老五的电话越打越长。没有老五的电话，华蓉简直不知道那几天自己怎么度过。

有一天，老五突然打电话要华蓉上网去看看。华蓉不肯，老五一定要她看。老五说，你要不看，你会后悔的。

华蓉于是战战兢兢地上了网。不料她看到凡是骂她的 BBS 上都贴着一篇文章，文章的标题就叫《华蓉无罪》。文章披露了事情的真相，甚至还贴上了华蓉在那篇论文上批字的照片。文章结尾说，我们为有严俊这样的同学而备觉耻辱，但我们为有华蓉这样的老师而备觉自豪。

这篇文章一出，骂华蓉的帖子立即全部消失。接下来同情和理解以及向华蓉表达歉意的帖子一条一条地跟在后面。甚至还有一些表示对华蓉的钦佩，因为当教授要做到华蓉这一步也不容易。

华蓉看得热泪盈眶。这时老五的电话又来了。老五开心地说，怎么样，心情好点了吗？华蓉哽咽着说，老五，是你做的？老五说，我是你哥儿们，我怎么能不帮你？华蓉继续哭着说，老五，谢谢你。老五笑了起来，喂，你真哭呀，你忘了你是老师了？你就不担心在我面前没面子？

叫老五这么一说，华蓉真有点不好意思起来。华蓉想，糟糕，我是老师哩。

第二轮的调查结束了，结论依然同上次一样，华蓉没有任何责任，但她的那个博士生却被开除了学籍。那学生走时，不敢见华蓉。华蓉原想把他找来教训几句，老五说，算啦，他连学籍都丢了，这个教训也够大了，你当老师的就饶人家一把吧。华蓉觉得老五说得有理，便也没说什么。

这场突如其来的风波折磨了华蓉一场，但到底没有影响华蓉的名誉和事业。只是它给华蓉的生活带来了莫大的冲击。

最直接的副作用就是华蓉习惯了老五的电话，倘有一天老五的电话没来，华蓉心里便若有所失。

十一

华蓉已经好久没有独自到山上溜达去了。每天早上开窗和晚上关窗时，也常常忽略了山景。以前华蓉心里空空落落的时候，她需要山上的风和树来充填她的心。而现在，华蓉心里是饱满的，所以，当山上刮过来的风，带着树林里的湿气和树叶的芬芳从华蓉面前拂过时，华蓉竟是没有注意到。

华蓉甚至忘了季节正在改变山的颜色。

有一天，梅芜遇到华蓉，上上下下打量了她好半天，打量得让华蓉不解。华蓉说，怎么了，好像不认识我似的。梅芜说，在谈恋爱？华蓉笑了起来，说恋爱是什么？它是吃的还是穿的。梅芜说，你别哄我。最近我见你脸上总是带笑，走路也脚步轻快，有时还哼哼歌，跟你以前完全不一样。我是恋爱过的人，一看就知道你的生活有了变化。

华蓉笑道，你不是说四十岁的女人是垃圾吗？这年头还有谁肯跟垃圾恋爱呢？梅芜一副不信的样子。梅芜说，没有吗？真的没有吗？那你怎么会显得这么快活呢？华蓉说，人只有一辈子的活头，没有了爱情，难道连快活都不应该有？梅芜说，我们女人嘛，一辈子不就是靠爱情支撑着？华蓉说，不见得吧？人生又不是只有这一样东西。梅芜说，华蓉你就别嘴硬了。夜深人静，熄了灯，你一个人躺在床上，针掉在地上都像打雷声，那时候你内心还会觉得快活？你要真这样，算我服你。华蓉说，是吗？如果我就是很快活呢？如果我把针掉地上的声音当锣鼓听呢？梅芜盯着华蓉，冷笑道，人都说你华蓉是一个很真实很自然的人，我看未必。如果你坚持那时候你也快活，你就是天下最虚伪的人。华蓉也用同样的眼光盯着梅芜。华蓉说，梅芜，有些东西，你永远都无法理解。

华蓉说完，便自顾自而去，梅芜却没有放过她，梅芜在她的身后说，可是有一点，我非常清楚，那就是你未必知道你心里有多么寂寞。

华蓉没有说话。华蓉仿佛被梅芜击中死穴，因为华蓉当然知道自己多么寂寞，但是不肯服输的华蓉又想，笑话，难道你知道？

晚上八点，华蓉正工作得紧张，电话铃突然响了。华蓉心道，不是学生的就是教研室的什么人，她怕接过电话后，中断思路，便不想接，伸手将桌边电话拿起又挂上。可是电话还是响，一遍一遍地骚扰着华蓉。这是一个打发不走的电话。华蓉无奈，只有放下手上的事，接起电话。

却不料电话那头是老五的声音。老五有些不安，说我是不是打扰你了？华蓉说，还好，只不过我没想到你会这时间打电话来。老五说，有个老同学从深圳过来了，一会儿我们要出去喝酒。我担心你等我的电话，就提前打给你说一声。

突然就有股热流在华蓉心头一涌。华蓉没有说话。老五说，你怎么了？华蓉说，没什么。老五说，十点钟，就算没我的电话，你还是要歇一会儿，至少休息半个钟头，别太累着了自己。华蓉说，好的。老五说，我不多说了，他们在外面叫得很凶，那帮人都跟狼似的。华蓉说，你去吧。不过，老五，夜酒不要喝得太多。老五说，我知道了。

这一次老五的电话最短，三分钟都不到，可是却实实在在地干扰了华蓉。

华蓉坐在电脑桌前，心里老是响着老五的那句话：我担心你等我的电话，就提前打给你说一声。似乎跟平常说得一样随意，却带着绝不同平常的温暖和关切。华蓉的心有些慌乱，有些茫然了。

电脑已经进入了屏幕保护程序。三维花盒变成圆球，变成锥体，变成方块，在华蓉面前晃来晃去。华蓉的心是散的，注意力集中不起来，案头的事情也就没办法做下去。

华蓉想，我这是怎么了？

十二

去成都开会的日期迫近。华蓉订好了机票，想想觉得应该告诉老五。老五晚上打电话时，华蓉就说了。老五说，把你的手机号告诉我，我好给你打电话。华蓉说，我没有手机。

老五立马就叫了起来，你们这种教授怎么这么小气？什么时代了？手机都不配一个？钱都留着干什么？华蓉说，跟钱没关系，主要是平常没有用场。老五说，难道买一样东西就非得天天用？只在关键时候用一用，就不值得买了？华蓉说，我也没什么关键时候，所以就没买。老五说，你怎么知道你没有关键时候？前不久一个旅游团去越南，在海上遇了险，全靠一只手机跟岸上联络，才把人都救了上来。这时候的手机还不抵了你家买的所有东西？因为它能救人命。

华蓉想想觉得老五说得对，更何况，有了手机，她无聊时，也可以给老五打电话。于是第二天，华蓉便匆匆忙忙去上街买了一只。手机是三星牌的，银白色的外壳，小小巧巧，华蓉很是喜爱。拿着手机，华蓉全然不知道应该怎么操作，只好跑到教研室去，请王志强指导。

王志强一边教一边说，我真搞不懂，你花这份冤枉钱干什么？又没什么人给你打电话。华蓉说，没人给我打电话，我就不能给人打？王志强说，我还不知道你？你的电话能不打就不打的，谁还指望接你的电话。华蓉笑道，王志强，没准我打给你哟。王志强怔了怔，说你打电话给我？华蓉说，万一飞机出事，我好打电话留下遗嘱呀。王志强说，华蓉，最近你好像比以前幽默了好多哩。

晚上老五打电话来，华蓉不等他说什么，赶赶紧紧地把手机号码告诉了老五。老五说，想通了？不省钱了？华蓉说，早说过了，不是钱的问题。买这个是怕万一出什么事，好用它来留遗嘱。老五便笑，说尊敬的华教授，你现在说话好像用了我的语气。华蓉一想，也是，便也笑了，说这就叫近墨者黑。老五便又笑。华蓉说，你笑什么？老五说，你哪里有近墨？你只是听墨者言而话黑。华蓉想，可不是？她从来都没有见过老五。她对老五的一切都一无所知，除了老五的声音。不过，华蓉一转念又想，她是老师，老五是个学生，她有什么必要去知道老五更多呢？听讲电话便也足够。

老五见华蓉不说话，以为她生气了，忙说，生气了？华蓉说，怎么会？老五说，那怎么不说话？华蓉说，不知道，突然就没话了。

老五便也沉默。几秒钟后，老五说，谁送你？华蓉的心怦然而跳,这是一种史无前例的跳动。华蓉迟疑了几秒,说我常出差,也不需要什么人送,我已经找车队要了车。

华蓉很想老五接上她的话。她想听到老五说那我来送你吧。但是老五却没有说。老五只是说,哦,是这样。华蓉心里有一丝失望一掠而过。华蓉说,把你的电话告诉我,我有什么事好给你打电话。老五说,还是我给你打吧,我们这儿是公用电话,管理员得站在走廊上大声喊名字,麻烦。华蓉一想,也的确麻烦,便说那好。老五又笑了起来,说你要记得把手机打开,一直到睡觉前再关上,否则就白买啦。

华蓉走的那天下起了雨。华蓉出发得很早,怕长江一桥堵车,便走了二桥。结果料想不到车走二桥奇顺无比。尽管车到天河机场时雨下得更大,但华蓉还是早到了一个多小时。司机放下华蓉便回去了。华蓉无聊,办完登机手续,进了候机厅,就只好在书摊前翻书看,看得自己累得发慌才听到广播叫登机。

华蓉上到飞机,放好行李坐定后,见她座位旁边的小伙子用手机打电话,说一会儿要关机了,所以现在打声招呼。华蓉这才想起自己的手机一直没有开。于是华蓉忙不迭拿出手机打开了电源。孰知手机上的灯刚亮,她便听到铃响。起先华蓉还以为是旁边小伙子的手机铃声,扭头看,发现小伙子正打着电话。再低头细看时,方发现响出声的正是自己的手机。

华蓉慌张地接手机。这是华蓉第一次接听手机。华蓉说,喂,你好。对方没等华蓉的问候声落下,便吼了起来:你怎么回事?千叮咛万嘱咐让你记得把手机打开,你倒好,一直关机。你知道我一早打了多少遍吗?

这是老五的吼声。华蓉有些歉疚,华蓉说,对不起,老五,我忘了。主要是我还不习惯用。你有事吗?老五说,你说能有什么事?下这么大的雨,我当然要知道你的飞机会不会正点飞,如果延误,你在机场怎么办?谁知道你会不会照顾自己。华蓉说,我已经登机了,飞机会正点飞的。老五说,到了那边,一下飞机,就开手机,听到没有?华蓉说,知道了。你别生气呀,老五。老五这才缓和了语气,说哪里会呢?我打不通你的电话,一下急了。好吧,你现在可以关机了,飞机起飞时,手机是一定要关的。

华蓉关了手机,却无法形容自己的喜悦。华蓉想,老五早上就这样一遍一遍地跑到公用电话前给我打电话么?华蓉想时,便幻想出一个年轻男人,不停地从宿舍疾步而去,然后站在走廊的电话前焦急着面孔打电话。快乐便从华蓉的幻想中一直浮上心头。

飞机非常顺利地抵达双流机场。成都是阴天。天空中灰灰的,仿佛染了色。比华蓉早到五分钟的南京大学钟瑛教授见到华蓉又是拥抱又是握手。钟瑛教授因与华蓉一起开过好几次会,彼此很熟。钟瑛教授说,你怎么又年轻又漂亮了?你好像倒着长哩。华蓉笑道,哪里会?你拍我马屁可没什么好处。钟瑛教授又说,我记得你说,成都的天气总是阴沉着脸,特别容易让心情不爽。今天你看上去很爽呀。华蓉说,是吗,那样的蠢话也是我说的?不过我今天的确心情很爽。

汽车很快朝成都市区驶去。

华蓉这次记得打开手机了。如果手机铃响,肯定会是老五。因为除了老五,没有人知道这只手机的电话号码。王志强虽然教会华蓉使用手机,但华蓉却没有把手机号给他。华蓉想,这是我和老五的专线哩。

便是在华蓉愉快地漫想着时,老五果然来了电话。老五说,平安到了吗?华蓉便笑,说不平安能接你的电话吗?老五也笑,说怕你要交待遗嘱哩。华蓉大笑了起来,说这次你没机会,只能等下次了。华蓉笑时,头仰在了座椅上,钟瑛便斜着眼望她。

十三

成都之行，是华蓉生平最愉快的一次出差。虽然一连好几天，成都都是阴着面孔，但华蓉却觉得世界上再没有比成都更好的地方了。普天之下，四处光明。华蓉作论文演讲时，满脸流光溢彩，声音洪亮。下来后，钟瑛教授三番两次盯着她，说你有些不太对劲呀。华蓉便笑，说恐怕是你不对劲吧。钟瑛教授说，不不不，以前从没见你有这么多电话，也从来没有见你笑成这样。华蓉便笑而不答。

人在成都的华蓉，每天都接到老五的电话，少时也有两通，多时甚至早中晚都有。华蓉担心他的电话费高居不下，老五说他没那么傻，他是用卡打的，有时还会用网络电话，不要钱。华蓉觉得老五的本事还真大，这些事，华蓉想也想不到上面去。老五在电话里问成都的天气，又问华蓉演讲得怎么样，有没有把男教授们镇住。还说成都男人喜欢坐在茶馆里摆龙门阵，要华蓉也去坐坐，闻闻人间气息。

华蓉说，你觉得我平常连人间气息都没闻过？老五说你那虽然也是人间，但没气息。华蓉说这话怎么讲？老五说，人间气息就是要有些脏兮兮臭烘烘的味道，要有人吵架有人胡说的声音，要屋子里一派凌乱，你有吗？华蓉回答不出来。华蓉那里是没有。华蓉有的只是山上的树和鸟。华蓉看树被风吹，听花开花落的声音，闻植物的清香，被鸟叫感动。

老五便要华蓉无论如何去爬一趟青城山。老五说，这地方可能适合你这样的人。但华蓉没去。青城山华蓉以前去过，华蓉从来也没有觉得青城山适合她。华蓉倒是喜欢都江堰。她觉得站在都江堰的江畔，会觉得人的智慧和创造力真是无穷无尽。

华蓉想，老五你以为我对那些空灵的东西有兴趣？我是一个科学家哩。

会议一结束，华蓉就回家了。刚进门，老五的电话就打了过来。华蓉说，你也太神了吧？好像跟踪我似的。老五说，我正要去食堂买饭，看到一辆普桑往你们楼开，我想会不会是你在里面，就盯着看了一下，果然就看到你的头。华蓉说，这么巧。老五说，缘分嘛。华蓉心里顿了一下，没有说话。老五说，你别紧张，缘分也不光是说男女缘分，还有什么朋友缘分、师生缘分、难友缘分、同牢缘分哩。华蓉笑了，说是我紧张还是你紧张？老五也笑，说我还不是怕你骂我？华蓉说，我骂过你吗？老五说，目前为止还没有。好啦，我不跟你多说了，要不食堂该没饭了。

华蓉放下电话，将屋里的窗子全都打开。山上有几束杜鹃花开着，粉粉的，仿佛发现华蓉立在了窗前，便努力地散发着自己的能量，展示自己的美丽。

华蓉没有看到。华蓉现在心不在山。依然生长着的绿树和鲜花，依然吹来拂去的风，依然披着阳光金边的山顶，虽都在华蓉的视野内，却都没有从华蓉的眼睛进到心中。

华蓉的情绪沉溺在一种她自己也弄不清的漩流中，这漩流流转飞速，令她的内心激扬而动荡。

华蓉出行从来都没有这样被人牵挂过。从来都没有人对她出门是否顺利，回家是否平安有过关注。从来都没有人因为她的无恙而松一口气，因为根本没有人为她提着气。从来也没有人恐她在外寂寞而时时问候。现在华蓉都有了。她有人牵挂，有人担心，有人关注。不管这些东西来自什么样的心情甚至目的，反正华蓉都有了。有了这一切，华蓉的人生变得何等的丰富和充实。

晚上，老五按时打来了电话。老五用一种惊喜万分的语气说，我们发现了一个天大的秘密。原来那盏北斗星就是你的呀。你一走，它就熄了，让我们好好舒服了几天，打牌看球喝酒，样样都玩了一轮。今天老六正吆喝着找人斗地主，结果突然看见灯亮了。老六沮丧地蹲在地上捶脑袋，说不是听说那老教授去世了吗？怎么又活过来了呢？我这才想起，这灯应该是你开的。

华蓉差点笑岔了气。

十四

早上华蓉起床的时候，突然心里升起一个念头：她很想见见老五。

这个念头一起，便挥之不去。认识老五这么久，两个人在电话里说话也已经十分随便，甚至有一些亲昵的意思。华蓉什么事都向老五讨主意，而老五对她的关切和体贴也令她对老五生出许多依恋。这一点，华蓉想，彼此都是心知肚明的。然而她对老五的一切都一无所知。老五是哪里人，老五多大年龄，老五学什么专业，老五长得什么样子，老五有多高的个子，老五住哪一间屋，老五的电话号码是多少，老五在哪个教授门下，甚至老五现在是学生还是教工，诸如此类，华蓉始终没有问过老五，而老五居然也就从来没有说过。如此这般，就仿佛老五一直深藏在暗处，却将她所有的行踪都掌握在手中。

华蓉觉得这显然不合常规，但又无法说出所以然来，因为她也从来没有问过人家老五，老五又凭什么要把自己的事情一五一十地说出来呢？

这天老五打电话来，说话说到一半，突然说，哎，你今天这条裙子很好看哩。老五现在已经不叫华蓉为华教授了。老五叫她“哎”。华蓉说，你看到我为什么不跟我打招呼？老五说，打了呀，我朝你笑了笑，你也朝我示意了一下。华蓉惊道，是吗？她使劲回忆哪个学生跟她打过招呼，但却回忆不出来。因为校园这么大，走在路上，总会有学生热情地叫她一声。华蓉说，那你可以报名字呀。老五说，好几个同学一起走，我不好报呀。华蓉说，这好像不太公平哩。你总能看到我，而你走到我面前，我却不知道你是谁。老五说，学校不就是这样？学校老师只有几千个，学生却有几万人。学生可以把老师的底细弄得一清二楚，老师却没办法认全学生。再说了，我都走到了你面前，你却对我一点感觉都没有。你是不是也有些问题？

老五的话有理有节，回得华蓉无话可说。华蓉想说，难道你不想我们坐在一起喝喝茶，当面说说话？但话到了嘴边，华蓉还是没有说。华蓉觉得两人见面的话，应该由老五先提出来。

但老五就是不说。老五只是一如既往地给华蓉打电话，在电话里说许多笑话，华蓉听了虽然也跟着笑，但心里却觉得已经没有以前有趣了。好几次华蓉找些事情套老五，想让老五提出来彼此见个面，但老五不知是真的感觉愚钝，还是装傻。华蓉说，听说《英雄》的电影很好看哩。老五说，是呀，我前两天刚看了。值得一看。华蓉说，哪天买张碟去看看算了。老五说，不行不行，这电影最好要去电影院看，而且得去好电影院，那样才能找到享受的感觉。华蓉说，一个人看电影有什么劲。老五便说，哪天我有空带你去看。华蓉说，好呀。

老五在这里放了话，可什么时候老五有空呢？

好几回，华蓉说，老五，这几天你忙吗？老五说，还行，也不算太忙。华蓉说，没打算出去消闲消闲？老五说，去了，星期天跟老六几个坐了一下午的酒吧，没劲透了。华蓉便没说什么，心道，你有空跟他们坐一下午的酒吧，怎么就不想用这个空儿陪我去看《英雄》呢？

华蓉当然不会把这样的话说出口来。

老五有一天看了一个纪录片，拍的是湖南岳阳的张谷英村。老五在电话里跟华蓉说，那个村子太有意思了，哪天我们一起去看看怎么样？华蓉说，好呀。我也很喜欢看这样的地方。

话是老五挑起来的，华蓉还真存心等了。结果老五后面的话就再也没有。老五说的哪天到底是哪天呢？华蓉终于意识到这是一个遥遥无期的日子。

时间长了，华蓉渐渐觉得心口有些堵。老五在电话里说笑时，华蓉的笑声多少也有了一些勉强。

这天是周末，一大早，华蓉还没有起床，梅芜打电话来，说有事想请华蓉帮忙。梅芜说她今天应该去荆州讲三天的课，可是王志强的姐姐明天一早从美国回来，她实在没办法走得开，想请华蓉替她去讲，讲课费全部由华蓉得。

华蓉有点犹豫。按说梅芜遇到这种情况，她理应帮忙，但要华蓉把手上的工作停下，她又觉得太浪费时间。梅芜似乎猜透了她的心思。梅芜说，知道你也有困难，不过，我不找你找谁呢？吴教授的儿子周末回家，他肯定不愿意出去；李教授那边，他老婆说好容易一家人在一起待两天，最好别出门。你看，都是拖家带口的，人人都忙得不亦乐乎，就只你最清静。你只当是自己到下面去消闲度假的，好不好？

梅芜的话说到这地步，华蓉不答应也不可能了。梅芜见华蓉的意思是同意了，便忙不迭地告诉华蓉汽车几点来接，谁人接待，授课内容是些什么，讲课费是多少，住宿要达到什么标准，诸如此类。梅芜末了还追加了一句，梅芜说，他们给我的讲课费比别的老师要高两百块，我让他们照我的标准给你，你千万不要在外面讲哦。华蓉一笑，说你最好让他们少给我两百，我保不准会跟人说的。

华蓉觉得应该把自己下午出差的事告诉老五，可是她却没有老五的电话。她无法通知老五。她唯一能做的，就是打开手机，等着老五晚上打电话去她家找不着人时，给她打手机。华蓉想着便有些烦，两个人的交往，为什么她必须这么被动呢？

刚吃过中饭，车便来了，华蓉急急忙忙地跟车而去。

一个小时不到，车便行驶在江汉平原上。平原无山，高速公路的两旁绿野无边。间或有些小树散漫地立在田野上。树下偶尔会有一幢红砖的民房，孤零零地被绿色衬着，越发显得鲜艳。华蓉想，老五说过好多次要与她一起出门，却从来没有兑现过。老五究竟是个什么样的人呢？华蓉真是搞不懂，老五给予她这么多的关心和牵挂，却偏不肯让她见他一面，难道他长相奇丑，害怕华蓉见后而厌恶他？可是不对，老五说过，每次他陪老六去相亲，对方总是把他看中了，这说明老五的面貌是很讨人喜欢的。可为什么，华蓉就不能见他呢？或者是他比华蓉年龄小得太多？华蓉想年龄算什么？见上一面又没打算要与他怎么样，就算小二十岁又有什么好怕的？华蓉心里有一万个问题千转百绕，百思不得其解。郁在心里的闷气便在这拆解不开且驱之不散的问题中越来越浓。浓到一定程度，便形成了愤怒。华蓉摸出手机，果断地把电源关了。

十五

华蓉从荆州返回家中时，天已经大黑。屋里三天无人，已经闻得到灰尘的味道。华蓉将所有的窗户打开透气，顾不得吃饭，便开始做清洁。

一个房间的地还没有拖完，电话铃就响了。华蓉心里“噔”了一下，心知这一定是老五的电话。华蓉拿起电话，老五的声音果然嘶嘶啦啦地在耳边响了起来。听惯了这声音，三天没有听到，华蓉突然觉得好亲切。

老五说，你怎么回事？出门了招呼也不打一声，手机也不开，你这不是存心让人急吗？我先还以为你病了，绕圈子打电话问了梅教授，才知道你去了荆州。为什么不开手机？郁在华蓉心里的闷气还滞留在那里，迟迟未散，所以华蓉说，我觉得开不开都无所谓呀，所以就没开。

老五仿佛噎住了，半天没说话。华蓉也不说。华蓉想既然连面都不想见，打电话又有什么意思？电话两头都沉默着。

最后还是老五先开了口。老五声音低沉了下来。老五说，好吧，既然你这样想，我也没话讲。华蓉作潇洒状地笑笑，说没话讲就没话讲啰，我也无所谓呀。华蓉的话音一落，老五那边便放了电话。

华蓉想，有什么大不了的？当初没你电话时，我还不是一样过的！我从来也没有见过你，现在仍然只当从来没有认识你这么个人。华蓉想着，从从容容地拖地抹桌子，然后为自己煮了一碗面。

几天不在家，邮件将信箱都塞满了。华蓉忙不迭地收看邮件，回复邮件。有一封邮件是钟瑛教授写来的。上面说，虽然你说你什么都没变，但我看得出，你在恋爱。只有恋爱才会让你有这样好的状态。不过，我作为过来人，还是要提醒你，现在的男人都不是省油的灯，你谨慎些，一定要弄清对方的底细。千万不要在一切情况都没弄清之前，就先动了自己的感情。那样，最后受伤的就会是你。

华蓉读罢笑笑，她想钟瑛教授未免自负，难道她华蓉精神状态好一点就是在恋爱？现在的事实证明她并没有恋爱，可精神状态照样可以很好。

处理完邮件，十点已经过了。华蓉冲了澡，习惯地坐在沙发上，仿佛等着什么。结果什么也没有。华蓉突然意识到，今天不会有电话了。她心里立即发空，但转念一想，没有也好。华蓉想罢，便到阳台上，看外边已与黑夜融为一体的山。因为有灯光的照射，影影绰绰地能看到树在风中摇摆。

但是，华蓉的心思却根本不在山上。华蓉耳朵一直注意着屋里，她怕万一有电话铃响她没有听见，就惨了。

只是，华蓉的电话机一直很安静地泊在桌子上，就仿佛死了一样。

其实华蓉根本就没有料到老五不打电话会给她的内心带去什么样的冲击。华蓉先以为这不是什么大不了的事。反正她也没有见过老五，反正她对老五的一切都一无所知。从此当自己不认识这个人又有何难？三天过去了，老五就真跟消失了一样，华蓉这时发现自己错了。

第二天她还能让自己坐在桌前工作，老五没来电话，她还能安慰自己，说没什么了不起的，过几天就好了。可到了第三天，她的心里就已经空得什么都没有了。她只能坐在电话机前呆守着，希望老五的声音能从那里出来。华蓉不去阳台上望山，她站在北边书房的窗前，不时地朝着那栋老旧的教工楼张望。她想老五，哪一盏灯会是你的呢？她想老五，你真的不打算理我了？她想老五，早知如此何必当初呢？

早上起来，华蓉头疼得厉害。她给教研室打了个电话请病假，要求将硕士生的课挪到下星期补上。华蓉没有吃早餐，连牛奶都没有喝。她躺在床上，昏昏而睡。一个人生活最害怕的是生病。一旦病倒，极易万念俱灰。因为这时候屋里会静得仿佛没有活物。没有人问长短，也没有人问冷暖，想喝一口水都不是一件易事。华蓉想，整个世界都似乎与她无关了，她的生生死死都只是她一个人的事。人这样活一生,还有什么意义呢?

华蓉开始流眼泪,无声地悄然地流泪。泪水将她的枕头浸湿了。

电话却还没有来。

十六

华蓉病了两天,第三天她开始好转。于是她爬了起来。两天没有好好吃东西,华蓉的脸一下子如刀削下去一样,裤子也肥了一圈。她走路有些虚,一高一低的。但华蓉在心里反复告诫自己,要振作起来。她是老师,她有学生,她有工作,她有责任。支撑人一生的柱子有很多,缺了一根,比方爱情,但还有其他。剩下的柱子照样可以把华蓉的人生高高撑起,撑得亮亮堂堂的。

华蓉带了八个硕士生,另外还有其他几个进修的老师听她的课。学生们很体恤她,见她身体尚虚,为她倒了茶,又让她坐在椅子上。华蓉努力让自己保持状态。她讲课从来都有张有弛,纵是生病刚好,她也尽可能地不让自己的声音呈现病态。这么做当然会有些勉强,一勉强,就吃力。于是讲完课下来,华蓉的衣服都被虚汗湿透。她几乎无力走路回家,两个女生见她如此,就叫了男同学用自行车驮着她,一直送她到家。

华蓉没有胃口,便以面包代饭。电话响时,华蓉没在意,这时候的电话多半会是教研室打来的,不是学习就是开会,华蓉常常烦这些电话。结果当华蓉接起电话,没想到听到的却是老五的声音。华蓉一下子泪水盈眶,一个字也说不出来。

老五没有像以前那样无所顾忌,反而有些小心翼翼的。老五说,你病了?华蓉说,还好。老五说,我看到你的学生用自行车驮你回家。华蓉说,只不过有点虚而已。老五说,有没有去医院看看？华蓉想到自己躺在床上寂寞而孤单的两天，眼泪便一条条往下淌。华蓉说，已经好了。说了这四个字，华蓉觉得自己行将呜咽出声了，她便强忍着自己，迅速地说，没事我挂了。然后她便挂了电话。

结果华蓉连面包都没有吃，眼泪怎么都止不住。她便索性上床睡觉了。

晚上十点，电话铃像以前那样准时地响起。在这个时间段响起铃声仿佛业已是许久以前的事了，因此它让华蓉有些心惊肉跳。电话当然是老五的。华蓉一接起电话，老五就说，明明是你先不理我，你还对我使气，你说我冤不冤呀！我想了几天，觉得我这么冤下去可不行，我非得翻案不可。冤有头，债有主，你得给我平反才行。老五的声音朗朗的，一副有说有笑的样子，像华蓉第一次听到时那样。

华蓉说，我哪有不理你？我只不过是出差没开手机罢了。老五说，还狡辩。明明知道我惦记你，你就故意不开手机。你这不是存心不想理我又是什么？华蓉想说，因为我们的交往不公平，你见得到我，能掌握我的行踪，而我却不知道你，就连你走到我面前，我也不认识。但华蓉终是说不出口。华蓉想，如果她提出两人见个面，而老五不同意，那她该是何等尴尬。

老五不介意华蓉沉默，老五说，今天老六跟我说，他表哥和表弟到汉口来看他，两个人都是头一回进城。他们从二桥搭车过来，看到这么大的桥，特别激动。一见老六，就讨论修这样一座桥得多少钱。老六的表弟说，起码要一百块钱。老六的表哥就训他的弟弟，说一百块钱修个哈欠呀，少说也得一千块。老六的牙都笑疼了，等他们走后，老六就跟我说，这两人真是笨呀，这样一座大桥，少了一万哪里修得成？你说，老六跟他们有什么差别，一万块钱就能修二桥，再怎么少，也得花十万吧？

老五学的是黄陂乡下话，学得绘声绘色，华蓉想不笑都不行。于是她就笑了。等到老五说十万时，华蓉已经无法止住自己的笑声，华蓉说，十万修你个头呀。

老五也哈哈大笑。老五说，老六的这一招真灵呀。华蓉说，什么意思。老五说，老六说他最会哄女人，有一回，他正追的一个女朋友生气了，他就装傻讲了这个笑话，女朋友笑得一塌糊涂，然后气就消了。我不相信老六的这一招会这么灵，今天特地试一下，发现果然是灵哎。华蓉说，原来你是拿我当试验品？老五说，是呀。试验成功，你笑了。我奶奶说过，笑过的人不准再回头接着生气，那样会夭寿的。

华蓉无可奈何。

十七

老五又开始给华蓉打电话了。老五依然一副没心没肝的语气，今天给华蓉讲个笑话，明天又给华蓉来段牢骚，有时候也讲讲他复习的情况。华蓉问老五是要考博还是考硕，老五哼哼哈哈地，表示等考取了，自然会告诉华蓉。华蓉问老五需不需要自己帮忙，老五也哼哼哈哈地，说目前暂时不需要。有一天周末，华蓉半开玩笑地说想请老五吃顿饭。老五忙说他不会便宜华蓉，等他录取了，他非得让华蓉在汉口最豪华的地方请他吃饭。华蓉便笑说为什么非得是她请。老五说，教授钱多呀。

华蓉想，她已经主动把球扔给了老五，老五居然轻易绕了开却又给人感觉接下了球。

有一天，华蓉的学妹刘雯从日本回来。刘雯是华蓉读研时的同学，两个人是上下铺的关系。刘雯也没有成家，单身一个人过。但刘雯有一个同居的男友。刘雯落落大方地带着男朋友一起回母校看老师和同学。晚餐就在华蓉家吃。刘雯在吃饭时就大谈同居比婚姻更好的理论。刘雯的男朋友也与她持同样的观点。刘雯劝华蓉不必要婚姻，但一定要找个男人同居，彼此可以相互照应。喜不喜欢都没关系，过得去就行。华蓉说，你讲得有道理，但我操作起来有难度。刘雯问为什么。华蓉说，我就没有机会去认识男人。我这里只有男学生，没有男人。刘雯就笑，男学生毕业了，不就是男人？华蓉也笑，说你没发疯吧，找小不点同居？刘雯大惊小怪道，喂，什么时代了，你还这么守旧？这可是国际潮流哩。

刘雯送给了华蓉一部从日本带来的子母电话。电话有来电显示。刘雯开玩笑说，如果有男人给你电话，对他印象好，也不必让他留电话号码，免他多疑，对你感觉不好。你直接反打过去找由头接近就行了。华蓉很高兴，她产生的第一个念头便是，老五再打电话过来，就可以查到他的电话号码了。

华蓉送走了刘雯，正琢磨着换电话，老五的电话就来了。华蓉说，咦，你今天早了几分钟，再晚一点，我就换电话了。老五说，什么换电话？华蓉说，我同学从日本来，送给我一部电话，特别漂亮，还有来电显示。往后，你不管在哪里打电话，我都能抓到你。老五说，还用这么麻烦，我把我的手机号码告诉你不就行了？华蓉心时微怔一下，说，你什么时候买的手机？老五说，有一两个月了。华蓉说，你怎么不把号码告诉我？老五说，你也没有找我要呀？我还以为你怕浪费自己的电话费哩。华蓉说，你好过分。你害得我有事想找你的时候，死活要等到晚上。老五便笑，说我怕我正在打着麻将，你的电话打来了，把我这点好形象都弄没了。华蓉说，天知道你是什么形象。老五说，你不知道我是什么形象？年轻英俊，明亮开朗，活泼健康，幽默大方，基本上是人见人爱哩。华蓉笑，说你脸皮真是比城墙还厚。哪有这么夸自己的。老五说，这年头，就讲究自吹自擂，用报纸的语言就是，隆重推出自己。华蓉说，哪个导师有你这样的学生，连课也不要上了，从头笑到尾。老五说，不会。我上课时特别严肃，我是一个勤奋刻苦的好学生。华蓉就又笑，说告诉我，你是哪个导师，我要问他是不是有你这个学生上课特别好玩。老五说，哈，想查我的底细呀，我可不上当。

华蓉一下子沉默了。华蓉想，难道我不能知道你的底细吗？老五似乎察觉出华蓉的沉默，说你不高兴了？华蓉想了想，终于把她想过好久的话说了出来。华蓉说，为什么你不告诉我关于你的事？老五说，因为……因为……老五第一次打了结巴。打完结巴，老五迅速地说，这有什么意义呢？

华蓉想既然话都说出来了，不如都说了吧。华蓉说，你不觉得我们应该坐在一起说说话吗？我没别的意思，作为朋友，聊聊天也可以呀。老五说，可我有别的意思。华蓉说，什么意思？

老五突然大笑起来。

华蓉感觉得到他全身都被笑声震动。华蓉心里突然发紧，她有一种不太好的感觉。老五笑完了，说你别误会了，我不是笑你。我是不满意你的话。你觉得我们两个是简单的朋友吗？华蓉的心突突地跳着，这下连全身的肌肉都紧张了起来。华蓉说，又怎么不是？

华蓉期待着老五就这个话题继续说下去。华蓉觉得她有可能听到她最想听的话，那是她期待已久的东西。华蓉在心里积极地思索她将如何回答老五的那些话。华蓉想，如果老五向我表达爱意，我最好还是要婉拒他才是。我要告诉他，我们两个没可能。

但是老五却没有。老五突然转了话题。

老五说，喜欢旅游吗？华蓉心里顿了一下，说喜欢。老五说，你去过九寨沟没有？听说那里的景色天下第一，漂亮得无词可以形容。

华蓉立即索然。全身紧张的肌肉又一点一点松散了下来，松散得仿佛垮到了地上。自然风光再美，却不是这时候谈的。九寨沟华蓉去过，曾经为那里的景色欢呼和惊叫。但现在，九寨沟却煞了她的风景。华蓉很想挂电话了。

老五说，等考完了我带你去旅游好不好？去九寨沟？或者走得再远一点，去西藏？华蓉淡淡地说，好呀。华蓉的回答有些机械。华蓉想，从理论上说，你已经带我去了好几个地方。你只不过说说而已，这种承诺，难道我还会信。

老五说，你的呼应不太热烈哩。下面我要说句话吓你了。如果我们一起出去玩，两个人开一间房，你敢不敢住？

华蓉以为自己会有震动感的，却不知为什么，她一点感觉都没有。因为华蓉的心情已经淡了下去了。她根本就不信老五真会有一天同她一起出游。她觉得自己似乎有些知道老五了。但华蓉还是笑着回答了老五的话。

华蓉说，我没有不敢的，我只有不信的。

十八

整个夏天，华蓉都与老五热线联系着。炎热的日子容易让人焦躁。老五的电话就仿佛是清凉的风，将泊在华蓉屋里的暑气驱除一尽。

这期间，华蓉也出差过两次。华蓉走到哪里，老五的电话就追到哪里。有时华蓉遇到什么事，也会打老五的手机。牵挂老五和被老五牵挂成了华蓉生活中极其重要的内容。

但是老五仍然是一个谜，华蓉对他知之甚少。好在华蓉也想通了，华蓉想，你不想我见你的面，你不想我知道你的事，你不想我了解你的为人，你什么事都只是说说而已，但这都无所谓，只要你天天给我电话，只要你牵挂我关心我，便已足够。

暑假期间华蓉没有回家。虽然父母从远方打来电话，劝她回家来休息几天，但华蓉没有答应。华蓉一来觉得过年反正要回去，二来她也想利用暑假，把手上的项目做完。华蓉心存一丝希望，那就是如果老五考试完，万一来真的要约她出门，她不能因为项目在手而导致出去不成。所以，她得抢时间完成了再说。不过，这样的隐情，华蓉自然对谁也不会说。就是对老五，她也只字未露。

但老五却回家去了。华蓉只知道他回湖南，但是湖南的什么地方呢？华蓉却全然不知。因为老五没有说，华蓉也就懒得问。其实华蓉顺便问一声也没什么，说不定老五也正等着她问，但华蓉却想，如果你想要让我知道，你就会主动说。她一点也没有想到，可能老五也会想，如果你想知道，你就会主动问。

老五在老家，时断时续地给华蓉打电话。更多的时候是华蓉打过去。有时候老五在打牌，有时候老五在跟人唱歌，华蓉多半只能匆匆讲几句话。连着几次下来，华蓉觉得老五完全是一副心不在焉的状态，心里便有些不快。

有两天，华蓉试着不打电话，想看老五会不会打过来。结果老五竟然没打。华蓉心里酸酸的，满不是滋味，只好还是自己打过去。料想不到老五却没有开机。

华蓉因此而难过了一天。华蓉想老五你太过分了。你明知我等你的电话，你却故意不打过来。

好在当晚老五的电话就打了过来，老五说你前两天怎么不给我打电话？华蓉说你不是也没有给我打吗？老五说，我这边家里人来人往的，不方便。华蓉说，我昨天给你打了，你有开机吗？老五说，哦，昨天呀，我跟朋友进山里玩去了，手机没了电。华蓉心里委屈得慌，但又不好说什么。老五见华蓉不说话，便说，你不要这么小心眼好不好？华蓉说，我怎么小心眼了？我又没说什么。老五说，算啦，要是为这种小事也弄得不愉快，不值得。

这天，华蓉独自坐在沙发上流眼泪。

华蓉想，难道我真的是在恋爱？难道我对这个老五已经动了感情？尽管一切都不可能，为什么我会为他的电话来与不来而激动和难过呢？难道我真是太寂寞，太孤独了，需要一份慰藉，以及需要一份牵挂？甚至也不管是什么人给予的，对方出的什么招式都不想弄清楚，就紧紧抓着不放手？难道就这些电话便可打乱我全部生活的阵脚？

华蓉知道自己陷入情感迷途，她困惑而且不安。从理智上，她知道老五用这样的方式同她交往有悖常规，不可思议，至少在诚意上出了一点问题；可从感情上，她却摆脱不了自己的需要。她需要老五的电话，需要听到老五的声音。她承认她已经是老五的手下败将。

此后的时间，华蓉都是在一种又快乐又痛苦之中度过的。老五在电话里无论说什么都让她快乐，而放下电话后，一种对老五的无从了解又让她痛苦。华蓉反反复复地回忆与老五从认识到来往的整个过程。她想事情的开始是那么自然，而到了后面却令她觉得诡异。华蓉甚至生出一种恐惧：老五是不是和他的哥们拿她作个试验？

一天，老五终于在电话里说，他马上启程回学校。华蓉说，是哪一趟车，我去接你。老五说，算啦，大热天的，我打个车就行了。华蓉说，你回来就给我电话，我们一起吃个饭？老五笑道，难道我不吃你这顿饭你就过不下去？华蓉揣摸了一下他的话意，然后坚定地说，你说得对。老五仿佛停顿了片刻，然后说，来了再说吧。

老五并没有说吃不吃饭的事。这天夜里，华蓉在梦中见到一个人，高个子，大眼睛，很洒脱的一副神态。华蓉觉得他就是老五，于是拼命地叫着，跑到他面前大声地跟他说话。对方一片茫然，无论华蓉说什么，他都面无表情。原本很清晰的面孔就在那茫然和冷漠中渐渐模糊掉了。

华蓉不由大声地叫着，老五你是谁？你到底是谁？

没有人回答，那人已经远去。华蓉突然就醒了。朦胧中的华蓉记起了自己适才的叫喊。华蓉静了静心，然后对自己说，我不在乎你是谁，但我一定要见你。

十九

便是从这天起，老五的电话突然没了。华蓉打老五的手机，老五没有开机。老五的手机是华蓉联系老五唯一的渠道。手机不通，华蓉便没有任何办法。第一天华蓉有些不悦，心道你居然不给我打电话！第二天华蓉就有些烦，心又道，你再打电话来，看我理不理你。第三天华蓉就有些沉不住气了。华蓉想，你为什么不给我打电话？你什么意思呵你！

一个星期过去了。老五依然没有电话打来。恰巧这一连几天，华蓉吃饭看报时，都看到报上登有什么什么地方汽车坠崖、什么什么江上轮船遇险的消息。那些黑色的标题，令华蓉心惊肉跳。

华蓉的屋里又变得一片死寂。晚上十点，华蓉就开始紧张，开始浑身出汗，有时还会手足发抖。她什么事也做不了，只能守到电话机前，眼巴巴地望着电话。仿佛只有这样，她才能够度过这漫漫的长夜。

但电话也像死了一般，连一声呼吸也不发出。焦急、烦躁、不解以及思念、期盼、担忧就一起冲上来折磨着华蓉。

暑假结束，学校业已开学。老五却像从这个世界上消失了一样。华蓉进入了一种魂不守舍的状态。她不停地在老五住的教工楼前徘徊。她试图引起过往人们的注意。她想或许这中间会有老五，或许有老六以及他们光协的什么人，如果老五有什么事，他们看到她，一定会上前来对她说的。

但是华蓉依然没有得到老五的任何信息。

华蓉觉得自己心理上已经承受不了老五的突然失踪。不管怎么样，她都想要知道这是怎么回事。于是，华蓉决定放下自己的矜持，上门去找老五。

华蓉便去了教工楼。这是华蓉第一次进这幢楼。楼很旧，还是大跃进的时候老师和学生为证明自己的能力突击抢建的。墙壁上四处斑驳，墙角的水泥被磨损掉了，里面的红砖都裸露了出来。

看楼的是一个老头。电话就在他的旁边。华蓉盯着那部电话，心想老五就是用它给我打过无数次电话么？想到这点，华蓉便有些百感交集。老头见华蓉看着电话发呆，便上前询问华蓉找谁。华蓉说找一个外号叫老五的人。老头摇头说没听说过。华蓉又说或者老六也行。老头有些不耐烦，说老七老八都不知道。华蓉说，我有急事找他，他的大名叫马驰。老头说，马屎？还牛粪哩。拿我开什么心？华蓉只好拿出自己的证件给老头看，说我是计算机学院的教授，有急事找这个学生。老头说这里面住的学生没几个，主要是青年教工。华蓉说，不管是学生还是教工，找到他就行。老头说，没头没脑你叫我哪找？华蓉说，就是一到晚上十点就来打电话的年轻人。老头说，来打电话的都是年轻人,我哪晓得你要找的是哪个?

华蓉拿这个老头无奈。于是站在门口,向那些进来出去的年轻人询问。华蓉询问了至少十个以上,居然没有一个人知道老五,也没有一个人知道马驰。连老六也没人知道。华蓉一派茫然,她想这是怎么回事?

华蓉十分沮丧,那种沮丧的感觉几达极致,仿佛一直正常着运转的地球,此时突然错了位。这样的错位令一向理智一向独立的华蓉不知所措。华蓉觉得自己似乎掉进了一个迷宫,到处是路,却不知道应该走哪一条。于是她心里又有些恨老五。恨他这么长时间什么都不告诉她,以致她想找他时,却一点线索都没有。老五是出了什么意外?还是根本就在躲着她?更或老五从一开始就只是逗她玩玩?华蓉有些六神无主。华蓉也有些心力交瘁。

但华蓉宁可相信老五出了什么意外的事,也不愿意相信老五只是拿她开涮。华蓉想,如果前者是残酷的话,后者则未免可怕。想过后,华蓉又自我安慰,生活既不至于这么残酷,也不至于这么可怕吧。

华蓉再一次到教工楼。那老头依然一脸严肃地守在那里,他两眼直勾勾地盯着华蓉,令华蓉感到阵阵心虚。

华蓉问老头,最近这楼里有没有年轻人出什么事?这一回老头的话闸还真打开了。老头说,这楼里最近是有些邪,一连出了两桩大事。华蓉忙问什么事。老头说,一个年轻人在餐馆和朋友聚会喝酒,喝多了,跟人打架,受了重伤,听说成了植物人;另一个年轻人,从家返校时,在车上看到有人偷东西,就去抓小偷,结果人家小偷是成帮的,几个人上来对付他,他小偷没抓着,倒叫人杀得浑身是伤,送到医院,听说没进病房就断了气。

华蓉立即呆掉了。她想,难道这两个人中间会有一个是老五？想过又想，当然，这两个人中间当然有一个是老五，要不他怎么不见了呢？

一种无边的疼痛开始撕裂华蓉。

老头继续说，最怪的是，这两桩事都在一天里发生。一个是英雄，一个是混蛋。你说这楼是不是有些邪？昨天学校还说打算今年把这楼拆了，盖新房子。我看也是该拆了。

老头后面说些什么，华蓉几乎没有听清楚，她神情有些恍惚。华蓉摇摇晃晃地回到家里，进门连鞋都没有来得及换，便软倒在地。

二十

华蓉大病了一场。她几乎处于半昏迷状态，什么东西都不吃，什么话也不说。她的一个博士生发现她一个人病倒在家，忙打120求救。救护车当晚就出现在楼下。王志强和梅芜听到楼道里人声喧哗，出门打探，方知生病的人是华蓉。

华蓉已是面无人色。见到她的王志强和梅芜都吓了一大跳。梅芜哭道，华蓉，才几天没见，你怎么成这样了？两个人便随救护车一起去了医院。

华蓉在医院急救了三天。天天噩梦缠身，心口痛得死去活来。两个浑身血淋淋的人不停地在远处朝她手舞足蹈。他们都对着华蓉叫喊，快来救我，我是老五。华蓉挣扎着想要走近一些，但却怎么都挣扎不起来。华蓉于是也喊，却无论如何也喊不出声。

后来华蓉听到有人哭泣，华蓉不明白为什么会有人哭。于是她睁开了眼睛。

睁开眼睛后的华蓉第一个看到的人竟是她的母亲。华蓉很惊讶。然后她看到自己头上悬着的输液瓶子。华蓉这才明白，她生病了。华蓉一旦意识到这一点，人便缓解了过来。

华蓉的父母是接到梅芫的电话赶过来的。华蓉的哥哥和姐姐也赶来了。老母亲一把鼻涕一把泪地问华蓉怎么回事。华蓉知道自己的病因，但她没有办法说出口。华蓉只是说，可能赶项目太狠，累倒了。华蓉的母亲便使劲抱怨王志强，说他们不该让华蓉有这么大的工作量。王志强一脸委屈，却也只能不停地向华蓉的母亲道歉。华蓉只好在心里对王志强说，对不起，只好让你担待着一点。

华蓉一清醒便坚决要回家。任人劝说，她都不肯留在医院。她公开的理由是不想让父母和兄姐每天往医院里跑，回到家里也可以休养。隐秘的理由却是华蓉还放不下她想等的电话，华蓉心存着几丝侥幸。

医生给华蓉作了全面检查，觉得华蓉身体并无大碍，的确是劳累和疲惫缘故。只要好好休息一阵子，就会没事。但医生却私下对华蓉的母亲说，华蓉的病可能是出在精神上。或许受了什么刺激，千万不要伤害她，要化解她心里的结，免得不小心转为忧郁症。

这一点，华蓉本人并不知道。

华蓉又回到了她的家里。华蓉的父亲和兄姐因各自尚有工作，都陆续回去了，只留下华蓉的母亲陪着华蓉。华蓉每天恹恹地躺在床上，不想说话，也不想起来。她不看电视，不上电脑，连以前天天要看的报纸也不看了。华蓉的心里被深深的悲哀所笼罩。华蓉想，老五多半是死了。他的死固然令她悲伤，然而最让她受不了的还不是死亡，而是她永远都不会知道老五是一个什么样的人。她为这个人伤心动情，为她坐卧不安；为他而空空落落，为他而充实饱满；为他而笑，为他而哭。听到他的声音就快乐，接不到他的电话就痛苦。但她却对他什么都不知道，甚至他真实的名字都不知道，他是不是住在后面的教工楼里也不知道，他曾经对她所说过的话哪句是真哪句是假，她还是不知道。老头说，一个是英雄，一个是混蛋。他们都死了，她却不知他们两个哪一个是老五。

华蓉的心里为百结所缠。

华蓉的母亲是教古典文学的，很知道怎么跟人谈话。每当华蓉恹恹地躺在床上沉默不语时，母亲便坐在床边，长一句短一句地自话自说。母亲能看透华蓉生病的根本原因。所以有些字华蓉的母亲只字不提，比方爱情，比方婚姻。有一次华蓉的母亲说起了九寨沟，华蓉的神情立即就散乱了，华蓉的母亲马上就转了话题。后来她就不说任何与旅游相关的事。她说得最多的是魏晋文人的故事。像王子猷雪夜访戴、谢安与人下棋之类。华蓉便静静地听着她说。偶尔，她会插上一两句嘴，提出一点小小的问题。每逢这时，华蓉的母亲就特别高兴。

时间就在与母亲每天有一搭无一搭的闲聊中过去。刚回家时，华蓉的头发大把大把地下落，华蓉的母亲每天要从卫生间里扫出一大团。慢慢地，华蓉的头发越掉越少，有几天只掉了几根。华蓉的母亲长吁了一口气，她知道，华蓉最难的时候已经过去了。

有一天早上，华蓉醒了。见母亲站在窗口看山，便也起来走了过去。华蓉的母亲说，这里的空气真是新鲜呀。华蓉说，是呀，我每天早上和晚上都要站在这里呼吸新鲜空气。华蓉的母亲又说，这山多漂亮呀，可以说是越看越觉得漂亮。华蓉说，当然了，要不我怎么会搬进这套房子。华蓉的母亲说，看着这样的山，心里有踏实感。华蓉笑了，说妈你怎么跟我想得一模一样。

华蓉突然记起，她已经好久没有细细地看山了，而这山在她心里曾经是每天与她相伴的丈夫。它给她关怀和温暖，为她变幻季节和色彩。送她出门,迎她回家。为她浅唱低吟,也为她呼啸叫喊,她居然在这么长一段时间里冷落它忽略它,甚至把它忘得干干净净。华蓉想,老五到底是什么样的人,难道对我这么重要吗?记住他给我过帮助给我过快乐,还不够吗?记住他让我痛苦让我不安,还不够吗?如果他死了,这件事就过去了,如果他没有死,这件事也过去了。既然一切都进入了过去时,我又还有什么过不去的呢?

华蓉想过,内心一下子就平静了。这天中午,华蓉就跟她的母亲说,她已经全好了。一点问题都没有了,她心里的结也已经完全解开。华蓉的母亲明白华蓉的意思,她笑了,说这才像我家的华蓉。华蓉的母亲仍然没有问华蓉解决了什么问题,打开了什么结。她只是一边清理着自己简单的行李,一边对华蓉说,像你这样的人,拿得起放得下,你什么样的难关不能过?

华蓉很高兴。华蓉说,妈你最了解我。

二十一

华蓉的生活回复了平静,几乎完全回到了以前的状态。只是每天的晚上十点,华蓉仍然喜欢坐在电话跟前。她如果不坐在这里,心里就虚虚的,不知道怎么办才好。

当华蓉坐在这里的时候,老五的声音会一直响在她的耳边。华蓉有时候还会分析那两个事故中,哪一个人是老五。华蓉觉得跟人喝酒打架的人有些像老五,又觉得在车上抓小偷的人也有些像老五。这时的华蓉就会想,如果我是一个泼辣一点的人就好了,我直截了当地问他多大年龄,住在哪间房,学什么专业,家里有什么人,住在什么城市或什么乡村,不也很好吗?我为什么这么矜持,这么放不下自己的自尊心呢?错的是我自己,我还有什么好说的？

华蓉这样自责自怨的次数越来越多。

时间就这样慢慢地走着，离老五的电话消失有一个月或两个月？这天的晚上，外面起了风，山上的树都摇晃着呼啦啦的叫得很凶。华蓉开了一扇窗，山上的喧哗便都涌进了屋里。

十点钟，非常准时的十点钟，华蓉的电话响了。华蓉正坐在电话跟前，像她近些时那样把自己沉溺在往事和自责中。突兀而起的铃声，让她吓了一跳。她有些紧张，又有些恐惧。她全身发抖，然后拿起了电话。

里面传来了老五的声音。真的是老五的声音。

老五说，你还好吧？那熟悉的热烈的有些淘气的带着笑声的问候让华蓉战栗。华蓉立即泪流满面。

华蓉说，你是老五吗？是老五吗？老五像华蓉第一次听他电话那样爽朗地大笑着。老五说，你还好吗？难道你连我的声音都听不出来了？华蓉说，你到哪里了？你出了什么事？老五说，没有呀，我一切都是好好的。华蓉说，那你怎么不给我打电话？老五说，哦，是这样，我们住的那幢楼条件太差，我刚到学校，老六就拉我在校外租了房子，为了应考好冲刺呀。华蓉说，你的手机为什么不开？老五说，我在返校的路上，手机被人偷走了，所以，我就干脆把外界的联系都掐断了。

老五依然快乐而爽朗。但华蓉的心却开始发凉。

老五说，我本来打算考本校的博士生，但今年报考的人特别多，估计我竞争不过那帮人。我同学告诉我说天津大学搞数控的马宏教授今天才开始招生，报他的人不多，我如果改报他的名下，机会比较大。他好像是你同学对不对？华蓉说，哦，马宏呀，他是我的同学。老五欢呼地叫了一声，真的是呀？太好了。你是不是还欠我一顿饭呀？这回我强烈要求你请了。我想你等着请我这顿饭已经等得太久了吧？

华蓉几乎已经死过去了一次，而老五消失的理由却这么轻松简单。现在失踪的老五又回来了，回来的理由却比消失更加简单。

华蓉说，你说完了吗？老五说，没有呀，这么久没有通电话，我有好多话要对你讲哩。华蓉说，对不起，你打错电话了。老五似乎愣了一下，然后说，怎么会？我听得出你的声音。

华蓉一字一顿地说，对不起，你打错了电话。你恐怕弄错了一个数字。华蓉说罢便把电话挂了。

二十二

第二天，华蓉叫了几个学生来帮她把房间的布置全部打乱。按照华蓉的要求，他们将家具重新摆放了一遍。客厅的电话被挪到了餐桌旁边。沙发也转了方向。

七八个学生一直干到中午，华蓉与他们有说有笑的，整个屋里都焕发着一股新鲜明朗的气息。中午华蓉请学生们在学校的餐馆吃了一顿饭。饭后，华蓉便打车到洪山电信局，她把家里的电话号码换掉了。

从此这个叫老五的人被剔出了华蓉的生活。

回来的时候，已是下午，华蓉没进家门，直接上了山。她沿着山上的小路慢慢地走着。那曾经是她多么熟悉的道路啊。重新走在她熟悉并且热爱的路上，她只觉得自己内心平静。山上的树叶都黄了，纷然地落着，小路几乎被落叶完全覆盖。

回到家，华蓉推窗透气，一面山都在眼前，树树都舒展着秋色，这秋色染透了华蓉的心。

2003 年写于武汉